FANETTE

SUZANNE AUBRY

FANETTE

Tome 2

La **vengeance**
du **Lumber Lord**

Roman

www.quebecloisirs.com

UNE ÉDITION DU CLUB QUÉBEC LOISIRS INC.
© Avec l'autorisation du Groupe Librex inc., faisant affaire sous le nom de
Les Éditions Libre Expression
© 2009, Les Éditions Libre Expression
Dépôt légal — Bibliothèque et Archives nationales du Québec, 2009
ISBN Q.L. 978-2-89430-958-2
Publié précédemment sous ISBN 978-2-7648-0363-9

Imprimé au Canada

À ma sœur bien-aimée, Danielle.

Mot de l'auteure

Bien qu'inspirée par des faits historiques, *Fanette* est une œuvre de fiction. Tous les personnages sont imaginaires, mis à part le père McGauran et le maire Hector-Louis Langevin, qui ont vraiment existé mais auxquels je prête des actions et un dialogue fictifs. J'ai inventé deux journaux, *L'Aurore de Québec* et *Le Clairon*, pour les besoins de mon roman. Le village de La Chevrotière et le domaine Portelance sont imaginaires. L'abri Sainte-Madeleine m'a été inspiré par l'œuvre des religieuses du Bon-Pasteur, qui ont fondé en 1850 l'Asile Sainte-Madeleine, un refuge pour femmes en difficulté, mais tous les personnages, événements et dialogues sont le fruit de la création.

« Le ciel et l'enfer sont deux grands poèmes
qui formulent les deux seuls points sur lesquels
tourne notre existence : la joie et la douleur. »

Honoré de Balzac, *La Femme de trente ans.*

Prologue

Québec
Juillet 1834

Il n'est que neuf heures du matin, mais la chaleur est déjà implacable. Le soleil et la sueur lui brûlent les yeux. Des débardeurs vont et viennent autour de lui, transportant d'énormes charges. Des capitaines hurlent des ordres, des voiles de bateaux claquent au vent. Il soulève un tonneau en bois, le dépose sur une charrette déjà à moitié chargée. *Encore six*, se dit-il en s'épongeant le front du revers d'une main. Il travaille depuis l'aube. La soif lui assèche la gorge, mais sa gourde est déjà vide. Il est si épuisé qu'il n'entend pas les invectives de Brian McMurray, le contremaître, un Écossais à la mine renfrognée qui mène ses débardeurs à la dure et ne leur donne pas une minute de répit, même pour pisser: « *I pay you to work, not to drag your bloody ass !* »

Une main se pose doucement sur son épaule.

— *A Aindriú…* Andrew…

Il lève la tête, aperçoit sa mère. Elle essaie de sourire en lui tendant une cruche et un morceau de pain, mais il remarque ses yeux cernés, son teint blême sous la lumière crue de juillet. Depuis la disparition de Cecilia, elle ne trouve pas le sommeil, mais elle doit coudre douze heures par jour pour confectionner des robes destinées aux bourgeoises de la haute ville. Il s'empare de la cruche, boit l'eau fraîche à longs traits. Il la remet à sa mère.

— *Ná bíodh imní ort, a Mháthair, tiocfaidh sí ar ais.* Ne vous inquiétez pas, mère, elle va revenir.

Son cœur se serre douloureusement en pensant à sa sœur. Il y a quelques jours, Andrew s'est rendu à la maison de chambres où habite Cecilia, dans le quartier Saint-Roch. Madame Geoffroy, la propriétaire, lui a affirmé sèchement ne pas avoir vu mademoiselle Beggs depuis une bonne semaine, et qu'elle lui devait un mois de loyer. Andrew a grimpé l'escalier sombre et sale jusqu'à la chambre de sa sœur, malgré les protestations aigres de la logeuse. Le lit était soigneusement fait, ses vêtements, bien rangés dans une petite commode bancale. Il est allé ensuite à la chapellerie où Cecilia travaille comme vendeuse. Le propriétaire, monsieur Fillion, s'était justement étonné que mademoiselle Beggs, l'une de ses meilleures employées, ponctuelle, toujours aimable avec les clients, ne se soit pas présentée au travail de toute la semaine.

Andrew secoue la tête, comme pour chasser ses peurs. Cecilia est la loyauté incarnée. Chaque mois, elle donne plus de la moitié de son salaire de vendeuse à sa mère pour subvenir aux besoins de la famille. Jamais elle ne disparaîtrait ainsi, du jour au lendemain, sans donner de ses nouvelles.

Le baril atterrit brutalement sur la charrette. Le contremaître hurle quelque chose, mais Andrew ne l'écoute pas. Son regard est capté par une mouvance du côté des quais jouxtant la halle du marché Champlain. Quelques pêcheurs, des matelots, des badauds s'attroupent près de l'un des quais. Un canot d'écorce s'en approche. Trois Hurons aux longs cheveux noirs sont à bord et pagaient rapidement mais sans effort apparent, avec une grâce robuste. Andrew distingue au milieu du canot une forme enveloppée d'une couverture aux couleurs bigarrées. Le canot accoste. Le Huron assis à la proue de l'embarcation grimpe agilement sur le quai, suivi d'un deuxième, tandis que l'autre homme la maintient contre les poutres de soutènement pour qu'elle reste stable. Une discussion s'engage entre les Indiens debout sur le quai et des hommes qui s'assemblent près d'eux. Puis l'un des Hurons retourne vers l'embarcation, se penche et saisit la forme entourée d'une couverture que lui tend son compagnon. Un pied jaillit de la couverture, blanc, fin, celui d'une femme. Le Huron dépose son fardeau sur le quai. Il se met à parler, mais Andrew distingue mal ses paroles, enterrées par les cris des marchands et le roulement des charrettes. Un pêcheur portant un chapeau de paille dont les trous laissent filtrer la lumière fait quelques pas vers la forme, soulève un pan de la couverture, révélant le corps d'une jeune femme aux longs cheveux noirs et habillée de blanc. Andrew a soudain un horrible pressentiment. Ces magnifiques cheveux sombres, cette silhouette gracieuse, cette robe blanche maculée par la boue… Le Huron parle toujours, avec de grands gestes semblant désigner un endroit vers le nord. Andrew entend les mots « *Tiora Datuec* », répétés à plusieurs reprises, comme un leitmotiv, puis les mots « lac brillant ». Il bouscule des badauds qui protestent et s'agenouille près de la forme. La couverture recouvre toujours son visage. Il la soulève lentement. Le visage, gonflé par un séjour prolongé dans l'eau, est méconnaissable. Les orbites sont vides. L'horreur est telle qu'une nausée le prend à la gorge. Ce n'est pas elle, ça ne peut pas être elle, ça ne peut pas être son beau visage, ses yeux d'un bleu si profond, du même bleu que la mer d'Irlande, rieurs et tendres… Un bras fin et blanc sort de la couverture. La main est veinée de bleu. Il reconnaît une bague en argent qu'il lui a offerte pour son anniversaire, l'année dernière ; une folie qui lui avait coûté trois semaines de salaire. Il ouvre la bouche comme pour crier, mais il entend un hurlement qui ne vient pas de lui.

— *A Shisile !* Cecilia !

Sa mère court sur le quai, hagarde. Des mèches folles s'échappent de son bonnet. Andrew se lève, tente de lui barrer la route, mais elle le repousse avec une force étonnante.

— *A Shisile seo agamsa ! M'ìníon bheag !* Ma Cecilia ! Ma petite fille !

Elle s'élance vers la silhouette étendue sur le quai, s'effondre sur les genoux, se balançant d'avant en arrière en poussant des sons inarticulés. Andrew revient vers elle, tente de l'éloigner du corps, mais elle refuse de partir. Il se redresse, jette un regard à la ronde. Les Hurons sont retournés à leur canot. Leurs pagaies tracent des cercles argentés dans l'eau sombre du fleuve. C'est alors que son regard croise celui d'un jeune homme blond, bien mis, visiblement un fils de bonne famille. Il est debout près du quai. Ses yeux d'un bleu presque transparent sont remplis d'horreur, comme ceux des badauds qui se sont agglutinés autour du quai, mais il y a autre chose. La peur. Il en est certain. La peur, et aussi le remords. Le jeune homme blond reste là de longues secondes, immobile comme une statue. Puis il détourne la tête et s'éloigne à grands pas, comme s'il avait le diable à ses trousses. Il monte dans une calèche élégante et referme brusquement la portière. Andrew, mû par un étrange pressentiment, s'élance dans la direction de la voiture, qui s'éloigne rapidement sur le pavé en direction de la haute ville. Les roues font un bruit assourdissant. Andrew, après une course éreintante, doit s'arrêter, à bout de souffle. Il revient lentement vers le quai où sa sœur repose toujours. Le vicaire de l'église St. Patrick, le père MacMahon, qu'un passant est allé quérir, est penché au-dessus de la dépouille et murmure une prière en gaélique.

ॐ

Le corps de Cecilia est amené en charrette à l'hôpital des Émigrés, dans une salle blanchie à la chaux où se trouvent déjà quelques civières recouvertes d'un drap blanc. Un jeune médecin, les traits tirés par la fatigue, examine le cadavre et constate le décès par noyade. Andrew se tient debout au fond de la pièce, blême, assommé par la douleur. Il a confié sa mère à Mrs. Donovan, une voisine qui travaille comme domestique dans la haute ville. Le médecin remonte le drap, se tourne vers lui.

— Quel est votre lien avec la victime ?

— Cecilia est… elle était ma sœur, répond-il, une fêlure dans la voix.

Le médecin acquiesce, puis il se racle la gorge avant de poursuivre :

— Saviez-vous qu'elle attendait un enfant ?

Andrew sort de l'hôpital et marche sans but, la tête en feu. Une colère farouche a succédé à l'incrédulité. « Saviez-vous qu'elle attendait un enfant... » Cecilia n'avait pas d'amoureux : de cela, Andrew est absolument certain. Et si elle en avait eu un, il aurait été le premier à l'apprendre. Elle n'avait pas de secrets pour lui. L'image du jeune homme blond entrevu au bout du quai, près de la halle du marché Champlain, revient le hanter : son regard chargé de peur et de remords, la fixité de ses traits... Une haine étrange pour ce jeune homme trop bien habillé le prend à la gorge. Se pourrait-il que Cecilia se soit laissé séduire par lui ? Une pensée affreuse le fait s'arrêter sur ses pas. Cecilia s'est peut-être enlevé la vie. Sachant qu'elle attendait un enfant, elle s'est jetée à l'eau, par honte, par désespoir. *Pourquoi ne m'as-tu rien dit ? Pourquoi ?*

ᴄ⁓ᴐ

Andrew retourne chez madame Geoffroy, la logeuse qui loue une chambre à Cecilia, dans la basse ville. Elle est la seule personne qui puisse l'informer des allées et venues de sa sœur, et surtout de ses fréquentations.

La logeuse, debout sur le pas de sa porte, le reçoit fraîchement.

— J'espère que vous m'apportez mon loyer. Mademoiselle Beggs me doit son mois.

Il lui tend six shillings, plus d'une semaine de salaire. Elle compte chaque pièce.

— Il manque un shilling, dit-elle, la bouche pincée.

Il lui remet une autre pièce, ravalant sa colère. Elle glisse prestement les sept shillings dans une bourse qu'elle porte à sa ceinture. Andrew lui demande abruptement :

— Est-ce que ma sœur a déjà ramené un homme dans sa chambre ?

Madame Geoffroy proteste un peu trop vivement :

— Ma maison est honnête ! Il est formellement interdit aux jeunes filles de ramener des « cavaliers » chez moi.

Elle fait un mouvement pour refermer la porte, mais Andrew s'avance sur le seuil, en bloquant ainsi l'embrasure. Il a une forte carrure et a l'air menaçant. La logeuse est nerveuse et triture ses mains moites. Elle finit par dire, prenant un air désapprobateur :

— J'ai vu un jeune homme sortir de sa chambre, une ou deux fois.

— À quoi il ressemble ?

Madame Geoffroy fait la moue.

— Bien mis, l'air distingué. Il vient de la haute ville, ça c'est sûr.

Le jeune homme blond.

— Son nom ?

— Comment voulez-vous que je le sache ?

— Je veux revoir la chambre de ma sœur.

Andrew s'engage dans la cage d'escalier sans attendre sa réponse. Elle glapit :

— Puisque je vous dis que les hommes ne sont pas admis dans les chambres de mes locataires !

Elle court à sa suite, sans se rendre compte du ridicule d'une telle affirmation, étant donné l'aveu qu'elle vient de lui faire. Andrew débouche sur le palier, ouvre la porte de la chambre de Cecilia d'un coup de pied et entre sans prendre la peine de la refermer. La pièce est restée telle qu'il l'a vue la dernière fois. Il commence à fouiller la chambre à la recherche d'un indice qui puisse le mettre sur la piste du salaud qui a engrossé sa sœur. Quelques robes sont suspendues dans une armoire décatie dont la porte ne se ferme pas. Il ouvre les tiroirs d'une vieille commode, trouve quelque chose au fond du troisième tiroir. C'est un dessin représentant un beau visage au sourire mélancolique. *Cecilia…* Il a fait faire ce dessin par un peintre de la rue, il y a quelques mois. Sa sœur était vivante, alors. Vivante, et heureuse. Un sanglot monte dans sa gorge. Il enfouit le dessin dans sa chemise.

༄

Le cortège funéraire se dirige vers le cimetière Saint-Louis, sur la Grande Allée. Andrew, vêtu d'un costume noir qui a appartenu à son père, marche derrière le corbillard, la tête nue et le regard vide. Comment peut-il encore regarder le ciel et les arbres, alors que sa sœur ne les verra jamais plus ? Il soutient sa mère par le bras. Cette dernière a les yeux hagards et presque translucides d'une personne qui a beaucoup pleuré. Monsieur Fillion, le chapelier, marche derrière eux, un chapeau melon entre ses mains croisées devant lui. Le père MacMahon ferme la modeste procession. Le corbillard, entouré d'une draperie noire, roule lentement. Les roues grincent sur le pavé. Quelques passants regardent le cortège s'éloigner.

Lorsque la première pelletée de terre est jetée sur le cercueil, la mère de Cecilia pousse un cri strident et s'élance vers la fosse :

— *A Shisile, a leanbh !* Cecilia ! Mon enfant !

Andrew utilise toute sa force pour la retenir. Elle s'écroule dans ses bras en sanglotant. Andrew la serre contre lui, les yeux secs mais le cœur en charpie. Il aperçoit soudain une silhouette sombre à travers une rangée de peupliers. *Le jeune homme blond.* Il est certain que c'est lui. Il fait un mouvement pour courir dans sa direction, mais la silhouette disparaît. Peut-être ne l'a-t-il qu'imaginée. Pourtant, il a bel et bien vu ce jeune homme, debout près du quai, le regard chargé d'horreur et de remords... Les paroles du Huron lui reviennent : « *Tiora Datuec.* » Et « lac brillant ». L'homme montrait la direction nord en les prononçant. Après la brève cérémonie, Andrew s'approche du père MacMahon, lui demande la signification de ces paroles.

— C'est ainsi que les Hurons désignent le lac Saint-Charles.

༄

Le lendemain des funérailles de Cecilia, Andrew loue un vieux boghei et fait la route jusqu'au lac Saint-Charles, situé à une dizaine de lieues au nord de Québec. La journée est chaude et radieuse ; le chemin, sec et poudreux. Pas un seul nuage à l'horizon. Après plusieurs heures de route, il aperçoit le lac à travers un rideau de sapins et de bouleaux. Il attache le cheval à un arbre, puis s'engage dans un sentier qui se rend jusqu'à la rive sud du lac. L'odeur des conifères se mêle au parfum suave des asclépiades, dont les bouquets mauves bordent le sentier. Le silence le surprend. Il n'entend que le craquement des aiguilles de sapin sous ses pas. Parfois, un léger bruissement provenant du sous-bois le fait tressaillir. Après quelques minutes de marche, il parvient à la rive. Le lac, tout en longueur, scintille comme un miroir. Il comprend pourquoi les Hurons l'ont surnommé le « lac brillant ».

Des saules se reflètent dans l'eau. Des milliers de sapins se dressent les uns contre les autres, formant une sorte de régiment debout sur l'horizon. Le chant magique d'un huard s'élève, amplifié par l'écho. *An méið seo áilleachta.* Tant de beauté, songe-t-il en contemplant le paysage. *An oiread seo áilleachta ar ðomhan chomh ðanartha sin…* Tant de beauté dans un monde si cruel… Il s'approche de la berge, voit une cabane de pêcheur, dont les planches disjointes laissent filtrer les rayons du soleil. Une vieille barque est attachée à un poteau tout près. Andrew se penche, constate qu'elle est emplie d'eau. En se redressant, il aperçoit à une certaine distance un Indien qui répare un canot d'écorce. Une fillette, debout près de lui, le regarde faire. Il s'avance vers eux. L'homme continue à travailler sans lever la tête. La petite fille le regarde s'approcher. Ses yeux ont la couleur du lac.

Andrew s'arrête à leur hauteur. L'homme relève la tête. Andrew le reconnaît. C'est l'un des Hurons qui ont transporté Cecilia en canot jusqu'au port de Québec. Il lui montre le portrait de Cecilia qu'il a amené avec lui.

— Ma sœur. Vous avez ramené son corps à Québec. Où l'avez-vous trouvée ?

Le Huron garde le silence pendant un moment, puis il tend le bras en direction du lac. Andrew suit le mouvement des yeux. Le lac est devenu blanc sous la lumière, comme un linceul.

— Elle s'est noyée dans le lac brillant.

Andrew combat les sanglots qui lui montent à la gorge. Une voix flûtée se fait entendre.

— Une belle dame blanche. Elle était dans un bateau.

Andrew tourne la tête vers la fillette. Elle est frêle ; sa jupe est un peu trop grande pour elle. Ses nattes noires sortent d'un fichu rouge. Andrew s'accroupit à côté d'elle.

— Quel bateau ? dit-il doucement, pour ne pas l'effrayer.

La fillette lui montre la vieille barque pleine d'eau. Ses yeux sombres reflètent le ciel.

— Elle était seule ? demande Andrew.

L'enfant secoue la tête.

— Avec un homme.

Andrew met une main en visière devant ses yeux. Le soleil l'éblouit.

— Comment il était ? Petit, grand ?

— Moyen, répond-elle en faisant la moue.

Elle ramasse une poignée de sable, qu'elle montre à Andrew.

— Du sable ? demande-t-il sans comprendre.

— Comme ses cheveux.

Le jeune homme blond… La fillette laisse le sable filer entre ses petits doigts.

— La dame en blanc est tombée à l'eau. L'homme blond est resté dans le bateau. Après, il est reparti dans une voiture noire.

Le Huron se redresse.

— Marie, va chercher d'autre gomme de sapin.

La fillette se tourne vers son père. Ce dernier lui fait un signe de tête.

— Va.

Elle s'éloigne à regret. Andrew fait un mouvement pour la rejoindre, mais le Huron s'interpose.

— Laisse les morts reposer en paix.

Le visage du Huron est calme, mais Andrew voit sa main glisser vers un couteau qu'il porte à sa ceinture. Il comprend qu'il n'en saura pas davantage.

Sur le chemin du retour, Andrew est consumé par un seul désir : retrouver l'homme qui a tué Cecilia. Car il a la conviction que la noyade de sa sœur n'a rien d'un accident. Le jeune homme blond a emmené Cecilia au lac Saint-Charles, l'a fait monter dans la barque. Elle est tombée à l'eau, ou il l'y a jetée. Et il l'a laissée se noyer. Rien de plus facile, pour un fils de bonne famille, que de se débarrasser d'une pauvre petite vendeuse de chapeaux, Irlandaise de surcroît, dont le seul crime est d'attendre son enfant...

Andrew, après avoir ressenti l'exaltation qui accompagne souvent l'intuition de la vérité, tombe dans un abattement profond. Il a beau être convaincu de la culpabilité du jeune homme blond, il ne connaît rien de lui ; il ne sait même pas son nom. Qui est-il ? Où vit-il ? Aucun moyen de le savoir.

Le soir tombe. Il ramène le fiacre qu'il a loué à l'écurie située sur la rue Dalhousie, qui longe le port. C'est au moment où un jeune palefrenier prend le cheval par la bride qu'Andrew a soudain l'intuition de ce qu'il doit faire. La fillette a parlé d'une voiture noire. Si, comme il le pense, le jeune homme blond avait l'intention de tuer sa sœur, il a dû louer une voiture. Il se rend à pied dans le quartier Saint-Roch, près de la maison de chambres où Cecilia vivait. Il fait le tour de quelques voituriers, posant toujours la même question : ont-ils loué un fiacre, il y a quelques jours, peut-être une semaine, à un homme dans la jeune vingtaine, blond, de taille moyenne, aux yeux bleus, vêtu de noir et qui vit probablement dans la haute ville ? Personne, des propriétaires aux garçons d'écurie, ne peut éclairer sa lanterne. Il commence à désespérer lorsqu'il se souvient d'une vieille écurie, située sur la rue Champlain, où son père a travaillé durant quelques mois avant d'être congédié pour ivrognerie. Le propriétaire, un Canadien français d'une soixantaine d'années, est en train de mettre de la paille dans une auge lorsque Andrew entre dans l'écurie. De vieilles voitures sont garées les unes à côté des autres. Des attelages pendent à des clous. Un jeune garçon d'écurie brosse un cheval. Andrew s'approche du voiturier. Ce dernier fronce les sourcils lorsque Andrew lui dit son nom. Il n'a visiblement pas gardé un bon souvenir de son père… Il se rembrunit encore davantage lorsque le jeune homme dévoile le but de sa visite.

— En quoi ça t'intéresse ? dit-il, l'air méfiant.

Andrew décide de lui dire la vérité. Qu'a-t-il à perdre ? Le voiturier hoche la tête. Il a entendu parler à travers les branches de la noyade de cette pauvre Cecilia, mais jamais il n'a cru que sa mort puisse être autre que naturelle.

— J'veux pas de trouble.

Andrew a l'intuition que l'homme sait quelque chose. Il fouille dans ses poches, en sort les quelques pièces qui lui restent. Le voiturier lui apprend qu'il a effectivement loué un fiacre à un jeune homme correspondant à la description qu'Andrew lui a faite. Il s'en souvient très bien, parce que le jeune homme a payé une grosse somme, au moins dix livres. Et puis, lorsqu'il est revenu rendre le cabriolet, il a remarqué que son habit était couvert de boue et déchiré, comme s'il était tombé par terre.

— Son nom ? demande Andrew, le front enfiévré.

Le vieil homme fouille dans un registre, désigne un nom avec son index.

— Monsieur de Balzac. Honoré de Balzac.

Le même jour, Andrew se rend à la chapellerie où travaillait Cecilia. Le jeune homme blond est peut-être un client du magasin ; c'est sans doute en achetant un chapeau qu'il l'a connue. Lorsque Andrew demande à monsieur Fillion s'il a un client du nom d'Honoré de Balzac, le chapelier ne peut s'empêcher de sourire.

— Tu as dit Balzac ?

— Vous le connaissez ? s'exclame Andrew, rempli d'espoir.

— C'est un grand écrivain français. Il est mort avant que j'aie l'honneur de le servir…

༄

23

Le front couvert de sueur malgré le froid, Andrew tire sur une charrette à bras dans laquelle s'entasse du bois de chauffage. Près de trois mois se sont écoulés depuis son expédition au lac Saint-Charles. Il s'est fait engager par un marchand de bois après que les bateaux ont cessé de naviguer sur le fleuve. Il n'a pas oublié son désir de vengeance, mais l'espoir de retrouver celui qui a causé la perte de sa sœur s'amenuise de jour en jour.

Par un bel après-midi d'octobre, en passant avec sa charrette devant la basilique Notre-Dame, il entend les cloches sonner à toute volée. Un couple sort sur le parvis de l'église sous les hourras de la foule, illuminé par l'éclat orangé du soleil automnal. Pendant un instant, il croit reconnaître Cecilia : les cheveux noirs sous le voile blanc, les yeux d'un bleu profond... Puis il voit un jeune homme blond, tenant la mariée par le bras en souriant. Andrew dépose lentement les bras de sa charrette, comme hypnotisé. *C'est lui.* Vêtu d'une élégante redingote noire rehaussée par une lavallière blanche, il sourit. La mariée porte une magnifique robe blanche et tient un bouquet à la main. Des gens bien habillés sortent de l'église à leur suite. Tout lui apparaît avec la clarté de l'eau de roche : le motif du crime, et sa récompense, un riche mariage dans la haute bourgeoisie de Québec. Il s'approche d'un badaud.

— *Who's the happy groom ?* dit-il, la voix blanche.

— Louis Grandmont, le fils du notaire Honoré Grandmont, répond l'homme, la mine joviale. Un beau mariage, pas vrai ?

Louis Grandmont... Andrew regarde les nouveaux mariés descendre les marches sous une pluie de grains de riz et de pétales de roses que les invités jettent par poignées. Ils montent dans une magnifique calèche décorée de rubans et de fleurs. Celle-ci passe devant lui. Les yeux d'un bleu presque transparent du jeune marié se posent un instant sur Andrew Beggs. Il fronce légèrement les sourcils, comme si ce visage anguleux et cette chevelure d'un roux flamboyant lui étaient vaguement familiers. La calèche poursuit sa route. Mais Andrew Beggs ne la quitte pas des yeux jusqu'à ce qu'elle disparaisse au loin.

Il entre alors dans l'église, qui est maintenant vide. Il s'age-nouille sur un prie-Dieu en face de l'autel où les deux mariés ont échangé leurs vœux. Il connaît enfin l'identité du meurtrier de sa sœur. Il fait le serment de venger la mort de Cecilia, quand bien même il devrait y consacrer le restant de ses jours.

Première partie

La Dame en bleu

I

Québec
Le 1ᵉʳ août 1858

Fanette, assise devant sa coiffeuse, replaça une épingle dans son chignon. Depuis que le docteur Lanthier lui avait annoncé qu'elle attendait un enfant, elle vivait dans une sorte d'exaltation mêlée à une tristesse diffuse. La pensée de sa sœur Amanda la hantait. Elle n'avait soufflé mot à personne, pas même à Philippe, des révélations que le père McGauran lui avait faites sur l'existence d'Ian, le fils d'Amanda. Ce secret ne lui appartenait pas. Elle se souvenait de chaque détail : la pièce aux murs blanchis à la chaux, la chaise bancale sur laquelle elle était assise, le beau visage du prêtre prématurément vieilli par le labeur et les soucis :

— Tout ce que je peux vous dire, c'est qu'elle a eu un enfant, lui avait-il dit.

— Et le père ?

— Inconnu.

Père inconnu… Un frisson lui parcourut l'échine, malgré la chaleur qui régnait dans la pièce. C'était la canicule depuis quelques jours. D'après le père McGauran, l'enfant de sa sœur avait neuf ou dix ans. Amanda avait fui la ferme des Cloutier en mars 1849. La même terrifiante pensée lui revint à l'esprit. *S'il fallait que le père soit Jacques Cloutier…* Une nausée l'envahit. Elle se précipita vers un meuble de toilette en acajou sur lequel madame Régine déposait soir et matin un bassin et un broc plein d'eau fraîche, remplit le bassin et se rafraîchit le visage, puis l'épongea avec une serviette en fine baptiste. Ce geste la calma. Où Amanda et son fils s'étaient-ils réfugiés, depuis leur départ de St. Bridgid's Home ? Pourquoi sa sœur avait-elle refusé de la revoir, alors qu'elle aurait tout donné pour lui parler, la serrer dans ses bras, ne serait-ce que quelques instants ? La peine lui comprima le cœur. *Amanda... Croyais-tu vraiment que je serais capable de te juger, toi qui as tant fait pour moi ?*

— Cent dollars pour connaître tes pensées...

Philippe, debout derrière elle, l'enlaça et l'embrassa délicatement dans le cou. Elle ferma les yeux, frissonnant sous sa caresse. Il remarqua qu'elle portait une jolie robe en mousseline grège à fines rayures noires.

— Tu sors ?

— Je vais voir ma mère et Eugénie. Je tiens à leur annoncer la bonne nouvelle en personne.

Fanette avait décidé d'attendre quelques semaines avant de parler de sa grossesse à Emma et Eugénie, afin de s'assurer que l'enfant soit viable, et avait demandé au docteur Lanthier et à Philippe d'être discrets. Même Rosalie n'était pas encore au courant. Pauvre Rosalie, qui était devenue postulante au couvent des Ursulines pour obéir à la volonté paternelle... *Au fond, elle a acheté la paix*, se dit Fanette. Mais cette pensée, au lieu de la réconforter, l'attrista davantage. Si elle avait été dans la même situation, elle n'aurait jamais cédé...

— Tu es triste, fit remarquer Philippe, qui avait constaté son changement d'humeur.

Fanette se tourna vers lui.

— Je suis heureuse, Philippe. Parfois, je me dis que je ne le mérite pas.

Il lui entoura tendrement les épaules.

— Le bonheur n'a rien à voir avec le mérite. Il faut le prendre tandis qu'il passe.

Les yeux marron de Philippe avaient pris un éclat ambré. Fanette l'aima en cet instant plus qu'elle ne l'avait jamais aimé. Elle mesura sa chance de l'avoir épousé et d'attendre leur enfant. Amanda n'avait pas eu cette chance. Elle se rappela les paroles de madame McPherson lorsqu'elle s'était rendue la première fois au Home : « *Sometimes, the past is better forgotten.* » Fanette, sur le moment, avait trouvé ces mots cruels, mais sans se l'avouer elle était tentée de lui donner raison, d'oublier Amanda, d'effacer la peine, la culpabilité, de vivre le bonheur d'attendre son enfant, sans avoir à l'esprit la détresse et la solitude de sa sœur et de Rosalie chaque fois qu'elle se sentait heureuse. Elle fit un effort pour chasser ces pensées sombres : maintenant, elle avait charge d'âme. Elle aimait déjà son enfant à naître. Elle le guiderait du mieux qu'elle le pourrait dans ce monde rempli d'embûches et d'infortune, mais aussi de joie et de beauté.

Malgré une chaleur humide qui semblait avoir mis une chape de plomb sur la ville, Fanette décida de se rendre à pied jusqu'au refuge du Bon-Pasteur. Elle savait qu'Emma et Eugénie y consacraient tous leurs après-midi. Elle en profiterait pour rendre visite à Rosalie, car le parloir était ouvert aux visiteurs le dimanche.

— Fais atteler la voiture, lui suggéra Philippe en l'accompagnant vers la porte.

Fanette le taquina :

— Je suis enceinte, mais j'ai encore des jambes pour me déplacer. La rue Saint-Louis est à deux pas !

La silhouette sombre du notaire se profila derrière le jeune couple.

— Vous voulez sortir seule dans votre état ? dit-il, la mine sévère.

Elle se tourna vers le notaire, contenant mal son irritation.

— Attendre un enfant, ce n'est pas une maladie !

Elle franchit le seuil, sentant le regard du notaire sur elle. Ce fut avec soulagement qu'elle referma la porte et s'éloigna sur le trottoir en bois. Elle supportait de moins en moins l'obsession des convenances de son beau-père, sa manie de toujours surveiller ses allées et venues. S'il trouvait inconvenant qu'elle sorte seule « dans son état », comme il le disait, quelle serait sa réaction s'il apprenait que sa sœur aînée, dont il ne soupçonnait même pas l'existence, avait eu un enfant illégitime ! Jamais, au grand jamais, le notaire ne devait apprendre la vérité.

Emma Portelance, debout derrière une table dans la grande salle qui servait à la fois de réfectoire et de lieu de repos, son visage rond rougi par la chaleur, remplissait des écuelles que lui tendaient des indigents. Ces derniers faisaient docilement la queue tandis qu'Eugénie rapportait les écuelles sales à la cuisine. Il y avait là des ouvriers sans travail, des femmes et des hommes âgés, des filles-mères qui avaient fui leur famille et s'étaient retrouvées à la rue. Elle servit une jeune fille d'au plus quatorze ans, dont la robe en lin dissimulait mal son ventre arrondi.

Un garçon malingre, une casquette posée sur le côté de la tête, les vêtements sales et troués, se planta devant elle et tendit son écuelle.

— Mettez-la bien pleine, dit-il, l'air crâne.

Emma le regarda du coin de l'œil. Son visage lui était familier ; il était sûrement déjà venu au Bon-Pasteur pour y manger. Il y en avait tellement, d'enfants comme lui, qui crevaient la faim et devaient venir au refuge pour s'y nourrir ! Elle lui sourit en remplissant son écuelle à ras bord.

— Comment tu t'appelles ?

— Antoine.

— Attention, Antoine, la soupe est chaude. Mais elle est délicieuse. C'est Eugénie qui l'a faite !

Le garçon prit l'assiette avec précaution et chercha une place. Il avisa un vieux fauteuil dont le tissu était usé jusqu'à la trame, s'y installa et commença à boire sa soupe sans sa cuillère, à même l'écuelle, tellement il avait faim. *Ce sera peut-être son seul repas de la journée,* se dit Emma, l'observant avec indulgence. Sentant une main légère se poser sur son épaule, elle se retourna. C'était Fanette, toute pimpante dans sa jolie robe, malgré la chaleur. Elle embrassa sa fille sur les deux joues. Elle ne pouvait s'empêcher de regretter les beaux jours où Fanette vivait avec elle et Eugénie, dans leur maison rue Sous-le-Cap, et qu'elle avait le bonheur de la voir tous les jours. Comme le temps avait passé vite ! Elle se rappela avec tendresse la fillette maigrichonne et effarouchée qu'elle avait failli renverser sur le chemin du Roy, la « petite sauvageonne », comme l'avait surnommée affectueusement Eugénie. Il lui semblait qu'hier encore elle lui racontait des histoires avant de la border, se levait la nuit lorsqu'elle l'entendait tousser ou gémir parce qu'elle avait fait un mauvais rêve et s'attardait jusqu'à ce qu'elle se rendorme. Maintenant, sa Fanette était mariée et habitait la haute ville…

Antoine avait déjà vidé son écuelle et s'apprêtait à se lever pour s'en chercher une autre assiettée lorsqu'il l'aperçut. Il faillit laisser choir son plat : c'était elle ! La jolie dame, celle qu'Oscar lui avait demandé de suivre et qu'il avait vue entrer dans la prison de Québec… Elle était en train de parler à la dame gentille et ronde comme un bon pain. Il abandonna son écuelle sur le fauteuil puis sortit du refuge en courant.

Emma regarda sa fille avec une note d'inquiétude dans les yeux.

— Je te trouve un brin pâlotte…

Fanette sourit.

— Je vais très bien.

Emma constata que la soupière était vide.

— Viens avec moi à la cuisine, on sera plus tranquilles pour causer.

Emma prit la soupière et fit signe à Fanette de la suivre. Elles entrèrent dans la cuisine. Un gros chaudron en fonte fumait sur le poêle. Emma déposa la soupière sur un comptoir en pin qui longeait le mur, à côté d'une cuve en granit remplie d'écuelles sales, puis s'empara du chaudron avec un linge pour se protéger les mains et versa de la soupe fumante dans la soupière.

— J'attends un enfant, dit Fanette.

Emma redéposa le chaudron sur le poêle, saisie.

— T'es certaine ? Mais ça paraît pas une miette !

— J'ai seulement deux mois et deux semaines de faits ! répondit Fanette en souriant.

Le visage d'Emma se rembrunit.

— Je te trouve bien jeune pour avoir un enfant.

— J'ai dix-huit ans, dit Fanette, prise de court par la réaction mitigée de sa mère.

Eugénie, portant un tablier, venait d'entrer dans la cuisine. Elle transportait des écuelles sales empilées les unes sur les autres.

— Ai-je bien entendu ? Tu es enceinte ?

Fanette fit un sourire radieux.

— Quelle bonne nouvelle !

Eugénie déposa les écuelles dans la cuve, essuya ses mains sur son tablier et embrassa Fanette. Emma saisit la soupière par les anses et sortit en direction du réfectoire. Fanette se tourna vers Eugénie, peinée.

— Je croyais lui faire plaisir, et voilà qu'elle est fâchée.

Eugénie lui fit un sourire apaisant.

— Elle n'est pas fâchée. Laisse-lui un peu de temps pour se faire à l'idée.

— Se faire à l'idée ?

Sentant qu'elle avait été maladroite, Eugénie tenta de lui expliquer :

— La mère d'Emma est morte en couches. Emma avait douze ans ; elle n'a jamais pu l'oublier. Elle s'inquiète pour toi.

— C'est donc si terrible d'accoucher ? murmura Fanette, pas du tout rassurée.

— C'est la chose la plus naturelle du monde, s'empressa de répondre Eugénie, dont le regard s'était embrumé. Il paraît qu'on oublie bien vite la souffrance une fois qu'on tient son bébé dans ses bras.

Eugénie s'essuya subrepticement les yeux, puis se rendit vers le poêle, prit un canard et versa de l'eau chaude dans la cuve afin de nettoyer les écuelles. Fanette remarqua qu'elle avait le souffle un peu court. Elle la rejoignit, prit une brosse et un morceau de savon. Eugénie protesta :

— Tu vas salir ta jolie robe !

Fanette haussa les épaules et commença à frotter énergiquement une écuelle, comme pour chasser le vague à l'âme qui l'avait envahie. Rien ne s'était déroulé comme elle l'avait imaginé. La nouvelle de sa grossesse avait suscité davantage d'inquiétude que de joie. Même la placide Eugénie semblait troublée. On croit connaître les personnes qu'on aime et, au fond, elles recèlent des pensées, des secrets qui nous échappent...

&

— Oscar ! J'attends toujours après la une !

— Tout de suite, patron !

Oscar Lemoyne, installé derrière son pupitre encombré d'une pile de vieux journaux et de paperasse, triturait une lettre, froissée et maculée par des traces de doigts. Elle était parvenue à la rédaction de *L'Aurore de Québec*, adressée à « F.O. », il y avait près d'un mois. Depuis, il avait tenté de retracer la « jolie dame », comme la surnommait Antoine, à qui cette lettre était adressée, mais sans y parvenir. Il avait pourtant parcouru toutes les chroniques mondaines des journaux de Québec qui lui étaient tombées sous la main, en espérant y trouver un indice, si minime fût-il ; en vain. Dire qu'il avait été sot au point d'oublier de demander son nom à la jolie dame, lorsqu'il l'avait sauvée des roues d'une voiture qui roulait à une vitesse folle sur Saint-Jean ! Tout ce qu'il savait d'elle, c'était que son nom de famille était « O'Brennan », qu'elle était fort probablement la sœur d'Amanda O'Brennan, et qu'elle avait les plus beaux yeux qu'il ait vus de sa vie. Il se rappelait encore la robe qu'elle portait lors de sa dernière visite à la rédaction, du même bleu que ses yeux ; son désarroi lorsqu'il lui avait appris que le journal n'avait reçu aucune lettre pour elle. Son cœur se mit à battre un peu plus vite. *Oublie-la*, se dit-il. *Oublie cette histoire, ça va juste te mettre dans le trouble !* Il tourna à nouveau la lettre dans sa main. Elle n'avait pas été affranchie ; cela signifiait que quelqu'un l'avait apportée à la rédaction. Il se mordait les doigts de ne pas avoir été présent. À plusieurs reprises, il avait été tenté de décacheter la lettre : un peu de vapeur et rien n'y paraîtrait ; mais chaque fois, un scrupule l'avait retenu. Il fit un mouvement pour la ranger dans son tiroir lorsqu'il se rendit compte que le rabat s'était légèrement décollé. Il glissa doucement le doigt à l'intérieur, constata que la colle qui avait servi à fermer l'enveloppe s'était desséchée ici et là, et qu'il suffirait de peu pour l'ouvrir complètement. La curiosité fit battre ses tempes. Il avait beau se raisonner, se dire que ce serait un manquement grave à l'éthique du journal, qui interdisait formellement aux employés de lire le courrier que les abonnés recevaient à la rédaction, le journaliste en lui brûlait d'en connaître le contenu. Il était à peu près convaincu que cette lettre était d'Amanda O'Brennan. Cette dernière était recherchée par la police comme témoin du meurtre de Jean Bruneau. Qui sait si elle n'y faisait pas allusion dans sa lettre ? Il fit un immense effort de volonté et la remit dans le tiroir. Puis il replongea dans l'article qu'il était en train d'écrire sur une affaire de pots de vin qui l'ennuyait à périr lorsqu'une voix d'enfant s'éleva tout près de lui. Il leva les yeux. Antoine, la casquette de guingois, le regardait, les yeux brillants d'excitation.

— Je l'ai vue.

Oscar continua à écrire.

— Qui ? marmonna-t-il de mauvais poil.

— La jolie dame !

Oscar mit un moment avant d'enregistrer la réplique du garçon. Puis il l'agrippa par le col.

— Qu'est-ce que tu racontes ?

Antoine se dégagea, indigné.

— Tu me cré pas ?

Oscar fit un effort pour se calmer.

— Où ?

Antoine tapota la poche de son pantalon sale et troué. Oscar leva les yeux au ciel, fouilla dans un tiroir, en dégota quelques pièces de monnaie.

— Tiens. Parle !

Antoine fit la moue. Oscar contint son exaspération et lui donna une autre pièce.

— Parle, au nom du ciel !

— Au refuge du Bon-Pasteur.

Oscar le regarda, étonné. Qu'est-ce qu'une femme comme elle, bien habillée, allait faire dans un endroit pareil ? Elle faisait peut-être partie d'une société charitable.

— Tu l'as vue, de tes yeux vue ?

— Coudonc, as-tu de la cire dans les oreilles ?

Cette fois, Oscar faillit se fâcher. Il avait pris Antoine en pitié depuis qu'il s'était enfui de la maison paternelle, et le payait de temps en temps pour de menus services, mais il y avait des limites à sa patience.

— Antoine…

Le garçon, sentant qu'il était allé trop loin, s'empressa de poursuivre.

— A' rendait visite à une madame ben fine. La madame, a' m'a donné de la soupe.

Oscar se rendit compte de ce que ces mots signifiaient : le jeune garçon ne mangeait pas à sa faim. Il se radoucit.

— Où est le refuge ?

— Sur Saint-Louis. J'peux t'emmener, mais si t'es fin avec moé, par exemple !

Oscar leva les yeux au ciel en retenant à peine un sourire, sortit quelques vieux *pences* du tiroir.

— Tiens.

Puis il s'empara de la lettre adressée à « F.O. », la glissa dans son veston élimé et se précipita vers la porte. Il entendit la voix rogue de son patron.

— Oscar, ma manchette !

— Elle s'en vient, patron ! mentit Oscar en s'empressant de sortir, suivi d'Antoine.

Oscar héla un fiacre garé sur Saint-Pierre. La rue Saint-Louis était à au moins vingt minutes en voiture de la rédaction du journal. Il fallait franchir la côte de la Montagne, puis passer par de petites rues qui risquaient d'être encombrées de charrettes et de passants. Il ne fallait pas perdre de temps s'il voulait avoir une chance d'attraper la mystérieuse « F.O. ». Antoine grimpa à son tour, excité par cette occasion inattendue de faire une balade en voiture.

⁓

Le coroner Georges Duchesne, installé derrière son large pupitre en chêne foncé, relisait le dossier qu'il avait constitué sur l'affaire Jean Bruneau. Ce meurtre sordide d'un commerçant des Trois-Rivières s'était produit il y avait neuf ans, non loin du village de La Chevrotière. Le coroner n'avait jamais pu prouver la culpabilité de Jacques Cloutier. Ce dernier avait été pendu devant la prison de Québec pour un autre meurtre, mais le coroner n'avait jamais abandonné sa recherche d'un témoin possible de l'assassinat : Amanda O'Brennan. Ses hommes avaient fait la tournée des refuges, des hôpitaux publics, y compris l'hôpital des Émigrés, pour la rechercher : elle semblait s'être volatilisée. Pourtant, une jeune femme rousse aux yeux gris, d'après la description que Pauline Cloutier en avait faite, ne devrait pas passer inaperçue. À moins bien sûr qu'elle ne se soit teint les cheveux, ou n'ait changé d'identité. *Elle a fort bien pu quitter le pays.* Des dizaines de bateaux accostaient ou quittaient le port de Québec chaque semaine. Il tourna les pages du dossier, jaunies par le passage du temps et remplies de son écriture fine et précise. Son attention fut attirée par un dessin, exécuté avec un réalisme étonnant, celui d'un homme au visage dur, aux yeux sombres : Jacques Cloutier. Il se souvint de la dame qui s'était rendue à son bureau, un certain après-midi de l'été 1849, si sa mémoire ne le trompait pas, pour lui apporter ce dessin ; une femme bien en chair, au large chapeau un peu extravagant, et aux yeux noirs vifs et intelligents. Il fouilla dans ses notes, classées méticuleusement par dates, et trouva ce qu'il cherchait. Il avait noté tous les détails de cette rencontre :

« Le 24 juin 1849. Emma Portelance, dame patronnesse habitant la basse ville, au 50, rue Sous-le-Cap. La dame en question m'a montré un portrait saisissant de Jacques Cloutier, dessiné par sa fille adoptive, une fillette de neuf ans. Elle m'a posé une curieuse question sur le sort d'Amanda O'Brennan. M'a avoué qu'Amanda O'Brennan était la sœur aînée de sa fille adoptive. »

Le coroner releva la tête, pensif. *La sœur aînée de sa fille adoptive. Voilà une piste intéressante.*

II

Neuf ans auparavant
Près du village de La Chevrotière
Le 15 mars 1849

Amanda reprit lentement connaissance. Elle vit d'abord la lune, voilée par des nuages. Quelques étoiles s'allumaient et s'éteignaient de loin en loin. Un vent glacial sifflait dans les arbres. *Où suis-je ?* Elle tenta de bouger, mais ses membres étaient engourdis par le froid. Elle sentit une douleur diffuse sur le côté droit, près du poumon, tourna doucement la tête et crut apercevoir une large tache sombre sur la neige. Elle se rendit compte que c'était probablement du sang. Son sang.

Une rafale souffla, faisant tourbillonner de la poudrerie autour d'elle. Comme si le vent avait ramené ses souvenirs, elle se rappela la *sleigh* de monsieur Bruneau, le tintement des clochettes, le bruit mat des sabots sur le chemin enneigé, la lueur vacillante des fanaux. Un cavalier sombre surgit devant la voiture. Le cheval de monsieur Bruneau se cambre brusquement. Le cavalier s'approche de la voiture. Son visage est brièvement éclairé par un rayon de lune. Jacques Cloutier. Monsieur Bruneau s'empare de son pistolet.

— Qu'est-ce que tu veux ?

— Ton argent.

— Je te l'ai déjà dit, j'en ai pas.

Puis un coup de feu retentit. Les deux hommes se jettent l'un sur l'autre. Les événements s'enchaînent comme dans un mauvais rêve. Amanda saute de la *sleigh*, trouve le pistolet à demi enfoui dans la neige, tente de viser Jacques Cloutier, mais tire en l'air pour séparer les deux hommes. Monsieur Bruneau détale sur le

41

chemin comme un chevreuil poursuivi par une meute de loups. Jacques le rattrape, brandit un couteau. Elle voit la lame s'enfoncer à plusieurs reprises dans le corps inerte. Sans même prendre conscience de ce qu'elle fait, elle court dans l'autre direction, la gorge et la poitrine en feu. Elle bifurque sur un chemin de traverse. Une lumière clignote au loin. Puis elle bute sur quelque chose et s'écroule sur le sol enneigé. Le temps s'arrête, comme suspendu. En ouvrant les yeux, elle voit un visage penché au-dessus d'elle. Jacques Cloutier… Un rayon de lune fait luire la lame de son couteau. La lame plonge, puis plus rien. Les ténèbres l'enveloppent comme dans un linceul.

Un hurlement sortit Amanda de sa torpeur. Un autre hurlement retentit, lui glaçant les veines. Des loups. Les hurlements semblaient s'approcher. Amanda reprit peu à peu ses esprits. *Il faut que je parte d'ici.* Elle fit un effort pour se lever, mais c'était comme si une main invisible l'empêchait de se mouvoir. Elle crut discerner un bruissement furtif non loin d'elle. *Fais un effort… Lève-toi…* Elle réussit à se tourner sur le côté. Une douleur aiguë la transperça. Elle respirait avec effort. Une sorte de sifflement sortait de sa gorge. Des hurlements s'élevèrent à nouveau. La peur la galvanisa. Elle se mit sur les genoux puis, s'accrochant aux branches d'un arbrisseau, réussit à se relever. Elle tenait à peine sur ses jambes tellement elles étaient paralysées par le froid. Elle regarda autour d'elle pour s'orienter. À sa gauche, elle aperçut des ombres furtives longeant un rideau de sapins dont les branches ployaient sous la neige. Une meute d'environ cinq loups se dirigeait vers elle. *Va-t'en d'ici… vite…* Devant elle, un champ blanc s'étendait à perte de vue. Elle tenta un premier pas, puis un autre. Ses pieds étaient gelés, elle ne les sentait plus. La neige craquait sous ses pas. La douleur lancinante à son côté droit ne la quittait pas. Soudain, elle crut voir une lumière trembloter à l'horizon, la même lumière qu'elle avait vue avant de trébucher et de perdre connaissance. *Pourvu que ce soit une maison…* Elle entendit des cris qui avaient une consonance presque humaine. Elle se retourna instinctivement : la meute s'approchait. L'espoir de trouver une maison et la crainte des loups la firent marcher un peu plus vite. C'est alors qu'une ombre se dressa devant elle. Un homme de grande taille dont la silhouette noire se découpait sur le ciel. La lune était à nouveau cachée par des nuages, elle ne distinguait pas les traits du visage, mais elle sut que c'était *lui*. Elle s'affala dans la neige. *Mon Dieu, ayez pitié de moi,* murmura-t-elle avant de sombrer encore une fois dans une nuit noire et sans rêves.

III

Québec
Le 1er août 1858

En quittant le refuge du Bon-Pasteur, Fanette marcha sur la rue Saint-Louis en direction du couvent des Ursulines. Des cloches se mirent à sonner. Elle se rendit compte qu'elle était déjà à deux pas de la rue du Parloir, et que c'était les cloches du monastère qui sonnaient ainsi. Soudain, une main se posa sur son bras. Elle se retourna brusquement, porta instinctivement la main à la bourse qu'elle gardait attachée à sa ceinture. Des voleurs à la tire avaient été vus dans le quartier, et elle ne tenait pas à se faire voler la maigre somme que le notaire lui remettait chaque semaine pour ses « petites dépenses », comme il les appelait. Elle reconnut avec soulagement le visage rousselé d'Oscar Lemoyne, le jeune journaliste qui travaillait pour le journal *L'Aurore de Québec*.

— Pardonnez-moi, mademoiselle, j'voulais pas vous effrayer.

— Madame, le corrigea-t-elle froidement. Je vous avais pris pour un voleur.

Elle remarqua alors un garçon qui, debout derrière Oscar, la fixait de ses grands yeux bruns.

— Chicanez-le pas, dit le garçon. Ça lui a pris quasiment un mois à vous mettre la main dessus !

Oscar devint rouge comme une pivoine.

Antoine s'avança d'un pas, bombant légèrement son torse maigre.

— Pis c'est grâce à moé ! J'vous ai vue au refuge. Après ça, Oscar et moi, on vous a suivie jusqu'icitte…

Oscar le coupa, irrité.

— S'il te plaît, Antoine, laisse-nous parler en paix.

Le garçon voulut protester. Oscar renchérit :

— Reviens au journal demain, je te donnerai d'autre ouvrage.

Antoine s'éloigna à regret. Fanette fronça les sourcils. Elle commençait à être agacée par les manières du journaliste.

— Comme ça, vous m'avez suivie ?

— J'ai une excellente raison, mademois… madame.

Il fouilla dans son veston, en sortit la lettre froissée et maculée par des traces de doigts.

— Une lettre. Elle est arrivée à la rédaction du journal à l'intention de « F.O. », il y a quelques semaines.

La jeune femme devint si pâle qu'il eut le réflexe de la soutenir, mais elle resta bien droite. Elle prit l'enveloppe, les yeux brillants d'espoir : c'était Amanda. Ça ne pouvait être qu'elle ! Elle examina l'adresse qui y avait été inscrite en lettres maladroites : « Rédaction de *L'Aurore de Québec,* rue Saint-Pierre, à l'att. de F.O. » Elle ne reconnut pas l'écriture, mais il y avait si longtemps qu'elle avait vu sa sœur, sa calligraphie avait peut-être changé. Puis elle se rendit compte que le rabat était décollé. Elle en fit la remarque à Oscar. Celui-ci s'empressa de la rassurer.

— Il s'est décollé tout seul. Je vous jure que j'y suis pour rien.

Le visage du journaliste exprimait une telle sincérité qu'elle décida de lui donner le bénéfice du doute.

— Merci de m'avoir apporté cette lettre. Vous ne savez pas à quel point c'est important pour moi.

Fanette rangea la missive dans son corsage et s'éloigna à pas rapides sur le trottoir de bois. Oscar suivit la jeune femme du regard, le cœur chaviré par le bonheur de lui avoir remis la lettre et d'avoir fait briller ses beaux yeux, et par un remords cuisant : celui d'avoir trahi sa confiance. Car il n'avait pu résister à la tentation d'ouvrir l'enveloppe et de lire la lettre, qui était rédigée en gaélique. Il avait réussi à la déchiffrer, ayant quelques notions de gaélique grâce à sa grand-mère maternelle, qui était d'origine irlandaise. Il avait beau se justifier en se répétant que son oncle Victor eût approuvé son geste, qu'un journaliste digne de ce nom devait être prêt à tout pour rechercher la vérité, n'empêche qu'il avait fait preuve d'une indiscrétion impardonnable. *Quel faux jeton !*

— Madame ! Madame !

Fanette se retourna, vit le jeune journaliste courir dans sa direction. Que lui voulait-il, cette fois ? Oscar s'arrêta à sa hauteur, tâchant de reprendre son souffle.

— Je voudrais m'excuser… En fait, j'ai… j'ai oublié de…

Il n'eut pas le courage de lui avouer son geste.

— … de vous demander… votre nom.

Elle hésita, puis se dit que c'était la moindre des choses, après le mal qu'il s'était donné.

— Fanette Grandmont.

Elle poursuivit son chemin. *Fanette Grandmont…* Enfin, il savait le nom de la jolie dame. Une horloge sonna les quatre heures. Sapristi… Et sa manchette qui n'était pas encore écrite ! *Le patron va m'attendre avec une brique pis un fanal…* Il héla un fiacre, fouilla dans ses poches à la recherche de monnaie, n'en trouva pas. Il avait tout donné à ce fichu Antoine. Il dut renvoyer le fiacre et se résigna à rentrer à pied à la rédaction.

❧

Fanette franchit la porte Saint-Louis et s'engagea sur la Grande Allée. La maison du notaire se voyait de loin, avec ses tourelles en poivrière festonnées de fer forgé et sa façade imposante. Madame Régine lui ouvrit. Elle lui jeta un coup d'œil empreint de reproches.

— C't'idée, mam'selle Fanette, de sortir au soleil sans chapeau ! Vous allez attraper un coup de sang !

Madame Régine s'entêtait à l'appeler « mam'selle », même si elle était mariée depuis le mois de mai. Fanette leva les yeux au ciel, agacée que tout un chacun se mêlât de la traiter comme une enfant sans défense. Elle s'avança et entra dans le hall, étonnée du silence qui régnait dans la maison. En passant devant le bureau du notaire, elle constata que la porte était fermée ; il y avait un rai de lumière sous la porte. Elle franchit l'escalier qui menait à l'étage, s'efforçant de ne pas faire de bruit. Philippe semblait être sorti, car elle ne le trouva ni dans l'étude, où il avait l'habitude de travailler, ni dans le boudoir attenant à leur chambre. Elle entra dans le boudoir, puis dans la chambre, verrouilla la porte à double tour et, sans prendre le temps de s'asseoir, le cœur battant la chamade, sortit de l'enveloppe une feuille pliée en deux. Cette fois, Fanette reconnut sans peine l'écriture de sa sœur Amanda. La lettre était rédigée en gaélique. De toute évidence, elle avait trouvé un moyen de n'être comprise que par elle, mais il y avait si longtemps qu'elle n'avait utilisé sa langue maternelle qu'elle eut du mal à la déchiffrer et qu'elle dut la relire à quelques reprises pour en comprendre chaque mot :

Mo Fionnualá,
Má fhaigheann tú an litir seo, bíodh a fhios agat go bhfanfaidh mé leat Dé hAoine an séú lá de Lúnasa istigh in eaglais Naomh Pádraig, ar sráid San Héilin, ag a haon déag a chlog. Beidh mé i mo shuí in aice le tuama an athar Mhic Mhathúna. Caithfidh mé muince ár máthar. Le cúnamh Dé, buailfimid le chéile arís eile.
Beidh grá agam duit i gcónaí,
Amanda

Ma Fionnualá,
Si tu reçois cette lettre, sache que je t'attendrai, le vendredi 6 août, à l'intérieur de l'église St. Patrick, sur la rue Sainte-Hélène, à onze heures. Je serai assise près de la tombe du père MacMahon. Je porterai le pendentif de notre mère. Si Dieu le veut, nos chemins se croiseront de nouveau.
Je t'aimerai toujours,
Amanda

48

Des larmes roulèrent sur ses joues sans même qu'elle s'en rende compte. Amanda lui avait enfin écrit. Sa sœur bien-aimée avait rompu le mur de silence qui les séparait et désirait la revoir. Elle lui avait même donné rendez-vous, le 6 août, qui était la date d'anniversaire de leur mère, Maureen. Elle était si bouleversée qu'elle eut du mal à se rappeler quel jour c'était. *Dimanche. Vendredi est dans cinq jours !* Dans cinq jours, elle verrait enfin Amanda. Elle posa la lettre sur son cœur, l'embrassa, la huma. Elle était redevenue la petite Fionnualá courant sur le chemin derrière leur maison de Skibbereen, sa main serrée dans celle d'Amanda, les yeux remplis de soleil et de ciel. Elles courent pieds nus à en perdre haleine jusqu'à la falaise et s'arrêtent juste avant de tomber dans le précipice, les orteils au bord du gouffre. Amanda rit, ses cheveux roux enflammés par la lumière. « *Féach a Fionnualá !* Regarde, Fionnualá ! » dit-elle en montrant les vagues qui se brisent sur les rochers, en contrebas. Fionnualá serre très fort la main de sa sœur et regarde en bas. Elle a peur, mais en même temps un délicieux vertige lui fait tourner la tête. L'écume blanche des vagues ressemble à des oiseaux.

Une cloche retentit, annonçant l'heure du thé. Le notaire avait exigé que la pauvre madame Régine sonne chaque fois que le thé ou un repas était servi, croyant que c'était une marque de bon goût et de respectabilité. Fanette jeta un coup d'œil autour d'elle, cherchant un bon emplacement pour ranger la lettre d'Amanda. Elle avisa son secrétaire en merisier à abattant. Elle ouvrit un tiroir situé sous le pigeonnier, en sortit une clé minuscule qu'elle inséra dans la serrure d'une armoirette encadrée par deux petites colonnes cannelées. L'armoirette s'ouvrit avec un léger grincement. Fanette s'empara d'un coffret incrusté de nacre, l'ouvrit, y glissa la lettre, le referma, puis remit la clé dans le tiroir. Elle sortit, rassurée.

IV

Village de La Chevrotière
Le 18 mars 1849

Amanda revint enfin à elle-même. Elle n'avait plus froid, ne sentait aucune douleur, comme si son corps avait reposé sur des nuages. *C'est peut-être cela, mourir,* se dit-elle. Ses yeux étaient fermés, mais elle avait la sensation d'une lumière vive. Puis elle entendit un bruit de pas. *C'est lui...* Elle ouvrit lentement les yeux, vit une ombre se profiler devant elle à contre-jour. *Jacques Cloutier...* Elle referma ses paupières, glacée par la terreur. *Mon Dieu, qu'on en finisse...*

— Amanda...

Elle ouvrit de nouveau les yeux, craignant de reconnaître le visage anguleux et sombre de Jacques Cloutier penché au-dessus du sien. Un homme au visage rond et jovial était debout à quelques pieds d'elle. Le soleil entrait à flots par une fenêtre derrière lui. Il lui sourit, visiblement soulagé.

— T'as dormi pendant trois jours d'affilée. T'as fait de la fièvre. T'as même déliré. Le docteur Boudreault a eu peur qu'on te perde.

Elle reconnut Pierre Girard, un jeune cultivateur dont la ferme était à un demi-mille de celle des Cloutier. La surprise et le soulagement la rendirent muette. C'était ce fermier qui avait montré de la compassion lorsqu'elle et sa sœur Fanette avaient tenté de fuir la ferme des Cloutier et qu'elles avaient été retrouvées par le père Cloutier près de la rivière Sainte-Anne, l'année précédente. Il y avait une bonté simple chez cet homme qui lui rappelait vaguement quelqu'un. Elle tenta de se souvenir des derniers événements, mais une sorte de brouillard couvrait ses pensées. Comme s'il devinait ses questions, le fermier poursuivit :

— Je t'ai trouvée dans le bois, pas loin de chez nous. Je t'ai ramenée icitte en traîneau.

Il hésita, puis enchaîna, visiblement mal à l'aise :

— T'en menais pas large. Y avait du sang partout.

Le souvenir d'un couteau s'enfonçant dans sa chair lui revint brusquement. Amanda se souleva sur ses coudes, prise par une panique incontrôlable.

— Aidez-moi… J'veux pas… j'veux pas… y retourner.

Le fermier fit un pas vers elle, ému par sa détresse. Quand il l'avait vue, toute pâle et recroquevillée sur la neige rougeâtre, à peine éclairée par la lune, il avait cru qu'elle était morte. Des loups hurlaient non loin de là. Il s'était penché au-dessus d'elle, avait constaté qu'elle respirait encore. Il y avait une tache sombre sous sa poitrine, à droite. Il avait délicatement soulevé la jeune fille, l'avait déposée sur son traîneau en essayant de ne pas lui faire mal. Elle avait gémi doucement, mais ses yeux étaient fermés, comme si elle dormait. Lorsqu'il était entré dans la maison, portant l'infortunée jeune fille dans ses bras, Aurélie avait failli se trouver mal.

— Mon doux ! Pauvre fille ! Qu'est-ce qui lui est arrivé, pour l'amour !

Le jeune couple avait transporté Amanda dans le lit de Benjamin, le plus vieux ; Pierre était allé quérir le docteur Boudreault, qui lui avait administré une décoction d'écorce de saule et avait examiné sa plaie, la mine dubitative. Dans sa vie de médecin de campagne, il avait vu des fractures, des blessures causées par des chutes ou un coup de sabot, des fièvres de toutes sortes, des crises de rhumatisme, mais jamais il n'avait soigné une blessure pareille. Il avait demandé à Pierre de quitter la chambre et envoyé Aurélie chercher de l'eau chaude et des linges. En partant, le docteur avait dit que la plaie était assez profonde, mais qu'elle ne semblait avoir atteint aucun organe vital. Amanda avait eu de la chance dans sa malchance. Pierre avait perçu de l'embarras dans l'attitude du médecin, sans en comprendre la raison.

— Tu resteras chez nous jusqu'à temps que t'aies repris du mieux, dit le jeune fermier à Amanda.

Elle se laissa retomber sur sa couche, visiblement soulagée. Il s'attarda. Pendant un instant, la curiosité prit le dessus sur la compassion.

— Comment tu t'es fait une blessure pareille ? dit-il.

Elle se raidit, la peur au ventre. *Il ne faut rien dire. Personne ne doit savoir...* Elle se souvint des hurlements qui s'étaient élevés dans la forêt pendant sa course affolée.

— Un loup. Y avait une meute pas loin.

Les loups... Il les avait bel et bien entendus, lorsqu'il avait hissé la pauvre Amanda dans son traîneau. Il secoua la tête, dubitatif.

— L'hiver a été dur, ça s'est déjà vu qu'une meute s'attaque à des humains.

Elle ne répondit pas. Ses traits étaient figés par la crainte. Il se tapota maladroitement les cuisses.

— Y faut continuer à dormir, ast'heure.

Il sortit en refermant doucement la porte. Elle s'étendit à nouveau, referma les yeux. Elle sentit peu à peu une chaleur bienheureuse gagner ses membres. *Dormir...* Ce mot recelait une douceur dont elle avait perdu l'habitude. Elle se laissa envahir par le sommeil.

❧

Un bruit de voix la réveilla. Le soir était tombé, mais elle n'avait aucune idée ni du jour ni de l'heure. Les voix semblaient provenir d'en haut, mais elle les entendait distinctement.

— On peut pas la garder éternellement...

— Elle est encore trop faible.

— Y a pas assez de place dans la maison. Benjamin gigote comme un ver à soie, y m'empêche de dormir. Éphrem pis Jeannot sont tannés de coucher dans le grenier, y ont eu frette la nuit passée. Sans compter notre p'tit qui est en route.

Les derniers mots se perdirent dans les hurlements d'un enfant.

— Benjamin ! Je t'ai dit cent fois de pas t'approcher du poêle !

Amanda réussit à s'asseoir et regarda autour d'elle. La pièce dans laquelle elle se trouvait était petite, meublée modestement, mais il s'en dégageait une paix rassurante : un bahut au pied du lit, une table de chevet sur laquelle se trouvait un broc en terre cuite, deux autres petits lits en fer placés dans un coin et couverts d'une courtepointe aux couleurs vives. Un vieux cheval à roulettes à la peinture usée avait été oublié par terre, près d'un berceau vide. Elle comprit qu'il s'agissait d'une chambre d'enfants. Elle sentit un léger tiraillement un peu au-dessus des côtes, tâta l'endroit à l'aveugle, se rendit compte qu'un pansement avait été enroulé autour de son tronc, sous la poitrine. Elle fit un mouvement involontaire qui provoqua une douleur soudaine à son côté droit. Sa blessure… Elle fit attention de ne pas bouger ; la douleur s'estompa. On frappa à la porte, qui s'ouvrit. Une jeune femme à la mine accorte entra dans la chambre. Elle apportait un bol fumant. Son ventre était arrondi, sa démarche un peu lourde. Elle avait le teint frais et l'embonpoint des personnes en santé et bien nourries. Le petit Benjamin était debout devant la porte entrouverte, son pouce dans la bouche, des traces de larmes sur ses joues. Aurélie se tourna vers son fils.

— Benjamin, y est temps d'aller dormir.

— J'veux mon histoire avant.

— Monte, je te rejoins bientôt.

L'enfant s'éloigna à regret. Aurélie s'approcha du lit.

— Ça va mieux, on dirait, dit-elle. Tu devrais être sur tes pattes dans pas longtemps.

Il y avait une sécheresse dans sa voix qui contredisait son air avenant. *Elle ne veut pas de moi,* se dit Amanda. Pourtant, elle se sentait encore si faible ! Elle ramena la couverture sur elle, comme pour se protéger. Aurélie déposa le bol sur la table de chevet, ainsi qu'une cuillère qu'elle sortit de son tablier.

— Un bouillon de poule. T'as rien mangé depuis que mon mari t'a ramenée.

La jeune femme s'attarda.

— Tu parlais beaucoup durant ta fièvre. Des mots dans une drôle de langue.

Amanda ne répondit pas. *Is binn béal ina thost,* le silence est d'or, comme le disait son père quand elle était petite.

— Des fois, tu parlais en français. Un moment donné, t'as dit : « Il l'a tué. »

— Je me souviens de rien, murmura Amanda.

Aurélie prit le bol de soupe et la cuillère, les tendit à Amanda. Cette dernière se rendit compte qu'elle mourait de faim. Elle s'empara du bol et but une gorgée sans utiliser la cuillère. Elle se brûla un peu la langue, mais la chaleur lui fit du bien. Aurélie se tenait debout près du lit, les mains sur son ventre rond.

— Un homme a été assassiné y a une couple de jours. Tout le monde en parle au village. Un nommé Jean Bruneau. Y était couvert de coups de couteau, à c'qui paraît.

Jean Bruneau… Toute la scène lui revint comme une bourrasque de neige. Il était mort, par sa faute… Le bol de soupe lui glissa des mains. Aurélie se pencha vers elle, le rattrapa avant qu'il ne se fracasse par terre.

— Tu m'as fait une de ces peurs ! T'as failli te brûler…

Elle voulut aider Amanda à manger. Cette dernière secoua la tête. Sa pâleur était telle que l'épouse du cultivateur eut pitié d'elle. Elle approcha une chaise du lit, s'y installa en s'appuyant sur le dossier. Aurélie n'en était qu'à six mois de grossesse, mais son ventre était déjà si rond que le docteur Boudreault était convaincu qu'elle aurait des bessons. Elle reprit le bol, y plongea la cuillère, l'approcha de la bouche d'Amanda. Celle-ci gardait la bouche obstinément fermée.

— Y faut manger, Amanda. Sinon, tu reprendras jamais tes forces.

Amanda se laissa faire; son corps était parcouru d'un léger frémissement. Aurélie se rappela un oiseau blessé qu'elle avait ramassé sur le chemin, quand elle était petite. Il avait une aile cassée. Elle l'avait placé délicatement dans le creux de sa main. Le cœur de l'oiseau battait très vite, mais il n'avait pas tenté de s'envoler. Elle l'avait ramené à la ferme et l'avait nourri de quelques grains. Son bec s'ouvrait et se fermait doucement. Elle l'avait trouvé mort quelques jours plus tard.

Amanda termina la soupe. Elle se sentait déjà mieux. Aurélie se leva, une main sur le ventre, reprit le bol et la cuillère.

— T'as eu de la chance que mon Pierre t'ait trouvée.

Amanda acquiesça en silence. Aurélie l'observait à la dérobée.

— Ç'a l'air que t'as été attaquée par un loup.

Amanda acquiesça à nouveau. Aurélie poursuivit:

— J'ai été mordue par un chien quand j'étais petite. Les dents ont laissé des marques, regarde.

Aurélie releva une manche, lui montra sa paume.

— J'ai aidé le docteur Boudreault à panser ta plaie. Y avait pas de traces de morsure.

Amanda la regarda sans répondre, les yeux agrandis par l'effroi. Aurélie mit une main sur son bras. Il y avait une certaine douceur dans sa voix.

— Si c'est Jacques Cloutier qui t'a fait ça, tu devrais le dénoncer à la police. C'est un homme dangereux.

La fermière vit la peur dans les yeux de la jeune fille.

— Mon Pierre l'a vu à l'aube, y pêchait en amont de la rivière Sainte-Anne. Y a détalé comme un lapin quand y a aperçu mon mari. Un coupable aurait pas fait autrement.

Amanda fut tentée de tout lui raconter: sa tentative de sauver monsieur Bruneau, le fusil enrayé, sa course éperdue, sa terreur lorsque le visage menaçant de Cloutier s'était penché au-dessus d'elle... La peur l'en empêcha. Si jamais Cloutier apprenait qu'elle l'avait trahi, il la retrouverait et la tuerait. Ou pire, il s'en prendrait à Fanette. Cette pensée la glaça d'effroi. *Fionnualá...* Elle lui avait promis de revenir la chercher. Maintenant, Jean Bruneau était mort, elle était blessée, et Jacques Cloutier s'était tapi quelque part, aux abois, tout près de là… Elle se contenta de dire:

— J'ai été attaquée par un loup. S'il vous plaît, gardez-moi ici.

Aurélie regarda la jeune fille, toute menue dans la robe de nuit blanche qu'elle lui avait prêtée, les yeux suppliants. La pitié lui serra le cœur. Dieu sait que la pauvre Amanda avait eu son lot de souffrances. Pierre lui avait raconté par le menu la fois qu'Amanda et sa petite sœur Fanette s'étaient enfuies de la ferme et qu'on les avait retrouvées, grelottantes de froid, au bord de la rivière Sainte-Anne. Amanda prétendait que le père Cloutier les battait, elle et sa sœur, et qu'elles ne mangeaient pas à leur faim. À regarder les « p'tites Irlandaises » à la messe du dimanche, maigres comme des piquets de clôture et pâles comme la lune, elle n'avait aucune peine à le croire. « Gardez-moi ici… » Aurélie avait aidé le docteur Boudreault à laver et à panser la plaie. Impossible de ne pas remarquer son ventre arrondi. La pauvre petite était en famille. Le docteur Boudreault avait hoché la tête, mais n'avait rien dit: il pratiquait la médecine depuis plus de vingt ans à La Chevrotière, comme son père avant lui, et avait appris que la discrétion était une règle d'or pour un médecin de campagne. Aurélie elle-même n'en avait encore rien dit à son Pierre, mais il faudrait bien qu'elle lui en parle un jour ou l'autre. De toute manière, il finirait par s'en rendre compte. Elle avait ses doutes sur l'identité du père de l'enfant. Le fils Cloutier avait mauvaise réputation. On disait à travers les branches qu'à chaque printemps, à son retour du chantier, il dépensait tout son argent à Québec, chez des femmes de mauvaise vie. Il ne mettait jamais le bout de l'orteil à l'église, courait après tous les jupons qui passaient, même après son mariage avec la pauvre Catherine. Lorsqu'elle le croisait, parfois, sur le chemin du Sablon, il la reluquait de haut en bas, lui faisait une œillade. Une fois, il lui avait même bloqué le chemin de tout son corps, robuste comme un tronc d'arbre. Elle avait crié. Heureusement, Pierre, qui labourait dans leur champ non loin de là, l'avait entendue et était accouru vers eux. Les deux hommes s'étaient toisés longuement, et le fils Cloutier lui avait lancé, un rictus ironique aux lèvres :

— T'inquiète pas, je touche pas aux femmes mariées, sauf la mienne !

Rien ne l'étonnerait d'un mécréant pareil, qui ne croyait ni à Dieu ni à diable. La dernière chose qu'elle souhaitait, c'était qu'il apprenne qu'Amanda avait trouvé refuge chez eux. Elle s'approcha du lit. Amanda s'était rendormie. Son visage avait recouvré une certaine sérénité dans le sommeil. La fermière remonta la couverture pour qu'elle reste bien au chaud. Dès qu'Amanda serait sur pied, il lui faudrait partir.

V

Québec
Le 1ᵉʳ août 1858

Le boghei roulait sur la rue Saint-Flavien. Emma conduisait, la mine préoccupée. Eugénie, assise à côté d'elle, lui jeta un coup d'œil inquiet. Depuis leur départ du refuge, Emma n'avait pas prononcé un mot, ce qui ne lui ressemblait pas. Eugénie se doutait des raisons de son mutisme et se garda bien de forcer ses confidences. La voiture croisa la rue des Remparts, puis s'engagea dans la rue Sous-le-Cap. Des vêtements séchaient au-dessus des balcons et ondulaient sous la brise, tels des oiseaux. Emma finit par briser le silence.

— Fanette m'annonce qu'elle attend un enfant, et tout ce que je trouve à lui dire, c'est qu'elle est trop jeune ! Quelle mauvaise mère je suis !

— Est-ce qu'une mauvaise mère s'inquiéterait pour sa fille ?

— Une bonne mère aurait gardé ses inquiétudes pour elle.

Le boghei s'arrêta devant leur maison. Le parfum suave des roses sauvages grimpant sur la tonnelle embaumait l'air. Emma descendit de la voiture, tenant fermement les rênes. Ce qu'elle n'osait avouer, c'était qu'au fond d'elle-même elle aurait souhaité un avenir différent pour Fanette. Pourtant, elle avait tout mis en œuvre pour permettre son mariage avec Philippe, jusqu'à sacrifier une part importante des revenus que ses terres lui rapportaient afin de lui constituer une dot, malgré ses préventions contre le notaire Grandmont et les conseils de son avoué, maître Hart. Le bonheur de Fanette en dépendait. Mais elle ne pouvait s'empêcher de rêver pour sa fille bien-aimée d'une existence plus libre, d'un horizon plus large que celui des devoirs du mariage, auxquels elle avait elle-même échappé. Eugénie descendit à son tour tandis qu'Emma déverrouillait la clôture qui menait à la cour intérieure.

Un cabriolet noir s'immobilisa derrière le boghei. Un homme plutôt grand, portant un chapeau haut de forme et une redingote noire, en sortit. Emma tourna la tête, le reconnut aisément, bien qu'elle ne l'eût rencontré qu'une fois, il y avait longtemps : le coroner Duchesne. Ses cheveux et ses favoris avaient blanchi, mais pour le reste il n'avait pas changé. C'était le genre d'homme sur lequel le temps semble ne pas avoir de prise. Ou bien était-ce l'administration de la justice qui figeait ses traits en un masque froid et intemporel ? Le coroner s'approcha des deux femmes.

— Madame Emma Portelance ? dit-il à Emma.

— Elle-même, répondit-elle, tâchant de masquer l'appréhension que l'on éprouve toujours devant un représentant de l'ordre, même si l'on n'a rien à se reprocher.

— Georges Duchesne, coroner. J'aurais quelques questions à vous poser.

— À quel sujet ?

Le coroner désigna la porte de la maison.

— Vous permettez ?

Eugénie déposa le canard en fer-blanc sur le poêle tandis que le coroner, son chapeau à la main, debout près de sa chaise, attendait poliment qu'Emma prenne place avant de s'asseoir à son tour. Emma décida de rester debout, espérant ainsi abréger l'entretien. Le coroner se contenta de déposer son haut-de-forme sur la table.

— Si je ne me trompe pas, vous avez une fille adoptive.

C'était davantage une affirmation qu'une question. Une sourde inquiétude s'empara d'Emma. Pourquoi s'enquérait-il de Fanette ? Que lui voulait-il ?

— Oui.

— J'imagine qu'elle porte votre nom de famille ?

— Non. J'ai tenu à ce qu'elle garde son nom irlandais, en mémoire des siens.

— O'Brennan, n'est-ce pas ?

Emma le regarda, saisie. Elle tenta de se rappeler les détails de leur rencontre, lorsqu'elle lui avait rendu visite à son bureau du palais de justice, il y avait de cela… *mon Dieu, ça fait au moins une dizaine d'années.* Comme s'il avait suivi le cours de ses pensées, il enchaîna :

— En juin 1849, vous m'aviez demandé ce qu'il était advenu d'Amanda O'Brennan, en spécifiant qu'elle était la sœur aînée de votre fille.

Emma tâcha de cacher l'inquiétude qui la gagnait.

— Vous avez une bonne mémoire.

Elle comprit que l'entretien durerait plus longtemps qu'elle l'aurait souhaité et se résigna à s'asseoir. Le coroner l'imita. Eugénie apporta une théière et deux tasses en porcelaine qui avaient appartenu au père d'Emma, le seigneur de Portelance. Elle remplit les tasses de thé bouillant et s'éclipsa discrètement. Le coroner examina sa tasse avec intérêt.

— Porcelaine du Staffordshire. Vous avez du goût, madame Portelance.

— Si vous en veniez au fait ?

Le coroner but une gorgée de thé et déposa la tasse sur la table.

— Je recherche Amanda O'Brennan comme témoin du meurtre de Jean Bruneau.

— Je croyais cette affaire résolue, répondit Emma, la voix blanche.

— Une affaire n'est jamais résolue tant qu'on n'en a pas retrouvé l'assassin.

Emma faillit s'exclamer : Jacques Cloutier a été exécuté ! Mais elle se contint à temps. Elle ne voulait pas en dire trop au coroner. Ce dernier se pencha vers elle :

— Votre fille pourrait m'aider à retracer sa sœur. Vous permettez que je m'entretienne avec elle quelques instants ?

— Ma fille n'habite plus sous mon toit.

Il lui jeta un regard interrogatif.

— Elle est mariée. Elle a épousé le fils du notaire Grandmont. Ils attendent leur premier enfant, lui lança-t-elle, l'air de lui dire « laissez-les en paix ».

Elle ne souffla pas un mot du fait que Fanette recherchait sa sœur aînée depuis des mois, allant jusqu'à placer un « annoncement » dans le journal *L'Aurore de Québec* pour la retracer. Le coroner observa Emma Portelance, songeur. *Cette femme serait capable de gravir des montagnes pour protéger sa fille,* se dit-il. *Et peut-être même pour couvrir sa sœur, qui sait…* Il connaissait le nom du notaire Grandmont pour l'avoir vu quelques fois dans les chroniques mondaines des journaux de Québec.

— Quel est le prénom de votre fille ?

Emma répondit avec réticence.

— Fanette.

— Merci de votre collaboration, madame.

Il inclina légèrement la tête, remit son chapeau et partit.

Emma souleva le rideau de sa fenêtre et vit le coroner monter dans son cabriolet noir. Un cocher referma la portière, grimpa sur son siège et fouetta son cheval. La voiture s'ébranla. Elle la suivit des yeux jusqu'à ce qu'elle la perde de vue. Cet homme lui rappelait vaguement quelqu'un. *Javert…* Le docteur Lanthier lui avait prêté *Les Misérables*, de Victor Hugo. L'inspecteur Javert y poursuivait avec acharnement l'ancien bagnard Jean Valjean, dont le seul crime avait été de voler un pain. Le coroner avait la même politesse mêlée à la pugnacité, l'apparente bonhomie cachant une volonté de fer… Eugénie vint rejoindre Emma.

— Il est parti ?

Emma acquiesça.

— Si Amanda est encore à Québec, il la retrouvera. Et Dieu sait ce qui pourrait arriver ensuite…

Elle laissa retomber le rideau, la mine préoccupée.

— Il faut que je la voie !

Eugénie la regarda, abasourdie.

— De qui parles-tu ?

— Fanette. Je dois l'avertir que le coroner recherche sa sœur.

Emma mit son chapeau à large bord et sortit en coup de vent par la porte de la cuisine, la laissant entrouverte. *Une mère restera toujours une mère*, pensa Eugénie en la regardant se diriger vers le hangar qui servait d'écurie. Une mère… C'est ce qu'Emma avait été pour elle, dès le jour où elle l'avait hébergée. Emma lui avait tout appris : à lire, à écrire, à compter, à cuisiner. C'est elle qui lui avait montré le nom des plantes, des villes, des pays ; grâce à elle, elle savait que la Terre était ronde et que ce n'était pas sa faute si, à l'âge de dix-neuf ans, elle s'était retrouvée dans la rue, sans ressources, tellement désespérée qu'elle avait même songé à se jeter dans le fleuve pour en finir avec ses jours. Jamais Emma ne l'avait jugée ni n'avait posé de questions sur son passé. Tout ce qu'Eugénie lui avait confié, c'était qu'elle avait quitté son village pour trouver du travail dans la grande ville et que les choses avaient mal tourné pour elle.

Eugénie rinça les tasses, les essuya et les rangea dans l'armoire, puis sortit dans la cour pour profiter d'une légère brise qui commençait à rafraîchir l'air encore chargé d'humidité. Emma finissait d'atteler sa jument. Une grive à gorge orangée s'époumonait, perchée sur la branche d'un pommier. Elle écouta son chant mélancolique. Elle n'avait jamais eu le courage de dire la vérité à Emma. Dieu sait pourtant qu'elle avait mis toute sa confiance en elle, et ne craignait ni son jugement ni la perte de son affection. Était-ce la honte qui l'empêchait de se confier ? Non, pas la honte. Peut-être le remords. La mélopée de la grive semblait ponctuer ses pensées. Elle se pencha, cueillit un brin de sauge qu'elle froissa entre ses doigts. La douleur ne s'était pas estompée avec les années, mais avait pris des tonalités différentes, comme un paysage dont les couleurs changent avec les saisons. Certains jours étaient marqués dans un calendrier imaginaire ;

ces jours-là, l'acuité de son chagrin l'étonnait elle-même. Ce secret, qu'elle avait si soigneusement enfermé dans un tiroir de sa conscience, lui pesait tant qu'il lui faudrait bien un jour s'en libérer.

VI

Village de La Chevrotière
Début d'avril 1849

Amanda ouvrit les yeux, réveillée par les pleurs d'un enfant. Sûrement le petit Benjamin qui s'était encore fait mal en tombant.
Deux semaines s'étaient écoulées depuis que Pierre Girard l'avait
retrouvée dans la forêt. Amanda était encore faible, mais la fièvre
était complètement tombée. Le docteur Boudreault était revenu
pour examiner la plaie et s'était montré satisfait : elle se refermait
comme il le fallait, il n'y avait pas de trace d'infection. Il avait
refusé en bougonnant l'argent que lui avait tendu Pierre Girard :

— Tu me donneras un peu de viande, quand tu feras
boucherie.

On frappa à la porte. Amanda s'enveloppa aussitôt de sa
couverture, de crainte qu'Aurélie ou Pierre Girard ne la voient
en robe de nuit. Son ventre s'était encore arrondi, ses efforts pour
le masquer étaient vains. Elle insistait pour faire sa toilette toute seule et, lorsque Aurélie lui apportait un repas ou que Pierre
venait prendre de ses nouvelles, elle gardait la couverture
remontée jusqu'au cou. Heureusement, les nausées avaient disparu, mais sa poitrine avait enflé et elle savait que tôt ou tard,
les Girard devineraient son état. Que deviendrait-elle ? Ils la
chasseraient sans doute. Ils avaient beau avoir fait preuve de
bonté à son égard, jamais ils ne pourraient garder une fille-mère
sans s'attirer les foudres du curé et la désapprobation de tout le
village. Même en admettant qu'ils acceptent une situation aussi
compromettante, ils finiraient par savoir qui était le père. Non,
elle n'avait rien à attendre de personne, aucune pitié, aucune

compassion, alors que Jacques Cloutier était responsable de son malheur. Elle eut envie de crier devant tant d'injustice. Qu'avait-elle fait pour mériter un tel sort ?

La porte s'ouvrit. Aurélie entra dans la chambre les bras chargés de vêtements. Il y avait deux jupes, deux chemises et un châle en laine du pays qu'elle s'était procurés aux bonnes œuvres de madame Bérubé, la ménagère du curé Normandeau.

— Tiens, c'est pour toi, avait-elle dit en déposant les vêtements sur le lit.

Elle s'attarda, visiblement embarrassée.

— C'est assez large pour cacher tes... tes rondeurs.

Les deux jeunes femmes échangèrent un long regard. *Elle le sait*, pensa Amanda. Elle avait tellement redouté ce moment, et voilà que le visage de la fermière, au lieu de montrer de la dureté ou de la réprobation, affichait plutôt de la douceur. Quant à Aurélie, elle n'avait pas eu le cœur de mettre la pauvre petite à la porte. On aurait dit que le fait qu'elle attende elle-même un enfant lui permettait de mieux comprendre la situation dans laquelle la jeune Irlandaise était plongée. Et puis ses craintes quant à la menace que constituait pour eux Jacques Cloutier s'étaient peu à peu estompées. Il est vrai que son Pierre l'avait vu pêcher dans la rivière Sainte-Anne, quelques jours après l'assassinat du pauvre négociant, mais il avait complètement disparu depuis, comme s'il n'avait été qu'un mauvais rêve. La rumeur courait qu'il s'était enfui pour échapper à la police. Un bûcheron qui avait connu Cloutier au chantier prétendait qu'il avait été vu dans la forêt, au nord de Québec. Le bedeau, dont le frère était *cook* sur un bateau, affirmait que Cloutier s'était engagé comme marin sur un navire marchand. *Bon débarras*, pensa Aurélie.

— Vous allez me garder ? finit par dire Amanda.

Aurélie haussa les épaules.

— Faut d'abord que j'en parle à mon Pierre.

Le soulagement se lit sur les traits d'Amanda. Le fermier était un homme bon ; il avait trop de cœur pour la jeter dehors, même dans son état. L'espoir lui gonfla le cœur.

Quand le soir fut tombé, après avoir aidé Benjamin à faire sa prière et l'avoir bordé, Aurélie éteignit la lampe et rejoignit Pierre dans leur lit. Elle se coucha en chien de fusil, car c'était la seule position qui lui permettait de dormir. Elle tourna la tête vers lui et lui parla en chuchotant, pour ne pas réveiller Benjamin. Pierre se contenta de dire, lorsque sa femme lui apprit qu'Amanda était enceinte :

— Pauvre fille. Penses-tu que le père…

Il n'alla pas jusqu'au bout de sa pensée, mais sa femme la devina sans peine.

— Ça m'étonnerait pas. Y en serait ben capable.

Ils gardèrent le silence. Le cri d'un engoulevent s'éleva. Pierre caressa le ventre de sa femme. Depuis qu'il avait ramené Amanda chez eux, il se sentait une sorte de devoir envers elle, comme celui d'un frère aîné pour sa sœur la plus jeune.

— Si t'es d'accord, on pourrait la garder avec nous.

C'est la réponse qu'espérait Aurélie. Il poursuivit en chuchotant :

— Où c'est qu'on la logerait ?

Aurélie avait déjà songé à la question.

— Ça fait des mois qu'on pense à agrandir la maison. Tes frères pourraient nous donner un coup de main.

Pierre réfléchit à la proposition de sa femme. Il avait une bonne provision de bois bien sec qui n'avait pas servi durant l'hiver, juste assez pour construire une rallonge, à côté de la cuisine d'été. Ses frères, qui habitaient aux Grondines, à l'ouest du village de La Chevrotière, pourraient effectivement leur prêter main-forte. Ainsi, ils garderaient Amanda avec eux et la logeraient convenablement, tandis que les enfants retourneraient dans leur chambre. Il pourrait commencer le travail dès que la boue qui couvrait les routes serait asséchée et que le beau temps serait installé. Il prit la main de sa femme et la serra dans la sienne, comme pour signifier son accord. Tous deux continuaient à réfléchir, bercés par les sons de la nuit.

— Comment on va faire pour l'accouchement ? dit Pierre, anxieux malgré tout.

— Amanda accouchera ici. Ma mère nous aidera.

La mère d'Aurélie était fermière, mais pratiquait aussi le métier de sage-femme.

— Le curé Normandeau…

Elle le coupa :

— Le curé pourra pas nous reprocher de faire preuve de charité chrétienne.

L'homélie du curé Normandeau, le dimanche précédent, n'avait-elle pas porté sur la charité et l'importance de venir en aide à son prochain ?

VII

Québec
Le 1ᵉʳ août 1858

Le boghei d'Emma roulait rapidement sur la chaussée de pierre de la rue Saint-Jean, qui venait d'être pavée. Les roues faisaient un bruit d'enfer. Elle dut s'arrêter à l'intersection des rues Saint-Jean et d'Auteuil pour laisser passer un omnibus qui avançait lentement sur les rails, tiré par deux chevaux de trait. Emma poussa une exclamation d'impatience. Un jour, on inventerait sûrement un moyen de transport plus efficace que ces voitures bringuebalantes qui se déplaçaient à la vitesse d'une tortue !

L'omnibus s'éloigna en grinçant, dégageant enfin la voie. Emma fit claquer son fouet. La jument, qui n'avait pas l'habitude d'être pressée de la sorte, tourna la tête vers sa maîtresse, comme pour lui en faire reproche.

— Allez, un petit effort, plaida Emma.

La voiture se remit en route et s'engagea sur la rue d'Auteuil, puis tourna ensuite sur Saint-Louis, qui était un peu moins achalandée que d'habitude. Quelques passants se hâtaient sur le trottoir en bois, l'air pressé ; des ménagères, un panier sous le bras, se rendaient au marché. C'est avec soulagement qu'Emma franchit la porte Saint-Louis et roula enfin sur la Grande Allée. Un sentiment d'urgence l'habitait. Il fallait qu'elle trouve le moyen de parler seule à seule avec Fanette sans éveiller les soupçons du notaire.

⁓

Madame Régine était en train de verser du thé dans des tasses en porcelaine que le notaire avait fait venir d'Angleterre à grands frais. On frappa soudain à la porte. Le notaire fronça les sourcils, mécontent.

— Il n'y a plus de savoir-vivre dans cette ville ! s'exclama-t-il. Nous déranger en plein goûter !

Il fit signe à madame Régine de continuer à servir le thé. Après un moment, des coups retentirent à nouveau, redoublant d'intensité. Mécontent, le notaire se leva.

— Qu'est-ce que c'est que ces manières !

Le notaire se dirigea d'un pas ferme vers l'entrée, sans se rendre compte qu'il tenait encore sa serviette de table dans une main. Il ouvrit la porte. Un homme à la mine sévère, portant un haut-de-forme, se tenait debout sur le seuil, flanqué par deux policiers en uniforme. Le notaire les regarda sans comprendre. Puis une pensée affreuse s'insinua en lui. Ces policiers étaient ici pour lui. Le moment qu'il avait craint pendant toutes ces années était venu. Il allait payer pour sa faute. Le notaire serra la serviette blanche dans son poing. L'homme enleva poliment son chapeau.

— Je voudrais parler à madame Grandmont, s'il vous plaît.

Le notaire se ressaisit. Il s'épongea discrètement le front.

— Ma femme est indisposée.

Le notaire fut sur le point de refermer la porte lorsque l'homme s'avança sur le seuil avec l'assurance que donne, même aux hommes les plus modestes, l'exercice quotidien de l'autorité.

— Permettez, monsieur Grandmont. Je suis le coroner Georges Duchesne. Puis-je entrer ?

Le notaire n'avait jamais rencontré le coroner en personne, mais il le connaissait de réputation. C'était un personnage important à Québec. Il se résigna à le laisser franchir le seuil. Le coroner, suivi par les deux policiers, s'avança dans le hall. L'immense lustre jetait un éclairage vif dans la pièce, faisant luire les lambris de chêne qui ornaient les murs. Les deux policiers s'arrêtèrent sur leurs pas, intimidés malgré eux par les meubles cossus, l'imposant escalier, le salon luxueux où l'on distinguait le manteau de la cheminée dans une demi-pénombre.

— C'est à votre belle-fille que je souhaite parler. Madame Fanette Grandmont.

— À quel sujet ? dit le notaire, la voix tranchante.

Fanette, qui avait entendu les voix, s'avança dans le hall.

— Je suis Fanette Grandmont.

❧

Emma aperçut à distance la maison du notaire, dont les tourelles se détachaient sur un ciel sans nuages. C'est alors qu'elle vit un cabriolet noir immobilisé devant la maison. Elle reconnut sans peine la voiture de coroner Duchesne. Quelques passants s'étaient attroupés près du cabriolet, le montrant du doigt. Elle comprit qu'elle était arrivée trop tard.

❧

Le coroner but une gorgée du thé que madame Régine avait apporté sur un plateau en argent massif. Il le trouva excellent. Du reste, tout dans cette maison, du service à thé en porcelaine de Wedgewood vert saule jusqu'aux rideaux en velours damassé, trahissait le confort et l'opulence bourgeois. Il jeta un coup d'œil à la jeune femme, assise sur un canapé en face de lui, avec son mari à ses côtés. Décidément, cette Fanette O'Brennan avait fait un bon mariage.

— Si je ne me trompe pas, madame Grandmont, vous avez une sœur du nom d'Amanda O'Brennan ?

Fanette accusa le coup. Comment le coroner avait-il pu faire le lien entre sa sœur et elle ?

— Oui, finit par répondre Fanette, tâchant d'affermir sa voix.

Le notaire, debout près de la cheminée, tourna la tête vers Fanette, saisi. Sa belle-fille avait une sœur ? Première nouvelle… Fanette sentit l'angoisse étreindre sa poitrine. La mine grave du coroner et la présence des deux policiers lui firent soudain craindre le pire.

— Il ne lui est rien arrivé j'espère ? demanda-elle, la gorge serrée.

Le coroner répondit à sa question par une autre.

— Avez-vous revu votre sœur récemment ?

La question du coroner la rassura. S'il cherchait à s'informer au sujet d'Amanda, c'est qu'il ne lui était rien arrivé de fâcheux. La réponse à donner était cependant plus épineuse. La dernière fois qu'elle avait aperçu Amanda, c'était devant la prison de Québec, au moment de la pendaison de Jacques Cloutier. Elle n'osait imaginer la réaction du notaire s'il apprenait que sa belle-fille avait assisté à une exécution ! Mais surtout, elle se méfiait du coroner de toute son âme. Quelque chose dans son attitude, sa fausse bienveillance peut-être, la mettait sur ses gardes.

— Non. Je n'ai pas revu ma sœur depuis près de dix ans.

Le coroner ne la quittait pas des yeux.

— Vous n'avez jamais eu de nouvelles ? Pas même une lettre ?

Fanette déposa sa tasse sur la table. Elle espérait que le coroner n'avait pas remarqué le tremblement de sa main. *Reste calme.* L'image d'Emma lui vint à l'esprit et lui donna un regain de courage.

— Non, rien.

Le coroner l'observa en silence. Cette jeune femme mentait, il en était convaincu. Elle avait eu beau soutenir son regard sans broncher, il avait entendu le léger tintement de la tasse lorsqu'elle l'avait posée sur la soucoupe.

— Vous n'avez jamais cherché à la revoir ?

Philippe, qui commençait à bouillir, intervint.

— Ma femme a clairement répondu à vos questions.

Le coroner ignora l'intervention du jeune homme.

— S'il vous plaît, madame Grandmont, répondez.

En voyant la mine déterminée du coroner, Fanette eut l'intuition qu'il serait inutile, voire dangereux, de ne pas dire au moins une partie de la vérité.

— Bien sûr que j'ai cherché à la revoir. Je n'ai pas réussi à la retrouver.

Le coroner ne put s'empêcher d'admirer la détermination dans son regard, la fermeté dans son maintien. Le notaire, excédé par ce qu'il considérait comme une intrusion révoltante dans leur vie privée, intervint à son tour :

— Enfin, pour quelle raison recherchez-vous cette Amanda O'Brennan ?

Le coroner fut ravi de la perche que lui tendait le notaire sans le savoir. Sa longue expérience lui avait appris à attendre jusqu'au dernier moment avant de dévoiler sa carte maîtresse.

— Amanda O'Brennan semble avoir été le seul témoin du meurtre de Jean Bruneau, commis le 15 mars 1849.

Le notaire eut l'impression que le sol se dérobait sous ses pieds. Non seulement il n'était pas au courant du fait que Fanette avait une sœur, mais maintenant il apprenait par la bouche du coroner que cette Amanda O'Brennan était recherchée comme témoin d'un meurtre ! Que la famille Grandmont pût être associée, même indirectement, à une affaire aussi sordide l'horrifia. Quel scandale, si cela devait se savoir dans la haute ville ! Il était déjà assez humiliant de voir des policiers débarquer chez lui… Il imaginait à l'avance les voisins se délectant de cette nouvelle croustillante dans tous les cercles de la capitale. Il regretta amèrement d'avoir cédé aux instances de son fils et d'avoir accepté son mariage avec cette Irlandaise. La dot d'Emma Portelance avait finalement eu raison de ses préventions, mais s'il avait su alors le prix qu'il aurait à payer… Il afficha un masque de dignité et de résolution malgré sa colère et ses craintes.

— Ma belle-fille n'a jamais revu cette… personne. Maintenant, je vous en prie, j'ai beaucoup à faire.

Le coroner, satisfait de l'effet qu'avait eu sa tirade, mais sachant qu'il n'en saurait pas plus long, à tout le moins pour le moment, se leva, salua poliment la compagnie et prit son haut-de-forme, que madame Régine lui tendait, la mine méfiante. Le notaire attendit que le coroner et les deux policiers soient enfin partis, puis demanda sèchement à madame Régine de retourner à ses fourneaux. Elle obtempéra, sentant qu'un orage se préparait. Le notaire se tourna vers Fanette. Son visage était de glace.

— Ainsi, votre sœur est une criminelle recherchée par la police. Je comprends que vous m'en ayez caché l'existence.

Fanette se leva, la révolte au cœur.

— La police la recherche comme témoin, cela en fait-il une criminelle ? s'écria-t-elle, indignée.

Le notaire la toisa avec froideur.

— Peu m'importe qu'elle soit coupable ou non. Ce qui importe aux yeux du monde, ce sont les apparences. Avez-vous revu votre sœur ? Avez-vous échangé des lettres ?

Fanette garda le silence. Le notaire martela :

— Répondez !

Philippe se leva à son tour, mit une main sur l'épaule de Fanette, comme pour la protéger.

— Père...

Le notaire gardait ses yeux d'un bleu presque transparent fixés sur Fanette. *Dieu merci, j'ai eu le bon sens de cacher la lettre d'Amanda,* pensa-t-elle. Il ne fallait surtout pas que son beau-père en apprenne l'existence.

— Non.

Le notaire continua à la fixer comme s'il cherchait à lire dans son âme.

— Comprenez-moi bien, Fanette. Si vous m'avez menti, je finirai par le savoir. En attendant, vous devez couper tout lien avec votre sœur. J'ai eu assez d'une visite de la police dans ma maison, je ne tiens pas à ce que cette déplorable situation se reproduise.

Fanette ne put s'empêcher de réagir.

— Qui êtes-vous pour la juger ainsi ?

Le notaire fit un pas vers elle, pâle de colère.

— J'ai travaillé toute ma vie sans relâche, comme mon père avant moi. J'ai bâti ma réputation et celle de ma famille à force de travail et d'abnégation. Je ne laisserai rien ni personne ternir mon nom, qui est d'ailleurs devenu le vôtre. Vous portez un enfant, l'avenir de notre lignée. Tâchez d'en être digne.

Après cette pénible confrontation, Fanette et Philippe se retrouvèrent seuls dans leur boudoir. Fanette prit place sur le divan. Son visage, habituellement souriant, était sombre et anxieux. Philippe aurait voulu la prendre dans ses bras, mais il resta debout près de la fenêtre, ne sachant comment rompre le silence qui se prolongeait. Fanette fut la première à parler. Elle le fit à mi-voix, comme si elle craignait d'être entendue par des oreilles indiscrètes.

— J'ai menti au coroner et à ton père. J'ai eu des nouvelles d'Amanda.

Fanette se leva et se rendit dans leur chambre. Philippe la suivit des yeux, à la fois inquiet et intrigué. Elle revint quelques minutes plus tard, une lettre à la main. Elle la tendit à Philippe.

— Quand l'as-tu reçue ? murmura-t-il en examinant l'enveloppe.

— Aujourd'hui même. J'avais placé une annonce dans un journal. La lettre est parvenue à la rédaction, qui me l'a envoyée.

Fanette omit de mentionner à son mari qu'un jeune journaliste maladroit mais à l'esprit vif l'avait suivie dans la rue pour la lui remettre… Philippe redonna la lettre à sa femme en silence.

— Tu ne me demandes pas ce qu'elle contient ?

— C'est à toi de me le dire, si tu le souhaites, répondit Philippe.

Fanette, touchée par sa délicatesse, sortit le feuillet de l'enveloppe et le montra à Philippe. Il y jeta un coup d'œil, puis leva des yeux interrogatifs vers Fanette. Cette dernière ne put s'empêcher de sourire.

— C'est en gaélique, chuchota-t-elle.

Elle lui traduisit la lettre à mi-voix. Philippe l'écoutait avec attention. Les dernières lueurs du jour éclairaient son beau profil. Lorsqu'elle eut terminé, il garda le silence comme s'il mesurait la portée de chaque mot.

— As-tu l'intention de te rendre à ce rendez-vous ? finit-il par dire, devinant par avance la réponse.

— Si ta propre sœur te l'avait demandé, qu'aurais-tu fait ?

— Rosalie n'est pas recherchée par la police.

Fanette se tourna vers lui, blessée au vif.

— Toi aussi, tu la condamnes ?

Philippe lui fit signe de baisser la voix.

— Je ne condamne personne. Je m'inquiète pour toi. Pour notre enfant.

Fanette lui entoura les épaules avec ses bras, le regarda dans les yeux.

— Je dois la revoir, quand bien même ce serait la dernière fois.

Philippe hocha la tête.

— Si père venait à l'apprendre…

— Il n'en saura rien.

Fanette se dégagea doucement, retourna dans la chambre et remit la lettre au même endroit. Philippe, resté seul dans le boudoir, fit quelques pas dans la pièce, la mine préoccupée. Pour une rare fois, il pensa que son père n'avait pas tout à fait tort de craindre pour la réputation de leur famille. Il n'avait pas oublié les confidences que Fanette lui avait faites, le soir où elle était revenue de la prison de Québec, après sa visite à Jacques Cloutier, dans un état proche de la catalepsie, convaincue qu'Amanda avait été assassinée par lui. Et maintenant qu'Amanda était vivante, maintenant qu'elle avait enfin donné signe de vie, après toutes ces années de silence, elle lui apparaissait vaguement menaçante ; une ombre du passé qui venait troubler le cours paisible de leur existence. Il comprenait le désir de Fanette de revoir sa sœur, mais il ne pouvait s'empêcher d'en redouter l'issue. Pourquoi Amanda avait-elle attendu si longtemps avant de donner enfin de ses nouvelles à Fanette ? Et pourquoi le faisait-elle maintenant, avec un tel luxe de précautions ? Savait-elle qu'elle était recherchée par la police ? Mais ce qui le taraudait le plus était la raison pour laquelle Amanda, s'il était vrai qu'elle avait été témoin d'un acte aussi crapuleux, n'en ait pas dénoncé l'auteur à la police. Cela ne pouvait signifier qu'une chose : elle était complice… Il secoua doucement la tête. Fanette semblait avoir une telle affection pour sa sœur, il ne pouvait se résoudre à pareille hypothèse. Pourtant… L'Amanda que Fanette avait connue enfant n'était peut-être plus la même.

Fanette revint dans le boudoir. À sa mine décidée, il comprit que rien ni personne n'empêcherait Fanette d'aller à ce rendez-vous, quelles qu'en soient les conséquences.

Cette nuit-là, en la regardant dormir, il fut touché d'observer la fossette sur sa joue droite, seule trace qui restait de son enfance. La Fanette étendue près de lui et qui semblait si douce et abandonnée dans le sommeil était devenue une femme déterminée.

VIII

Village de La Chevrotière
Mi-avril 1849

Avec l'arrivée du printemps, le village de La Chevrotière sembla se réveiller d'un long sommeil. Les villageois recommençaient à échanger des ragots anodins sur le parvis de l'église, se rendaient au magasin général Dubreuil et Fils pour faire leurs achats, réparaient leur galerie et se préparaient pour les semailles. Les Girard avaient convenu de demeurer discrets sur la présence d'Amanda chez eux. La prudence était toujours bonne conseillère, surtout que le père Cloutier devait revenir sous peu du chantier, et qu'il leur chercherait peut-être noise s'il apprenait qu'Amanda habitait sous leur toit. Seul le docteur Boudreault était au courant, mais il était un homme taciturne et discret.

Amanda se portait de mieux en mieux. Sa plaie s'était complètement refermée. Elle avait même insisté pour donner un coup de main à Aurélie pour les menus travaux de la ferme. Aurélie devait admettre que la « p'tite Irlandaise » était fort vaillante. Amanda nourrissait les poules, allait chercher les œufs et trayait les deux vaches qu'ils possédaient avec une dextérité qu'Aurélie appréciait.

Pierre était heureux de constater que la méfiance initiale de sa femme à l'égard d'Amanda s'était peu à peu transformée en affection. C'était un homme simple doué pour le bonheur, mais sensible à la souffrance d'autrui. Il n'avait jamais pu oublier la première fois qu'il avait assisté à l'abattage d'un porc, lorsqu'il était enfant. Il s'était attaché à la bête et lui avait même donné un nom. Aussi les cris de l'animal l'avaient-ils horrifié, lui faisant fermer les yeux, ce qui lui avait attiré les railleries de l'un de ses cousins que le spectacle amusait. Il devait d'ailleurs encore faire un effort pour surmonter son dégoût lorsque le temps venait de faire boucherie, et tâchait de ne pas causer de souffrances inutiles aux animaux. Sa bonté valait aussi pour ses semblables. Il ne haussait jamais le ton lorsque ses enfants se chamaillaient, ne levait jamais la main sur eux. Il aimait Aurélie tendrement et se comptait chanceux d'avoir une femme si dévouée et vaillante à ses côtés.

❧

Un après-midi, Amanda avait insisté pour faire le train et transportait un seau rempli de lait de l'étable jusqu'à la maison de ferme. Le seau étant un peu trop lourd, elle dut s'arrêter en chemin et le déposer par terre. Elle portait l'une des chemises en lin et une jupe qu'Aurélie lui avait données. La chemise était un peu trop grande pour elle, mais n'arrivait pas à masquer complètement son ventre rond. Au moment où elle s'apprêtait à reprendre le seau, elle aperçut une carriole qui avançait lentement sur le chemin du Sablon. Un petit homme la conduisait. Amanda eut du mal à le reconnaître, car le soleil était aveuglant. Il salua Amanda de la main. Elle fit de même, vaguement inquiète. Puis elle le reconnut. C'était le bedeau. Elle l'avait vu quelques fois à l'église de La Chevrotière, en train de balayer le parvis, ou au marché du village, lorsqu'elle s'y rendait avec le père Cloutier pour vendre des légumes. Il avait un visage chafouin et de petits yeux perçants. Elle ne l'aimait pas, mais il s'était toujours montré affable avec elle. La carriole s'arrêta.

— Si c'est pas la p'tite Irlandaise !

Il la fixait de ses yeux perçants et son sourire lui sembla forcé.

— Y me semble que t'as profité depuis que je t'ai vue.

Elle eut soudain la tentation de courir se réfugier dans la maison, mais elle resta debout, les bras ballants. Le bedeau secoua les rênes et se remit en route. Quelqu'un souleva le seau plein de lait. C'était Pierre Girard.

— Laisse-moi faire. Je vais finir par passer pour un fainéant !

Ses yeux inquiets étaient tournés vers la carriole, qui s'éloignait sur le chemin.

⁓

Le dimanche suivant, Aurélie et Pierre confièrent Éphrem et Jeannot à Amanda et partirent à la messe avec Benjamin. En entrant dans l'église, ils sentirent des regards se poser sur eux. Il y eut quelques chuchotements discrets. Après la messe, la même chose se produisit. On eût dit que les paroissiens les évitaient. Le curé Normandeau les rejoignit sur le parvis. Il semblait nerveux, préoccupé.

— Venez donc faire un tour au presbytère. Je voudrais vous dire deux mots.

Le curé Normandeau s'arrêtait parfois chez eux, lorsqu'il faisait ses visites paroissiales, mais c'était la première fois qu'il leur demandait de passer au presbytère. Intrigué, le jeune couple le suivit jusqu'au bâtiment en pierre qui jouxtait l'église. Le curé Normandeau les fit asseoir et prit place dans son fauteuil.

— Mon bedeau m'a dit qu'Amanda habitait chez vous.

Pierre Girard et sa femme échangèrent un regard entendu. Pierre avait vu sa carriole passer sur le chemin du Sablon, devant leur maison… Ce n'était pas pour rien que le bedeau avait la réputation d'être un écornifleux !

— Elle nous donne un coup de main à la ferme, répondit Pierre.

Le curé croisa les mains sur son ventre.

— Ç'a l'air que… enfin… y paraît qu'elle serait… en famille.

Cette fois, le jeune couple fut saisi au point qu'il se trouva à court de mots.

— C'est donc vrai, poursuivit le curé Normandeau.

Aurélie prit les devants.

— Amanda est une bonne fille. Elle a jamais fait de mal à une mouche.

Le curé la toisa avec sévérité.

— C'est moi qui t'ai baptisée, Aurélie. Je t'ai donné la première communion. Tu viens à la messe tous les dimanches et tu te confesses une fois par mois. Tu devrais savoir qu'une fille-mère est en état de péché mortel.

Le jeune fermier intervint à son tour, indigné.

— Amanda a juste quatorze ans. C'est encore une enfant !

— Une enfant assez vieille pour se mettre en famille, répliqua le curé.

— Comme si c'était de sa faute ! s'écria Aurélie. Vous pensez tout de même pas que ça lui est arrivé par l'intervention du Saint Esprit, monsieur le curé ?

Le curé Normandeau se leva, le visage empourpré.

— Quel genre d'exemple donnez-vous à vos enfants ? Quelle explication leur donnerez-vous quand le fruit du péché va naître et grandir au sein de votre famille ? Vous serez la honte de tout le village.

Cette fois, ils restèrent silencieux et n'osèrent se regarder.

∽

Le lendemain, Amanda finissait de s'habiller lorsqu'on frappa à sa porte. Elle ouvrit. Pierre Girard était debout sur le seuil. Il avait la tête basse, et ses mains étaient crispées sur sa casquette.

— On peut pas te garder plus longtemps, Amanda. Le curé Normandeau…

Il haussa les épaules, trop embarrassé pour poursuivre. Amanda tourna la tête vers la fenêtre. Les branches d'un gros chêne se déployaient sur le ciel comme un éventail. Le désespoir lui serra la gorge. Qu'allait-elle devenir ? Où aller ? Qui voudrait d'elle, avec son ventre qui s'arrondissait de plus en plus ? Le jeune fermier fouilla dans sa poche, en sortit une bourse.

— C'est pas grand-chose.

Elle ne fit pas un mouvement pour la prendre. Pierre Girard, le visage rouge, déposa la bourse sur le lit.

— J'ai une tante à Québec. Bernadette Girard. Elle est veuve, elle tient auberge dans la basse ville. Dis-lui que tu viens de ma part. Elle pourrait peut-être te venir en aide.

Il resta debout un moment, comme s'il espérait un mot, un regard d'Amanda, qui lui feraient comprendre qu'elle lui pardonnait. Elle demeura muette. Ses yeux gris étaient toujours fixés sur la fenêtre. Il sortit, laissant la porte entrouverte. Elle entendit ses pas qui s'éloignaient. Puis elle sentit un mouvement dans son ventre. C'était l'enfant. Un sentiment de haine impuissante l'envahit. Sans ce petit être qui poussait en elle, elle aurait pu rester à la ferme des Girard, être nourrie et logée convenablement et, qui sait, les convaincre de prendre Fanette avec eux, alors que maintenant… Elle se dirigea vers le coffre au pied du lit, l'ouvrit, prit les quelques vêtements qu'Aurélie lui avait donnés, les enroula en une sorte de ballot qu'elle ferma en nouant les manches de la chemise. Puis elle mit son châle sur ses épaules. Elle avisa la bourse que le jeune fermier avait déposée sur le lit. Elle hésita, puis s'en empara et l'enfouit dans son corsage. Dans sa situation, la fierté était un luxe qu'elle ne pouvait se permettre. En se tournant vers la porte, elle fut saisie en voyant Aurélie qui se tenait sur le seuil. Son visage rose était légèrement marbré de blanc et ses yeux étaient rouges, comme si elle avait pleuré.

— J't'ai laissé de quoi à manger dans la cuisine.

— J'ai besoin de rien, répliqua Amanda, la rage au cœur.

Elle se rendit néanmoins à la cuisine, car la faim la tenaillait. Un panier avait été placé au milieu de la table en érable couverte de marques de couteau, là où Pierre Girard avait l'habitude de trancher le pain de ménage. Elle y jeta un coup d'œil : un quignon de pain, quelques œufs, un morceau de fromage. Elle rompit le pain, en mangea la moitié avec un bout de fromage, puis décida de remettre l'autre moitié dans le panier : elle avait une longue route à faire, il lui faudrait suffisamment de provisions.

Car elle avait décidé d'aller à Québec. Lorsqu'elle et Fanette vivaient chez les Cloutier, elle avait si souvent rêvé de s'enfuir avec elle et de se rendre jusqu'à la «grand'ville», comme les gens du village la surnommaient. Maintenant, Québec était sa seule planche de salut.

Pierre Girard avait attelé sa charrette. Il vit Amanda sortir de la maison munie d'une sorte de baluchon et du panier à provisions.

— Laisse-moi au moins te conduire au village. Dans ton état…

Il s'interrompit, malheureux. Elle ne lui répondit pas et partit à pied. Pierre Girard la regarda s'éloigner sur le chemin du Sablon, la gorge serrée. Le ciel était bas, une pluie fine se mit à tomber, se mêlant aux eaux de ruissellement qui s'écoulaient dans les tranchées de chaque côté du chemin. Des traces de neige parsemaient encore les champs de taches blanches. Il se rappela les deux petites Irlandaises blotties l'une contre l'autre, grelottantes, près de la rivière Sainte-Anne. Les paroles d'Amanda résonnaient encore à ses oreilles:

— On crève de faim. S'il vous plaît, emmenez-nous !

Il n'avait pas eu le courage d'affronter le père Cloutier et avait laissé les deux fillettes retourner à leur vie misérable. Et maintenant, il laissait Amanda partir toute seule à pied sous la pluie, sans aide ni protection. Il y avait près d'un mois qu'on n'avait plus entendu parler de Jacques Cloutier, mais il rôdait peut-être encore dans les parages. Il eut soudain la tentation de rattraper Amanda, de la ramener avec lui, de la protéger comme il aurait dû le faire la première fois. Au diable le curé et ses sermons ! Au diable les commérages ! Il courut sur le chemin.

— Pierre !

Il s'arrêta sur ses pas, se retourna. Aurélie était debout devant la porte, une main sur son ventre arrondi, l'autre sur l'épaule de Benjamin, tandis qu'Ephrem et Jeannot s'amusaient à faire des trous dans la terre avec un bout de branche. Tout son univers tenait là, devant cette maison que son arrièregrand-père avait construite, où ils avaient vécu de père en fils. Des larmes montèrent à ses yeux. Il ne savait pas si c'était la joie de voir les siens qui les provoquait, ou un terrible sentiment d'impuissance.

IX

Québec
Le 2 août 1858

Fanette ne ferma pas l'œil de la nuit, réfléchissant au moyen d'aller au rendez-vous à l'église St. Patrick qu'Amanda lui avait donné à l'insu du notaire. Elle avait horreur du mensonge, mais le notaire ne lui laissait guère le choix. *L'église St. Patrick…* Fanette avait assisté à la messe une seule fois à cette église, vers l'âge de onze ans, en compagnie d'Emma et d'Eugénie, mais elle n'en avait gardé qu'un vague souvenir. Elle s'appuya sur un coude ; Philippe dormait. Elle se leva doucement, prit une lampe sur sa table de chevet, monta légèrement la mèche, puis sortit dans le couloir afin de se rendre au bureau de Philippe. Le halo orangé de la lampe la précédait. Elle ouvrit la porte du bureau, s'approcha de la bibliothèque. Philippe gardait généralement quelques atlas et des livres de géographie sur un rayon, à gauche. Elle trouva un almanach récent dans lequel figuraient des cartes de la ville de Québec et des environs. L'église St. Patrick était située dans la haute ville, de cela elle était certaine. Elle se rappelait avoir vu des canons pointés non loin de l'église. L'arsenal… Elle se pencha au-dessus de la carte et toucha du doigt la rue de l'Arsenal, qui rejoignait Carleton en un coude. *Là…* L'église se situait sur la rue Sainte-Hélène, à quelques rues du couvent des Ursulines. Cela lui donna une idée. Un craquement lui fit lever la tête. Le notaire était debout sur le seuil de la porte, une chandelle à la main. La flamme jetait des reflets jaunes sur son visage pâle.

— Que faites-vous dans le bureau de mon fils ?

Fanette referma l'almanach.

— J'avais du mal à dormir. Je lisais ce que j'avais sous la main.

Le notaire fit quelques pas vers elle, jeta un coup d'œil à l'almanach.

— Ce serait mieux pour la santé de votre enfant que vous preniez un peu plus de sommeil.

Il remit l'almanach dans la bibliothèque et sortit de la pièce. Fanette resta debout au même endroit, son cœur battant la chamade. Elle attendit que le notaire s'éloigne, puis regagna sa chambre. Philippe dormait toujours. Elle s'arrêta à la croisée de la fenêtre. Le notaire se doutait-il de quelque chose? Poussait-il la méfiance jusqu'à surveiller ses moindres faits et gestes? Il avait un œil de lynx, rien n'échappait à son attention. Elle écarta légèrement l'un des pans du rideau. La lune se profilait au-dessus des toits; la même lune qu'Amanda et elle regardaient, étendues sur leur grabat, à travers la lucarne du grenier des Cloutier; les mêmes reflets dont Amanda se servait pour créer des ombres chinoises afin de lui faire oublier le froid l'hiver, la chaleur étouffante l'été. « Je te reverrai, Amanda. Je te le promets », murmura-t-elle.

Au petit matin, elle avait établi un plan: elle prétexterait une visite à Rosalie pour se rendre ensuite à l'église St. Patrick, située à quelques rues au nord du monastère des Ursulines. Il lui faudrait évidemment mettre sa meilleure amie au courant du stratagème et compter sur sa discrétion, voire sur sa complicité, mais elle n'avait pas le moindre doute que Rosalie comprendrait sa situation et ferait preuve d'indulgence. Elle pensa lui écrire un mot pour la mettre au courant, mais se rappela que les lettres reçues par les postulantes étaient d'abord ouvertes et lues par la mère supérieure avant d'être remises à leurs destinataires. Sœur de l'Enfant-Jésus ne manquerait pas d'éventer son projet auprès de son frère, le notaire Grandmont. Non seulement elle mettrait sa meilleure amie dans une situation délicate, mais elle ruinerait sa seule chance de revoir Amanda. Il était plus prudent de s'expliquer de vive voix avec Rosalie.

— Tu es déjà réveillée ? murmura Philippe en s'étirant.

Il jeta un coup d'œil à l'horloge sur le manteau de la cheminée.

— Il n'est même pas six heures du matin…

Il prit Fanette dans ses bras, la serra contre lui, respira le parfum délicat de son cou.

— Chaque matin, je me réveille, et tu es là. Je me demande ce que j'ai fait pour mériter un tel bonheur.

Elle lui sourit.

— Tu m'as dit toi-même que le bonheur ne se mérite pas. Il se prend.

Ils s'embrassèrent. Philippe lui caressa doucement les épaules, et ses mains glissèrent lentement vers ses seins. Puis il sentit sous ses doigts la rondeur émouvante de son ventre. Il connaissait déjà la moindre courbe de son corps, comme un pays que l'on a parcouru inlassablement et dont le mystère, la nouveauté continuent à envoûter.

Après l'amour, Fanette décida de mettre Philippe au courant de son projet. Elle le connaissait assez pour savoir qu'il avait des doutes quant à son intention de revoir sa sœur, mais elle avait une entière confiance en lui et savait qu'il ne ferait rien pour l'en empêcher.

— Alors, qu'en penses-tu ? dit-elle en scrutant sa mine dubitative.

Il s'appuya sur un coude.

— Comment te rendras-tu au monastère ?

— Je demanderai à monsieur Joseph d'atteler la voiture.

— Il t'attendra devant le couvent et te verra en sortir pour te rendre à pied à l'église St. Patrick. Il tiendra à t'y accompagner en voiture. Et il a la langue bien pendue…

Autrement dit, il risquait de tout rapporter au notaire dans les moindres détails… Fanette n'avait pas pensé à cette éventualité.

— Alors j'irai en fiacre. Il y en a toujours qui attendent au bout de la Grande Allée.

— Le jour des visites est le dimanche. La règle du couvent est stricte.

Fanette haussa les épaules.

— Je demanderai à sœur Marie de la Visitation la permission de voir Rosalie.

Sœur Marie, la cadette d'Emma Portelance, avait toujours fait preuve d'indulgence à leur égard, et bien qu'elle respectât habituellement la règle du cloître, elle y dérogeait parfois, lorsque le sens commun ou tout simplement la bonté le lui dictaient.

— Et si elle refuse ?

— Elle ne refusera pas.

Fanette pencha la tête vers Philippe.

— Avez-vous une autre objection, monsieur le procureur ?

Philippe ne put s'empêcher de sourire, malgré son anxiété. Cette force de caractère qui semblait résister à tous les obstacles était ce qu'il admirait le plus chez sa femme, mais cette force allait parfois jusqu'à l'obstination.

— Pas pour le moment.

Il l'attira à lui. Fanette ferma les yeux, sentant la chaleur du corps de Philippe contre le sien. *Dans quatre jours, je reverrai Amanda.* Fanette se rendormit, un sourire de bonheur aux lèvres.

X

*Village de La Chevrotière
Mi-avril 1849*

Amanda était trempée de la tête aux pieds lorsqu'elle parvint enfin au village de La Chevrotière. Il était tombé tout au long du chemin une pluie fine et froide qui l'avait glacée jusqu'aux os. Mais elle avait enfin cessé ; quelques rayons de soleil commençaient à percer à travers les nuages. Les trottoirs en bois, noircis par l'humidité, étaient déserts. Seul un porteur d'eau, les traits crispés par l'effort, chargeait des barils dans sa charrette avec l'aide d'un garçon d'une douzaine d'années. Le magasin général Dubreuil et Fils était fermé. Quelques voitures étaient garées ici et là, mais elles étaient dételées. En chemin, elle avait eu le temps de réfléchir. Dans l'anonymat d'une grande ville comme Québec, elle se sentirait à l'abri de tous les Jacques Cloutier de ce monde. Elle y trouverait un travail, un logis. Elle pourrait élever son enfant sans risquer de se faire montrer du doigt. Avec un peu d'argent, elle pourrait retourner un jour à la ferme des Cloutier y chercher Fionnualá. Elle se mettrait aussi à la recherche de ses deux petits frères, Arthur et Sean, dont elle et Fanette avaient été brutalement séparées lors de leur terrifiant séjour à la Grosse Isle, deux ans auparavant. Ils avaient été envoyés au Nouveau-Brunswick sans qu'elle puisse même leur dire adieu. Elle n'avait jamais su ce qu'ils étaient devenus. Sean, Arthur, Fionnualá, Amanda… Les frères et sœurs O'Brennan seraient enfin réunis. Elle se dirigea vers l'homme et l'enfant.

— Monsieur.

Il leva les yeux vers elle. Il portait un chapeau de paille troué par endroits. Son visage, tanné par le soleil, était couvert de rides profondes. Elle s'arrêta à sa hauteur.

— Je voudrais me rendre à Québec. Est-ce que vous pourriez me conduire ?

Il la regarda, ébahi. Québec n'était qu'à une trentaine de milles de La Chevrotière, mais il n'était jamais sorti de son village et la ville lui apparaissait comme un univers étranger et vaguement menaçant. Il secoua la tête. Amanda insista.

— Je peux vous payer.

Elle sortit de son corsage la bourse que Pierre Girard lui avait donnée. Il secoua à nouveau la tête et recommença à charger sa charrette. Voyant qu'elle n'arriverait pas à le convaincre, elle regarda autour d'elle, espérant apercevoir une voiture, mais il n'y avait toujours pas de signe de vie. Elle tourna la tête vers l'église, dont le clocher dominait le village. Quelqu'un en sortit. C'était le bedeau. La haine lui gonfla la poitrine. Si ce n'avait été de ce petit être maléfique, elle n'aurait pas été mise à la porte des Girard, elle serait à l'abri chez les seules personnes qui avaient montré un peu de compassion envers elle. D'un mouvement impulsif, elle se mit à courir dans sa direction. Le bedeau l'aperçut et s'empressa de retourner dans l'église. Elle s'arrêta sur ses pas, déjà essoufflée. À quoi bon ? Après tout, le bedeau n'avait été qu'un instrument. C'est le curé Normandeau qui avait décidé de son sort. Elle n'avait jamais oublié ses visites à la ferme des Cloutier, les prières récitées en famille lorsque le pauvre Émile avait ses crises du « grand mal », comme le surnommait le père Cloutier, car chacun croyait que le garçon était possédé par le diable. Lorsque les travaux de la ferme lui permettaient d'assister à l'office du dimanche, elle n'écoutait que d'une oreille ses sermons où les menaces de l'enfer et du péché pesaient plus lourd que les promesses de la vie ici-bas ou au ciel.

Des goélands faisaient des cercles autour du clocher argenté. Derrière l'église, elle aperçut le fleuve nimbé de brume. Le fleuve, les goélands… Elle entrevit soudain un moyen de se rendre à Québec. L'angoisse fit place à un vif sentiment de liberté.

En s'approchant de la rive, Amanda distingua trois canots d'écorce accostés les uns à côté des autres. Le fleuve scintillait dans la lumière, charriant encore des glaces qui avaient résisté à la fonte printanière. Trois femmes portant jupes en laine, châles et fichus colorés étaient accroupies près d'un feu dans lequel elles jetaient des morceaux d'écorce et des brindilles, tandis que deux hommes chaussés de mocassins tenaient un filet qu'ils tiraient vers le rivage. Amanda vit des morues y frétiller. Les Hurons déversèrent les poissons dans un panier d'osier. L'une des femmes en prit un, le tenant fermement près des ouïes, puis d'un mouvement habile, l'ouvrit avec un couteau et l'évida, puis elle l'étendit sur les braises. Une fumée épaisse se dégagea. Amanda s'approcha de l'un des Indiens.

— Je voudrais me rendre à Québec.

Le Huron hocha la tête sans mot dire. Amanda tira la bourse de son corsage, en sortit quelques pièces, les montra au pêcheur sur sa paume ouverte.

— Je suis prête à vous payer.

L'homme plissa les yeux, jeta un coup d'œil au fleuve d'un vert limoneux. Puis se dirigea vers l'un des canots. Amanda le suivit, ne sachant trop s'il avait accepté de la conduire ou non. Il lui fit signe de monter. Elle courut vers l'embarcation, le cœur battant, la gorge nouée par l'espoir, puis dut ralentir le pas, alourdie par le fardeau qu'elle portait en elle.

᎒ᴖ

Le canot entra dans le port de Québec. La saison de navigation n'était pas encore commencée. Des centaines de bateaux étaient en rade, ressemblant à d'énormes scarabées endormis. Des mâts se dressaient sur le soleil couchant, striant le ciel. Amanda fut frappée par la tranquillité du port. Le Huron accosta à un quai, refusa l'argent qu'Amanda lui offrait pour le dédommager de sa peine et repartit sans un mot. Amanda remit la bourse dans son corsage, émue par la générosité de l'inconnu.

Son baluchon en bandoulière, son panier de provisions à la main, elle traversa le port puis s'engagea dans une rue au hasard. Le temps avait fraîchi. Elle frissonna en serrant le châle autour de ses épaules. Elle se rendit compte qu'elle était affamée. Elle avait été incapable de manger une seule bouchée durant tout le trajet. Le canot roulait et tanguait à tel point qu'elle avait été prise de nausées, mais une fois sur la terre ferme, l'appétit lui était revenu. Elle s'installa sur un baril qui traînait devant un entrepôt, près du port. Elle dévora la moitié du pain et le fromage, et fit un effort de volonté pour ne pas manger les œufs. Elle devait garder des réserves pour plus tard.

Le ciel s'assombrissait. Un homme aux moustaches tombantes avait commencé à allumer des lampadaires au gaz. Il fallait à Amanda trouver un gîte pour la nuit.

XI

Québec
Le 6 août 1858

Lorsque Fanette se réveilla, le vendredi, à l'aube, son premier mouvement fut d'aller à la fenêtre et d'entrouvrir les rideaux. Une légère brume fondait déjà sous les rayons du soleil. Une joie profonde l'envahit. Ces derniers jours passés à attendre avaient été les plus interminables de sa vie. Elle avait ressenti toute la gamme des émotions : l'exaltation, le doute et l'espoir, la crainte qu'Amanda ne vienne pas au rendez-vous. Mais dans quelques heures, elle la verrait, elle pourrait l'embrasser, la tenir dans ses bras...

Au déjeuner, elle toucha à peine à la tartine que madame Régine lui avait servie. Le notaire ne fut pas sans remarquer un éclat particulier dans ses yeux.

— On dirait que vous êtes assise sur des charbons ardents, ma chère Fanette, dit-il en la scrutant de près.

— Je rends visite à Rosalie ce matin.

— Vendredi n'est pourtant pas jour de visite.

Fanette sentit la trace d'un soupçon dans sa voix. Elle s'efforça de garder une mine neutre.

— J'aimerais lui annoncer la nouvelle de ma grossesse.

— Cela peut bien attendre deux jours, non ?

Fanette avait prévu cette objection :

— Avant l'entrée de Rosalie chez les Ursulines, j'avais le droit de la voir tous les jours. Elle me manque beaucoup.

Le notaire essuya soigneusement le coin de ses lèvres avec sa serviette de table d'un blanc irréprochable.

— Vous croyez qu'elle ne me manque pas, à moi aussi ?

Fanette fut étonnée de voir une certaine émotion poindre sur le visage du notaire. Était-ce du remords ? Du ressentiment ? Difficile à dire. Il renchérit :

— Vous m'en voulez toujours de l'avoir fait admettre au couvent, n'est-ce pas ?

Elle hésita, puis prit le parti de la vérité.

— C'est vrai.

Le notaire ne laissa rien paraître de ses sentiments. Fanette regretta aussitôt d'avoir répondu avec une telle franchise. Il ne l'appréciait que dans la mesure où elle le confortait dans son autorité.

— Eh bien, vous embrasserez Rosalie de ma part.

— Avec joie, répondit Fanette, cachant difficilement sa surprise.

Elle ne s'attendait pas à tant d'indulgence de sa part. Le notaire se leva de table.

— Mais cette fois, pas question que vous sortiez seule, et à pied par-dessus le marché. Je vais demander à Joseph d'atteler la calèche.

Fanette jeta un regard anxieux à Philippe, qui venait d'entrer dans la salle à manger. Philippe intervint.

— Ne dérangez pas monsieur Joseph pour si peu. Je vais conduire Fanette moi-même. J'en profiterai pour rendre visite à ma petite sœur.

Fanette se retint de se jeter dans les bras de son mari. Il avait fait preuve d'une telle présence d'esprit ! Elle lui devait une fière chandelle.

ဢ

La calèche du notaire s'engagea sur la rue du Parloir. Fanette apercevait déjà les murs gris du monastère au fond de la rue. Philippe tira sur les rênes. Fanette sauta à terre avant qu'il n'ait le temps de l'aider à descendre. Ils s'engagèrent dans l'allée qui menait à l'entrée du parloir.

Par malchance, Sœur du Saint-Sépulcre était derrière le guichet où l'on accueillait les visiteurs. C'était une femme gentille mais timorée, à cheval sur les règlements. Elle aperçut Fanette et son mari à travers le hublot muni d'un grillage qui surmontait le guichet.

— Ce n'est pas jour de visite, aujourd'hui.

— Philippe et moi avons une nouvelle importante à annoncer à Rosalie.

Sœur du Saint Sépulcre secoua la tête.

— Le règlement interdit les visites, à part le dimanche.

Fanette fit un effort pour ne pas montrer d'impatience.

— Je vous en prie, ma sœur, il faut que je la voie.

La religieuse eut l'air embêté. Elle avait de l'affection pour Fanette, qui avait été une bonne élève durant ses années passées chez les Ursulines ; elle aurait souhaité l'accommoder, mais ne voulait surtout pas déroger à la règle. Elle eut une idée :

— Vous pouvez lui écrire un mot. Je le lui remettrai en mains propres.

— Je préfère lui parler de vive voix.

— Ma chère enfant, la règle est la règle, répliqua sœur du Saint-Sépulcre avec l'obstination dont font parfois preuve les personnes les plus douces.

— Dans ce cas, laissez-moi parler à sœur Marie de la Visitation.

— Sœur Marie est en méditation. Je ne peux pas la déranger.

Une voix s'éleva derrière la religieuse.

— Que se passe-t-il, ma sœur ?

Fanette pâlit. Elle avait reconnu la voix de la mère supérieure, la sœur du notaire Grandmont. Elle prit la main de Philippe, la serra dans la sienne. Sœur du Saint-Sépulcre lui expliqua la situation. La mère supérieure écouta avec attention, puis s'adressa à Fanette :

— Ma chère Fanette, quelle est cette nouvelle si importante qu'elle ne peut attendre à dimanche ?

Fanette ravala.

— J'attends un enfant.

Sœur du Saint-Sépulcre toussota, embarrassée. La mère supérieure ne put s'empêcher de sourire. Elle se tourna vers la religieuse :

— Ma sœur, même la règle la plus stricte doit plier devant un événement aussi heureux.

— Mais…

— Une fois n'est pas coutume.

⁓

Rosalie était assise sur un banc derrière les deux grilles qui séparaient les religieuses cloîtrées des visiteurs, l'air frêle dans son costume noir que seuls une collerette et des poignets blancs égayaient. Elle accueillit la nouvelle avec émotion.

— Je suis si heureuse pour vous deux ! Avez-vous trouvé un prénom pour votre enfant ?

Fanette se tourna vers Philippe, qui était assis à côté d'elle, son chapeau sur les genoux.

— Si c'est une fille, ce sera Marie-Rosalie, dit-il.

Rosalie fut touchée.

— Elle aura la chance d'avoir de bons parents qui l'aimeront et ne l'enfermeront pas contre son gré dans un couvent.

Rosalie avait parlé sans amertume, mais avec une lucidité empreinte de calme.

— Rien ne t'oblige à rester entre ces murs, murmura Fanette.

— Je préfère ces murs, comme tu dis, que d'être condamnée à vivre avec mon père.

Elles se regardèrent en silence, avec une complicité teintée de peine. Fanette se pencha vers Rosalie et lui raconta à mi-voix les derniers événements concernant Amanda : sa lettre, le rendez-vous qu'elle lui avait donné à l'église St. Patrick, et le fait que son père lui avait formellement interdit de chercher à la revoir. Rosalie écoutait Fanette avec attention, les sourcils légèrement froncés.

Lorsque Fanette eut terminé son récit, Rosalie garda le silence puis dit, la mine empreinte de gravité :

— Se servir d'une innocente postulante comme alibi, ce n'est pas très chrétien...

Fanette scruta le visage de son amie, anxieuse. Puis un sourire ténu éclaira le visage fin de Rosalie. Les deux jeunes femmes échangèrent un regard entendu.

— Alors, tu ne me désapprouves pas ?

Le visage de Rosalie redevint grave.

— Tout ce qui peut aller contre la volonté de mon père me semble une bonne chose.

Fanette glissa une main entre les barreaux d'une grille ; Rosalie faufila la sienne à travers l'autre, et leurs doigts se rejoignirent.

— Dépêche-toi d'aller à ton rendez-vous. Tu me raconteras tout à ta prochaine visite.

Rosalie se leva, se rendit à la porte et y frappa discrètement. La porte s'ouvrit. Sœur du Saint-Sépulcre, debout sur le seuil, tourna la tête en direction de l'horloge. À peine vingt minutes s'étaient écoulées depuis l'arrivée du jeune couple au parloir.

— Votre visite est déjà terminée ? murmura la religieuse, surprise mais soulagée que Rosalie n'en profitât pas davantage. D'habitude, il fallait plusieurs interventions pour qu'elle se résigne à regagner sa chambre lorsque l'heure des visites dominicales s'était écoulée.

— Je retourne prier dans ma chambre.

La religieuse hocha la tête. Décidément, elle ne comprendrait jamais cette jeune fille, dont l'humeur changeante était parfaitement étrangère à sa propre nature, réglée comme du papier à musique.

※

Fanette et Philippe remontèrent dans la calèche et partirent en direction de l'église St. Patrick. Ils revinrent sur la rue Saint-Louis et s'engagèrent ensuite sur Sainte-Ursule. Fanette, installée sur le siège à côté de Philippe, regardait autour d'elle comme si elle voyait pour la première fois ces rues pourtant si familières. Des femmes, panier au bras, se rendaient au marché public. Des messieurs à l'air important, portant haut-de-forme et canne, marchaient d'un pas pressé vers une destination inconnue. Quelques minutes seulement la séparaient d'Amanda. Elle ressentait cet émoi que l'on éprouve avant un premier rendez-vous amoureux : tous les passants lui semblaient joyeux, les façades des immeubles plus ornées, le vert des arbres plus vibrant qu'à l'ordinaire. La calèche s'arrêta à l'intersection de la rue Saint-Jean. Plusieurs voitures s'étaient déjà immobilisées pour laisser passer un omnibus bondé de passagers. Des garnements s'amusaient à grimper sur le marchepied à l'arrière du véhicule.

— Quelle heure est-il ? demanda Fanette, frémissant d'impatience.

Philippe sortit sa montre de son gousset, y jeta un coup d'œil.

— Onze heures moins six.

— Arriverons-nous à temps ?

— Ne t'inquiète pas. Nous sommes seulement à quelques rues de l'église.

L'omnibus avançait lentement à cause de son chargement. Fanette ferma les yeux. S'il fallait qu'elle manque le rendez-vous… Philippe se tourna vers elle, lui prit gentiment la main.

— Elle t'attendra.

❦

Le notaire Grandmont sortit pour faire sa promenade quotidienne. Il n'aimait rien autant que de marcher dans les rues de la haute ville et d'être salué avec respect par un client ou un notable croisé par hasard. Pour lui, ces rencontres fugaces étaient le ciment de sa respectabilité, tout comme le banc de la famille Grandmont, à l'avant de l'église Notre-Dame, ou les conversations anodines échangées sur le parvis après la messe. Un cabriolet passa à côté de lui. Il reconnut le docteur Lanthier. Ce dernier le salua avec courtoisie, mais avec une note de froideur, du moins était-ce l'impression du notaire. Il est vrai que le docteur avait été témoin d'une scène des plus pénibles, lorsqu'il avait soigné sa femme Marguerite, qui avait abusé de laudanum. Le docteur était un homme discret, mais le fait qu'il était au courant de la dépendance de sa femme à l'opium lui était désagréable, comme si cela lui conférait un certain pouvoir sur lui, même s'il était convaincu qu'il n'en userait jamais.

En approchant de la mairie, le notaire vit un attroupement qui s'était formé devant l'imposant édifice. Le maire Hector-Louis Langevin, debout sur une estrade, s'adressait à la foule. Une statue couverte d'un drap avait été placée à quelques pieds de lui.

— … dont la contribution a été essentielle à l'édification de notre belle ville.

Le notaire s'arrêta derrière un groupe de citoyens qui écoutaient attentivement le discours du maire. L'un d'eux fumait un cigare et semblait ponctuer chaque mot du maire en faisant des cercles de fumée.

— De quel événement s'agit-il? demanda le notaire à l'homme au cigare.

— C'est l'inauguration d'une statue à la mémoire de Jean Baillairgé, répondit l'homme.

Le notaire n'avait jamais eu la chance de rencontrer le fameux architecte, mort en 1830, mais il avait la plus grande admiration pour ses travaux.

— … Grâce à cet homme, notre ville peut s'enorgueillir de posséder des monuments des plus prestigieux…

Le maire, que le notaire Grandmont avait rencontré à quelques reprises à l'occasion de réceptions ou à l'église, était un homme avenant, sans prétention, apprécié par ses concitoyens. Son léger embonpoint et son teint fleuri dénotaient un penchant pour la bonne chère et le bon vin. Avocat de formation, il remplissait adéquatement ses fonctions de maire, mais, de l'avis du notaire, sans y mettre l'éclat et le panache qu'exigeait un tel poste. Tout en écoutant le discours de l'orateur d'une oreille distraite, il se prit à rêver du prestige que conférait la mairie. Faire des discours, dévoiler des statues, diriger des assemblées, voter des règlements, présider à la construction de prestigieux édifices...

— ... à qui l'on doit, entre autres, la prestigieuse cathédrale Notre-Dame, qui fait l'honneur de notre belle ville de Québec.

Le maire descendit de sa tribune, puis dévoila la statue d'un geste théâtral. La foule applaudit. La statue de bronze, imposante, forçait l'admiration des badauds.

— Cette magnifique statue, que l'on doit à Charles Baillairgé, constituera désormais le *nec plus ultra* de l'architecture ornementale de Québec.

Le notaire ne put s'empêcher de sourire, ce qui ne lui arrivait pas souvent. Le maire Langevin avait beau être un homme simple, il n'aimait rien autant que d'utiliser des expressions à la mode, dont il parsemait ses discours. Charles Baillairgé, l'arrière petit-fils du grand homme, monta sur l'estrade sous les applaudissements nourris de la foule. Le notaire reconnut à distance le juge Sicotte, accompagné de sa femme, de sa fille Simone et de Walter Norton, que Simone avait épousé quelques mois auparavant. Le juge l'aperçut et se contenta de le saluer d'un bref mouvement de la tête. Le notaire l'imita. Le juge Sicotte semblait lui battre encore froid pour l'humiliation de sa fille, que Philippe avait dédaignée au profit de Fanette. Dire que son fils aurait pu épouser la fille d'un juge et accéder aux plus hautes sphères de la société !

D'autres applaudissements crépitèrent. Le maire Langevin salua l'assemblée en souriant, puis s'avança parmi ses concitoyens, serrant la main de tout ce que la haute ville comptait de notables. Il s'arrêta non loin du notaire Grandmont, saisit la main d'Aimé Fisette, un avocat plutôt médiocre qui avait été élu au poste d'échevin aux dernières élections municipales. Le notaire s'avança d'un pas pour que le maire le voie, mais ce dernier continua sa tournée sans le remarquer. Le notaire en ressentit un vif dépit. Se pouvait-il que le maire ne l'ait pas reconnu ? Ou bien était-il déjà au courant de la visite inopinée du coroner Duchesne à son domicile ? À Québec, les rumeurs couraient à la vitesse de l'éclair…

La foule commençait à se disperser. Le notaire s'éloigna à son tour, mortifié. Le plaisir qui avait prévalu au début de sa promenade s'était transformé en amertume. Il avait consacré toute son existence à bâtir sa carrière, à construire pierre par pierre l'édifice de sa réputation. Il ne comprenait pas qu'un simple événement – sur lequel il n'avait d'ailleurs aucun contrôle – puisse soudain ternir son étoile. Il avait marché vite, tout à ses préoccupations. En levant les yeux, il se rendit compte qu'il était au coin de la rue du Parloir. Le clocher du monastère sonna onze coups. En ce moment même, Fanette et Philippe étaient au parloir des Ursulines en compagnie de Rosalie. Il n'avait jamais rendu visite à sa fille depuis son entrée au couvent, à la fin de juin. Une sorte de remords mêlé de tendresse lui pinça le cœur. Il aurait dû accompagner Fanette et Philippe au monastère. Peut-être craignait-il de lire dans le regard de Rosalie les reproches qu'il se faisait parfois à lui-même… Pourtant, il avait agi pour le bien de Rosalie, pour la protéger du monde extérieur. Un pied bot suffisait pour être en butte au rejet, être condamné à la solitude. Un jour, sa fille comprendrait le bien-fondé de sa décision.

౿ꝏ

Marguerite, debout devant la fenêtre de sa chambre, surveillait la rue. *Que fait-il… Que fait-il donc…* La sueur perlait sur son front ; ses longs cheveux sombres étaient répandus en désordre sur ses épaules. Tout à coup, elle vit un fiacre rouler sur la Grande Allée, puis s'arrêter devant la maison. Monsieur Joseph, le cocher, en descendit. *C'est lui, enfin…* Elle s'empara de sa robe de chambre, l'enfila et courut vers la porte. Au passage, elle vit son reflet pâle et amaigri dans la glace surmontant la coiffeuse. Elle réprima un frisson et sortit. Elle s'assura qu'il n'y avait personne sur le palier et s'engagea dans l'escalier, se soutenant à la rampe pour ne pas trébucher. Elle emprunta un corridor sombre qui menait à la cour, derrière la maison, où se trouvaient les écuries. Madame Régine, un tablier blanc noué autour de la taille, la vit s'éloigner dans le couloir et hocha la tête sans mot dire.

Monsieur Joseph l'attendait dans la cour, les mains dans les poches, visiblement mal à l'aise. Elle se précipita vers lui :

— Vous en avez trouvé ? demanda-t-elle, haletante.

Le cocher fouilla dans sa poche, en sortit une fiole bleue.

— C'est la dernière fois, ma'me Grandmont. Le pharmacien veut plus vous faire crédit.

Marguerite s'empara de la fiole. Ses mains tremblaient, ses yeux étaient vitreux. Elle la glissa dans les plis de sa robe de chambre et retourna à la maison, faisant un effort pour ne pas courir. Elle regagna sa chambre, ferma la porte à double tour, prit la fiole, en retira le bouchon et mit quelques gouttes de laudanum dans un verre d'eau. Elle tremblait maintenant de tous ses membres. La bouteille cliquetait sur le rebord du verre. Elle remit le bouchon en place, cacha la fiole sous son oreiller et but le contenu du verre d'un trait. Elle le déposa sur sa table de chevet et s'étendit sur son lit sans prendre la peine d'enlever sa robe de chambre. Elle fixa le plafond. Après quelques minutes, ses tremblements cessèrent. Un calme divin l'engourdit peu à peu.

∽

Le notaire s'approcha du monastère. Quelques chardonnerets se pourchassaient à travers les branches d'un chêne. Lorsqu'il parvint à la hauteur du couvent, il fut surpris de constater que la calèche n'y était pas. Fanette et Philippe avaient-ils écourté leur visite ou avaient-ils décidé, pour une raison ou une autre, de garer la voiture plus loin ? Il hésita, puis décida de sonner.

Sœur du Saint-Sépulcre entendit la cloche de l'entrée retentir. *Encore une visite !* soupira-t-elle. Elle n'aimait pas la fonction de guichetière, qu'elle devait accomplir trois fois la semaine. Elle préférait les prières et les méditations aux gens de l'extérieur, même si elle ne les voyait qu'à travers un hublot muni d'un grillage. Elle tira sur la corde reliée au loquet de la porte qui permettait aux religieuses cloîtrées d'ouvrir aux visiteurs sans être obligées de se montrer. La porte claqua bruyamment, un bruit de talons rompit le silence des lieux. La religieuse reconnut sans peine monsieur Grandmont, dont la mine sévère l'avait toujours intimidée.

— Bonjour, ma sœur. Je voudrais voir ma fille Rosalie.

La religieuse accusa le coup. Décidément, tout le monde s'était donné le mot pour déroger à la règle du couvent aujourd'hui ! Le notaire Grandmont, bien qu'il ne lui inspirât guère de sympathie à cause de son attitude, qu'elle jugeait hautaine, était le frère de la mère supérieure et un important donateur aux œuvres des Ursulines. Lui déplaire pourrait avoir des conséquences que sœur du Saint-Sépulcre n'osait imaginer… Mais la règle est la règle. Elle prit son courage à deux mains.

— Je suis désolée, monsieur Grandmont, mais les visites ne sont pas permises le vendredi.

Le notaire la regarda, surpris.

— Ma belle-fille et mon fils ne sont-ils pas avec Rosalie, au parloir ?

Le malaise de sœur du Saint-Sépulcre s'amplifia.

— Oh, ils ont eu une permission spéciale accordée par notre mère supérieure. Mais leur visite n'a duré que vingt minutes. Mademoiselle Rosalie était bien pressée d'aller faire ses dévotions.

Elle faillit ajouter « pour une fois », mais se ravisa en voyant le visage sombre du notaire. Il répéta, d'un ton sans réplique :

— Je veux voir ma fille.

Sœur du Saint-Sépulcre devint cramoisie.

— Monsieur le notaire, comme je vous l'ai déjà expliqué…

— Si vous n'allez pas la chercher immédiatement, je vais le faire moi-même.

La religieuse déglutit. Elle avait chaud sous son lourd uniforme noir.

— Les hommes ne sont pas admis dans le couvent, réussit-elle à articuler, la voix blanche.

Le notaire, la mine résolue, s'avança vers la porte menant au monastère. Sœur du Saint-Sépulcre fit une prière et balbutia :

— Je vais voir ce que je peux faire, monsieur Grandmont. Je vous en prie, attendez ici.

Les joues en feu, ne sachant à quel saint se vouer, la religieuse ouvrit la porte qui menait du guichet au monastère. C'était la deuxième fois aujourd'hui qu'elle était plongée dans une situation délicate, et elle en était bouleversée. Que faire ? Le notaire semblait intraitable. Elle passa devant la porte du bureau de la mère supérieure. Elle songea à lui confier cette décision délicate. Après tout, elle était la sœur du notaire Grandmont. Si elle avait accordé à Fanette et à son mari la permission de voir Rosalie, elle n'aurait sans doute aucun mal à l'accorder à son propre frère… Quant à elle, elle n'aurait à aucune condition dérogé à la règle et aurait accompli son devoir. Elle cogna donc à la porte de la mère supérieure et attendit. Il n'y eut pas de réponse. La mère supérieure faisait peut-être ses dévotions, elle ne voulait sans doute pas être dérangée… Pourtant, il le fallait ! Elle prit une grande inspiration et pria Dieu de lui donner du courage, puis elle cogna de nouveau. Toujours pas de réponse. Elle fit quelques pas dans le corridor en pierre en se tordant les mains. Que faire ? Elle était si préoccupée qu'elle buta contre sœur Marie de la Visitation.

— Vous êtes souffrante, ma sœur ?

Sœur du Saint-Sépulcre lui expliqua la situation en chuchotant nerveusement : la règle du silence était imposée aux religieuses, sauf durant les séances d'enseignement, les récréations des élèves et pour les nécessités de la vie quotidienne. Sœur Marie tâcha de rassurer la pauvre religieuse.

— Je m'en occupe.

Sœur du Saint-Sépulcre soupira de soulagement tandis que sœur Marie empruntait d'un pas ferme le couloir qui menait au guichet, tout en réfléchissant à la marche à suivre. Sa sœur Emma était à couteaux tirés avec le notaire. Elle avait dû se marcher sur le cœur et sacrifier une partie importante de ses revenus pour permettre le mariage de sa chère Fanette avec Philippe. Il lui fallait agir avec doigté. Elle parvint à la hauteur du guichet et comprit, en apercevant le notaire qui marchait de long en large dans la salle des visiteurs, que la partie serait plus difficile que prévu.

— Bonjour, monsieur Grandmont. Que puis-je faire pour vous être utile ?

Le notaire tourna brusquement la tête vers le guichet. Il reconnut la sœur de madame Portelance.

— J'exige de voir ma fille.

Sœur Marie de la Visitation observa le visage empreint de colère du notaire Grandmont. Elle n'avait pas la moindre idée de ce qui avait pu en être la cause, mais son intuition lui dicta la prudence.

— Rosalie fait ses prières. Vous aurez tout loisir de la voir dimanche, monsieur Grandmont.

Le notaire lui sourit froidement.

— Si je comprends bien, mon fils et ma belle-fille bénéficient d'une dérogation à vos règles qui m'est refusée à moi, le père de Rosalie ? Je crois que votre mère supérieure n'approuverait pas votre raisonnement.

Sœur Marie comprit qu'elle n'avait d'autre choix que d'accéder à sa demande.

༄

Rosalie, assise toute droite sur sa chaise, regardait son père à travers les grilles du parloir. Il arborait une mine sévère. Elle n'avait pas été étonnée outre mesure lorsque sœur Marie avait interrompu sa méditation et lui avait annoncé que son père désirait la voir. C'était sa première visite depuis qu'elle était au couvent. *Il se doute de quelque chose,* se dit-elle.

— Bonjour, père. Je ne m'attendais pas à votre visite.

Le notaire s'efforça de sourire.

— Comment te portes-tu, Rosalie ?

Elle se retint de répondre : « Aussi bien que quelqu'un qu'on a enfermé contre son gré dans un couvent… »

— Bien, père.

Le silence tomba entre eux. Elle remarqua que la main de son père serrait fortement le pommeau de sa canne.

— Ainsi, Fanette et Philippe sont venus te voir ? demanda-t-il abruptement.

Il sait, constata Rosalie. Elle affecta un calme qu'elle n'éprouvait pas.

— Ils m'ont annoncé qu'ils attendaient un enfant. Ils songent à la nommer Marie-Rosalie. Si c'est une fille, bien entendu. J'en ai été très touchée.

Le notaire observa sa fille. Cette dernière ne laissait voir aucune émotion.

— Fanette ne t'a rien dit d'autre ?

Rosalie haussa les épaules.

— Que voulez-vous qu'elle me dise ? Elle est heureuse, et je le suis pour elle.

Elle le regardait avec une telle expression de franchise et d'innocence que le notaire éprouva un malaise diffus. Une émotion qu'il était incapable d'identifier lui monta à la gorge.

— J'ai toujours souhaité ce qu'il y a de mieux pour toi. J'espère que tu n'es pas trop malheureuse ici.

Il se leva et sortit du parloir. Elle suivit sa silhouette noire des yeux, surprise d'avoir perçu un sentiment qu'elle voyait rarement chez son père : de l'affection.

❧

Il était onze heures huit minutes lorsque la calèche s'immobilisa devant l'église St. Patrick. Fanette en descendit et regarda
avec émotion le clocher surmontant la façade en pierre et les
vitraux enluminés par le soleil, comme si elle imprimait dans sa
conscience les instants précieux précédant les retrouvailles.

— Je t'attends ici, dit Philippe.

Fanette acquiesça en silence, la gorge serrée. Puis elle se
détourna et se dirigea vers l'entrée de l'église. Amanda était
sûrement à l'intérieur, à l'attendre… Elle ouvrit la lourde porte,
qui se referma derrière elle. Le portique était sombre. Fanette
cligna des yeux pour s'habituer à l'obscurité. Puis elle ouvrit la
seconde porte. Des faisceaux de lumière provenant des fenêtres
en ogive traçaient des lignes mordorées sur les dalles de pierre.
L'intérieur de l'église conçue par Thomas Baillairgé en 1831 était
simple et dépouillé : murs et plafonds en plâtre blanc, bancs en
bois brun patinés par l'usage. Fanette trempa ses doigts dans le
bénitier, se signa et jeta un coup d'œil autour d'elle. L'église semblait vide. Elle s'avança dans l'allée, puis entendit un toussotement. Une femme était en prière sur un agenouilloir, en retrait,
près d'un pilier. Elle s'avança timidement vers elle, le cœur battant. La femme, dont la tête était couverte d'un châle, tenait un
chapelet enroulé entre ses doigts et priait à voix basse. Fanette
s'immobilisa à quelques pas d'elle.

— Amanda ?

La femme tourna la tête vers elle et lui fit un timide sourire.
Ce n'était pas Amanda. La déception était telle qu'elle dut s'asseoir sur un banc. La femme murmura, avec un accent irlandais
prononcé :

— *You're all right, love ?*

Fanette fit oui de la tête.

La femme se remit à prier. Fanette resta un moment prostrée
sur le banc. Elle n'entendait que le cliquetis du chapelet de la
femme au châle. Puis elle se raisonna. Il fallait faire montre de
patience. Amanda viendrait d'un moment à l'autre. Elle avisa
alors la tombe du père MacMahon, dont Amanda lui avait parlé

dans sa lettre. Elle se leva, s'en approcha. Une simple dalle en marbre couvrait le tombeau, sur lequel on avait gravé l'inscription : *Father MacMahon, 1796-1851*. Elle prit place sur un banc à proximité de la tombe. C'était ici, près de cette tombe, qu'Amanda lui avait demandé de l'attendre. *Elle viendra*.

XII

Québec
Mi-avril 1849

Amanda frissonna. Un vent frais s'était levé. Il y avait une bonne heure qu'elle marchait dans les rues de la basse ville, à la recherche de l'auberge du Gai Luron dont Pierre Girard lui avait parlé. Aucun des passants à qui elle s'était adressée ne la connaissait. L'auberge avait peut-être fermé ses portes. Elle se sentait perdue dans cette ville qu'elle ne connaissait pas. Épuisée, l'estomac dans les talons, elle s'arrêta devant une tannerie. Une forte odeur de cuir et de teinture s'échappant par des fenêtres étroites la prit à la gorge. Un homme portant une casquette et un pantalon en coutil décoloré balayait l'entrée. Elle l'interpella :

— Monsieur…

Il continua à balayer sans lever la tête. Elle répéta :

— Monsieur !

Il leva la tête vers elle, les sourcils froncés, la main en cornet derrière une oreille. Elle comprit qu'il était un peu sourd. Elle se pencha vers lui, parla en détachant les syllabes :

— Je cherche l'auberge du Gai Luron, sur la rue Sainte-Marguerite.

Il lui jeta un regard vaguement soupçonneux, puis lui indiqua une rue en pointant son balai.

— Prenez la rue icitte à gauche. Au bout, tournez à drette. Vous pouvez pas la manquer.

Amanda le remercia, pleine de reconnaissance. Elle prit le chemin indiqué. Lorsqu'elle atteignit la rue Sainte-Marguerite, elle aperçut une enseigne en bois dont certaines lettres, autrefois rouges, s'étaient décolorées avec le temps. Le « a » de « gai » était entièrement effacé, ce qui donnait l'impression d'une dent qui manque. La devanture faisait mentir l'enseigne, avec ses pierres noirâtres et un balcon de bois qui avait dû être beau, naguère, avec sa balustrade ouvragée comme de la dentelle, mais dont le bois pourrissait et menaçait de s'effondrer. Elle jeta un coup d'œil par l'une des fenêtres, mais les carreaux couverts de poussière l'empêchaient de voir à l'intérieur. Il recommença à pleuvoir une bruine fine et glacée. Après une hésitation, Amanda se décida à entrer. Elle n'avait guère le choix si elle ne voulait pas dormir à la belle étoile, sous la pluie.

Une bouffée de chaleur, une lumière jaune et des éclats de rire l'accueillirent. Elle fut étonnée de voir une grande salle, meublée plutôt confortablement avec des tables réfectoire et des bancs d'aspect solide, remplie à craquer d'hommes, des marins pour la plupart, qui s'invectivaient, riaient, chantaient. Des lampes torchères au gaz entourées d'un halo de fumée jaune jetaient une clarté vive sur les hôtes. Quelques ouvriers, attablés au fond de la pièce, sirotaient paisiblement une bière. Une femme d'allure robuste, un tablier noué autour de la taille et portant à bout de bras un plateau couvert de brocs et de bols fumants, allait et venait entre les tables, esquivant avec habileté les mains qui s'attardaient un peu trop sur ses hanches et ses fesses rebondies. Amanda se sentit presque étourdie par le bruit et les odeurs qui l'assaillaient. Elle avait toujours vécu à la campagne. Son père l'emmenait parfois vendre des légumes au marché de Skibbereen, près du port, mais rien ne se comparait au tintamarre qui régnait dans cette auberge. L'un des marins l'apostropha, la voix avinée :

— Eh, la belle greluche, viens t'asseoir sur mes genoux que je te fasse des risettes !

Des rires gras accueillirent sa remarque. Amanda le fusilla du regard.

— Si j'étais un homme, je te ferais avaler ta langue.

Les rires redoublèrent. La femme d'allure robuste déposa son plateau vide sur une table et s'approcha d'Amanda. Elle la toisa sans aménité, puis dit en parlant fort pour couvrir le brouhaha :

— Qu'est-ce que tu veux ?

— Je cherche Bernadette Girard.

— 'Est deboutte juste en avant de toé.

Amanda mourait de faim et avait désespérément besoin de sommeil. Elle ne se laissa pas impressionner par la carrure et le ton brusque de la tenancière.

— Votre neveu, Pierre Girard, m'a donné votre nom.

— C'est une auberge icitte, pas un refuge.

— J'vous demande pas la charité. Je suis prête à travailler.

— Quel âge que t'as ?

Amanda hésita. Elle savait qu'elle faisait un peu plus vieux que son âge.

— Seize ans.

Bernadette Girard regarda la jeune fille de plus près. Ses habits étaient assez propres, mais un peu trop grands pour sa taille. Elle était jolie, même avec son fichu sur la tête, et avait l'air débrouillard. La veille, l'aubergiste avait justement renvoyé une serveuse, une bonne à rien qui volait son pain et ne se faisait pas d'ampoules aux mains en travaillant, c'était le moins qu'on puisse dire.

— Va te chercher de quoi manger à la cuisine. Tu pourras dormir à côté du poêle. Demain, on verra.

La perspective de manger et de se réchauffer redonna courage à Amanda.

— Merci.

La cuisine était grande et, au premier coup d'œil, accueillante, avec sa panoplie de chaudrons de cuivre accrochés en rangs d'oignons au-dessus d'un grand poêle en fonte à deux ponts, mais le carrelage était d'une saleté repoussante. De la suie tapissait les murs et le plafond. Une cuve remplie d'eau saumâtre trônait au fond de la pièce. Cela ne l'empêcha pas de dévorer un morceau de pain et un saucisson qu'elle trouva sur un vieux comptoir en chêne. Après avoir mangé, épuisée par son périple, elle se laissa choir sur une chaise près du poêle. La chaleur qui s'en dégageait était réconfortante. Elle s'endormit rapidement.

❧

Amanda fut réveillée par le chant d'un coq, ce qui l'étonna. Un coq, en pleine ville ! Le poêle s'était éteint durant la nuit, elle avait les membres raides de froid. Elle se leva, jeta quelques bûchettes dans le poêle, le ralluma.

Il faisait encore sombre lorsque Bernadette Girard, étouffant un bâillement, descendit l'escalier qui menait à la cuisine. Quelle ne fut pas sa surprise en constatant que le poêle était allumé et que la cafetière fumait sur la plaque en fonte ! Amanda, un tablier noué autour de la taille, pétrissait une pâte à pain avec dextérité, ajoutant juste ce qu'il fallait de fleur pour qu'elle reste bien souple. Le plancher brillait de propreté. Décidément, son neveu ne s'était pas trompé en recommandant cette jeune fille à sa bienveillance.

❧

Bernadette Girard décida de prendre Amanda à l'essai pour l'aider à servir aux tables. La première journée, la jeune fille renversa un pichet et cassa une assiette, mais elle apprenait vite. Elle avait une excellente mémoire, retenait facilement le nom des clients réguliers, n'hésitait pas à remettre à leur place les marins trop entreprenants. La tante de Pierre Girard décida de la garder à son emploi, lui procurant un lit, le couvert et cinquante sous de gages par semaine. La somme était misérable, mais Amanda, soulagée d'avoir un toit sur la tête et de manger à sa faim, s'en contenta. Son tablier masquait commodément son ventre qui s'arrondissait de jour en jour. Elle savait que, tôt ou tard, il lui faudrait avouer la vérité à l'aubergiste, mais elle craignait d'être renvoyée à la rue et remettait toujours ses aveux au lendemain.

Un matin, en allant à la halle du marché Champlain avec sa patronne, elle passa devant un étal derrière lequel une dame maigre, habillée de noir et portant de vieilles bésicles, faisait la réclame de ses « remèdes miraculeux » contre la goutte, les humeurs, la consomption, la dysenterie et « autres maladies affligeantes », comme elle le proclamait de sa voix de crécelle. Des pots de toutes les formes et de toutes les couleurs étaient étalés sur un tréteau.

— Essayez mes remèdes ! Guérison garantie de toutes vos maladies ! Foi de dame Décary ! claironnait la femme.

Amanda s'arrêta devant l'étal, essayant de déchiffrer les étiquettes apposées sur les pots.

— De quelle maladie souffres-tu, ma belle enfant ? Dame Décary a tout ce qu'y faut pour te guérir !

Sentant le regard impatient de sa patronne posé sur elle, Amanda s'éloigna sans répondre. La voix de dame Décary monta d'un cran pour qu'Amanda l'entende :

— Je tiens magasin sur la rue Saint-Jean ! Essaye mes remèdes ! Guérison garantie de toutes tes maladies ! Foi de dame Décary !

Amanda eut du mal à trouver le sommeil cette nuit-là. Peut-être que cette dame Décary pouvait l'aider. Lorsqu'elle était petite, à Skibbereen, elle avait surpris une conversation entre sa mère et une voisine. Cette dernière affirmait que la sauge en infusion, prise en grande quantité, avait des qualités purgatives, mais qu'elle pouvait aussi prévenir la venue des enfants. À l'époque, elle était trop jeune pour comprendre le sens de ces paroles, mais à la lumière de sa propre situation, les propos de la voisine lui apparurent sous un jour différent.

L'auberge fermait ses portes tous les dimanches. Bernadette Girard avait beau côtoyer chaque jour des hommes rudes qui juraient en abondance et échangeaient des blagues salaces, elle tenait mordicus à respecter le jour du Seigneur. Ce qui ne l'empêchait pas de faire la lessive et de bûcher son bois pour le reste de la semaine. De temps en temps, elle octroyait quelques heures de congé à Amanda. Cette dernière ne rechignait pas à l'ouvrage, était appréciée par la clientèle, n'était pas exigeante quant à ses gages. Ainsi, lorsque Amanda lui demanda son après-midi de congé, n'hésita-t-elle pas à le lui accorder.

La rue Saint-Jean était plutôt animée pour un dimanche après-midi. Des calèches circulaient, des piétons se croisaient, certains s'arrêtant en chemin pour piquer une jasette avec une connaissance. Amanda, serrant son châle autour de ses épaules, observait les devantures des échoppes. Toutes étaient fermées, sauf celle d'un maréchal-ferrant, qui était en train de ferrer un cheval et dont le marteau faisait jaillir des étincelles. Après avoir parcouru toute la rue, Amanda, ne trouvant aucune enseigne ou indication qui pût la mettre sur la piste de la vendeuse de remèdes, pensait rebrousser chemin lorsqu'elle aperçut une vitrine poussiéreuse sur laquelle quelqu'un avait peint maladroitement : *Dame Décary, remèdes miraculeux*. Les rideaux, à moitié fermés, laissaient entrevoir des étagères garnies de pots et de flacons. Amanda, intimidée tout à coup, fut sur le point de repartir mais elle se ravisa. Il fallait qu'elle aille jusqu'au bout. Elle se tint immobile devant la porte, puis cogna doucement et attendit. Seul le silence lui répondit. Elle frappa de nouveau, un peu plus fort. Elle entendit un cliquetis dans la serrure. La porte s'ouvrit. Madame Décary la regarda par-dessus ses lunettes, clignant des yeux.

— Si c'est pas la belle demoiselle. Entre…

Amanda, étonnée que la dame l'ait reconnue, obtempéra. Madame Décary referma soigneusement la porte derrière elle et tourna la clé dans la serrure.

— Qu'est-ce que dame Décary peut faire pour ton bonheur ?

C'était curieux, cette façon qu'elle avait de parler d'elle à la troisième personne, comme si elle s'adressait à un enfant. Durant son insomnie, Amanda avait réfléchi à la façon dont elle s'y prendrait pour aborder son problème, mais maintenant, les mots lui manquaient. Madame Décary s'approcha d'elle, lui prit la main, en palpa la paume.

— Les fluides circulent bien.

Puis elle posa deux doigts sous le menton d'Amanda, appuya légèrement sur la carotide et chercha son pouls, la mine attentive. Amanda eut soudain la tentation de fuir, mais elle était incapable de faire le moindre mouvement. D'une main alerte, madame Décary lui palpa ensuite le ventre. Ses yeux s'emplirent de gravité.

— T'es en famille ?

C'était davantage une affirmation qu'une question. Amanda acquiesça, la gorge serrée.

— La tête du bébé est placée en bas. Ça va être un garçon.

Amanda sentit les battements de son cœur s'accélérer. Un garçon…

— As-tu des nausées ?

— J'en avais, mais…

— Des décoctions de radis noir, ça aide à soulager le mal de cœur.

Madame Décary se dirigea vers les étagères. Amanda parla plus fort pour que la dame l'entende :

— J'ai pas mal au cœur ! C'est… c'est autre chose.

L'étrange apothicaire se tourna lentement vers la jeune fille. Le verre de ses lunettes était devenu opaque dans la demi-pénombre du magasin, empêchant Amanda de voir ses yeux. Elle prit son courage à deux mains et poursuivit :

— Je vous en prie, aidez-moi.

Madame Décary resta plantée au même endroit, sans bouger, comme si elle eût été transformée en statue de sel. Amanda crut y voir un jugement sans appel. La mort dans l'âme, le cœur rempli de honte et de désarroi, elle se détourna et voulut sortir lorsqu'elle entendit la voix haut perchée de la femme s'élever :

— Tu t'y prends bien tard, ma pauvre 'tite fille. Bien tard. Attends-moi ici.

Dame Décary partit en direction de son arrière-boutique sans paraître le moins du monde incommodée par la noirceur qui y régnait. Amanda, restée seule, eut à nouveau la tentation de s'enfuir, mais ses pieds lui semblèrent lourds comme du plomb. Quelques minutes plus tard, madame Décary revint. Elle tenait un sachet dans une main.

— *Artemisia vulgaris.*

Devant le regard interrogatif d'Amanda, elle ajouta :

— De l'artémise. C'est une plante très commune. On en trouve même sur le bord des routes.

Amanda prit le sachet, l'examina avec crainte, comme s'il eût contenu un poison vif.

— Fais-la infuser dans de l'eau bouillante. Puis laisse tiédir. Bois l'infusion d'un coup. Tu ressentiras sans doute des douleurs au bas-ventre, mais ça ne durera pas longtemps. Après, tu seras libérée de ton fardeau.

Amanda enfouit le sachet sous sa ceinture, puis voulut payer la femme. Cette dernière refusa, mettant un doigt sur sa bouche.

— Motus et bouche cousue. C'est le seul salaire que je demande dans ces cas-là.

❧

De gros flocons de neige tombaient mollement dans le ciel gris et fondaient aussitôt sur le sol. Amanda, en franchissant le seuil de l'auberge, fut soulagée de constater que Bernadette Girard n'était pas encore rentrée. La grande salle, si agitée d'habitude, était silencieuse. Amanda se rendit à la cuisine, puisa de l'eau dans un tonneau à l'aide d'une louche et la versa dans un canard en fer-blanc. « Un garçon », avait dit la dame aux remèdes. Amanda toucha son ventre, tentant de deviner les formes de l'enfant à naître à travers l'étoffe grossière de sa robe. Elle entendit à peine le sifflement de la vapeur qui sortait du bec du canard. Elle vida le contenu du sachet dans un gros bol en faïence, y versa de l'eau bouillante, apporta le bol dans sa chambre. Elle le déposa au pied de son lit sur le coffre qui lui servait d'espace de rangement et attendit que l'eau tiédisse. « Bois l'infusion d'un

118

coup. » Amanda se pencha au-dessus du bol, vit son reflet dans l'eau, qui avait pris une teinte mauve foncé. Les feuilles gisaient au fond. « Tu seras libérée de ton fardeau. » Elle porta le bol à sa bouche. Le liquide effleura ses lèvres. Le goût était amer. Au même moment, elle ressentit une douleur à l'abdomen, comme un petit coup de pied. Le bol s'échappa de ses mains et se fracassa sur le plancher. Elle contempla les morceaux de céramique, la flaque sombre qui avait éclaboussé jusqu'à son couvre-pied. C'est à peine si elle entendit la porte s'ouvrir et l'exclamation mécontente de Bernadette Girard.

— Mon bol à gruau ! De la faïence d'Écosse ! T'as donc ben les mains pleines de pouces !

Amanda leva les yeux vers sa patronne. Elle sut que le moment était venu de lui dire la vérité.

☙

Bernadette Girard hocha la tête.

— J'peux pas te garder, ma pauvre fille. Te vois-tu, servir aux tables avec ton gros ventre, puis plus tard avec un nouveau-né à ton bras ?

— J'ai nulle part où aller ! s'écria Amanda, désespérée.

L'aubergiste ne put s'empêcher d'éprouver de la pitié pour la jeune fille. Elle s'était sans doute laissé chanter la pomme par un beau coq de village, avait cru à ses promesses, avec comme résultat qu'elle était en famille à l'âge de seize ans. Une sorte d'irritation la gagna. À peine avait-elle trouvé une jeune fille vaillante qui n'avait pas peur de l'ouvrage qu'elle devait s'en défaire… *Pourvu que…* Elle chassa l'idée aussitôt. Son neveu était un bon mari, un père de famille exemplaire. Jamais il ne profiterait d'une pauvre fille sans défense. Mais n'était-ce pas Pierre qui lui avait recommandé la jeune fille ? Pour quelle raison voulait-il l'éloigner, sinon pour se débarrasser d'un fardeau encombrant ? Aucun homme, même le meilleur, n'est à l'abri de la tentation. Sans compter que la jeune Irlandaise était un beau brin de fille, avec ses étranges yeux gris et ses cheveux flamboyants… Bernadette ne voulait surtout pas d'ennuis.

— Quand tu seras due, je t'emmènerai à l'hôpital. D'ici là, tu peux rester ici. Mais je t'interdis de sortir. Personne ne doit te voir dans *un état intéressant.*

XIII

Québec
Le 6 août 1858

Philippe sortit sa montre de son gousset, y jeta un coup d'œil : onze heures dix minutes. Il avait vu une vieille religieuse portant un panier rempli de légumes, puis un homme qui tirait une charrette chargée de bois de chauffage, mais personne qui correspondait à la description que Fanette lui avait faite de sa sœur. Il présuma qu'Amanda était arrivée un peu à l'avance au rendez-vous et qu'elle était déjà dans l'église lorsque Fanette et lui étaient arrivés devant St. Patrick. Il fut tenté d'y entrer pour en avoir le cœur net, puis se ravisa. Fanette avait attendu ces retrouvailles avec sa sœur si longtemps, ce moment leur appartenait. Tout à ses pensées, il ne vit pas le fiacre qui s'était immobilisé sur la rue Sainte-Hélène, à une centaine de pieds à l'est de l'église.

Oscar Lemoyne paya le cocher, puis sauta lestement sur le pavé. Il avait réussi à convaincre son patron qu'il était sur un bon coup. Tout ce qu'il espérait maintenant, c'était que la réalité se montre aussi palpitante qu'il l'avait imaginée… Sinon, il était mûr pour le chômage. Il scruta attentivement les abords de l'église, aperçut à distance un jeune homme bien mis debout devant une calèche garée près de l'église. Le jeune homme regardait anxieusement du côté du parvis ; il semblait en surveiller l'accès. Oscar admira malgré lui sa silhouette élancée, ses traits fins et bien dessinés. Le jeune homme, comme s'il avait senti un regard posé sur lui, tourna la tête en direction d'Oscar. Ce dernier eut à peine le temps de se dissimuler derrière un muret qui longeait une maison. Il ne savait pas qui était ce jeune homme.

Peut-être s'agissait-il du mari de la « jolie dame » ? Une absurde irritation l'envahit. *Eh, mon gars, quand vas-tu te mettre dans la caboche qu'elle est mariée ?* Oscar avait quitté la rédaction de *L'Aurore* à onze heures dix, ayant un papier urgent à finir. Il était trop fauché pour posséder une montre mais présuma qu'il était onze heures vingt. Il fut tenté d'entrer dans l'église mais jugea qu'il serait plus prudent de rester à l'abri, derrière le muret, afin de ne pas attirer l'attention du jeune homme.

∽

Le notaire entra chez lui, encore songeur après sa visite au couvent. Rosalie lui était apparue bien pâle, et amaigrie. Pourtant, il avait senti une telle force en elle… Il remit son haut-de-forme et sa canne à madame Régine.

— Fanette et mon fils sont-ils rentrés ?

— Non, m'sieur Grandmont.

Il fronça les sourcils, étonné. Où diable étaient-ils allés ? Il s'enferma dans son bureau pour réfléchir à son aise. Le silence austère de la pièce le calma. Fanette avait fait une courte visite à Rosalie. Et puis après ? Qu'y avait-il de si suspect dans ce seul fait ? Il prit place dans son fauteuil en cuir capitonné, s'empara de son coupe-papier, le tourna distraitement dans ses mains. Sa belle-fille avait exprimé une telle hâte de voir Rosalie, elle semblait accorder tant d'importance à cette visite, il ne comprenait pas qu'elle n'y ait consacré que vingt pauvres minutes. Et les réponses de Rosalie lui semblèrent soudain bien vagues. Le doute s'insinua à nouveau en lui. Il connaissait suffisamment Fanette pour savoir qu'elle ne renoncerait pas si facilement à revoir sa sœur, même s'il fallait pour cela désobéir à sa volonté. Saisi par une soudaine intuition, il se leva, sortit de son bureau, passa devant la chambre de sa femme, dont la porte était entrouverte. Marguerite, portant une tenue d'intérieur blanche, était étendue sur son lit et semblait dormir. *Un autre problème qu'il me faudra résoudre*, pensa-t-il avec amertume. Marguerite ne cherchait même plus à dissimuler sa terrible dépendance au laudanum. Il avait beau jeter ses fioles lorsqu'il en découvrait sous son oreiller ou dans un tiroir de sa commode, elle réussissait à s'en procurer d'autres, Dieu sait comment.

Le notaire franchit l'escalier qui menait aux appartements de Fanette et de Philippe, mit une main sur la poignée de la porte qui donnait sur leur boudoir, hésita. En franchissant cette porte, en pénétrant comme un voleur dans l'intimité du jeune couple, il risquait de briser à jamais le peu de confiance qui subsistait entre eux. Le souvenir d'un soir pluvieux de mai lui revint. Fanette était rentrée tard, pâle, détrempée par la pluie, le chignon défait, accrochée au bras de Philippe comme si sa vie en dépendait. Elle avait prétendu être revenue à pied de chez madame Portelance et avoir été surprise par une averse, mais il ne l'avait jamais vue aussi bouleversée, comme quelqu'un qui est témoin d'un terrible accident ou qui vient d'apprendre la mort d'un être cher. Que pouvait-il s'être produit, ce soir-là ? Quel événement sombre Fanette cherchait-elle à cacher ? Il ne douta pas un seul instant que cet événement fût lié, d'une façon ou d'une autre, au passé trouble de sa sœur Amanda. Il savait reconnaître chez les autres les signes d'un tourment qu'il éprouvait lui-même face à son propre passé.

Sans plus hésiter, il tourna la poignée de la porte, qui s'ouvrit sans bruit. Le boudoir baignait dans la lumière blanche de midi. Il admira le sofa en acajou de style Empire qui avait appartenu à la mère de Marguerite et que celle-ci avait fait recouvrir d'une soie jaune sable assortie aux draperies. Un rai de lumière se découpait sur une table ovale en noyer. La porte de la chambre attenante au boudoir était entrebâillée. Il s'en approcha, y jeta un coup d'œil. Le lit était défait, un oreiller portait encore l'empreinte de la tête qui s'y était appuyée. Un parfum d'eau de rose effleura ses narines. Le parfum de Fanette. La honte fit battre son cœur plus vite, sa respiration semblait bruyante dans l'atmosphère paisible de la chambre égayée par le soleil. Soudain, il entendit le claquement d'un fouet et le hennissement d'un cheval.

Fanette et Philippe étaient peut-être de retour ! Il se précipita à la fenêtre, regarda à l'extérieur tout en prenant soin de se cacher derrière le rideau pour ne pas être vu. Une voiture qu'il ne reconnut pas passa devant la maison et poursuivit sa route. Le soulagement lui fit oublier sa honte. Il se tourna vers une commode en merisier surmontée d'un miroir à bascule et s'en approcha. Il vit son reflet dans la glace, baissa les yeux pour éviter de le regarder. Il fit glisser un premier tiroir. Des dessous satinés caressèrent ses paumes. Le même parfum d'eau de rose s'en dégageait. Il referma vivement le tiroir, en ouvrit un autre. Des chemises amidonnées et des lavallières y étaient rangées en bon ordre, imprégnées d'une odeur de savon et de tabac blond. Il fit l'inspection méticuleuse de chaque tiroir. Rien. Puis il avisa le secrétaire placé à gauche du lit. Le panneau en était abaissé. Un compartiment au milieu du pigeonnier attira son attention. Il était muni d'une serrure. Le notaire tenta de l'ouvrir, sans succès. La clé avait sans doute été rangée dans l'un des quatre petits tiroirs qui jouxtaient l'armoirette. Il fit glisser le tiroir du haut. Une clé y avait été placée. Il s'en empara, l'enfonça dans la serrure, la tourna. La porte céda avec à peine un grincement. Le notaire y enfonça une main, en sortit des feuilles de papier vierges, une plume, un pot d'encre, un livre de comptes, des signets, des babioles sans valeur. Les sourcils froncés, il s'attaqua ensuite aux trois tiroirs sous le panneau en érable ondé : encore des livres de compte, quelques romans, de vieilles éditions jaunies de *L'Ami des campagnes*. Il se redressa, le visage rouge de s'être penché. Il s'était peut-être trompé sur le compte de Fanette. Pourquoi mettait-il toujours sa parole en doute ? Il voulut refermer l'armoirette lorsqu'il crut apercevoir une légère protubérance à gauche du compartiment. Il appuya dessus. Il entendit un déclic, puis un tiroir dissimulé sous l'armoirette s'ouvrit. Un coffret incrusté de nacre s'y trouvait. Il l'ouvrit. Une enveloppe avait été déposée sur le coussinet de velours noir. Il la prit, le souffle court, scruta d'abord l'adresse. Il ne reconnut pas l'écriture, mais la lettre était adressée à « F. O. », aux soins de la rédaction du journal *L'Aurore de Québec*. Il déplia le feuillet et le parcourut avec avidité. Un sourire amer plissa ses lèvres minces. La lettre avait été écrite dans une langue qu'il ne connaissait pas, mais la signature ne laissait aucun doute sur son auteur : *Amanda*. Ainsi, son intuition ne l'avait pas trompé. Fanette avait bel et bien reçu une lettre de sa sœur. Elle lui avait menti impunément, avait trahi sa confiance. Il relut la missive, tâchant d'en comprendre certains mots : « *eaglais naomh Pádraig* ». Il s'agissait sûrement de l'église St. Patrick, déduisit le notaire, communément surnommée « l'église des Irlandais ». Il lut la suite : « *ar sráid San Héilin* ». Il reconnut les mots « *San Héilin* » : Sainte-Hélène. Il savait que l'église St. Patrick se situait sur cette rue. Amanda y avait probablement donné rendez-vous à sa sœur. Il se rappela la scène de la veille, lorsqu'il avait surpris Fanette dans le bureau de Philippe. Elle feuilletait un almanach, prétendant qu'elle était incapable de trouver le sommeil. Elle y cherchait probablement l'emplacement de l'église. Une colère froide fit battre ses tempes. Non seulement Fanette avait prétendu ne jamais avoir eu de nouvelles de sa sœur, mais elle avait sans doute prétexté une visite à Rosalie pour revoir Amanda, avec la complicité de sa fille et peut-être même celle de Philippe. Sans prendre la peine de refermer l'armoirette, le notaire sortit de la chambre en coup de vent, la lettre d'Amanda à la main. L'église St. Patrick était située à une quinzaine de minutes en voiture. *Je m'y rends, je la confronterai !* Une fois arrivé à la porte du boudoir, il se ravisa. Il fallait rester calme, ne pas céder à un coup de tête. Il revint dans la chambre, replaça soigneusement la lettre dans le coffret, referma l'armoirette, remit la clé dans le tiroir. Son père lui disait souvent, lorsqu'il était en formation dans son étude de notaire : « Un notaire bien informé en vaut dix. »

— Louis, que faites-vous ici ?

Il tourna brusquement la tête, aperçut le reflet de sa femme dans le miroir à bascule. Elle le fixait en silence, l'air presque spectral dans sa robe de nuit blanche. Il lui rendit son regard sans ciller.

— J'ai égaré une lavallière. Je crois que Philippe a dû la prendre par mégarde.

Le notaire Grandmont attendit que sa femme regagne sa chambre, puis redescendit l'escalier, reprit son chapeau et sortit en passant par la cuisine. Madame Régine, penchée sur ses chaudrons, le regarda passer en coup de vent, se demandant quelle mouche l'avait piqué. Il se dirigea vers l'écurie. Le cocher, affalé sur un banc adossé à l'écurie, cognait des clous. Il ne portait pas son uniforme.

— Joseph ! tonna-t-il.

Le cocher se réveilla en sursaut, puis, voyant son maître, se leva d'un bond, le regard encore brouillé par le sommeil. Le notaire lui lança sèchement :

— Attelez le cabriolet. Tout de suite.

Joseph, qui avait pourtant l'habitude du ton péremptoire de son maître, sentit que ce dernier était encore plus à cran que d'ordinaire et qu'il ne devait pas perdre une seconde.

— Je dois-t'y mettre mon costume ? balbutia-t-il.

— Ce ne sera pas nécessaire.

Le cocher se précipita dans l'écurie sans attendre et attela le cabriolet.

— Où on va, m'sieur le notaire ?

— Au palais de justice.

Le cocher leva les sourcils, se demandant ce que son maître allait faire à cet endroit, puis il haussa les épaules et se hissa sur son siège : depuis le temps qu'il travaillait pour « m'sieur le notaire » et sa femme, il avait appris à se mêler de ses oignons...

❧

Le cabriolet roulait à vive allure sur la rue Saint-Louis.

— Plus vite ! ordonna le notaire en sortant la tête par la fenêtre.

Le cocher serra les dents et fouetta le cheval. Décidément, le notaire n'était pas à prendre avec des pincettes... La voiture s'approchait de la Place d'Armes entourée d'un rond de chaîne.

— Arrêtez !

Le notaire descendit de voiture.

— Attendez-moi ici.

Puis il se dirigea vers le palais de justice. Monsieur Joseph se cala sur son siège, enfonçant sa casquette sur ses yeux pour ne pas être incommodé par le soleil, qui était au zénith.

Le coroner Duchesne était en train de rédiger un rapport concernant la mort d'un marin, qui avait été poignardé lors d'une rixe, la veille, dans un tripot de la basse ville. Il était d'usage de faire appel au coroner lorsqu'il y avait mort d'homme violente ou suspecte. Le tavernier avait étendu le corps sur une table en attendant l'arrivée du coroner, qui avait constaté le décès et examiné les blessures. D'après l'aubergiste, l'altercation avait éclaté à la suite d'une partie de dés ; la victime avait refusé de payer la somme qu'il devait à un autre marin. Ils en étaient venus aux mains ; le deuxième marin avait sorti un couteau et avait attaqué le premier, le poignardant de plusieurs coups, dont l'un, au cœur, avait été fatal. Le nombre de marins allait croissant dans la ville de Québec, et les actes criminels avaient augmenté d'autant. Il faudrait une législation plus sévère et, surtout, des effectifs policiers plus importants pour combattre le crime. Le coroner était si absorbé par son travail qu'il n'entendit pas frapper à la porte. Aussi fut-il surpris lorsqu'elle s'ouvrit et que le notaire Grandmont entra, son haut-de-forme à la main.

— Monsieur Grandmont ?

Le notaire s'avança dans la pièce.

— J'ai une information importante à vous communiquer.

Le coroner se redressa, tous ses sens à l'affût. Il masqua son intérêt sous une politesse froide :

— Je vous écoute, fit-il en désignant une chaise qui faisait face à son pupitre.

Le notaire y prit place, posant son chapeau sur ses genoux, aussi à l'aise que s'il se fût trouvé dans un salon de thé.

— Je crois savoir où se trouve Amanda O'Brennan.

Le coroner sentit une onde d'excitation lui parcourir l'échine ; il lui fallut un effort de volonté pour ne pas bondir de sa chaise. Il attendit que le notaire poursuive. Ce dernier leva ses yeux froids vers lui :

— Avant de vous révéler cette information, monsieur Duchesne, je voudrais avoir votre parole quant au fait que vous agirez avec la plus grande discrétion. Ma famille ne doit plus être mêlée, de près ou de loin, à cette affaire.

— Je vous en donne ma parole, monsieur Grandmont.

Le notaire garda le silence un instant, puis poursuivit :

— J'ai des raisons de croire qu'Amanda O'Brennan est à l'église St. Patrick en ce moment.

Cette fois, le coroner se leva d'un coup sec, faisant basculer sa chaise, qui s'écrasa au sol dans un bruit retentissant. Il s'élança vers la patère, où étaient suspendus sa redingote et son haut-de-forme noirs, s'en empara. Le notaire vint aussitôt se placer devant la porte.

— Attendez, fit-il d'une voix calme.

Le coroner s'impatienta.

— Il n'y a pas un instant à perdre !

Le notaire resta de glace.

— Cette Amanda O'Brennan a donné rendez-vous à ma belle-fille, Fanette. Donnez-moi votre parole que vous ne l'importunerez pas et que vous procéderez avec la plus grande discrétion.

Le coroner poussa une exclamation exaspérée :

— Je vous ai déjà donné ma parole !

Le coroner sortit, attendant impatiemment que le notaire sorte à son tour. Il ferma la porte à clé, puis s'adressa à un gardien.

— Faites atteler ma voiture. J'ai besoin de deux policiers ! Vite !

Le gardien s'empressa d'obéir aux ordres du coroner. Ce dernier se précipita vers l'escalier, bousculant au passage un avocat en toge qui laissa échapper les documents qu'il apportait avec lui. Il faillit protester mais se ravisa lorsqu'il reconnut le coroner Duchesne.

Monsieur Joseph, engourdi par la chaleur, continuait de cogner des clous. La voix coupante du notaire le réveilla.

— Ramenez-moi à la maison.

༄

Philippe consulta de nouveau sa montre. Il était déjà presque midi. Il n'avait vu personne pénétrer dans l'église, à part une femme âgée vêtue de noir. La cloche pour le dîner sonnerait à midi quinze, il leur faudrait rentrer très bientôt à la maison. Fanette aurait le cœur brisé de devoir partir, mais il valait mieux ne pas prendre de risque. Après une hésitation, il fit quelques pas vers l'église. C'est alors qu'il vit une silhouette élancée et gracile, à l'extrémité ouest de la rue Sainte-Hélène. C'était une jeune femme vêtue d'une robe et d'un mantelet dont le bleu se confondait avec la couleur du ciel. Elle portait un voile du même bleu clair. Philippe la regarda s'approcher, incapable d'en détacher les yeux. Fanette lui avait souvent décrit sa sœur : ses cheveux d'un roux flamboyant, ses yeux gris...

La jeune femme en bleu s'arrêta sur ses pas en apercevant Philippe, l'air indécis. Elle resta debout au même endroit pendant un moment. Puis elle fit mine de se diriger vers l'église, lorsque son attention fut attirée par un point qui bougeait à distance. Le point se rapprocha. C'était un cabriolet noir. Il roulait rapidement sur Sainte-Hélène, soulevant un nuage de poussière. La jeune femme regardait la voiture rouler dans leur direction, comme hypnotisée. Les vitres de la voiture réfléchissaient les reflets du soleil ; impossible de savoir qui se trouvait à l'intérieur. Ce n'est que lorsque le cabriolet fut à une trentaine de pieds que Philippe vit les deux cavaliers qui le suivaient de près. Ils portaient des uniformes noirs, leurs casques luisaient sous le soleil. Des policiers.

XIV

Québec
Début de juin 1849

Bernadette Girard tint promesse. Lorsque les premières douleurs annonçant l'accouchement apparurent, elle attela la carriole qui lui servait à faire ses provisions au marché et conduisit Amanda à l'Hôtel-Dieu, avec pour tout bagage ses vêtements enroulés dans un sac en toile et sa bourse contenant les quelques pièces de monnaie qu'elle avait gagnées à la sueur de son front. Des chaises droites étaient alignées contre un mur qui faisait face à un guichet à côté duquel se trouvait un « tour ». Une odeur d'encaustique se mêlait à des miasmes de corps mal lavés. L'aubergiste aida Amanda à s'asseoir sur l'une des chaises et partit à pas rapides, sans se retourner. Un vieil indigent assis non loin d'elle se mit à tousser à s'en arracher les poumons. Amanda, submergée par la douleur, n'eut même pas la force de chercher une autre place. Une novice portant un uniforme et un voile blancs s'approcha d'elle, l'aida à se lever et l'escorta dans un long couloir jusqu'à une grande salle aux murs crépis à la chaux. Une centaine de lits en fer étaient cordés, séparés les uns des autres par de simples rideaux blancs qui donnaient un semblant d'intimité aux patientes. Une religieuse augustine, les bras chargés d'une bassine, en croisa une autre qui transportait un plateau couvert de bols fumants. La novice désigna un lit à Amanda et la soutint pour l'y asseoir. Elle ferma le rideau qui isolait le lit, puis aida Amanda à se déshabiller; elle lui enfila ensuite une robe de nuit en lin. Une femme âgée poussait des gémissements plaintifs dans le lit d'à côté. La jeune novice voulut prendre le sac et la bourse d'Amanda, mais cette dernière protesta faiblement. La novice lui expliqua patiemment :

— On te remettra tes affaires à ton départ de l'hôpital. Sœur Clotilde va venir te voir pour t'inscrire au registre.

Et elle s'éloigna. Amanda resta assise sur le lit, les mains sur son ventre. Une autre douleur lui déchira les entrailles. Elle ferma les yeux, puis entendit une voix s'adresser à elle comme à travers un brouillard.

— Quel est ton nom ?

Amanda ouvrit les yeux, vit une religieuse assise sur un tabouret à côté du lit. Son visage étroit et pâle était encadré d'un voile noir. Un registre était ouvert sur ses genoux.

— Ton nom ? répéta la religieuse.

Amanda ne répondit pas.

Sœur Clotilde insista, un début d'impatience dans la voix :

— Tu as sûrement été baptisée.

Devant le silence obstiné de la jeune fille, elle reprit :

— Qui est le père ?

Amanda se tint coite. Sœur Clotilde hocha la tête ; c'était la deuxième fille-mère qu'elle inscrivait dans le registre de l'hôpital depuis le matin, sans compter le bébé qu'elle avait trouvé dans le tour à l'entrée de l'hôpital. Depuis le début de l'année, l'Hôtel-Dieu avait recueilli plus d'une trentaine de nourrissons abandonnés par des parents trop pauvres pour subvenir aux besoins de leur nouveau-né ou par des filles-mères honteuses d'avoir accouché d'un bâtard. De ce nombre, plus des trois quarts avaient succombé ; la plupart des autres avaient trouvé un foyer.

— Le docteur Saintonge t'examinera tout à l'heure.

༄

L'accouchement dura plus de douze heures. Amanda ne cria pas une seule fois. À certains moments, la douleur était telle qu'elle craignait de ne pas y survivre. Puis la tête de l'enfant apparut enfin. Amanda poussa instinctivement avec une force presque désespérée. Elle fut étonnée de voir soudain sœur Clotilde brandir par les jambes un bébé long et mince, aux cheveux drus et noirs. L'enfant hurlait à pleins poumons. Étrange qu'un si petit être puisse pousser de tels cris ! *Ian. Glaofaimið Ian air, ainm m'athar.* « Ian. Il s'appellera Ian, du prénom de mon père. » L'augustine plongea ensuite le bébé dans une bassine, le lava et l'enroula dans des langes. Puis elle le tendit à Amanda.

— Un beau garçon. On n'aura pas de misère à lui trouver un bon foyer.

Les paroles de sœur Clotilde n'atteignirent pas Amanda tout de suite. Ce n'est que lorsque la religieuse se pencha pour lui reprendre son enfant qu'elle en comprit le sens. Elle s'agrippa à lui avec les quelques forces qui lui restaient.

— *A Iain !*

— Il faut être raisonnable, ma fille, songe à son avenir. Qu'as-tu à lui offrir, sinon la misère ?

Amanda ne lâcha pas prise. Elle avait détesté cet enfant à naître, avait même songé à s'en débarrasser avec le « remède » de madame Décary, mais elle s'y accrochait maintenant avec l'énergie du désespoir. Ses parents étaient morts du typhus, elle avait été brutalement séparée de ses deux frères à la Grosse Isle. Elle avait même dû abandonner sa petite sœur à la ferme des Cloutier dans l'espoir d'une vie meilleure. Jamais elle n'abandonnerait son enfant, même s'il avait été conçu dans la peur et la haine. Les enfants ne choisissent pas de naître en ce monde, pas plus qu'ils ne sont responsables de sa violence et de ses injustices.

Sœur Clotilde dut demander l'aide d'une novice pour arracher l'enfant des bras de sa mère. Celle-ci, une jeune femme robuste et rougeaude qui venait de la campagne, réussit sans peine à le prendre. Amanda resta sur sa couche, les bras en l'air, les yeux vides.

Peu de temps après, la fièvre se déclara. Un médecin lui fit une saignée en utilisant des ventouses, puis décida de la plonger dans une cuve remplie d'eau glacée. Amanda ne sentait plus rien. Peu lui importait qu'elle fût vivante : maintenant qu'on lui avait arraché tout ce qui lui restait au monde, elle voyait la mort comme une délivrance.

Après plusieurs jours, la fièvre tomba. Sœur Agnès, une jeune religieuse timide qui l'avait prise en pitié, lui servait sa soupe à la cuillère comme on l'eût fait avec un nourrisson. Amanda reprit des forces peu à peu. Avec la vie qui revenait en elle et ses seins gonflés de lait ressurgit le souvenir de son nouveau-né. L'avait-on déjà placé? Était-il possible qu'il soit encore à l'hôpital?

Un après-midi, alors qu'elle avait réussi à marcher jusqu'aux fenêtres qui donnaient sur le préau de l'hôpital, elle aperçut un groupe de gens qui s'y étaient rassemblés. Elle remarqua qu'ils étaient pour la plupart bien vêtus : les hommes portaient redingote et haut-de-forme, les femmes, d'élégantes robes et de larges capelines les protégeant du soleil. Une porte s'ouvrit au fond de la cour et une sœur augustine les fit entrer, un couple à la fois. Intriguée, Amanda s'adressa à sœur Agnès :

— Qui sont ces gens?

Sœur Agnès sourit. Elle était heureuse de constater qu'Amanda avait pris du mieux :

— De futurs parents. Ils viennent choisir un bébé pour lui donner un vrai foyer.

Amanda comprit pourquoi tous ces gens s'étaient mis sur leur trente-et-un et arboraient un sourire à la fois timide et engageant. Elle regagna son lit. Il lui fallait à tout prix trouver l'endroit où l'on mettait les bébés qu'on enlevait à leur mère après leur naissance. Le docteur Saintonge, le teint blême et l'air débordé, vint l'examiner brièvement.

— Je vous donne votre congé.

Puis il s'adressa à sœur Agnès :

— Veuillez en aviser sœur Clotilde et libérez le lit.

Sœur Agnès jeta un coup d'œil dubitatif à Amanda, qui lui sembla encore bien pâle, mais elle obéit et partit à la recherche de sœur Clotilde. Le cœur d'Amanda se mit à battre à tout rompre; on lui donnait son congé... Elle se redressa dans son lit. Il lui fallait retrouver son enfant, elle ne quitterait pas l'hôpital sans lui. Elle se sentait encore faible, ses seins lourds lui faisaient mal, mais sa résolution lui donna un surcroît de forces. Sœur Agnès revint au bout d'un moment, un sac en toile dans les bras. Elle le déposa au pied du lit.

— Je t'apporte tes affaires.

Amanda prit le sac que sœur Agnès venait d'apporter, l'ouvrit. Il contenait ses vêtements, dont ceux qu'elle portait en arrivant à l'hôpital, et sa bourse. Sœur Agnès tira le rideau afin qu'Amanda puisse se changer à l'abri des regards. Elle l'aida à enlever la robe de nuit blanche que l'on prêtait à toutes les patientes.

— Où iras-tu à présent ? demanda-t-elle à Amanda, tout en l'aidant à boutonner sa chemise.

— Je ne sais pas, répondit Amanda. Peut-être chez une aubergiste chez qui j'ai déjà travaillé.

— Il existe des refuges pour les jeunes filles dans ta situation.

Amanda leva ses yeux gris vers la jeune religieuse.

— Des abris qui arrachent les bébés à leur mère, comme ici ?

Sœur Agnès rougit. Amanda lui prit un bras.

— Sœur Agnès, laissez-moi revoir mon enfant avant de partir.

La jeune religieuse secoua la tête, l'air malheureux.

— Tu sais bien que c'est contre le règlement.

— Laissez-moi le tenir dans mes bras. Une dernière fois.

Sœur Agnès hésita. Sœur Clotilde lui avait expliqué qu'il fallait séparer les nouveau-nés de leur mère dès la naissance afin d'éviter que des liens ne se créent entre eux. Le désespoir de cette jeune fille faisait pitié à voir, mais sœur Agnès venait tout juste de prononcer ses vœux, dont celui d'obéissance. Amanda ne la quitta pas du regard.

— Une dernière fois. Je vous en supplie.

Il y avait une telle ferveur dans ses beaux yeux gris ! Était-ce vraiment désobéir à Dieu que d'exaucer le souhait d'une mère, même si son enfant était le fruit d'un grave péché ?

— Bien. Juste une fois.

Amanda lui serra les mains à en rompre les os. La jeune religieuse se dégagea, mettant un doigt sur sa bouche pour lui intimer d'être discrète, puis elle sortit de la salle. Amanda la suivit des yeux, éperdue de reconnaissance. Il y avait parfois, en ce monde, des gens capables de bonté.

Sœur Agnès marchait dans un long corridor dont les planchers reluisants sentaient l'encaustique. À peine avait-elle prononcé son vœu d'obéissance qu'elle s'apprêtait à le briser… Il lui faudrait beaucoup prier pour se faire pardonner. Elle s'arrêta devant une porte qu'elle ouvrit. Une quarantaine de couchettes était disposées les unes à côté des autres et entourées d'un grillage, afin d'empêcher les poupons de tomber par terre. Plusieurs bébés pleuraient à fendre l'âme ; une religieuse allait d'un lit à l'autre, replaçant une couverture, caressant un front. L'enfant de la jeune fille était sûrement dans l'une de ces couchettes. Sœur Agnès raffermit sa démarche et se mit à la recherche du nouveau-né. Ils se ressemblaient tous, avec leurs yeux en amande, leur crâne lisse et encore dégarni, leur peau rouge et plissée… Au milieu de la troisième rangée, un poupon attira son attention. Il avait les yeux grands ouverts, comme s'il était déjà curieux de connaître ce monde dans lequel il venait d'entrer. Et beaucoup de cheveux d'un noir de jais. C'était le petit Ian. Elle s'approcha de lui, le prit doucement dans ses bras. Une voix la fit sursauter.

— Sœur Agnès, il ne faut pas donner trop d'affection aux enfants. Ça leur donne de mauvaises habitudes.

Sœur Clotilde la toisait avec sévérité. La jeune augustine replaça le bébé dans sa couchette.

— C'est le temps de lui donner son boire, murmura-t-elle.

Un cri strident retentit sur l'entrefaite. Une religieuse venait d'échapper une bassine remplie d'eau chaude par terre. Sœur Clotilde poussa une exclamation impatiente et partit en flèche dans cette direction. Sœur Agnès en profita pour reprendre le bébé. Elle jeta un coup d'œil par-dessus son épaule : sœur Clotilde lui tournait le dos, enguirlandant la pauvre religieuse. Elle en profita pour sortir en serrant le bébé contre elle. Elle se retrouva à nouveau dans le corridor. Soudain, elle aperçut quelques augustines qui avançaient dans sa direction. Elle abrita le poupon avec son voile pour éviter de se faire remarquer. Les talons des nonnes claquaient en cadence sur les carreaux noir et blanc. Elles croisèrent sœur Agnès, puis s'éloignèrent. La jeune religieuse, plus morte que vive, poursuivit son chemin vers la salle des parturientes.

Amanda l'attendait toujours assise sur son lit. La jeune religieuse, les joues en feu, lui tendit son enfant. Amanda le saisit et l'embrassa doucement, les yeux fermés. Sœur Agnès referma le rideau, puis s'éloigna pour les laisser seuls un moment. Elle entendit la plainte d'une patiente et se dirigea vers elle. Constatant qu'elle avait perdu ses eaux, elle la rassura.

— Ne vous inquiétez pas, tout va bien se passer.

Puis elle se dit qu'il était temps d'aller reprendre l'enfant. Elle se dirigea vers le lit d'Amanda, tira le rideau vers elle. La mère et l'enfant avaient disparu.

XV

Québec
Le 6 août 1858

Fanette était toujours assise près de la tombe du père MacMahon, figée dans l'attente. Elle avait l'impression qu'une éternité s'était écoulée depuis son arrivée à l'église St. Patrick. Son espoir de revoir sa sœur s'était transformé en immense chagrin. Amanda n'était pas venue. Pourtant, elle avait surveillé la porte de l'église sans répit; seule une vieille femme vêtue de noir y était entrée et s'était assise tout près de l'autel pour prier. Il fallait se rendre à l'évidence. Amanda ne viendrait pas au rendez-vous. Elle avait peut-être changé d'idée, ou avait eu un empêchement. Ou quelque chose de plus grave s'était produit...

Des cris sourds provenant de l'extérieur retentirent soudain, un bruit de roues, des claquements de fouet. Fanette jeta un coup d'œil en direction de la porte, anxieuse : que se passait-il donc ? Elle entendit d'autres cris. Elle se leva d'un bond, courut vers la porte, oubliant qu'elle se trouvait dans une église et qu'elle était enceinte.

Une fois dehors, Fanette dut mettre sa main devant ses yeux tellement la lumière était aveuglante. Puis elle aperçut un cabriolet immobilisé sur la rue Sainte-Hélène, non loin de l'église. Deux policiers montés l'escortaient. Que faisaient-ils là ? Elle chercha Philippe des yeux. Il était toujours debout à côté de la calèche. Leurs regards se croisèrent. Il lui fit un signe de la main, comme pour lui signifier de faire montre de prudence. C'est alors qu'elle la vit. Elle était vêtue de bleu et semblait effrayée. Elle portait à son cou le pendentif en forme de trèfle qui avait appartenu à leur mère Maureen. *Amanda !* Elle faillit s'élancer vers elle, mais la présence des deux policiers l'en empêcha. Il ne fallait surtout pas trahir l'identité de sa sœur. Les policiers firent avancer leur monture de quelques pas, comme pour encercler Amanda. La portière du cabriolet s'ouvrit sur l'entrefaite. Un homme vêtu de noir, portant un chapeau haut de forme et des favoris blancs, apparut sur le marchepied. Fanette reconnut avec effroi le coroner Duchesne. Il descendit de la voiture et s'avança vers la jeune femme en bleu.

— Êtes-vous Amanda O'Brennan ?

Amanda le fixa sans répondre. Les rayons du soleil semblaient clouer les silhouettes sur le pavé. Le coroner fit un autre pas vers elle. Il avait mis un masque de bienveillance.

— Je suis le coroner Georges Duchesne. Je fais une enquête sur le meurtre de Jean Bruneau. Votre témoignage pourrait nous être très utile.

Elle eut un mouvement de recul. L'un des policiers se pencha sur son cheval, tendit la main et agrippa la jeune femme par un bras. Elle se débattit, réussit à se dégager puis se mit à courir sur la rue Sainte-Hélène. Les policiers partirent à sa poursuite, mais l'un des chevaux trébucha sur une pierre, projetant son cavalier au sol. Ce dernier tâcha de se relever, mais il fit la grimace en se tenant l'épaule. Le deuxième policier éperonna sa monture, qui s'élança en direction de la femme en bleu. Les sabots du cheval soulevaient de la poussière en frappant le pavé. Le cavalier s'approchait d'elle à toute vitesse. Fanette ne put retenir un cri :

— Attention !

Fanette vit sa sœur se retourner un instant.

— Cours ! cria Fanette.

Amanda, comme si elle avait entendu le cri de sa sœur, reprit sa course jusqu'à la rue Carleton, qui croisait Sainte-Hélène, en contrebas. Le policier monté n'était plus qu'à une quinzaine de pieds d'elle. Amanda s'élança à gauche de la rue, puis Fanette la perdit de vue. Le silence était retombé, comme si rien ne s'était produit. Seul le hennissement du cheval du policier qui n'avait pu les suivre s'éleva dans la brise.

Tout s'était déroulé si vite qu'Oscar, caché derrière un muret, avait à peine eu le temps d'enregistrer les événements. Il n'y avait pas de doute dans son esprit : la dame en bleu était Amanda O'Brennan. Et la police la recherchait. Pas un mot de ce que le coroner avait dit ne lui avait échappé : « Je fais une enquête sur le meurtre de Jean Bruneau. Votre témoignage pourrait nous être très utile. » La soupçonnait-il de complicité dans cette affaire ou souhaitait-il simplement l'interroger comme témoin ? Mais surtout, comment avait-il pu savoir que la dame en bleu avait donné rendez-vous à sa sœur Fanette à l'église St. Patrick ? Impossible qu'il ait eu la lettre d'Amanda entre les mains. Il ne l'avait jamais montrée à âme qui vive avant de la remettre en mains propres à Fanette Grandmont. Trop de questions sans réponses, voilà qui était insupportable pour un jeune journaliste ambitieux et qui rêvait de se couvrir de gloire en dénichant *la* nouvelle qui ferait la manchette de son journal…

Fanette, toujours debout sur le parvis, fixait l'extrémité est de la rue, figée par l'angoisse. Le policier finirait par rattraper Amanda. Comment pouvait-il en être autrement ? Elle serait arrêtée, peut-être même jetée en prison… Une silhouette sombre se dressa devant elle. Le coroner Duchesne. Il arborait un air calme, presque souriant, mais il y avait dans sa voix une fermeté qui trahissait sa colère.

— Puis-je vous demander par quel curieux hasard vous vous trouvez ici ?

Fanette le regarda sans ciller.

— Pour prier. C'est ce que l'on fait dans une église, d'habitude.

Philippe s'approcha d'eux, offrit gentiment son bras à sa femme.

— Il ne faudrait pas tarder à rentrer, le déjeuner sera servi sous peu. Tu sais à quel point mon père a horreur des retards.

Il fit un signe de tête au coroner Duchesne comme s'il se fût agi d'une connaissance rencontrée sur le parvis après la messe.

Un claquement sec retentit. Le policier qui s'était lancé à la poursuite d'Amanda réapparut au fond de la rue, il était seul. Fanette poussa une exclamation de joie. Amanda avait réussi à s'échapper. Le coroner Duchesne, la mine renfrognée, reprit place dans son fiacre et en referma brusquement la portière.

XVI

Fanette et Philippe arrivèrent à la maison juste au moment où madame Régine sonnait la cloche pour le dîner. Fanette, encore sous le choc de la quasi-arrestation d'Amanda, toucha à peine à son assiette. Le notaire ne manqua pas de lui en faire la remarque :

— Vous n'avez presque rien mangé, Fanette. N'oubliez pas que vous devez vous nourrir pour deux.

Après le repas, le notaire demanda à Philippe de se rendre chez monsieur Faucher, un client qui désirait faire l'acquisition d'une maison située rue Sainte-Ursule, et pour lequel il fallait négocier un contrat d'achat assorti d'une hypothèque. Après le départ de son fils, le notaire demanda à Fanette de le suivre à son bureau. Elle obéit, appréhensive. Se doutait-il de quelque chose ? Chaque fois que le notaire la convoquait ainsi, ce n'était jamais bon signe. Elle prit place dans le fauteuil en face du sien. Le notaire leva les yeux vers elle. Il semblait calme, presque indifférent.

— En faisant ma promenade, vers onze heures, j'ai eu envie de rendre visite à Rosalie. Je n'ai pas vu la calèche devant le monastère.

Fanette tâcha de déchiffrer l'expression du notaire. Était-ce seulement un hasard, ou s'était-il rendu exprès au couvent, afin de vérifier son emploi du temps ? Le notaire poursuivit :

— Sœur du Saint-Sépulcre m'a dit que vous et Philippe n'étiez restés qu'une vingtaine de minutes avec Rosalie. Pourtant, vous êtes rentrés à la maison passé midi. Qu'avez-vous fait pendant tout ce temps ?

Fanette soutint son regard.

— Il fait si beau, nous nous sommes promenés en voiture.

Le notaire acquiesça, la mine faussement joviale.

— Une promenade en voiture. Comme c'est charmant. Et où êtes-vous allés ?

Mon Dieu, il sait, se dit Fanette. Elle fit un effort pour ne pas montrer son inquiétude. *Mentir le moins possible.*

— Pas loin d'ici.

— Du côté de la rue Sainte-Hélène, peut-être ?

Elle le regarda, interdite.

— N'y a-t-il pas une église sur cette rue ? Comment s'appelle-t-elle déjà ?

— St. Patrick, répondit Fanette, la voix blanche.

— Oui, oui, c'est cela. St. Patrick. L'église des Irlandais.

Le notaire se tut. Fanette eut la nette impression qu'il jouait au chat et à la souris avec elle, et qu'il en savait plus qu'il ne voulait bien le dire. Avait-il poussé l'audace jusqu'à fouiller dans ses affaires ? *Il en serait bien capable...* Le notaire se pencha légèrement vers elle, les mains croisées sur le pupitre.

— Ma chère Fanette, vous avez pris l'engagement de ne plus chercher à revoir votre sœur. Si jamais j'apprends que vous avez manqué à votre parole, je n'hésiterai pas à dénoncer votre sœur aux autorités. Je le ferai pour votre bien et celui de notre famille.

Il s'appuya sur le dossier de son fauteuil pour signifier que l'entretien était terminé.

Fanette entra dans sa chambre les membres engourdis, la tête lourde, comme quelqu'un qui n'aurait pas dormi pendant des jours. Se pouvait-il que le notaire ait vraiment fouillé dans sa chambre et ait trouvé la lettre d'Amanda dans l'armoirette ? Ses questions insidieuses et ses menaces à peine voilées laissaient supposer qu'il était au courant de quelque chose.

Son premier geste fut d'ouvrir le tiroir secret dans l'armoirette; l'enveloppe était toujours au même endroit. Rien ne semblait avoir été déplacé. Fanette n'avait aucun moyen de prouver que le notaire avait bel et bien lu la lettre d'Amanda. Entendant un bruit de pas qui s'approchaient de la chambre, elle s'empressa de refermer le tiroir. On frappa à la porte. Elle pria intérieurement pour que ce ne soit pas le notaire.

— Entrez.

La porte s'ouvrit. Marguerite se tenait sur le seuil, ses cheveux noirs striés d'argent répandus sur ses épaules. Sa pâleur était accentuée par sa longue robe d'intérieur blanche. Elle referma doucement la porte.

— J'ai beau passer une grande partie de ma vie dans ma chambre, j'entends et je vois beaucoup de choses, murmura-t-elle.

Fanette la regarda sans comprendre. Sa belle-mère poursuivit:

— Ce matin, j'ai été témoin d'une chose inhabituelle.

Elle s'interrompit, jeta un coup d'œil derrière elle comme si elle craignait que quelqu'un l'entende. Sa voix devint presque inaudible.

— J'ai surpris mon mari dans votre chambre. Il m'a dit qu'il avait égaré une lavallière. Philippe l'aurait confondue avec une des siennes.

Elle aurait voulu ajouter: « Méfiez-vous de lui », mais il y avait une limite qu'elle ne voulut pas franchir. Elle murmura plutôt:

— Soyez prudente.

Elle repartit comme elle était venue. Fanette s'assit sur son lit, dévastée. Ainsi, son hypothèse se confirmait. Car elle ne croyait pas un seul instant à cette histoire de lavallière, visiblement cousue de fil blanc. Le notaire s'était introduit dans sa chambre, avait trouvé la lettre, l'avait remise soigneusement à sa place, et ensuite… La vérité s'imposa à elle avec une telle évidence qu'elle s'étonna de ne pas l'avoir comprise plus tôt. C'était la seule explication possible. Elle eut l'impression qu'un piège se refermait lentement sur elle.

Oscar écrivait fébrilement sur un feuillet : « Du nouveau dans l'affaire Jean Bruneau. La Dame en bleu échappe de justesse à la police. » *Pour être une bonne manchette, ce sera toute une manchette, pas de doute là-dessus.* Il se demanda comment la jolie dame réagirait. *Quel faux jeton !* dirait-elle. *Quel infâme goujat !* Et elle aurait parfaitement raison. Il releva la tête et déposa sa plume sur son pupitre. Un peu de rougeur masquait les taches de son sur ses joues. Son patron, Ludovic Savard, un homme maigre au crâne dégarni et au teint cireux, se pencha au-dessus de son épaule :

— Pis, mon Oscar, ta fameuse manchette, ça avance ?

— J'achève, patron.

— Tu m'as raconté la même chanson hier, pis j'ai été obligé d'imprimer l'histoire d'un pauvre type accusé d'avoir volé un fer à cheval. C'est pas avec ce genre de nouvelles que je vais vendre de la copie.

Oscar reprit sa plume en soupirant et la trempa dans l'encrier. « La Dame en bleu n'est nulle autre qu'Amanda O'Brennan, recherchée par la police à titre de témoin du meurtre sordide d'un négociant des Trois-Rivières. Rappelons à nos fidèles lecteurs les circonstances de cette terrible tragédie, survenue… »

La Dame en bleu… Oscar avait l'intuition que le costume bleu ciel que portait Amanda O'Brennan était un indice important pour le mettre sur la piste de la jeune femme. Si seulement il pouvait se rappeler où il avait vu une telle robe avec ce genre de mantelet… En attendant de pouvoir résoudre ce mystère, il lui fallait terminer son article. L'heure de tombée approchait. Il griffonna rapidement, racontant avec force détails l'arrivée du coroner, la fuite d'Amanda, le dépit du coroner lorsque sa « proie » lui avait échappé… Puis il écrivit sa conclusion : « Soulignons pour terminer qu'Amanda O'Brennan n'est nulle autre que la sœur aînée de Fanette Grandmont, la belle-fille de Louis

Grandmont, un notaire bien connu dans la haute ville. Pour une raison encore inexpliquée, Fanette Grandmont était sur les lieux lorsque sa sœur a réussi à échapper à la police. » Il entendit la voix rauque de son patron.

— Pis, mon Oscar, j'attends toujours…

Oscar se leva, ses feuillets à la main, et alla les porter à son patron, la mine basse, avec le sentiment de trahir celle qui lui avait accordé sa confiance.

⁓

— Mon père a beau avoir ses défauts, il ne ferait jamais une chose pareille ! dit Philippe, complètement bouleversé après les révélations que Fanette venait de lui faire. Elle avait attendu son retour avec impatience et avait failli fondre en larmes lorsqu'elle avait entendu son pas résonner enfin dans l'escalier qui menait à leur chambre.

— Il n'a pas hésité à voler nos lettres et à les détruire pour empêcher notre mariage.

— De là à fouiller dans notre chambre, à dénoncer ta sœur à la police… Ce sont des accusations graves, Fanette.

— Alors explique-moi comment le coroner Duchesne a pu savoir qu'Amanda m'avait donné rendez-vous à l'église St. Patrick ? Toi et moi étions les seuls à avoir lu sa lettre !

Philippe prit place dans la bergère, près de la fenêtre, accablé. Fanette l'y rejoignit.

— Partons d'ici, Philippe.

— Pour aller où ?

Elle posa sa tête contre la sienne.

— N'importe où. À Montréal, tiens ! Tu pourrais faire tes études en médecine, comme tu en as toujours rêvé.

— Avec quel argent ? Mon père nous couperait les vivres.

— Ma mère nous aidera.

Le visage de Philippe s'assombrit légèrement. Fanette le remarqua :

— Philippe, qu'y a-t-il ?

Il la serra dans ses bras.

— Tu as raison. Partons d'ici. Je trouverai du travail, n'importe lequel, pourvu qu'on soit ensemble, avec notre enfant.

Ils s'étreignirent avec passion, comme si leurs rêves de liberté les avaient déjà affranchis du joug du notaire.

Le lendemain, le notaire Grandmont se leva dans d'excellentes dispositions. Son entretien avec Fanette, la veille, s'était déroulé comme il l'espérait. Sa belle-fille comprendrait le bon sens, il n'en doutait pas. Elle abandonnerait ses chimères, et cette déplorable affaire serait chose du passé. C'est dans cet état d'esprit qu'il fit sa toilette et s'habilla avant de prendre son premier café de la journée, que madame Régine lui apportait chaque matin dans sa chambre, avec la *Gazette* et *L'Aurore de Québec*, journaux auxquels il était abonné. Il feuilleta distraitement la *Gazette*. On y faisait état des sempiternelles délibérations autour des travaux du Parlement. Puis il jeta un coup d'œil à *L'Aurore de Québec*. Un titre attira son attention : « Du nouveau dans l'affaire Jean Bruneau. La Dame en bleu échappe de justesse à la police. » Il commença à lire l'article avec fébrilité. « Bougres d'imbéciles ! » s'exclama-t-il en apprenant les circonstances de l'arrestation manquée d'Amanda O'Brennan. Mais c'est la conclusion de l'article, qui le mit hors de lui : « Soulignons pour terminer qu'Amanda O'Brennan n'est nulle autre que la sœur aînée de Fanette Grandmont, la belle-fille de Louis Grandmont, un notaire bien connu dans la haute ville. »

Le journal replié sous son bras, il sortit de sa chambre en trombe et descendit à la salle à manger. Fanette et Philippe étaient attablés et prenaient leur déjeuner. Le notaire alla vers Fanette en brandissant le journal en silence. Elle le prit avec appréhension. L'attitude glaciale du notaire était de mauvais augure. La manchette sur la « Dame en bleu » lui sauta aux yeux. Elle commença à parcourir l'article. Le sang se retira de son visage. Oscar Lemoyne l'avait dupée en prétendant, avec l'air innocent de l'enfant qui vient de naître, qu'il n'avait pas ouvert la lettre d'Amanda. Il l'avait lue, il n'y avait aucune autre explication à sa présence devant l'église St. Patrick. Il avait trouvé le moyen de décacheter l'enveloppe pour ensuite prétendre qu'elle était déjà ouverte et qu'il n'y était pour rien. Et elle avait été assez naïve pour le croire ! La duperie du jeune journaliste la dévasta. S'il avait été capable de trahir sa confiance à un tel point, alors il était également capable de dénoncer Amanda à la police… Elle lut l'article jusqu'au bout, puis remit le journal à Philippe, les mains tremblantes. Il s'en empara, inquiet. Fanette fit un mouvement pour se lever, mais dut se rasseoir, le visage crispé par la douleur.

— Fanette ! s'écria Philippe, laissant tomber le journal par terre.

Elle tenait son ventre avec ses deux mains. Philippe se pencha vers elle, blême d'inquiétude.

— J'ai mal, murmura Fanette.

Philippe se leva d'un bond.

— Je vais chercher le docteur Lanthier.

Il se précipita hors de la pièce. Le notaire entendit la porte claquer. Sa colère s'était transformée en une profonde anxiété. La perspective que Fanette puisse perdre son petit-fils — car il avait l'intime conviction qu'elle attendait un garçon — lui sembla si affreuse que tout le reste devint futile. Pour le moment, seule la survie de l'enfant avait de l'importance. Il réglerait ses comptes plus tard.

❧

Fanette était étendue sur le canapé, dans son boudoir. Le docteur Lanthier, son stéthoscope à l'oreille, le regard attentif derrière ses lunettes cerclées d'or, l'auscultait. Il releva la tête, la mine préoccupée.

— Il faudra garder le lit durant les prochains mois. Sinon, il y a un risque de fausse couche.

Fanette tourna la tête vers Philippe, assis près d'elle. Il tenta de lui sourire pour la rassurer, mais ils savaient l'un et l'autre que leurs rêves de liberté venaient de se volatiliser, et que tout ce qui importait dorénavant était de ne pas perdre leur enfant.

Deuxième partie

Madame Bergevin

XVII

Québec
Août 1858

Les premiers jours, Fanette eut des saignements qui firent craindre le pire. Le docteur Lanthier lui rendait visite chaque matin, tâchant de la rassurer du mieux qu'il le pouvait, mais Fanette remarqua les rides d'anxiété qui lui barraient le front.

— Vous croyez que je vais perdre mon enfant ?

— Il faut avoir confiance, Fanette. Lecture, broderie, repos, et tout devrait rentrer dans l'ordre.

Le troisième jour, Marguerite se rendit à son chevet. Elle était pâle et fébrile. Elle prit la main de Fanette dans la sienne.

— Ne vous inquiétez pas. Les premiers accouchements sont toujours plus difficiles. Moi aussi, j'ai dû rester allongée de longs mois quand j'étais enceinte de Philippe. En fin de compte, j'ai accouché d'un gros bébé de neuf livres et demie.

Fanette lui jeta un regard reconnaissant.

— Et pour Rosalie, comment cela s'est passé ?

Marguerite se rembrunit.

— C'était différent.

Les yeux de Marguerite s'étaient soudain chargés de tristesse.

— Parfois, on croit bien faire, mais on finit par causer plus de mal que de bien.

Elle s'empressa de quitter la chambre. Fanette suivit sa belle-mère des yeux, songeuse, ne comprenant pas ses paroles énigmatiques. À quoi avait-elle voulu faire allusion ? À un accouchement difficile ? À un événement qui s'était produit pendant qu'elle portait Rosalie ? Fanette ferma les yeux, accablée de fatigue et de désarroi. Elle rêva qu'elle se trouvait dans une chambre dont le plafond et les murs étaient lézardés. Une petite fenêtre semblait apporter un peu de lumière. Elle s'en approcha et se rendit compte qu'elle était fermée par un mur en brique. Elle se réveilla en sursaut, le front mouillé de sueur. Philippe, qui était entré dans la chambre pendant qu'elle s'était assoupie, était penché au-dessus d'elle, l'air inquiet. Elle lui sourit bravement.

— Il faut avoir confiance, dit-elle pour le rassurer.

⚬

Le notaire, un porte-documents en cuir à la main, fit atteler sa calèche et se rendit d'abord à sa banque, puis demanda au cocher Joseph de s'arrêter devant l'immeuble qui abritait la rédaction du journal *L'Aurore de Québec*, sur la rue Saint-Pierre.

— Attendez-moi ici, Joseph. Je ne serai pas très long.

Il tira sur la lourde porte et entra dans la salle de rédaction, plutôt paisible en cette fin de matinée. Quelques hommes portant une casquette à visière allaient et venaient entre les pupitres. Un typographe, installé au fond de la grande salle, nettoyait ses blocs d'imprimerie. Le notaire s'approcha d'un pupitre derrière lequel un jeune homme, une plume derrière l'oreille, relisait des notes. Il avait des taches de rousseur sur les joues.

— Je voudrais voir votre rédacteur en chef, monsieur Ludovic Savard, dit le notaire.

Oscar, car il s'agissait bien de lui, désigna une porte en vitre givrée.

— C'est là.

— Merci.

Le jeune journaliste suivit des yeux avec curiosité l'homme à la mise impeccable et à la mine sévère qui se dirigeait vers le bureau du patron. Qui pouvait-il bien être ? C'était devenu une seconde nature chez lui que de se poser des questions sur chaque personne qu'il croisait. Son costume élégant indiquait quelqu'un « de la haute ». Un médecin, peut-être ? Ou bien un juge… Il ne manquerait pas de cuisiner son patron à son sujet, ne serait-ce que pour satisfaire sa curiosité. Son oncle Victor lui disait toujours, lorsqu'il était en apprentissage chez lui, avant son départ pour Montréal :

— Un bon journaliste s'intéresse à tout, s'informe sur tout, se mêle de tout, surtout de ce qui ne le regarde pas…

Le notaire Grandmont cogna à la porte givrée. Il entendit un « Entrez » qui ressemblait davantage à un aboiement qu'à une voix humaine. Il ouvrit la porte et la referma derrière lui. Un homme maigre, dont le crâne luisait dans la lumière d'une lampe, était installé derrière un pupitre encombré et griffonnait rapidement sur des feuillets épars. De vieux journaux étaient empilés sur le sol. L'air sentait le tabac, l'encre et la sueur. Le notaire Grandmont plissa le nez et fit un effort pour masquer son dédain.

— Monsieur Savard ?

— En personne, marmonna le rédacteur sans lever la tête.

— Je suis Louis Grandmont.

Ludovic Savard leva les yeux au-dessus de ses bésicles aux verres épais. Ce nom lui disait vaguement quelque chose. Il désigna une chaise crasseuse d'un mouvement de la tête.

— Ouais ? fit-il comme s'il avait voulu dire « Et puis après ? ».

Le notaire resta debout et toisa le rédacteur avec hauteur.

— Vous avez publié récemment un article qui faisait mention de ma belle-fille, Fanette Grandmont.

Le notaire ouvrit son porte-documents, en sortit un exemplaire de *L'Aurore de Québec*, le déposa sur le pupitre. Le rédacteur y jeta un coup d'œil, aperçut une manchette qui avait été soulignée à l'encre rouge : « Du nouveau dans l'affaire Jean Bruneau. La Dame en bleu échappe de justesse à la police. » Il parcourut rapidement l'article, comprit la raison pour laquelle ce nom de Grandmont lui était familier. Son intérêt monta d'un cran, mais il n'en fit rien paraître.

Le notaire poursuivit.

— Je veux que vous cessiez dorénavant de mentionner le nom de ma belle-fille dans votre journal.

Le regard de Ludovic Savard se chargea d'ironie. Pour qui se prenait ce notaire, avec son air important ?

— Vous m'en direz tant…

Le notaire sortit de son porte-documents une enveloppe qu'il tendit au rédacteur.

— Voilà un argument qui saura sûrement vous convaincre.

Le rédacteur ouvrit l'enveloppe, y jeta un coup d'œil. Des billets avaient été glissés à l'intérieur. À vue de nez, il y avait au moins une centaine de billets. Cette fois, il eut du mal à cacher son excitation. Il se racla la gorge.

— Monsieur Grandmont, la probité est le fondement de ma profession. Notre code d'honneur nous dicte…

— Épargnez-moi vos discours, monsieur Savard. Moi, je défends l'honneur de ma famille.

Le rédacteur en chef réfléchit. Il travaillait plus de cinquante heures par semaine pour un salaire de misère. Il habitait avec sa femme et ses quatre enfants dans un petit logement sombre, froid l'hiver, trop chaud l'été. Sa femme se plaignait des odeurs et des bruits désagréables qui émanaient du rez-de-chaussée, où se trouvait l'atelier d'un cordonnier, sans compter le vieux poêle qui fumait plus qu'il ne réchauffait. Il y avait des mois qu'elle lui réclamait un modèle de poêle de marque Amazone, fabriqué par la fonderie Henri Bernier, dont le journal *L'Aurore de Québec* faisait la réclame. Avec ce « supplément » inespéré, il arriverait sans doute à le lui procurer, et même à dégoter un logis plus grand, et salubre. Après tout, le notaire n'exigeait pas grand-chose. Qui pouvait blâmer un père de famille de vouloir protéger les siens ? De toute manière, rien ne l'empêchait de continuer à couvrir l'affaire de la « Dame en bleu »; il suffirait de faire preuve de discrétion. Après ces considérations, le rédacteur finit par glisser l'enveloppe dans un tiroir. Le notaire, qui le surveillait du coin de l'œil, vit son geste.

— Vous pouvez compter sur moi, monsieur Grandmont, dit le rédacteur d'un ton qui était devenu obséquieux.

— À la bonne heure.

Le notaire se dirigea vers la porte, puis se retourna vers le rédacteur.

— Si jamais vous recevez du courrier aux soins de « F. O. », auriez-vous l'obligeance de me le faire parvenir, sous pli séparé, au bureau de poste de la rue Saint-Louis ? Je vous en serais reconnaissant.

Le rédacteur lui jeta un regard incertain.

— Le courrier, c'est une autre paire de manches…

Le notaire lui fit un sourire froid.

— Je comprends vos scrupules. Vous recevrez un témoignage de ma gratitude chaque fois que vous me rendrez ce petit service. Disons… cinquante livres.

Le notaire sortit. Le rédacteur attendit que la porte se referme, puis ouvrit le tiroir, prit l'enveloppe, compta les billets. Il y avait cent vingt-cinq livres en tout. Il remit l'enveloppe à sa place, à la fois anxieux et satisfait. Dès cet après-midi, il achèterait un nouveau poêle pour sa femme.

XVIII

Québec
Mi-juin 1849

Amanda, encore affaiblie par son accouchement, marchait lentement, abritant son bébé tant bien que mal avec son châle. Le ciel était gris et le temps frais, même à la mi-juin. Des volutes de fumée blanche s'échappaient des cheminées. Amanda se rendit compte qu'au fur et à mesure qu'elle montait vers la haute ville, les passants étaient mieux habillés et les devantures des échoppes, plus élégantes. Sa tenue avait l'air misérable à côté des robes coquettes des passantes. Ian se mit à geindre. Elle baissa la tête pour ne pas voir les regards désapprobateurs, ou même compatissants, que les gens lui jetaient. Les geignements se transformèrent en pleurs. La bouche minuscule du bébé remuait et cherchait instinctivement son sein. Amanda se réfugia sous une porte cochère et découvrit sa poitrine. L'enfant se mit à téter goulûment. Après sa tétée, il s'endormit. Elle en profita pour sortir la bourse que sœur Agnès lui avait remise et compta son argent. Il lui en restait suffisamment pour se nourrir et se loger pendant quelque temps. Encore fallait-il trouver un endroit où l'on accepterait de les accueillir. Elle regarda autour d'elle, tentant de s'orienter. La rue était bordée de commerces. Une odeur de pain lui fit monter l'eau à la bouche. Elle sentit des tiraillements dans son ventre. Elle avait faim. Elle se remit à marcher, tenant Ian contre elle. Une boulangerie se trouvait à deux pas. Une enseigne suspendue devant la porte du commerce indiquait : *À la bonne miche*. Elle y entra. Un gros homme portant un tablier blanc et de grosses moustaches tombantes sortait une fournée de pains. Il les disposa sur un étal en bois. Amanda s'approcha du comptoir.

— Votre pain sent bon.

Il leva les yeux vers elle, observa ses vêtements pauvres et trop grands pour elle, ses cheveux dépeignés.

— Passe ton chemin ! grommela-t-il, la prenant pour une mendiante.

— J'suis pas une quêteuse, protesta-t-elle. J'ai de l'argent pour payer !

Elle prit sa bourse, mit l'argent sur le comptoir. Le boulanger déposa un quignon de pain sur le comptoir avec réticence. Lorsqu'elle tendit la main pour le prendre, son châle s'écarta. Il remarqua le petit paquet qu'elle tenait contre elle et comprit qu'il s'agissait d'un bébé. Quelques clientes qui attendaient dans le magasin avaient les yeux fixés sur Amanda. L'une d'elles hocha la tête avec commisération, ce qui humilia Amanda davantage que ne l'eût fait le mépris. Elle sentit la rougeur lui monter au front et partit sans demander son reste.

Le jour tirait à sa fin. Amanda avait mangé le quignon de pain depuis plusieurs heures déjà ; la faim la tenaillait à nouveau. Elle s'était arrêtée à quelques auberges, mais le prix des chambres, même les plus modestes, était si élevé qu'elle n'avait pas les moyens de s'en payer une. Elle serait peut-être obligée de dormir à la belle étoile avec son bébé. Au bout de la rue, elle aperçut une grande église dont les clochers semblaient percer le ciel nuageux. Il commença à pleuvoir. Des badauds coururent se réfugier sous la corniche de l'église. Un vieil homme, le dos appuyé à un mur suintant d'humidité, tendait un chapeau cabossé aux passants.

— La charité, mes bonnes gences. Que'ques sous pour manger.

Amanda, trempée, se plaça à côté du mendiant pour échapper à la pluie. Ian avait recommencé à pleurer. Un homme bien mis, aux cheveux poivre et sel, s'arrêta à sa hauteur. Il lui demanda gentiment :

— Do you need help, dear ?

Elle lui jeta un regard où perçait de la méfiance. Il ne s'en formalisa pas.

— My name is George Manly Muir. There's a home, not far from here, where you could find a bed for the night. It's run by Sister Odette. If you want, I can take you there.

Un refuge… Elle pensa avec effroi aux religieuses qui lui avaient enlevé son bébé. Elle secoua la tête et s'éloigna de l'église, tenant Ian serré contre elle.

Le soir commençait à tomber. Amanda s'était réfugiée sous un auvent, mais ses vêtements étaient toujours mouillés ; elle avait faim et froid. Elle commençait à regretter de ne pas avoir accepté l'offre de l'homme aux cheveux poivre et sel et de ne pas l'avoir suivi jusqu'au refuge. Les paroles de l'augustine lui revinrent en tête : « Il faut être raisonnable, ma fille. Songe à son avenir. Qu'as-tu à lui offrir, sinon la misère ? » Une vague de découragement l'envahit. Sœur Clotilde avait raison. Elle n'avait rien à offrir à Ian. La seule chose raisonnable à faire était de retourner à l'Hôtel-Dieu et de remettre son enfant entre les mains des Augustines. Il serait adopté par une famille prospère de la haute ville, aurait droit à une belle éducation, ferait un bon mariage, aurait une existence choyée et comblée. Amanda retourna sur ses pas, tentant de protéger son fils contre la pluie avec son châle. Une fois parvenue à la rue Charlevoix, elle s'avança vers les bâtiments gris de l'Hôtel-Dieu. Des calèches s'arrêtaient devant l'entrée principale. Un malade fut transporté en civière jusqu'à l'intérieur, escorté par une religieuse. Ian se mit à gémir. Elle lui parla doucement en le berçant.

— Fuist… Shhhh… *a Iain…* Ian… *Duitse a dhéanaimé…* C'est pour toi que je le fais. *Go mbeidh áthas ort…* Pour que tu sois heureux…

L'enfant se calma aussitôt. Il regarda sa mère avec cet abandon, cette confiance dont seuls sont capables les êtres dont la vie dépend d'une autre personne. Un immense sentiment de culpabilité envahit Amanda. Comment avait-elle pu croire un seul instant qu'elle serait capable de renoncer à ce qu'elle avait de plus précieux au monde ? Elle couvrit la tête de son enfant avec son châle, se détourna et fit un effort pour ne pas courir. Une sorte de panique s'empara d'elle à la pensée des voiles noirs des Augustines, des couchettes placées les unes à côté des autres, des grillages qui les entouraient... Elle s'engagea sur la côte de la Fabrique, marchant presque comme une somnambule.

Amanda descendait maintenant la côte de la Montagne. La rue était sombre, éclairée chichement par quelques réverbères. Elle aperçut bientôt le port dont les bateaux formaient des masses opaques dans les dernières lueurs du crépuscule. Elle s'arrêta devant la tannerie où elle s'était renseignée sur l'auberge du Gai Luron, à son arrivée à Québec, prit place sur le même tonneau afin de se reposer. Elle était revenue exactement à son point de départ, sauf que maintenant, elle avait un nouveau-né dans ses bras, et il était affamé. Elle donna le sein à son enfant en le protégeant du mieux qu'elle le put des regards des passants qui déambulaient dans la rue. Des voix avinées s'élevèrent non loin : des marins, se tenant bras dessus bras dessous, chantaient à s'en décrocher la mâchoire.

Ian bâilla et s'endormit. Amanda ferma les yeux à son tour. Sa tête dodelina doucement. Elle avait tellement sommeil ! Elle aurait tout donné pour dormir dans un vrai lit. Elle entendit un léger tintement et ouvrit les yeux. Une main gantée de soie noire lui tendait une pièce de monnaie. Amanda la regarda, bouche bée. Une pièce de vingt-cinq sous ! C'était une somme inespérée. Puis elle leva les yeux, aperçut une dame portant une mantille noire bordée de dentelle et un chapeau muni d'une élégante voilette. Elle avait un sourire avenant.

— Pauvre petite. Comment t'appelles-tu ? Que fais-tu ici ?

La dame se pencha vers elle. Une exquise odeur de gardénia émanait d'elle. Amanda se sentit réconfortée par sa bonté, mais un réflexe de prudence lui dicta de ne pas lui révéler toute la vérité. Elle leva les yeux vers un magasin de marchandises surmonté d'une enseigne : *Kilkenny & co.*

— Je m'appelle... Mary. Mary Kilkenny. Je viens de la campagne.

La dame la regarda du coin de l'œil. Kilkenny était un nom irlandais. La jeune fille parlait pourtant français presque sans accent, mais avec son teint, ses yeux gris, ses cheveux flamboyants, il était plausible qu'elle soit d'origine irlandaise. La jeune fille tenait un châle dans lequel une forme se mit à gigoter et à geindre. La dame se pencha davantage, dégagea doucement le châle. Un bébé la regardait avec de grands yeux bordés de larmes. Elle fut étonnée de voir autant de cheveux sur sa tête. La dame se redressa. Ce n'était pas la première ni la dernière pauvre fille qui, après être tombée enceinte, fuyait la campagne pour échapper à l'opprobre et se retrouvait dans la grande ville, sans y connaître âme qui vive...

— Où sont tes parents ? demanda-t-elle gentiment.

— Je suis orpheline.

La dame soupira.

— Pauvre petite. Où dormiras-tu cette nuit ?

Amanda se rembrunit.

— Je ne sais pas.

La dame sembla réfléchir.

— J'aurais bien besoin d'une domestique. Quel âge as-tu ?

Amanda se rappela l'âge qu'elle avait donné à Bernadette Girard. Elle sentit que sa survie dépendait en partie de sa réponse.

— Seize ans, répondit-elle.

La dame acquiesça, satisfaite.

— Très bien. Je t'offre le gîte et le couvert, et des gages convenables. Si tu fais l'affaire, bien entendu.

Amanda fut reconnaissante qu'une main charitable lui soit de nouveau tendue. Cette fois, elle ne laisserait pas filer la chance de se sortir de cette misère qu'elle n'avait jamais cherchée et qui la suivait comme la guigne. Mais l'angoisse la tenailla à nouveau.

— Et mon enfant ?

La dame haussa les épaules.

— Un enfant, ça égaie une maison.

La dame fit un signe impérieux de la main. Un cocher, vêtu d'un uniforme rouge à boutons dorés, s'empressa d'ouvrir la portière d'une élégante voiture fermée peinte en rouge et or. Les glaces étaient ornées de petits rideaux de velours grenat attachés avec des cordonnets de passementerie dorés. Des badauds s'étaient arrêtés pour admirer l'équipage. Amanda, éblouie par tant de luxe, prit place sur la banquette, tenant Ian contre sa poitrine. La dame l'y rejoignit. La voiture s'ébranla aussitôt. Une douce chaleur régnait à l'intérieur. Les sièges sentaient le cuir neuf, et le même parfum de gardénia embaumait l'habitacle. Amanda eut l'impression qu'elle vivait soudain la vie de quelqu'un d'autre : quelques secondes à peine auparavant, elle était dans la rue sans même savoir si son enfant et elle auraient un toit pour s'abriter avant la nuit. Et maintenant, cette chaleur, le confort de la banquette, ce parfum… La dame lui tapota gentiment le bras.

— Je m'appelle Fernande Bergevin.

꧁꧂

La voiture s'immobilisa sur la rue Saint-Joseph, dans la basse ville, devant une maison en brique de trois étages entourée d'une clôture en fer forgé, et dont l'allure bourgeoise contrastait avec les maisons voisines, pauvres et mal entretenues. Amanda, encore engourdie par la chaleur, descendit de la voiture. Des gouttelettes d'eau perlaient sur le toit couvert de tuiles argentées.

— Mary Kilkenny !

Il fallut un moment avant qu'Amanda se rappelle que c'était le nom qu'elle avait donné à madame Bergevin. Cette dernière l'attendait sur le perron, sa main gantée pianotant avec une légère impatience sur le bouton de la porte. Amanda la suivit à l'intérieur. Un large escalier dont la balustrade était peinte en rose menait à une dizaine de chambres, réparties de chaque côté d'un couloir éclairé par des lampes torchères. Un étrange silence y régnait. Amanda se demanda qui pouvait bien dormir dans toutes ces chambres. Elle présuma que sa bienfaitrice était hôtelière, comme la tante de Pierre Girard. Madame Bergevin l'entraîna vers un autre escalier, plus étroit, qui menait à une chambrette dont la soupente était percée d'une lucarne laissant pénétrer une lumière ocre. Un petit lit, une commode en pin, une cuvette en faïence blanche en composaient l'ameublement. Amanda fit quelques pas dans la pièce, éblouie par la blancheur des draps, les fleurs délicates qui couvraient le papier peint, l'odeur de savon frais.

— Voici ta chambre. Je n'ai pas de berceau, comme de raison, mais je t'en procurerai un dans une brocante. En attendant, tu peux te servir d'un tiroir comme couchette pour ton enfant. Je te donnerai un coussin et une couverture.

« Comme de raison. » Pourquoi n'y avait-il aucun berceau dans cette jolie maison pourvue d'autant de chambres ? Des portes claquèrent, des rires et des exclamations s'élevèrent.

— Mes filles ont fait la grasse matinée, dit madame Bergevin avec un sourire mince et un regard froid. Elles ont travaillé fort la nuit dernière, elles avaient besoin de repos.

Amanda, en écoutant les rires qui continuaient à fuser, se dit que les personnes qui habitaient cette maison semblaient heureuses. Elle remercia le ciel d'avoir mis sur son chemin une dame si avenante. Madame Bergevin observait discrètement Amanda. *C'est une jolie fille,* se dit-elle, *elle fera une excellente recrue.*

XIX

Québec
Octobre 1858

Étendue dans son lit, le dos appuyé sur des coussins, Fanette lisait. Elle suivait les recommandations du docteur Lanthier et demeurait allongée, même pour ses repas. Il lui en coûtait de rester ainsi confinée à sa chambre, mais elle avait encore de faibles saignements et ne voulait prendre aucun risque. Elle leva les yeux de son livre et regarda par la fenêtre. Le grand chêne devant la maison avait presque entièrement perdu ses feuilles. Ses branches grises s'agitaient sous le vent d'automne.

Philippe témoignait d'un inlassable dévouement. Il lui apportait ses repas, l'aidait à faire sa toilette, lui faisait la lecture avant qu'elle s'endorme, passait chaque soir la bassinoire sous le couvre-pied pour que Fanette n'attrape pas froid. Jamais il n'exprimait la moindre inquiétude, alors qu'au fond de lui-même, il vivait dans l'angoisse qu'elle fasse une fausse couche.

Quant au notaire, son comportement avait changé du tout au tout. Il n'avait plus jamais reparlé d'Amanda, depuis le fameux article du journal *L'Aurore de Québec*, comme si rien de tout cela n'avait eu lieu. Il était plein de sollicitude pour Fanette, prenait de ses nouvelles chaque jour, s'inquiétait dès qu'il la trouvait trop pâle ou qu'elle montrait des signes de fatigue. Il ne jurait plus que par le docteur Lanthier, dont la présence lui semblait des plus rassurantes. Fanette avait accueilli ce changement d'attitude avec un soulagement teinté de méfiance. Elle n'avait rien oublié de leur confrontation au sujet d'Amanda et ne pouvait croire que le notaire eût enterré la hache de guerre du jour au lendemain.

Amanda… Elle était sans nouvelles de sa sœur depuis que cette dernière avait réussi à échapper à la police. Elle ne savait même pas si elle avait cherché à lui écrire de nouveau à l'intention de « F. O. », car dans son état, il lui était impossible de se rendre à la rédaction du journal *L'Aurore de Québec*. À sa demande, Philippe lui apportait *L'Aurore* tous les matins, qu'elle parcourait attentivement : Oscar Lemoyne n'avait pas récidivé avec un deuxième article, mais à en juger par l'absence de scrupules dont il avait fait preuve, Fanette n'avait pas de doutes quant au fait que si le journaliste avait été sur une piste concernant Amanda, il ne se serait pas gêné pour la divulguer. Fanette referma son livre. Où Amanda s'était-elle réfugiée ? Avait-elle quitté Québec ou était-elle terrée quelque part ? Qu'était-il advenu de son fils ? Elle eut l'impression que sa sœur avait soudain disparu de la surface de la Terre, comme si elle eût inventé jusqu'à son existence. Pourtant, elle l'avait bel et bien vue, devant l'église St. Patrick, enluminée par la lumière ambre du mois d'août, portant une robe du même bleu que le ciel. Fanette avait été témoin de sa fuite, de la cavalcade du policier qui s'était lancé à sa poursuite. Elle avait ressenti une joie profonde lorsque ce dernier était revenu bredouille… Elle aurait tout donné pour savoir ce qui lui était advenu. La porte de la chambre s'ouvrit et Philippe entra, un plateau à la main.

— Le déjeuner de madame est servi, dit-il, affectant la mine sérieuse d'un serviteur stylé.

Il déposa le plateau sur les genoux de Fanette.

— Madame Régine commence à me faire les gros yeux, dit-il à la blague. Elle a l'impression que je lui vole sa place.

Fanette sourit, puis avisa le journal *L'Aurore*, que Philippe avait placé à côté d'une assiette. Elle s'en empara, le parcourut fébrilement. Rien sur Amanda. Elle replia le journal, visiblement déçue. Philippe, qui l'avait observée pendant sa lecture, lui versa une tasse de thé et la lui tendit. Fanette prit une gorgée, puis déposa la tasse sur le plateau.

— Philippe, j'aimerais que tu te rendes à la rédaction de *L'Aurore*. Il y a peut-être une lettre pour moi.

Philippe se rembrunit. Au fond de son cœur, il eût souhaité que sa femme mît un trait sur son passé. À quoi bon se torturer avec des souvenirs, avec des regrets ? À quoi bon poursuivre les chimères d'un passé qu'elle ne pouvait changer ? Elle attendait leur enfant, c'était cela qui devait désormais compter à ses yeux. Fanette, devinant son état d'esprit, revint à la charge :

— Je ne sais pas ce qu'Amanda est devenue. Elle a peut-être cherché à m'écrire une autre lettre. C'est son seul moyen de communiquer avec moi.

Philippe hésita, puis acquiesça.

— Je vais le faire.

❧

Le docteur Lanthier faisait sa visite quotidienne à Fanette. Il lui trouva bonne mine et la félicita de sa persévérance ; il était convaincu que le repos forcé était la seule façon de mener sa grossesse à terme.

Marguerite, debout derrière la porte de sa chambre, reconnut le timbre grave du médecin. Puis la porte de Fanette s'ouvrit et se referma. Elle entendit le pas du docteur Lanthier qui s'éloignait. C'était le moment où jamais… Elle sortit de sa chambre.

— Docteur !

Le médecin, son sac de cuir à la main, se retourna et vit la silhouette blanche de Marguerite Grandmont sur le seuil de sa chambre. Il ne put s'empêcher d'éprouver de la compassion pour la pauvre femme. Le notaire Grandmont n'avait plus fait appel à lui depuis qu'il avait soigné sa femme pour un excès de laudanum. Son teint blafard et ses traits amaigris trahissaient à eux seuls le fait qu'elle n'avait pas abandonné cette terrible habitude.

— Je voudrais vous parler un instant, murmura-t-elle.

Elle lui fit signe d'entrer. Il hésita puis, devant sa mine suppliante, n'eut pas le cœur de refuser. Marguerite referma prestement la porte derrière eux. Elle était fébrile ; le docteur remarqua que ses mains tremblaient.

— Je vous attendais. J'ai de terribles migraines, depuis quelque temps, et je n'arrive plus à dormir. Si vous pouviez me donner un peu de laudanum, cela me ferait le plus grand bien.

Sa voix était légèrement haletante ; elle se rendit compte du tremblement de ses mains et les enfouit dans ses manches. Il l'observa un moment, puis dit en y mettant le plus de douceur possible :

— Vous avez un problème de dépendance, madame Grandmont. Je ne ferai rien pour l'aggraver.

— Je vous jure que non. Je ne dors plus. Mes maux de tête…

— Ce sont des symptômes de votre dépendance, et non pas ses causes.

Une lueur de colère fit briller les yeux de Marguerite.

— Je pourrais cesser d'en prendre n'importe quand.

— Alors pourquoi ne le faites-vous pas ?

Elle se tordit les mains.

— Je n'en ai plus. Je vous en supplie, il m'en faut, il m'en faut tout de suite !

Le docteur Lanthier s'avança vers elle.

— Il faut vous faire soigner, madame Grandmont.

Elle le repoussa.

— Je n'ai pas besoin de vos conseils stupides !

Il reprit sa trousse.

— Si jamais vous avez besoin d'aide, n'hésitez pas à faire appel à moi.

Il sortit.

❧

Oscar termina un papier sur la première école d'agriculture, qui devait ouvrir ses portes à Sainte-Anne-de-la-Pocatière, puis se leva et l'apporta à l'imprimeur. En revenant vers son pupitre, il vit un jeune homme entrer dans la salle de rédaction. Il le reconnut tout de suite : c'était lui qui faisait le pied de grue devant l'église St. Patrick. L'intérêt d'Oscar grimpa en flèche. Que venait-il faire là ? Il s'assit, intrigué.

Philippe regarda autour de lui, cherchant à qui s'adresser. Il aperçut quelqu'un attablé près de la porte d'entrée. Il portait une casquette et avait des taches de rousseur sur les joues. Ce visage lui était familier, mais où l'avait-il vu ? Il s'approcha de lui.

— Je voudrais savoir si vous avez reçu une lettre à l'attention de « F. O. ».

Le sang d'Oscar ne fit qu'un tour. *Fanette O'Brennan...* Il inspira un bon coup pour se calmer.

— De la part de qui ?

— De la part de ma femme, Fanette Grandmont. C'est elle qui a placé une annonce dans votre journal.

Oscar se rembrunit. Son intuition ne l'avait pas trompé : c'était bien le mari de la « jolie dame ». Il ne fit aucun effort pour cacher son antipathie.

— Je vais vérifier, marmonna-t-il.

Il se dirigea vers le vieux classeur en bois, ouvrit un tiroir, y chercha le dossier au nom de « F. O. ». Il était vide. Il revint vers le jeune homme.

— Désolé, pas de courrier.

— Vous en êtes sûr ?

— Aussi sûr que je m'appelle Oscar Lemoyne, répliqua Oscar sans réfléchir.

Philippe le regarda, interdit.

— C'est vous qui avez écrit l'article sur Amanda et sur ma femme. Il n'y a pas de quoi être fier.

Philippe sortit, laissant Oscar honteux. Fanette Grandmont n'était pas venue en personne à la rédaction : elle avait envoyé son mari à sa place. Elle ne lui avait visiblement pas pardonné son indiscrétion. Qui sait si elle ne le soupçonnait pas d'avoir dénoncé Amanda à la police ? Mais la curiosité chassa rapidement le remords. Ainsi, elle n'avait pas perdu espoir de recevoir une autre lettre de sa sœur. Ce seul fait raviva son intérêt pour l'affaire de la « Dame en bleu ». Depuis qu'elle avait réussi à échapper à la police, elle avait disparu sans laisser de traces. Il n'avait aucune piste, aucun indice indiquant où elle se trouvait.

⁓

Philippe se hissa sur le siège de sa voiture. Il savait qu'il causerait une grande déception à Fanette en lui apprenant qu'il n'y avait pas de lettre d'Amanda à la rédaction du journal, et la simple idée de lui faire du chagrin le bouleversait. Il secoua les rênes, préoccupé ; la voiture roula sur la rue Saint-Pierre. Les risques que Fanette perde leur enfant étaient encore très élevés ; la moindre émotion pouvait causer une fausse couche.

Sa voiture atteignit l'intersection de la côte de la Montagne. Soudain, il vit un cheval qui filait à l'épouvante sur la côte, traînant une carriole derrière lui. Le conducteur tentait désespérément d'arrêter la monture en tirant sur les rênes comme un forcené. Des fagots jaillirent de la carriole et s'écrasèrent sur le pavé avec un bruit assourdissant. Des cris retentirent.

— Gare ! Gare !

Des passants se jetèrent sur le côté pour éviter d'être happés par l'attelage. Une femme poussa un hurlement et courut vers un bambin debout sur le trottoir. L'attelage roulait vers lui à un train d'enfer.

— Charles !

La femme réussit à saisir son enfant à bras-le-corps et le tira violemment vers elle. Le cheval passa comme l'éclair, effleurant la tête de l'enfant, qui tomba sous le choc et se mit à hurler. Le cheval fonça sur un lampadaire et s'étala de tout son long sur la chaussée, renversant la carriole. Le conducteur fut projeté sur le pavé. La carriole tomba sur lui dans un craquement sinistre. Le vacarme infernal cessa soudain. On n'entendait plus que le grincement d'une roue qui tournait dans le vide, le souffle du cheval, les gémissements étouffés du conducteur. Philippe, qui avait été un témoin impuissant de l'accident, sauta de sa voiture et se précipita vers le véhicule renversé. Il se pencha au-dessus de l'homme, se rendit compte qu'il était emprisonné sous le poids de sa carriole. Du sang rougissait son pantalon. Philippe tenta de soulever la voiture, mais elle était trop lourde. Il leva la tête, aperçut des gens qui s'approchaient du lieu de l'accident, la mine effarée.

— Aidez-moi ! cria-t-il. Il faut dégager le conducteur ! Vite !

Un boucher portant un tablier blanc taché de sang accourut vers lui. D'autres hommes s'approchèrent.

— Allez-y doucement, dit Philippe, il ne faut surtout pas faire bouger le blessé.

Philippe leur fit signe, et ils soulevèrent la carriole en un seul mouvement. La voiture se retourna et atterrit sur le trottoir dans un bruit assourdissant. Philippe examina le charretier qui continuait à gémir. Une protubérance jaillissait d'une épaule : l'homme s'était sûrement disloqué la clavicule. Sa cuisse droite était couverte de sang.

— Ne craignez rien, dit Philippe. Ne bougez surtout pas.

L'homme le fixait du regard vague et implorant de quelqu'un qui a peur et qui souffre.

— Y a-t-il un médecin ? s'écria Philippe.

Il y eut des murmures dans la foule qui s'agglutinait autour d'eux.

— Allez chercher un médecin ! répéta Philippe.

Un badaud s'éloigna à la course, à la recherche d'un docteur. Le blessé tenta de bouger, mais Philippe lui mit doucement une main sur le bras.

— Je vous en prie, ne bougez pas. Courage, quelqu'un est allé chercher de l'aide.

Philippe remarqua qu'une flaque rouge s'était formée sous le blessé. Il déchira avec précaution le tissu de la jambe droite du pantalon et découvrit une large blessure par laquelle le sang giclait. L'homme en avait déjà perdu beaucoup, il fallait arrêter l'hémorragie. Sans hésiter, Philippe enleva sa redingote, puis sa chemise, dont il arracha une manche. Il entoura la blessure avec le tissu, prenant des précautions infinies pour éviter de déplacer le blessé, puis serra la lanière et fit un nœud. Il regarda autour de lui et aperçut une éclisse de bois. Il s'en empara, l'introduisit dans le nœud, puis la tourna pour serrer le garrot. Lorsqu'un médecin se présenta, une dizaine de minutes plus tard, il constata avec surprise qu'un garrot avait déjà été fait et que l'hémorragie avait cessé.

— Qui a fait ce garrot ? dit-il.

Philippe répondit, mal à l'aise :

— C'est moi. Je n'aurais pas dû, je ne suis pas médecin, mais il perdait beaucoup de sang.

Le médecin hocha la tête.

— Vous avez très bien fait, mon garçon.

❦

Après le départ du docteur Lanthier, Marguerite s'était jetée sur son lit, désespérée. Elle n'avait plus un sou. Elle avait utilisé tout l'argent que le notaire lui donnait de temps en temps – pour ses toilettes et ses « menus caprices », comme il les appelait – afin de se procurer du laudanum. Elle pensa avec amertume que si elle ne s'était pas sottement mariée, elle aurait été une femme riche et libre de dépenser son argent comme elle l'entendait. Son père l'avait bien dotée et, à sa mort, elle avait hérité d'une somme importante, mais c'est le notaire qui en avait disposé. Elle n'avait aucun droit, et surtout pas de compte en banque. Elle rejeta les draps d'un mouvement rageur, puis se leva, décidée à se procurer du laudanum coûte que coûte. Elle s'habilla, descendit l'escalier en direction du bureau du notaire et constata avec soulagement qu'il n'y était pas. Elle savait qu'il gardait toujours une certaine somme dans un tiroir de son pupitre afin de payer les fournisseurs. Elle s'approcha du meuble, trouva effectivement une petite liasse de billets, dont elle prit la moitié. Elle agissait comme une automate, obnubilée par sa quête d'opium, refusant de réfléchir aux conséquences de ses gestes.

Le visage masqué par une voilette, Marguerite descendit de la voiture conduite par monsieur Joseph et lui demanda de l'attendre. Ce dernier lui avait indiqué le nom d'un apothicaire, Léopold Giguère, avec lequel il n'avait pas encore fait affaire et qui tenait magasin sur la rue Saint-Jean. Elle marchait sur le trottoir, serrant son manteau contre elle. Ses mains tremblaient légèrement. Elle aperçut une enseigne sur laquelle avaient été dessinés un mortier et un pilon, et écrit un nom : *L. Giguère, apothicaire-druggist.* Elle y entra. Heureusement, le commerce était désert. Debout derrière un comptoir, un homme déposait des granules dans une balance. Elle vint vers lui en tentant de maîtriser le tremblement de ses mains. Il leva les yeux en entendant la porte se refermer.

— Qu'est-ce que je peux faire pour votre service ?

Marguerite fut rassurée par son ton affable. Elle avait préparé son boniment durant le trajet en voiture.

— Je suis madame Grandmont. J'ai des problèmes d'insomnie. Le docteur Lanthier m'a recommandé de prendre du laudanum.

— Vous avez un certificat du docteur Lanthier ?

En règle générale, les apothicaires et les pharmaciens ne pouvaient vendre des poisons violents ou des substances toxiques qu'avec le certificat d'un médecin ou d'un juge de paix spécifiant son nom et son adresse. Certains d'entre eux étaient cependant plus laxistes que d'autres. Marguerite, qui ne s'attendait pas à cette exigence, se troubla.

— Le docteur Lanthier ne m'a pas indiqué qu'il fallait un tel papier, mais je peux vous assurer…

L'apothicaire hocha la tête.

— Revenez avec un certificat et je vous servirai avec plaisir, madame Grandmont.

Marguerite sortit sans demander son reste, pâle et agitée. Le tremblement de ses mains s'était accentué. Elle marcha droit devant elle, indifférente aux regards curieux des passants. Elle était presque parvenue au bout de la rue lorsqu'elle aperçut une vieille devanture. Les mots « Dame Décary, remèdes miraculeux » étaient inscrits sur la vitrine. Elle entra dans le magasin. Une clochette tinta. Des pots et des bouteilles s'empilaient en désordre sur des étagères poussiéreuses.

— Il y a quelqu'un ? murmura-t-elle.

Elle aperçut soudain une vieille femme qui somnolait dans une chaise. Elle portait des bésicles aux verres épais et un tablier d'une propreté douteuse sur une robe usée. La dame se réveilla, observa Marguerite par-dessus ses lunettes. Marguerite balbutia :

— J'ai besoin de laudanum.

La vieille herboriste continua à l'observer, puis se leva et partit en direction de son arrière-boutique d'un pas vif. Marguerite, décontenancée, attendit. Cinq minutes plus tard, la dame revint, tenant une fiole dans sa main.

— Dame Décary a tout ce qu'il vous faut.

Marguerite fit un mouvement pour prendre la fiole. Madame Décary la retira furtivement.

— Dix dollars.

Marguerite prit la bourse fixée à sa ceinture, la donna à l'herboriste.

— C'est tout ce que j'ai.

La vieille dame s'empara de la bourse, compta l'argent. Elle fit la moue, puis déposa la fiole dans la main de Marguerite.

— Ça va pour cette fois.

Marguerite s'empressa de cacher la fiole dans une poche de son manteau et sortit à pas rapides sans se retourner.

༄

La voix rogue de Ludovic Savard fit sursauter Oscar.

— Oscar, tu couvres le procès Létourneau.

L'affaire Létourneau avait fait couler pas mal d'encre : une banale histoire de jalousie entre deux frères qui convoitaient la même femme s'était soldée par une tentative de meurtre. Les lecteurs raffolaient de ce genre de faits divers. Le procès s'ouvrait le jour même.

Oscar décida de se rendre au palais de justice à pied. Il commençait à être un habitué des salles d'audience. Il savait que les procédures étaient longues et souvent fastidieuses : il ne risquait pas de manquer grand-chose… Lorsqu'il parvint à la rue Saint-Jean, il vit l'omnibus qui avançait sur la voie. Il y monta, non par crainte d'arriver en retard à l'audience, mais pour le plaisir d'y observer les gens. Il était fasciné par le spectacle de la vie quotidienne, banal en apparence, mais rempli de détails amusants, parfois touchants. Il prit place à côté d'un homme plongé dans la lecture de la *Gazette de Québec*, leur principal concurrent. L'homme montra du doigt un article qu'il se mit à lire à voix haute, prenant Oscar à témoin :

— « Le gouvernement étudiera l'opportunité d'une union fédérale des provinces britanniques de l'Amérique du Nord, et se mettra en communication à ce sujet avec le gouvernement impérial et avec les provinces maritimes. Le résultat de ces communications sera soumis au Parlement à sa prochaine session. »

Il se tourna vers Oscar et opina, indigné :

— Comme si on n'était pas assez unis comme c'est là ! Encore un mauvais coup des Anglais !

Oscar sourit sous cape. Il était vaguement au courant qu'un projet d'union avait été rédigé par Georges-Étienne Cartier et Alexander Galt.

— Je pensais que Georges-Étienne Cartier était canadien-français.

L'homme poussa un grognement indistinct et replongea dans son journal, mécontent.

La rue Saint-Jean était animée. Des commerçants tiraient leur rideau de fer ou poussaient leurs volets, de nombreux piétons marchaient sur le trottoir en bois, d'autres s'attardaient pour parler à une connaissance croisée au hasard. L'attention d'Oscar fut soudainement attirée par une femme. Elle lui tournait le dos et marchait à pas pressés, un panier au bras. Elle portait le même costume bleu ciel que celui d'Amanda O'Brennan. *La Dame en bleu !* Il sauta d'un bond sur le trottoir et s'élança à sa poursuite, ignorant les regards ébahis des badauds. Il la rattrapa en quelques foulées et, d'un mouvement impulsif, la prit par le bras. La femme se tourna vivement, rouge d'indignation. Ce n'était pas Amanda O'Brennan. Oscar fut mortifié.

— Pardon, madame. Je... je vous ai prise pour quelqu'un d'autre, balbutia-t-il.

La femme l'observa du coin de l'œil, puis sembla être rassurée. Il lui arrivait parfois de se faire accoster dans la rue, mais le jeune homme ne semblait pas avoir de mauvaises intentions. Elle poursuivit son chemin. Il attendit qu'elle soit à une bonne distance et la suivit. *Oscar Lemoyne, t'es encore en train de te mettre dans le trouble...* Mais sa curiosité était plus forte que lui. Il avait l'intime conviction que le hasard n'expliquait pas à lui seul que cette femme et Amanda O'Brennan portent un costume identique. L'audience au palais de justice pouvait bien attendre !

La femme en bleu continua à marcher sur Saint-Jean, puis bifurqua sur la côte du Palais. Oscar tâchait de maintenir une distance raisonnable entre elle et lui : la dernière chose qu'il voulait, c'était qu'elle se rende compte de son manège... À son grand étonnement, la femme prit ensuite la rue Sainte-Hélène en direction de l'église St. Patrick. Qu'allait-elle y faire ? Une idée folle lui passa par la tête : se rendait-elle à un rendez-vous avec Amanda O'Brennan ? La femme passa devant l'église, mais ne s'y arrêta pas. Il commençait à regretter de l'avoir suivie. Le temps filait. Il s'éloignait de plus en plus du palais de justice et n'avait aucune idée de l'endroit où se rendait cette femme. Il leva les yeux, s'aperçut qu'il se trouvait maintenant sur la rue Richelieu. Il hésita, pensa rebrousser chemin, puis se ravisa. Au point où il en était, aussi bien aller jusqu'au bout...

Béatrice marchait d'un bon pas. Elle vit des hirondelles virevolter dans le ciel. En se retournant pour suivre leur vol, elle aperçut un jeune homme à environ une vingtaine de pieds derrière elle, reconnut celui qui l'avait accostée, rue Saint-Jean. La moutarde lui monta au nez : le malotru l'avait suivie ! Elle fut sur le point de courir vers lui pour lui asséner une gifle dont il se souviendrait jusqu'à la fin de ses jours, puis elle haussa les épaules. Dans son ancienne vie, elle l'aurait fait sans hésitation, mais elle menait à présent une existence complètement différente où le pardon et la prière avaient remplacé la violence et les règlements de compte. Le jeune homme était sans doute un chômeur qui battait la semelle dans les rues de Québec et ne trouvait rien de mieux à faire que de courir les jupons…

Oscar s'arrêta sur ses pas. La femme s'était retournée et, l'ayant vu, le fusillait du regard. Mieux valait pour lui prendre ses jambes à son cou ! Mais à son grand soulagement, elle poursuivit son chemin. Il n'osa continuer à la suivre, mais il ne la quitta pas des yeux jusqu'à ce qu'il la voie disparaître dans une maison située au bout de la rue. Il attendit quelques minutes, puis marcha dans cette direction. Il s'arrêta devant une maison en brique dont la peinture s'écaillait. Il ne poussa pas l'audace jusqu'à y entrer, mais nota mentalement le numéro de porte. Il s'apprêtait à repartir lorsqu'une charrette s'immobilisa devant la maison voisine. Un homme portant une casquette déchargea un tonneau rempli d'eau qu'il plaça contre le mur. Oscar s'approcha de lui.

— Pardon, m'sieur, j'voudrais pas vous importuner…

Il désigna la maison en brique.

— Savez-vous qui habite ici ?

Le porteur d'eau le toisa, ironique.

— Des pénitentes, à c'qu'y paraît.

— Pardon ?

— Des catins repenties. Entécas, moé, c'est d'même que j'les appelle. Dire que c'est nos dîmes qui payent pour ça…

Il cracha par terre, puis déchargea un deuxième baril, qu'il déposa devant l'abri Sainte-Madeleine.

Oscar réfléchit à ce que le porteur d'eau venait de lui apprendre. *Des catins repenties…* La fameuse robe bleue était sans doute un costume porté par les pénitentes qui habitaient cette maison. La seule conclusion logique était qu'Amanda O'Brennan vivait elle aussi sous ce toit ! Excité par sa découverte, il décida de ne pas se rendre au palais de justice et de retourner directement au journal. Il entra sans frapper dans le bureau de son patron. Ce dernier le toisa, mécontent.

— T'es pas censé être au palais ?

Oscar, enthousiaste, mit son patron au courant de son aventure et de sa nouvelle piste concernant la fameuse Dame en bleu. Ludovic Savard fit la moue.

— Bah, c'est de l'histoire ancienne...

Oscar regarda son patron, interloqué.

— Mais patron...

— Je t'ai donné une assignation. Si t'es pas content, trouve-toi du travail ailleurs.

Le jeune journaliste sortit du bureau, complètement déconfit. Il s'attendait à des félicitations et à une tape dans le dos, pas à cette rebuffade... Il n'arrivait pas à comprendre pourquoi son patron se désintéressait soudain de la Dame en bleu. Il revint vers son pupitre, le visage sombre.

— Si c'est comme ça, je démissionne, dit-il entre ses dents.

— T'es tombé sur la margoulette !

Le petit Antoine se tenait debout près du pupitre, repoussant sa casquette à l'arrière de sa tête.

— Qu'est-cé que j'vas devenir, moé ?

Oscar avait convaincu le patron de laisser Antoine vendre des journaux à la criée, et il lui donnait de menus travaux qui lui donnaient de quoi mettre un peu de beurre sur son pain. S'il quittait le journal, rien ne garantissait qu'Antoine bénéficierait de la même protection.

— Je vais travailler pour un autre journal. Je t'emmènerai avec moi.

— Quel journal ?

Il y avait de nombreux journaux publiés à Québec, mais la plupart d'entre eux avaient un modeste tirage et n'avaient que quelques journalistes à leur emploi, quand ce n'était pas qu'un seul. Même la *Gazette de Québec* n'employait qu'une poignée de journalistes.

— J'sais pas encore.

Antoine lui tourna le dos et s'assit sur une chaise, les bras croisés, la mine renfrognée. Oscar hocha la tête. Le petit avait raison. Il ne pouvait se payer le luxe de perdre son travail. Et puis qu'est-ce qu'Antoine deviendrait sans lui ? Déjà qu'il se rendait aux soupes populaires plus souvent qu'à son tour... Oscar prit son carnet, son crayon, et se dirigea vers la sortie.

— Où c'est que tu vas ? demanda Antoine, qui le surveillait du coin de l'œil.

— Au palais de justice. L'affaire Létourneau, bougonna Oscar.

༄

Philippe ne rentra chez lui qu'après s'être assuré que le blessé avait été conduit à l'hôpital et qu'il ne courait plus aucun danger. Madame Régine poussa de hauts cris lorsqu'elle le vit dans le hall, la chemise déchirée et couverte de sang, convaincue qu'il avait été attaqué à coups de couteau par des voleurs et qu'il était grièvement blessé. Il la prit par les épaules, lui parla gentiment, mais avec fermeté :

— Madame Régine, je ne suis pas blessé. J'ai secouru quelqu'un, c'est tout.

La silhouette de Fanette apparut en haut de l'escalier. Elle avait entendu le mot « blessé ». Ses yeux s'emplirent de frayeur lorsqu'elle vit Philippe ensanglanté. Philippe leva les yeux, vit Fanette debout en haut de l'escalier, chancelante. Il grimpa les marches quatre par quatre. Elle lui agrippa le bras.

— Que s'est-il passé ? Pourquoi ce sang sur ta chemise ? demanda-t-elle, bouleversée.

Il l'entraîna vers leur chambre et l'aida à s'étendre, tout en lui racontant l'accident dont il avait été témoin, les secours qu'il avait apportés à un homme qui gisait sous sa carriole. Il avait réussi à arrêter l'hémorragie. Fanette le regarda, pensive. Les yeux de Philippe brillaient, il avait le teint animé comme s'il avait oublié le but de sa sortie.

— Est-ce qu'il y avait une lettre d'Amanda ?

Il secoua la tête.

— Non.

Elle tourna la tête vers la fenêtre, regarda le ciel qui se découpait à travers les vitres au plomb, faisant un effort pour refouler ses larmes. *Amanda, où es-tu ?*

Philippe vint s'asseoir près d'elle et mit une main sur la sienne.

— J'y retournerai chaque semaine, si tu le souhaites.

Fanette s'en voulut de lui faire porter le poids de son propre passé.

— J'irai moi-même, lorsque notre bébé sera bien accroché.

Il lui jeta un regard reconnaissant et l'embrassa tendrement.

— Je vais me changer.

Il se dirigea vers la salle d'eau attenante à leur chambre.

— Tu ferais un merveilleux médecin, dit soudain Fanette.

Philippe se rembrunit.

— N'en parlons plus. C'est chose du passé.

— Tu détestes la profession de notaire. Combien de temps vas-tu te marcher sur le cœur ?

Il haussa les épaules.

— Mon père n'acceptera jamais.

— Alors tu te passeras de son consentement. On s'est mariés contre sa volonté. Si tu y crois vraiment, rien ne t'empêchera d'entreprendre tes études en médecine.

Philippe réfléchit aux paroles de Fanette. Il revit le pauvre homme couché sous la carriole, la souffrance sur son visage, ses yeux suppliants. « Vous avez très bien fait, mon garçon », lui avait dit ce médecin inconnu. Et il sut dès cet instant que Fanette avait raison. Lorsqu'elle aurait accouché, il entreprendrait ses études en médecine.

❧

Marguerite rentra, monta à sa chambre, prit quelques gouttes de laudanum sans même prendre la peine d'enlever son manteau. On frappa à sa porte. Elle s'empressa de cacher la fiole dans un tiroir, sous une pile de vêtements. La porte s'ouvrit. C'était le notaire Grandmont.

— Enfin, vous êtes là. Je vous cherche partout depuis une heure.

Marguerite tâcha de se composer un visage impassible.

— Il y a une nouvelle modiste, sur la rue Saint-Jean. J'avais besoin d'un nouveau chapeau.

Le notaire l'observa en silence ; ses yeux pâles ne cillèrent pas.

— J'avais une somme de dix-huit dollars et vingt-cinq dans un tiroir de mon pupitre. Il manque huit dollars. J'ai interrogé Fanette, Philippe et les domestiques, personne ne semble être au courant.

Marguerite tenta de soutenir son regard.

— Vous ne me soupçonnez tout de même pas…

Elle fut incapable de terminer sa phrase. Il sut que c'était elle.

— Qu'avez-vous fait de cet argent, Marguerite ?

Elle le regarda, saisie.

— Votre nouveau chapeau, où est-il ?

— Je n'ai rien trouvé qui m'ait plu, balbutia Marguerite.

— Cessez de me mentir ! s'écria le notaire, exaspéré.

Il se dirigea vers le lit, souleva l'oreiller, les couvertures. Il ne trouva rien. Marguerite était trop pétrifiée pour faire un geste. Il ouvrit brusquement un tiroir de la commode, trouva la fiole sous les vêtements. Il la brandit.

— Vous me mentez et vous me volez pour vous procurer votre drogue !

Elle ne répondit pas, accablée par la honte et le désespoir. Il jeta le flacon contre le mur. Il se brisa et les morceaux de verre bleu se dispersèrent sur le sol. La colère du notaire tomba soudain. Qu'avait-il bien pu se produire pour que sa femme en arrive là ?

— J'ai été aveugle. Ou peut-être ai-je voulu l'être. Pardonnez-moi.

Marguerite accepta d'être suivie par le docteur Lanthier. À sa première visite, il lui administra une légère dose de laudanum, puis lui prêta un livre.

— *Les Trois Mousquetaires*, de Dumas. Vous verrez, une fois qu'on y est plongé, on ne peut plus s'arrêter. Cela vous changera les idées.

XX

Québec
Le 28 juin 1849

Amanda, vêtue d'une robe en taffetas noir et d'un tablier blanc noué autour de la taille, époussetait une jolie lampe dont l'abat-jour était orné de pendeloques et de pampilles de verre qui scintillaient dans la lumière. Les lampes au kérosène du salon étaient toutes allumées, même en plein jour, car les lourds rideaux de velours qui ornaient les fenêtres étaient perpétuellement tirés. Son bébé dormait dans un large panier aménagé en berceau qu'elle transportait partout avec elle lorsqu'elle faisait le ménage. Elle se pencha pour ramasser un mégot de cigare sur le tapis de Perse. Elle constata qu'il y avait une tache brunâtre là où l'on en avait échappé la cendre. Depuis son arrivée à la maison de madame Bergevin, elle devait faire le ménage du salon chaque jour, ramasser des verres sales, vider des cendriers, essuyer les taches de vin sur les tables basses. L'air était imprégné d'une odeur de poudre de riz et d'eau de Cologne bon marché. Vers la fin de l'après-midi, elle voyait des hommes en redingote et haut-de-forme descendre de leur fiacre et faire leur entrée au salon, accueillis par madame Bergevin, qui était alors presque méconnaissable, avec ses yeux maquillés, sa bouche rouge et autour de son cou des bijoux qui rutilaient avec l'éclat trompeur de pierres de pacotille. Lorsque des navires accostaient au port, il y avait aussi des marins, plus querelleurs et bruyants, qui cherchaient parfois noise aux autres clients. Madame Bergevin devait alors intervenir, et son ascendant était tel que le calme se rétablissait aussitôt.

Amanda n'avait pas mis longtemps à comprendre que ces hommes ne se rendaient pas chez madame Bergevin que pour jouer aux cartes, fumer ou boire, mais qu'ils s'adonnaient derrière les portes closes des chambres de l'étage à d'autres activités dont elle entendait parfois les échos depuis sa chambrette, lorsqu'elle n'arrivait pas à trouver le sommeil. Elle n'apercevait les filles qui vivaient dans ces chambres que lorsqu'elles se levaient, le plus souvent au milieu de l'après-midi. Elle leur portait alors un broc rempli d'eau chaude, les aidait à faire leur toilette ou à agrafer leurs robes aux couleurs vives et chatoyantes. Les filles étaient pour la plupart gentilles avec elle ; elles admiraient ses yeux gris et ses boucles rousses. Elles avaient adopté son bébé, Ian, qu'elles trouvaient adorable avec ses cheveux touffus et ses grands yeux sombres. Elles le câlinaient comme une poupée, lui faisaient sa toilette, lui mettaient des rubans dans les cheveux comme s'il eût été une fille.

Les ébats nocturnes qui réveillaient parfois Amanda au beau milieu de la nuit continuaient à receler un certain mystère. Un soir, incapable de dormir, elle était sortie de sa chambrette et avait descendu l'escalier, puis s'était avancée dans le couloir menant aux chambres. Elle avait vu, par l'entrebâillement d'une porte, un monsieur au crâne dégarni, en chemise, qui chevauchait une fille en ahanant. Elle avait reconnu Anita, la plus douce des employées de madame Bergevin, celle qui s'était entichée d'Ian et le berçait dans ses bras avec une patience d'ange lorsqu'il avait des coliques. Anita, qui l'avait aperçue, lui avait fait signe de refermer la porte. Amanda avait obéi et avait regagné sa chambrette, troublée par cette image qui ressemblait à un mauvais rêve. Elle s'était penchée au-dessus du berceau de son fils, que madame Bergevin lui avait procuré dans une brocante bon marché. La respiration d'Ian était douce et régulière. Elle avait levé les yeux vers la lucarne, d'où perçait un rayon de lune. Cette même lune qui éclairait faiblement le grenier des Cloutier, lorsque Jacques s'y était glissé comme une ombre pour la violer, et qu'elle avait retenu ses cris et ses larmes pour ne pas réveiller sa petite sœur Fionnualá, qui dormait sur le grabat juste à côté d'elle.

Cette nuit-là, Amanda fut incapable de trouver le sommeil, hantée par cette vision que le passage du temps n'avait pas estompée. Le lendemain, Anita, ayant remarqué sa petite mine, lui avait expliqué qu'elle était payée pour satisfaire le désir des hommes et qu'elle était plutôt satisfaite de son sort. Elle était en général bien traitée, mangeait à sa faim et avait sa chambre à elle. En tout cas, c'était mieux que de crever de faim tous les jours que le bon Dieu amenait, comme lorsqu'elle quêtait dans les rues du port de Québec, après s'être enfuie de chez elle. Madame Bergevin lui avait donné des sous, puis l'avait fait monter dans sa voiture et l'avait emmenée chez elle.

Amanda jeta le mégot de cigare dans une corbeille et continua à épousseter. Elle avait presque terminé le ménage du salon lorsqu'elle entendit les roues de fiacres et les cris des cochers. Bientôt, des hommes en redingote et haut-de-forme, puis des marins en vareuse viendraient chercher leur plaisir dans la maison de madame Bergevin.

Après une nuit encore plus agitée que d'habitude, la maison replongea dans un profond silence, ponctué parfois par les craquements des murs ou le grincement d'un lit. Amanda dormait. L'aube se levait à peine lorsqu'elle fut réveillée par des coups frappés à une porte. Une lumière blanche entrait par la lucarne. Amanda se leva, se pencha au-dessus du berceau pour s'assurer que son enfant dormait toujours, puis sortit de sa chambre. Des éclats de voix résonnaient dans la maison, hostiles. Elle reconnut celle de madame Bergevin, pointue et sèche ; puis celle d'un homme, aux accents graves et rauques, qui lui était familière. Elle descendit l'escalier qui menait aux chambres des filles : toutes les portes étaient fermées, et aucun son n'en provenait. Les voix semblaient venir du salon. Intriguée, Amanda descendit lentement les marches qui y menaient, tâchant de ne pas les faire craquer. Elle se pencha au-dessus de la balustrade. Seule la lampe aux pampilles en verre était allumée. Elle vit madame Bergevin de dos. Elle portait un peignoir en soie moirée et se tenait debout devant la porte d'entrée, qui était légèrement entrouverte. Une silhouette sombre se profilait dans l'interstice.

— La maison est fermée.

Une voix d'homme se mit à parler d'une voix rocailleuse, haletante. Amanda frissonna. Mon Dieu, cette voix…

— La police est après moé. J'ai besoin d'une place où rester, juste que'ques jours.

— Va-t'en. J'veux pas d'ennuis, siffla madame Bergevin entre ses dents.

— J'ai dépensé des centaines de piastres dans ton maudit bordel !

— T'en as eu pour ton argent. Va-t'en, où tu vas le regretter.

Madame Bergevin fit un mouvement pour refermer la porte. L'homme y asséna un coup de pied. La porte frappa brutalement le mur. Amanda vit madame Bergevin reculer, puis courir vers une armoire qui se trouvait au fond du salon. Elle ouvrit un tiroir, y fouilla fébrilement. Son visage était de marbre, mais ses yeux trahissaient sa peur. L'homme entra dans la maison en prenant soin de refermer la porte. Amanda voyait sa masse sombre, mais ne distinguait pas encore son visage. Il s'avança dans le salon et s'arrêta près de la lampe aux pampilles en verre. C'est alors qu'Amanda le reconnut : c'était Jacques Cloutier. Elle étouffa un cri. Il sortit de sa poche un couteau dont la lame brilla dans le halo de la lampe. Madame Bergevin était restée immobile, près de l'armoire, mais ses yeux, alertes, ne quittaient pas l'homme.

— À ta place, j'bougerais pas d'un pouce, dit-elle d'une voix coupante.

Jacques Cloutier fit un pas dans sa direction. Madame Bergevin braqua un petit pistolet sur lui.

— J'hésiterai pas une seconde à te brûler le peu de cervelle qui te reste, dit-elle, les yeux froids.

Ils restèrent tous deux immobiles, à l'affût d'une faiblesse ou d'un mouvement de leur adversaire. L'homme recula d'un pas, le couteau toujours pointé devant lui, cherchant des yeux un meuble qui pourrait lui servir de paravent. Il trébucha sur un cendrier qui était resté par terre, s'agrippa au dossier d'un fauteuil pour ne pas tomber. C'est alors qu'il la vit, au milieu de l'escalier, ses cheveux roux tombant sur ses épaules, ses yeux gris affolés. *Amanda...* Elle s'affaissa sur une marche comme une poupée désarticulée. Il fit un pas dans sa direction, n'en croyant pas ses yeux. Il l'avait laissée pour morte dans la forêt, et pourtant elle était là, bien vivante, comme par miracle. Une joie primitive aussi vive que la douleur l'envahit tout entier. *Amanda, ma belle Amanda...* Un son aigrelet s'éleva, puis s'amplifia dans le silence de la maison. Amanda se dressa sur ses coudes, une lueur de panique dans les yeux. Il comprit. C'était les pleurs d'un enfant.

— Amanda !

Il courut vers elle, puis entendit quelque chose siffler près d'une de ses oreilles. Il se retourna brusquement. Madame Bergevin venait de faire feu sur lui. Son pistolet était toujours braqué dans sa direction.

— La prochaine fois, j'te manquerai pas.

Des rumeurs s'élevèrent dans la maison ; des bruits de pas, puis des claquements de porte se firent entendre. L'homme remit son couteau dans sa poche, plaça ses mains au-dessus de sa tête afin que la tenancière voie qu'il ne tenait plus son arme, puis recula lentement vers la porte, l'ouvrit et s'enfuit. Madame Bergevin attendit, aux aguets. De la sueur perlait sur son front. Elle avait eu peur, mais ce ne fut qu'une fois le danger passé qu'elle en prit pleinement conscience. Elle s'approcha prudemment de la porte, la referma, la verrouilla soigneusement, puis avisa un bahut à vantaux qu'elle traîna toute seule jusque devant la porte, au cas où Cloutier reviendrait et tenterait de forcer la serrure. Lorsqu'elle revint vers l'escalier, essoufflée et en nage, elle constata que Mary s'était évanouie. Anita et deux autres filles papillonnaient autour d'elle, leurs yeux encore embrumés de sommeil, leurs cheveux répandus sur leurs épaules. Les pleurs de l'enfant retentissaient de plus belle. Elle les chassa d'un mouvement de la main.

— Occupez-vous de l'enfant, puis retournez à vos chambres. Ouste !

Devant le ton impératif de leur patronne, elles s'empressèrent de remonter à l'étage.

᠅

Amanda, étendue sur un Récamier, dans le salon, revint à elle. Sa première pensée fut pour son enfant.

— Ian !

— Il dort, ne t'inquiète pas.

Madame Bergevin, penchée au-dessus d'elle, lui faisait respirer des sels. Amanda reprit peu à peu ses esprits. Avait-elle vraiment vu Jacques Cloutier ou bien avait-elle tout imaginé ?

— Il t'a appelée « Amanda ». C'est ton vrai nom ? dit madame Bergevin, le visage dur.

Amanda ne répondit pas. La tenancière lui souleva le menton. Son regard était fixe et sans pitié.

— Si tu veux rester chez moi, y va falloir que tu me dises tout. Tu le connais ?

Amanda hésita. À quoi bon mentir ? Madame Bergevin finirait bien par découvrir la vérité.

— Oui, je le connais.

— Explique.

Amanda lui raconta dans quelles circonstances sa sœur et elle avaient été accueillies à la ferme des Cloutier, après la mort de leurs parents. Elle se garda bien de lui parler de sa fuite avec Jean Bruneau, et du terrible assassinat.

— C'est Cloutier, le père de ton enfant ?

Elle ne répondit pas, mais madame Bergevin comprit.

— Il est recherché par la police. Si tu sais quelque chose, tu dois m'en parler. Je te protégerai.

Amanda hésita. Jusqu'à présent, madame Bergevin avait fait preuve de bienveillance à son égard. Cette dernière sentit son hésitation. Elle prit sa main dans la sienne.

— Tu peux me faire confiance.

La douceur avec laquelle madame Bergevin avait parlé et la compréhension qu'on pouvait lire dans son regard convainquirent Amanda de lui raconter son départ de la ferme des Cloutier, le 15 mars précédent, en compagnie de Jean Bruneau, et les circonstances tragiques qui avaient mené à son assassinat. Madame Bergevin l'écouta avec attention sans jamais l'interrompre. Lorsque Amanda eut terminé son récit, la tenancière prit place dans un fauteuil et tenta de mettre de l'ordre dans ses pensées. *Le 15 mars...* Elle se souvenait que Jacques Cloutier avait passé une soirée dans son établissement, quelques mois auparavant. Il était un client régulier; il venait à sa maison chaque fois qu'il avait quelques sous en poche, mais ce soir-là, il avait dépensé vraiment beaucoup d'argent. Une somme trop importante pour un homme qui gagnait péniblement sa croûte dans les camps de bûcherons durant l'hiver et passait le reste de l'année à se tourner les pouces. Elle se leva, revint vers Amanda.

— Va dormir. Tu ne cours plus aucun risque. Il ne reviendra pas.

Elle aida Amanda à se lever et l'accompagna jusqu'à sa chambrette. Puis elle se rendit dans un boudoir qui lui servait également de bureau, prit un livre de comptes, dans le tiroir d'un secrétaire dont elle gardait toujours la clé sur elle, et le feuilleta. Les recettes de chaque soirée y étaient minutieusement inscrites, avec le nom de chaque client. Il s'y trouvait des notables bien connus de la haute ville, des pères de famille respectés et à la réputation sans taches. Madame Bergevin n'avait pas l'intention de se servir de ces renseignements compromettants, mais elle les conservait précieusement, comme une sorte de police d'assurance, en cas de problèmes. Elle examina avec soin les inscriptions du mois de mars. Elle le feuilleta jusqu'à la soirée du 15 mars. Le nom de Jacques Cloutier y figurait.

༄

Le lendemain matin, madame Bergevin prit un marteau et fracassa la serrure de la porte d'entrée de sa maison. Puis elle mit son costume le plus sévère, fit atteler son carrosse et se rendit au palais de justice. Elle s'adressa à un policier en uniforme qui gardait l'entrée.

— Je voudrais voir le coroner Georges Duchesne, s'il vous plaît.

L'allure respectable de madame Bergevin impressionna le policier, qui lui indiqua comment se rendre au bureau du coroner. Celui-ci la reçut avec une politesse empreinte de froideur. Il la connaissait de réputation. Il avait tenté à plusieurs reprises de mettre fin aux activités de la maison close, mais il se heurtait chaque fois à l'indifférence, voire à la complaisance du chef de la police, qui prétendait que madame Bergevin était une veuve respectable, et que les soirées chez elle permettait à l'élite de la ville de se distraire sans nuire à l'ordre public. Il l'invita à s'asseoir.

— J'ai une information concernant Jacques Cloutier.

Le coroner, qui venait de prendre place derrière son pupitre, accusa le coup. Madame Bergevin le regarda dans les yeux.

— Je voudrais d'abord avoir l'assurance que vous me laisserez exercer mes activités en paix. J'ai toujours eu de bonnes relations avec les forces de l'ordre, et j'entends que cela continue.

Le coroner avait horreur du chantage. Il fut sur le point de la rabrouer, mais il se ravisa. Jacques Cloutier avait disparu depuis le meurtre de Jean Bruneau. Sa mère, lorsqu'il l'avait interrogée, avait prétendu que son fils était parti pour le chantier, la veille du meurtre, mais il n'en avait pas cru un mot. Il s'était rendu jusqu'au camp de bûcherons du lac Batiscan, à une quarantaine de milles au nord de La Chevrotière : personne n'y avait vu Cloutier depuis qu'il avait été renvoyé du camp, en février. Aucune trace non plus de cette Amanda O'Brennan qui, selon Pauline Cloutier, avait quitté la ferme avec le marchand de bois en direction des Trois-Rivières. L'information que cette maquerelle désirait lui fournir ne valait peut-être pas grand-chose, mais la curiosité l'emporta.

— Qu'avez-vous à me dire ?

Madame Bergevin se cala sur sa chaise, satisfaite. Le coroner avait la réputation d'être incorruptible, mais chacun a son prix.

— Jacques Cloutier est entré chez moi par effraction, à l'aube. Il avait un couteau sur lui et m'a menacée. Heureusement, j'avais un pistolet. Il s'est enfui.

Le coroner prit l'information en note, affectant la plus parfaite neutralité.

— Pouvez-vous donner une description précise de cet homme ?

— Grand, les cheveux noirs, hirsutes, et les yeux sombres. Il portait un pantalon et une chemise en coutil brun, en mauvais état, un peu trop petits pour sa taille.

Le coroner la regarda du coin de l'œil. Cette femme avait un sens de l'observation remarquable. Peut-être était-ce en partie dû au métier qu'elle exerçait... Chose certaine, si ce n'était sa profession, elle ferait un excellent témoin à la cour du banc de la Reine. Elle poursuivit :

— Il était un client régulier de ma maison. Ça vous intéressera peut-être de savoir qu'il a passé la soirée du 15 mars dernier chez moi. Ce soir-là, il a dépensé la somme de cent cinquante livres.

Madame Bergevin avait vu assez d'hommes défiler chez elle pour savoir lire la moindre nuance dans leurs émotions. Elle remarqua sans peine que le coroner agitait la plume qu'il tenait à la main d'un mouvement saccadé. Elle se leva, l'air digne.

— J'espère que ces renseignements vous seront utiles, monsieur le coroner.

Après le départ de madame Bergevin, le coroner se leva, donna l'ordre de rechercher Jacques Cloutier dans la basse ville, aux alentours de la rue Saint-Joseph, où se situait la maison close. Il avait la conviction, depuis le début de cette affaire, que Jacques Cloutier était l'auteur du meurtre de Jean Bruneau. Maintenant, avec les renseignements que la tenancière lui avait fournis, il avait les armes qu'il fallait pour le faire pendre haut et court.

❧

Deux jours plus tard, madame Bergevin, en jetant un coup d'œil à la *Gazette de Québec* qui avait été laissée sur une table par un client, fut frappée par un croquis, le portrait d'un homme qui apparaissait à la une. Elle reconnut Jacques Cloutier. Pour une rare fois, son visage trahit une certaine émotion. Elle s'installa dans sa bergère pour lire l'article, coiffé du gros titre : « Un dangereux criminel appréhendé par la police. »

D'après le papier, Jacques Cloutier avait été arrêté dans la basse ville de Québec alors qu'il tentait de s'enfuir avec la recette d'un magasin général. « Jacques Cloutier a été conduit à la prison de Québec, où il sera interrogé par le coroner Georges Duchesne. D'après ce que le coroner a laissé entendre, Cloutier pourrait être l'auteur du meurtre sordide de Jean Bruneau, survenu en mars dernier, près du village de La Chevrotière. C'est grâce au dessin d'une fillette de neuf ans que l'homme a pu être identifié. »

Madame Bergevin eut un mince sourire. De toute évidence, le coroner avait préféré ne pas révéler au grand public que la propriétaire d'une maison close lui avait procuré des renseignements fort utiles, qui avaient mené à l'arrestation de Jacques Cloutier. Elle avait fait d'une pierre deux coups : le coroner ne mettrait plus le nez dans ses affaires, à tout le moins pour un certain temps, et Jacques Cloutier était hors d'état de nuire et finirait probablement ses jours sur l'échafaud. Elle fit chercher Mary.

— As-tu appris à lire ?

Amanda acquiesça, intriguée. Madame Bergevin lui tendit le journal. Amanda le prit, y jeta un coup d'œil. Elle pâlit en reconnaissant Jacques Cloutier.

— Tu me dois une fière chandelle, ma petite. Maintenant, retourne au travail.

Ce que madame Bergevin ne lui dit pas, c'est qu'en temps et lieu elle lui réclamerait son dû. Car elle avait vécu assez longtemps pour savoir que l'on n'obtient rien pour rien dans la vie. Amanda l'apprendrait bien assez vite…

❧

Amanda, à genoux sur le sol, récurait le plancher de la cuisine à l'aide d'une brosse. Deux semaines s'étaient écoulées depuis l'arrestation de Jacques Cloutier. Elle était partagée entre le soulagement et une angoisse diffuse. Une part d'elle espérait que Cloutier soit condamné pour l'assassinat du pauvre Jean Bruneau. L'autre souffrait à l'idée que cet homme soit le père de son enfant. Que dirait-elle à son fils plus tard, lorsqu'il lui demanderait qui était son père ? Qu'il était un violeur, un assassin ? Jamais elle ne pourrait s'y résoudre. Il lui faudrait lui inventer un père. Ce serait un homme bon et aimant qui aurait disparu en mer. Ou un soldat tué en devoir. Ou un riche négociant étranger qui avait dû retourner dans son pays…

— Mary !

Elle reconnut la voix de madame Bergevin. Cette dernière continuait à l'appeler Mary, par habitude, mais aussi par prudence : après tout, la jeune fille avait été témoin d'un meurtre, et elle ne voulait surtout pas d'ennuis avec la police. Amanda leva la tête. Sa patronne, vêtue d'une robe austère en gabardine, lui fit signe de se relever. Amanda obéit. La tenancière lui prit doucement les mains, les observa.

— Tu as de jolies mains, Mary. C'est dommage de les abîmer ainsi.

Amanda fut touchée par sa sollicitude.

— J'ai l'habitude.

Madame Bergevin lui sourit, l'air bienveillant.

— Aimerais-tu porter de belles robes, servir le thé et le vin, et manger des petits gâteaux au lieu d'être la bonne à tout faire dans cette maison ?

La perspective de ne plus devoir se lever à l'aube et d'échapper à toutes les corvées qui composaient sa vie quotidienne lui parut si séduisante qu'elle répondit spontanément en irlandais :

— *Cinnte gur mhaith !*

Madame Bergevin la regarda, ébahie. Elle n'avait pas compris un traître mot de ce qu'elle venait de dire. Amanda traduisit en souriant :

— Bien sûr que oui.

— À la bonne heure. Tu commences ce soir.

೪

Amanda vit son reflet dans la glace. Elle portait une robe en mousseline rouge qui faisait ressortir sa chevelure rousse, son teint clair et ses yeux gris. Anita, debout derrière elle, lui jeta un regard admiratif tout en l'aidant à attacher les nombreuses agrafes.

— Mary ! T'es mignonne à croquer ! Tu vas en faire tourner, des têtes !

Anita tint à la coiffer elle-même, ajoutant boucles et colifichets dans ses cheveux. Amanda se laissait faire, médusée par sa transformation. Elle aurait quinze ans dans quelques jours et n'avait jamais porté une aussi jolie toilette, ni une coiffure aussi élaborée. En Irlande, sa famille était si pauvre que, hiver comme été, les enfants avaient les mêmes vêtements sur le dos, que leur mère lavait et rapiéçait de temps en temps. Et sa vie dans la ferme des Cloutier avait été encore plus misérable. Elle sourit à son reflet dans le miroir.

೪

La soirée battait son plein. La fumée des cigares montait en volutes blanches dans l'air confiné. Des rires avinés ou perlés éclataient comme des flammèches. Toutes les lampes étaient allumées, jetant une lumière vive sur les visages déjà rougis par l'alcool et la chaleur. Amanda allait et venait entre les convives, apportant sur un plateau des rafraîchissements aux clients, qui étaient encore plus nombreux que d'habitude. L'expérience acquise à l'auberge du Gai Luron lui était fort utile ; madame Bergevin remarqua avec satisfaction la célérité avec laquelle Amanda servait tout un chacun, mais déchanta lorsqu'elle remit à sa place un client un peu trop entreprenant. Elle la prit à part.

— Mary, la règle d'or de ma maison, c'est d'être toujours gentille avec les clients. Toujours.

Amanda répliqua, indignée :

— Il m'a mis une main sur les fesses !

— Préfères-tu frotter les planchers ?

Amanda encaissa le coup. Le ton coupant de madame Bergevin, si différent de la douceur avec laquelle elle lui avait parlé quelques heures à peine auparavant, la prit de court. Elle retourna au salon, qui brillait de tous ses feux. Un homme, au teint fleuri et au léger embonpoint des personnes qui aiment la bonne chère et le bon vin, lui fit un sourire avenant.

— *I've never seen your pretty face before. You're new ?*

— Oui, dit-elle, ne sachant que répondre.

Le client fit signe à madame Bergevin, qui s'approcha de lui en plaquant un sourire sur son visage froid. Amanda, qui s'était éloignée pour servir d'autres clients, les vit parlementer pendant un moment. Puis madame Bergevin revint vers elle.

— Tu vas monter avec monsieur Timmens. C'est un bon client. Tu verras, il est très gentil. Anita va t'accompagner.

Amanda eut l'impression qu'une main glaciale lui serrait le cœur. Son instinct lui dicta de s'enfuir avec son bébé, mais pour aller où ? Elle pensa à retourner à l'auberge de Bernadette Girard, mais cette dernière ne voulait pas d'une fille-mère chez elle. Amanda ne pouvait supporter l'idée de se retrouver à la rue avec Ian, sans toit ni protection. Anita la prit gentiment par le bras.

— N'aie pas peur, Mary, lui glissa-t-elle à l'oreille, je te montrerai comment faire. Ce n'est pas compliqué.

Les mots d'Anita lui parvinrent comme à travers un brouillard. Anita la conduisit à l'une des chambres de l'étage dont les rideaux, le couvre-lit et les tentures étaient d'un rose tendre. Elle la fit asseoir sur le lit, lui caressa les cheveux.

— L'important, c'est de faire tout ce que le monsieur te demande. Une fois au lit, tu fermes les yeux et tu penses à autre chose, comme à ton plat préféré, ou à quelqu'un que t'aimes très fort. Le temps passe plus vite comme ça, tu vas voir. Dès que ton client est parti, tu te lèves et tu sautes, comme ça…

Anita se mit à faire des sautillements.

— C'est important, si tu veux pas avoir de bébé. Après, tu te laves. Mais le meilleur truc pour empêcher les enfants, c'est un pessaire.

Amanda la regarda, éberluée. Anita lui expliqua :

— Un morceau de caoutchouc, tu le places à l'intérieur de ton vagin, j'te le montrerai la prochaine fois.

Anita lui parla également d'une tisane à base de sang-de-dragon qui apparemment faisait des miracles, mais il fallait la prendre tout de suite après l'acte. Amanda ne l'écoutait que d'une oreille, paralysée par la crainte. Anita s'en aperçut et lui frotta gentiment le dos.

— C'est le premier qui est le plus difficile. Après ça, on s'habitue.

Anita la laissa seule. Amanda ferma les yeux. *Va-t'en d'ici… Va-t'en avant qu'il ne soit trop tard…* La porte s'ouvrit. Monsieur Timmens se tenait debout sur le seuil, l'air timide. Elle lui trouva une vague ressemblance avec Jean Bruneau : les mêmes joues pleines, le même regard bienveillant.

— *What's your name, dear?* dit monsieur Timmens.

— *Mary.*

— *Mary. How sweet…*

Il remarqua le pendentif qu'elle portait à son cou.

— *A shamrock. You're Irish then…*

Cela ne dura que quelques minutes, mais elles lui parurent une éternité. Après, elle fit ce qu'Anita lui avait conseillé : elle sautilla. Anita vint lui porter un broc plein d'eau fraîche. Elle versa l'eau dans une bassine.

— Tu vois, Mary ! On s'y fait.

Amanda se lava soigneusement. Madame Bergevin vint la voir à son tour, lui caressa gentiment les cheveux et lui remit trois shillings.

— Voilà pour ta peine, ma chérie.

Elle repartit. Amanda prit les pièces et les garda serrées dans son poing. Puis elle retourna à sa chambrette, dans les combles, les plaça dans le coffre au pied de son lit, sous une pile de vêtements. Elle se pencha au-dessus du berceau de son fils.

— *Is ar do shon a rinne mé é.* C'est pour toi que je l'ai fait, Ian. *Ná déan dearmad air sin riamh.* Ne l'oublie jamais.

XXI

Québec
Février 1859

Le vent faisait craquer les branches et projetait des nuées de
neige sur les carreaux givrés. L'hiver avait commencé dès
novembre, enserrant la ville entre ses griffes blanches. Certains
jours, il faisait si froid que ni les hommes ni les animaux ne pouvaient sortir sans danger. Fanette, assise près de la fenêtre de sa
chambre, les mains sur son ventre rond, regardait dehors. Le
vent continuait de rager. Il neigeait sans relâche depuis le
matin.

Elle sentit son bébé bouger. Elle ferma les yeux, tentant
d'imaginer le visage de son enfant à naître comme elle le faisait
souvent depuis qu'elle était enceinte. Après un deuxième mois de
repos complet sans qu'il y eût d'autres saignements ou de douleurs inhabituelles, le docteur Lanthier s'était montré plus opti-
miste. Après chacune de ses visites à Fanette, il se rendait au
chevet de Marguerite Grandmont. Celle-ci se portait beaucoup
mieux. Elle avait repris du poids et son teint n'avait plus cette
blancheur quasi spectrale. Il avait progressivement diminué les
doses de laudanum, jusqu'à ce qu'il le remplace par un succé-
dané de sucre. Elle avait cependant troqué sa dépendance au
laudanum pour une autre : les romans. Depuis qu'il lui avait
apporté *Les Trois Mousquetaires*, elle s'était prise de passion pour
la lecture. Le docteur Lanthier s'en réjouissait : les mots étaient
moins délétères que le laudanum…

Au sixième mois de grossesse, le docteur Lanthier avait utilisé son stéthoscope pour ausculter Fanette et avait décrété, avec

son ton pince-sans-rire habituel : « Un vrai petit boxeur... Ce sera sûrement un garçon ! » Emma, qui avait tenu à l'accompagner, avait protesté vivement : « Ce n'est pas parce que ce petit être donne des coups de pied vigoureux qu'il ne sera pas une fille ! »

Fanette sourit en repensant au ton sans réplique de sa mère. Il ne restait plus trace du malaise provoqué par l'annonce de sa grossesse. Emma lui rendait visite au moins deux fois par semaine, beau temps, mauvais temps. Elle en profitait pour lui apporter un gâteau qu'Eugénie avait confectionné, ou encore des confitures que madame Dolbeau, l'épouse de son ancien métayer, lui avait offertes au cours de sa dernière visite au domaine de Porte-lance. Madame Régine affichait une mine désapprobatrice chaque fois qu'elle voyait Emma arriver armée d'un panier à provisions. « Comme si j'nourrissais pas mam'zelle Grandmont comme du monde », maugréait-elle.

N'en pouvant plus d'être assise, Fanette décida de marcher un peu afin de se dégourdir les jambes. Elle s'appuya sur l'accou-doir du fauteuil et réussit à se mettre debout. Elle sortit du bou-doir, fit quelques pas dans le corridor, s'arrêta près du palier afin de reprendre son souffle. Il y avait longtemps que les plis de sa robe de nuit ne dissimulaient plus ses rondeurs. Elle se sentait de plus en plus lourde. Encore une ou deux semaines à porter son fardeau... Elle commençait à comprendre dans sa chair le sens du mot « délivrance ». Elle se rendit jusqu'à l'ancienne chambre de Rosalie qui avait été transformée en chambre d'en-fant. Un berceau à quenouilles en pin et en merisier ayant appar-tenu à la mère de Marguerite et ayant servi de couchette à Phi-lippe et Rosalie trônait au fond de la pièce. Elle s'approcha du berceau devenu foncé avec le temps, ajusta le tulle qui le recou-vrait en attendant son précieux joyau.

La voix de Philippe résonna au bas des marches, la tirant de sa rêverie.

— Fanette !

Il apparut sur le seuil de la porte, un sourire radieux et légè-rement inquiet aux lèvres.

— Je t'ai cherchée partout… Tu vas bien ?

— Mais oui. J'avais besoin de marcher.

Elle lui sourit. Elle était si belle dans la lumière bleue de l'hiver ! Il vint la rejoindre près du berceau, l'enlaça, puis s'agenouilla à ses pieds et posa la tête sur le ventre de sa femme.

— Je l'entends. C'est qu'il est vigoureux, notre petit bonhomme…

Elle lui caressa tendrement les cheveux.

— Moi, je crois que ce sera une fille.

Philippe leva la tête vers elle.

— Fille ou garçon, peu importe. Ce sera ton portrait tout craché.

Il se releva, l'embrassa sur le coin de la bouche. C'est alors que Fanette sentit un liquide chaud couler entre ses jambes. Philippe n'eut qu'à regarder sa mine tendue pour deviner ce qui se passait. Il fut envahi d'une panique qu'il avait du mal à contrôler.

— Il faut t'étendre.

Il la soutint par un bras et l'entraîna vers leur chambre. Le vent hululait dans la cheminée. Un volet avait cédé sous une rafale et claquait contre le mur de pierre. Philippe voulut aider sa femme à s'allonger sur le lit, mais elle l'écarta gentiment.

— Je préfère m'asseoir.

Elle s'installa dans son fauteuil Louis XV en poussant un gémissement de douleur.

— Mais le docteur…

— … le docteur Lanthier est un excellent médecin, mais il n'a jamais porté d'enfant ! s'exclama Fanette, les deux mains sur le ventre.

Philippe la regarda, saisi par son impatience. Elle se radoucit :

— Je t'assure, je suis très bien ainsi.

Philippe vit bien qu'il était inutile d'insister.

— Madame Régine prendra soin de toi en attendant que le docteur Lanthier arrive. N'aie pas peur, tout va bien se passer.

Fanette ne put s'empêcher de sourire.

— Je n'ai pas peur.

Philippe se dirigea vers la porte, puis se tourna vers elle une dernière fois, la mine anxieuse :

— Surtout, ne bouge pas d'ici !

— Pas de danger ! rétorqua Fanette, qui n'avait pas perdu son sens de l'humour malgré l'anxiété qui la gagnait.

Philippe descendit en trombe. Il trébucha sur une marche et dut s'agripper à la rampe pour ne pas débouler l'escalier. Le notaire, qui avait entendu des éclats de voix et des bruits, sortit de son bureau et vit son fils courir vers la porte d'entrée.

— C'est Fanette ?

— Elle a perdu ses eaux. Je vais chercher le docteur Lanthier.

— Je demande à Joseph d'atteler la voiture, balbutia le notaire, pâle comme un linge.

— Ce sera trop long. J'irai à cheval. Demandez à madame Régine qu'elle tienne compagnie à Fanette. Qu'elle ne la laisse pas seule un instant.

Le notaire, peu habitué au ton ferme et sans réplique de son fils, lui obéit néanmoins et se dirigea vers la cuisine.

— Madame Régine !

Philippe enfila un manteau de castor, puis il enfonça une toque sur sa tête, mit des gants et des bottes en fourrure et ouvrit la porte d'entrée. Une bourrasque s'engouffra dans le vestibule, entraînant une nuée de neige. Philippe s'empressa de refermer la porte derrière lui. Le perron était couvert de frimas. Il glissa sur la mince couche de glace qui s'était formée sous la neige épaisse qui recouvrait les dalles de pierre et dut s'accrocher à la clôture en fer forgé pour ne pas tomber. Il jura entre ses dents. La neige tombait tel un rideau blanc voilant les rues. Il se dirigea vers l'allée qui menait à l'écurie, luttant contre le vent qui glaçait déjà son visage. La neige s'élevait à plusieurs pieds. L'écurie, située dans la cour arrière, était flanquée d'une maisonnette de bois à un étage où vivait le cocher. Philippe souleva la clenche qui fermait la barrière et courut vers sa monture, un beau cheval bai.

Sur l'entrefaite, Joseph entra dans l'écurie, les yeux ensommeillés, la casquette et les moustaches déjà blanchies par le frimas. Il sentait l'alcool à plein nez.

— J'ai entendu du bruit. J'créyais ben que c'était un voleur.

— Aidez-moi à seller mon cheval. Vite.

Sans poser de question, le cocher obéit, avec les gestes précis et mécaniques de quelqu'un qui les accomplit depuis longtemps. Philippe enfourcha sa monture et fonça dans la tempête.

Fanette, restée seule, ferma à nouveau les yeux. Elle avait attendu cet instant si longtemps, et maintenant qu'il était arrivé, elle le redoutait. Après un moment, réchauffée par le feu qui brûlait dans l'âtre, la tête appuyée sur le dossier capitonné, elle s'assoupit. Madame Régine apparut sur le seuil, une pile de linges blancs et une large cuvette dans les bras. Elle les déposa sur une commode puis, voyant que Fanette semblait dormir, décida de la laisser tranquille. Elle aurait besoin de toutes ses forces dans les heures à venir. Madame Régine prit place sur un tabouret et attendit, les yeux posés sur Fanette, attentive et calme comme un berger gardant son troupeau.

೧೨

Philippe était courbé sur sa monture, qui peinait à avancer. Il aperçut un fiacre renversé sur le trottoir couvert de neige et de glace. Une *sleigh* s'était immobilisée au beau milieu de la chaussée. Deux hommes s'invectivaient tandis que les chevaux piaffaient, tirant en vain sur leur attelage. Philippe se serait arrêté pour leur prêter main-forte, mais il n'avait pas un instant à perdre. Il s'engagea dans une ruelle où la poudrerie s'entassait en amas inégaux. Des flocons entraient dans ses yeux et lui brouillaient la vue.

La rue d'Auteuil était tellement enneigée qu'elle était devenue presque infranchissable. Des hommes peinaient à dégager la voie, mais la poudrerie semblait les narguer, remplissant aussitôt les endroits qu'ils avaient réussi à déblayer de peine et de misère.

Des voitures sans attelage et des charrettes gisaient dans la rue, abandonnées. Philippe les contourna prudemment : la dernière chose qu'il souhaitait était que son cheval se blesse sur le moyeu d'une voiture ou trébuche sur un brancard. Il sentait le froid envahir peu à peu ses membres. Ses pieds et ses mains élançaient douloureusement, comme transpercés par mille aiguilles. Il savait que bientôt la douleur s'estomperait et qu'il risquerait alors de subir des engelures. Il s'efforça de faire bouger ses membres pour permettre au sang de circuler. Puis il talonna son cheval, qui poussa un hennissement plaintif. La porte Kent se profilait à travers les nuées blanches. Ensuite, ce serait la porte Saint-Jean, puis la rue Sainte-Hélène, la côte du Palais... La route lui sembla soudain interminable.

❧

Philippe était parti depuis plus d'une heure. Fanette sentit une douleur profonde lui saisir les entrailles. Son gémissement éveilla madame Régine, qui s'était assoupie à son tour. Fanette la regarda comme si elle cherchait une explication à ce phénomène. La servante se leva, se pencha vers elle, lui frotta doucement le dos.

— Le travail a commencé, dit-elle. Les douleurs vont se rapprocher de plus en plus. N'ayez pas peur. C'est le bébé qui se fraye un chemin.

❧

Les flocons tombaient tellement dru que Philippe ne voyait plus à deux pieds devant lui. Les rues étaient devenues un désert blanc. Désorienté, il tâcha de se repérer. Il avait franchi la côte du Palais ; donc, logiquement, il devait se trouver à l'intersection de la rue Saint-Vallier. S'il réussissait à dénicher la petite rue des Vaisseaux-du-Roi, il aboutirait nécessairement à la rue Saint-Paul. Lorsqu'il aperçut enfin le panneau du nom de la rue à moitié couvert par la neige, il ressentit un immense soulagement. Dieu soit loué, il ne s'était pas trompé. Il arrêta sa monture devant la porte, chez le docteur Lanthier, et en descendit. La neige s'était accumulée sur le seuil. Il frappa à grands coups de heurtoir tout en tenant son cheval par la bride.

— Docteur! Docteur! Ouvrez, c'est urgent! cria-t-il.

Sa voix était emportée par la neige et le vent. Il frappa de nouveau.

— Docteur Lanthier! C'est Philippe Grandmont, ouvrez!

Seule une bourrasque lui répondit. Une vague de découragement l'envahit tout à coup. Avoir fait tout ce chemin pour se buter à une maison vide! Il cogna encore une fois avec l'énergie du désespoir.

— Docteur Lanthier! C'est Fanette! Elle va accoucher! Ouvrez!

Après un moment, il entendit des volets grincer sur leurs gonds. La tête d'une vieille femme, qui s'était couverte d'un châle pour se protéger de la bise glaciale, apparut à travers une fenêtre. Elle dut crier pour se faire entendre, tellement le vent sifflait.

— Le docteur est pas là!

— Où est-il? cria Philippe.

Mais la femme avait déjà refermé les volets. Philippe réfléchit. Fanette lui avait souvent parlé des soirées chez Emma et Eugénie auxquelles le docteur Lanthier était convié. Peut-être que, par chance, il se trouvait chez elles. Il leva les yeux vers le ciel. La neige tourbillonnait furieusement dans le faisceau d'un lampadaire. Il décida d'y attacher son cheval et de marcher jusqu'à la maison de madame Portelance, qui était près de là. Il reprit à pied la rue des Vaisseaux-du-Roi, pataugea dans la neige jusqu'à la rue Sous-le-Cap, qu'on avait peine à reconnaître sous le manteau blanc qui la recouvrait. Les galeries qui croisaient la rue ressemblaient à des vaisseaux abandonnés dans une mer de glace. Philippe s'enfonçait dans la neige qui montait jusqu'à ses genoux. Quand il parvint enfin à la maison de madame Portelance, il fut soulagé d'y apercevoir un filet de lumière au travers des rideaux. Il tambourina sur la porte. Il ne sentait plus ses mains tellement elles étaient glacées. Après un moment, la porte s'ouvrit. Madame Portelance, portant une robe de chambre et un bonnet de nuit, le regarda, la mine effarée. Il aurait souri si les circonstances avaient été différentes. Elle le fit entrer, s'empressa de refermer la porte.

— Mon doux ! C'est Fanette ? s'exclama-t-elle, inquiète. Elle a accouché ? Comment elle va ? Et l'enfant ?

— Fanette a tout juste perdu ses eaux. Je cherche le docteur Lanthier.

— Il a soupé ici, mais il est reparti, il y a environ une heure. Vous le trouverez sans doute chez lui.

— J'en reviens, il n'y avait personne.

L'angoisse se peignit sur les traits d'Emma.

— Il est peut-être allé visiter un patient. Mon Dieu, comment savoir ?

La silhouette d'Eugénie apparut derrière Emma. Son visage, d'une pâleur presque diaphane, était éclairé par une lampe torchère placée près de l'entrée.

— Il se peut qu'il soit au refuge du Bon-Pasteur. Il y va souvent tard le soir, après avoir fait la tournée de ses patients.

Madame Portelance s'adressa à Philippe, l'air décidé :

— Comment êtes-vous venu jusqu'ici ?

— À cheval.

— Retournez chez vous. Moi, je vais chercher le docteur Lanthier.

— Mais…

— Allez, ouste ! Fanette a besoin de vous !

Le ton de madame Portelance était sans réplique. Philippe obtempéra. Il sortit, enjamba un banc de neige et se fraya un chemin jusqu'à sa monture. Il l'enfourcha et lui donna un coup d'éperons qui sembla électriser l'animal.

Madame Portelance finissait de s'habiller lorsque Eugénie la rejoignit dans sa chambre.

— Je t'accompagne, dit Eugénie.

— Il n'en est pas question. Il fait un froid de canard, tu risques d'attraper du mal.

Les yeux doux d'Eugénie s'assombrirent.

— Quand cesseras-tu de t'inquiéter pour moi ? Je ne suis pas malade, j'ai le droit d'avoir une vie normale !

Eugénie quitta la pièce. Emma s'en mordit les lèvres. La santé d'Eugénie était toujours demeurée fragile depuis la pneumonie qui avait failli l'emporter, huit ans auparavant. Chaque toussotement, le moindre signe de faiblesse la plongeaient dans une anxiété dont elle n'arrivait pas à se départir. Elle sortit à son tour, enfila un manteau de castor qui avait appartenu à son père et qu'elle portait au pire de l'hiver. Elle chercha Eugénie des yeux, mais elle avait dû retourner dans sa chambre. Tant pis, elle s'expliquerait avec elle plus tard. Pour l'heure, il fallait trouver le docteur Lanthier.

Emma sortit par la porte de la cuisine qui donnait sur la petite cour intérieure, tenant deux fanaux allumés. Elle fut assaillie par la poudrerie. Les yeux aveuglés par la neige, elle se dirigea à tâtons vers son boghei, garé près du hangar qui servait également d'écurie, accrocha les fanaux à l'avant de la voiture. De violentes rafales soulevaient la neige comme des vagues à marée haute.

— Maudit hiver ! maugréa Emma, qui en avait pourtant connu cinquante durant sa vie.

Elle conduisit son cheval par la bride jusqu'à la clôture, n'y voyant goutte. Puis elle attela son boghei, dont le toit rétractable était remonté et les patins installés pour l'hiver, et tenta d'ouvrir la clôture, mais la neige avait grimpé si haut qu'elle fut incapable de la faire bouger d'un pouce. Une main gantée se posa sur le loquet. Eugénie se tenait à côté d'elle, une pelle à la main. Elle avait jeté une pelisse par-dessus sa robe de nuit et un châle lui couvrait la tête. Elle se mit à dégager la neige devant la clôture. Emma fut tentée de lui prendre la pelle, considérant ce travail trop exigeant pour la jeune femme, surtout avec cette bise qui soufflait sans répit, mais elle se contint. Elle sentait que cette fois, son désir de la protéger irait trop loin et qu'elle blesserait Eugénie dans son amour-propre. Elle se contenta de secouer la barrière, qui finit par céder. Eugénie esquissa un sourire.

— Tu vois, je suis capable d'en prendre.

Emma prit place dans son boghei et secoua les rênes. La voiture franchit la clôture et s'engagea dans la rue ensevelie sous la neige. Eugénie la regarda s'éloigner, puis referma la clôture et rentra dans la maison, ployée sous les rafales.

XXII

Québec
Mai 1850

Près d'un an s'était écoulé depuis qu'Amanda, connue dans la maison de madame Bergevin sous le nom de Mary Kilkenny, avait reçu son premier client. Elle était de loin la fille la plus populaire de la maison close. Les premiers temps, sa patronne lui remettait quelques shillings après chaque visite qu'elle recevait dans la « chambre rose », comme les filles la nommaient familièrement, car le mobilier, les rideaux, le papier peint et jusqu'aux abat-jour étaient roses. Il y avait une dizaine de chambres, qui avaient chacune leur couleur. Madame Bergevin avait peu à peu diminué les émoluments d'Amanda, puis ne lui versa plus rien. Amanda tenta de protester, mais madame Bergevin se montra intraitable.

— Qui paie pour ton linge, tes robes, ta chambrette et ta nourriture ? Qui héberge ton enfant ? Ton entretien me coûte les yeux de la tête !

Finies, les manières douces et les paroles enjôleuses dont madame Bergevin l'avait abreuvée lorsqu'elle l'avait recueillie chez elle. Les masques étaient tombés. Peu de temps après sa prise de bec avec sa patronne, Amanda fut témoin d'une scène pénible, par l'entrebâillement de la porte du boudoir de la tenancière. Cette dernière passait tout un savon à l'une des filles, surnommée Bébette, la menaçant de la jeter à la rue. Toutes les filles étaient sur le qui-vive. Anita expliqua à Amanda en chuchotant que madame Bergevin était fâchée parce que Bébette était tombée enceinte : pendant la durée de sa grossesse, elle devenait une bouche inutile à nourrir. Tomber enceinte était la plus grande crainte des filles. Elles utilisaient tous les moyens à leur disposition pour l'éviter, et quand le pire arrivait, pour se débarrasser de leur fardeau.

Le lendemain, Amanda entendit des sanglots derrière la porte de Bébette. Elle entra. La jeune fille était couchée sur son lit en chien de fusil. Amanda s'élança vers elle.

— Bébette !

Elle souleva son drap. La pauvre Bébette baignait dans son sang. Amanda mit une main sur sa bouche. Elle vit la tête d'Anita dans l'embrasure de la porte.

— Vite, va chercher madame Bergevin !

Anita courut alerter la patronne. Cette dernière, le visage pâle et les dents serrées, fit atteler sa voiture et alla quérir un médecin de sa connaissance, un homme au visage de bouledogue, mais qui avait de la compassion pour les pauvres filles et faisait du mieux qu'il le pouvait pour les soigner. Lorsqu'il examina Bébette, il hocha la tête, mécontent. La jeune fille avait tenté de se défaire du fœtus en enfonçant une aiguille à tricoter dans son vagin.

— Pauvre petite, maugréa-t-il. Il ne faut pas la laisser ici dans son état. Elle a déjà perdu beaucoup de sang. Je l'emmène à l'hôpital.

Bébette ne revint pas à la maison close. Madame Bergevin prétendit qu'elle était repartie dans sa famille, à la campagne, mais Anita n'en crut pas un mot.

— Elle est au ciel, avec les anges.

Anita avait gardé la foi de son enfance. Elle était convaincue que la vie ici-bas n'était qu'une épreuve passagère et qu'après, un monde meilleur les attendrait, sans clients ni réprimandes. Quant à Amanda, sa seule consolation, sa raison d'être se résumaient en un prénom : Ian. Elle avait craint, les premiers mois, qu'il ressemble à son père. Chaque jour, elle observait attentivement son fils, croyant détecter la forme du nez, ou un froncement de sourcils qui pût lui rappeler Jacques Cloutier. Les cheveux d'Ian étaient restés d'un noir de jais mais, à son grand soulagement, ses yeux étaient devenus gris, comme les siens et ceux de son propre père, Ian O'Brennan. Il avait déjà appris à marcher et courait partout. Les filles, particulièrement Anita, étaient très attachées à lui. C'est à qui lui donnerait son bain, lui chanterait une chanson ou lui raconterait une histoire avant qu'il s'endorme. Lorsqu'il tombait et fondait en larmes, une main charitable était toujours proche pour le consoler et le remettre sur ses pieds.

Quelque temps après le départ de Bébette, madame Bergevin ramena une « nouvelle » à la maison, une jeune fille qui avait quitté la ferme familiale pour trouver du travail en ville. Une fois ou deux par mois, madame Bergevin faisait atteler son carrosse et se rendait dans les quartiers pauvres de la ville, à Saint-Roch ou à Saint-Sauveur, ou encore près du port, afin d'y recruter des jeunes filles sans famille, sans attaches, qu'elle prenait au piège de sa prétendue bonté et ramenait chez elle, pour ensuite les entraîner graduellement à exercer le plus vieux métier du monde, comme elle l'avait fait pour Amanda.

Madame Bergevin donnait congé à ses filles le dimanche, non par générosité mais parce que, le jour du Seigneur, les clients faisaient leurs dévotions et se consacraient à leur famille. Amanda en profitait pour échapper à l'air confiné et chargé de parfums de la maison close, et se rendait souvent à pied jusqu'à la halle du marché Champlain. Elle aimait l'odeur de foin et de poussière, les étals chargés de légumes, les boniments des marchandes, et surtout le fleuve, dont les couleurs changeantes reflétaient le ciel. Elle regardait longuement les mouvements de l'eau, le scintillement des vagues, dont l'écume blanche ressemblait à des goélands. Le fleuve, qui avait été le linceul de son père, pouvait aussi devenir un chemin vers la liberté. Son regard s'attardait sur les bateaux accostés au fil des quais et dont les mâts se berçaient doucement sous la brise. Un jour, elle et Ian partiraient sur l'un de ces navires pour une destination inconnue, loin, très loin de la maison de madame Bergevin…

Un dimanche, en marchant dans les allées du marché, elle aperçut à distance une fillette d'environ dix ans. Une femme bien en chair, à la mine débonnaire et au grand chapeau, la tenait par la main. La fillette était très jolie, avec ses longs cheveux nattés et ses grands yeux d'un bleu tirant sur le mauve. Amanda s'arrêta sur ses pas, saisie par un vertige presque insoutenable. Ces yeux d'un bleu unique ! *Súile gorma na hÉireann sin,* ces yeux d'un bleu d'Irlande, comme les appelait leur mère... *Fionnualá !* Mon Dieu ! Était-ce possible ? Sa petite sœur vivait dans la même ville qu'elle et elle ne le savait pas ! Comment avait-elle réussi à s'échapper de la ferme des Cloutier ?

« Laisse-moi pas toute seule ici ! » s'était écriée Fanette, désespérée, lorsque Amanda lui avait annoncé son départ avec monsieur Bruneau. Amanda lui avait promis qu'elle reviendrait, mais n'avait pu tenir parole. Elle sentit une vague d'amour et de remords déferler en elle. Elle s'avança vers la fillette et la dame au grand chapeau. *Mo dheirfiúirín, a mhuirnín, mo Fionnualá bheag,* ma petite sœur bien-aimée, ma petite Fionnualá... Puis son regard croisa celui d'un homme en redingote au bras d'une femme au teint fleuri et à la robe chargée de dentelle. Elle le reconnut. C'était monsieur Legris, un client régulier de la maison de madame Bergevin. L'homme détourna les yeux, faisant mine de ne pas la connaître. Amanda eut l'impression qu'un mur invisible s'était soudain dressé entre elle et Fanette. Comment avait-elle pu croire un seul instant qu'elle pourrait prendre sa petite sœur dans ses bras, la serrer contre elle comme si de rien n'était ? Fanette était bien habillée, elle semblait manger à sa faim ; son visage était rayonnant. Il y avait un amour manifeste dans le regard qu'elle portait sur la dame au chapeau, et les yeux vifs de la dame étaient remplis d'une évidente tendresse. Elle n'avait pas le droit de s'immiscer dans sa nouvelle vie et de détruire son bonheur. Et quand bien même elle le ferait, comment trouver les mots pour lui expliquer l'existence qu'elle menait, pour lui faire comprendre cette honte qui s'abattait sur elle chaque fois qu'un client posait la main sur son corps ? Comment trouver le courage de lui apprendre qu'elle avait eu un fils de celui-là même qui leur avait rendu la vie si misérable et qui, de surcroît, était un assassin ? Amanda se détourna et fit un effort pour ne pas courir. Non, elle ne pourrait jamais regarder sa petite sœur en face, elle dont la vie était chargée de honte et de colère. Après avoir traversé le marché, Amanda ne put résister à la tentation de se retourner, espérant voir sa petite sœur une dernière fois, mais la dame et Fanette avaient disparu.

Amanda revint à la maison de madame Bergevin, bouleversée par sa rencontre avec sa sœur. En levant les yeux vers l'immeuble coquet qui abritait tant de misère, une résolution fit son chemin dans sa tête. Elle monta à sa chambrette, se dirigea vers son lit, souleva le matelas, glissa une main dans un espace qu'elle avait aménagé à l'intérieur, en retira une vingtaine de shillings qu'elle cacha dans sa ceinture. Elle prit quelques vêtements qu'elle plaça dans un châle. Elle le replia et plaça le baluchon sous son lit. Elle attendit que la nuit tombe, puis réveilla Ian, qui dormait dans un lit à côté du sien. Il se frotta les yeux.

— Shhh, réveille-toi, mon ange, chuchota-t-elle. *Tá gach rud go maith.* Tout va bien.

Il la regarda de ses grands yeux confiants. Ce regard lui redonna du courage. Elle le souleva, l'aida à enfiler des vêtements en coton qu'Anita, qui avait été domestique dans une maison de la haute ville, dont elle avait été chassée après avoir été violée par son maître, avait cousus pour l'enfant. Tenant Ian dans ses bras, son châle en bandoulière, Amanda sortit de sa chambrette et descendit les deux escaliers sans faire de bruit. Une lampe torchère dont la mèche avait été baissée répandait une faible lueur sur le palier. Une fois au rez-de-chaussée, elle se dirigea à tâtons vers le couloir qui menait à la cuisine. Elle savait que madame Bergevin fermait soigneusement la porte d'entrée à double tour avant de se coucher et qu'elle gardait toujours son trousseau de clés sur elle ; mais la porte de la cuisine, qui donnait sur une venelle, était simplement verrouillée de l'intérieur.

La cuisine était plongée dans la pénombre. Seul un rai de lune filtrait par l'interstice d'un rideau mal fermé. Amanda s'approcha de la porte, déposa doucement Ian par terre et se pencha pour repousser les verrous. Une voix sèche la fit tressaillir.

— Où vas-tu, Mary ?

Amanda se retourna. Madame Bergevin, debout dans l'entrée de la cuisine, tenant une lanterne devant elle, la toisait durement. Ses yeux et sa bouche semblaient dessinés à l'encre de Chine. Amanda prit son fils par la main. Il s'accrocha instinctivement à sa jupe.

— Loin d'ici, dit Amanda avec fermeté.

Madame Bergevin fit quelques pas vers eux, déposa sa lanterne sur une table. La flamme de la chandelle projetait des ombres mouvantes sur les murs.

— Si tu n'es pas heureuse dans ma maison, je ne te retiens pas, siffla madame Bergevin. Seulement, je t'avertis : une fois dans la rue, ton enfant et toi n'aurez plus aucune protection. Vous crèverez de faim, vous n'aurez pas de lit où dormir ni de toit sur la tête. Personne ne veut d'une prostituée et d'un bâtard.

La colère fit briller les yeux d'Amanda.

— Mon fils a un nom. Il s'appelle Ian O'Brennan.

Madame Bergevin eut un petit rire sans joie.

— Un nom ne donnera pas à manger à ton fils, ni un lit pour dormir.

— J'irai dans un refuge.

— Ils te prendront ton enfant, répliqua madame Bergevin. C'est ça que tu veux ?

Amanda fit un mouvement pour repousser les verrous, mais madame Bergevin se lança vers elle et lui agrippa brusquement un bras. Ian poussa un cri effrayé.

— Lâchez-moi ! s'écria Amanda.

— Jacques Cloutier s'est évadé.

Amanda resta figée de surprise. Puis elle secoua la tête, refusant de la croire. Madame Bergevin accentua la pression de sa main sur son bras.

— Il a échappé à ses gardiens qui le conduisaient au palais de justice et s'est enfui. La police n'a pas réussi à le retrouver.

— Quand ? dit Amanda, la voix blanche.

— L'été dernier, le 22 juillet. La nouvelle a paru dans les journaux. Je ne t'en ai pas parlé, je voulais pas t'inquiéter pour rien.

Amanda tâcha de rester calme.

— L'été passé… Ça fait longtemps. Il doit être pas mal loin d'ici, dit-elle.

— Je l'ai vu pas plus tard que la semaine dernière.

Amanda sentit la peur s'insinuer dans ses veines. Elle tenta de lire dans les yeux de madame Bergevin, mais son visage était plongé dans la pénombre.

— Je vous crois pas.

— Je l'ai vu par la fenêtre de ma voiture. Il travaillait sur un chantier naval, près de la rivière Saint-Charles. Il transportait des billots. Il avait les cheveux longs et une barbe, mais j'ai eu le temps de l'observer comme il faut. C'était bien lui.

Un désespoir morne envahit Amanda. Elle n'avait pas peur pour elle, mais pour son fils. Elle ne se pardonnerait jamais de mettre sa vie en danger. Madame Bergevin, sentant que ses paroles avaient eu l'effet escompté, desserra son étreinte. Son ton se radoucit.

— Il est capable de tout, Mary, t'es bien placée pour le savoir, mais il osera pas revenir ici. Il sait que j'hésiterais pas une seconde à le tuer. Tant que vous restez chez moi, ton fils et toi, vous courez aucun danger. Mais si vous partez d'ici, je serai plus là pour vous protéger.

Amanda resta un moment près de la porte, tenant son enfant serré contre elle. Elle n'avait jamais pu oublier l'irruption de Jacques Cloutier chez madame Bergevin, ses menaces, le couteau qu'il brandissait, le sang-froid de madame Bergevin, qui l'avait mis en joue avec un pistolet. Ian se mit à pleurer. Elle le prit dans ses bras.

— *A Iain, táim anseo… Beiðh mé i gcónaí ann ðuitse.* Ian, je suis là… Je serai toujours là pour toi.

Tenant Ian contre elle, Amanda revint sur ses pas et s'éloigna dans le couloir menant à l'escalier. Madame Bergevin la suivit des yeux et attendit encore une demi-heure avant d'aller se coucher. En se mettant au lit, elle s'étonna elle-même d'éprouver quelque chose qui ressemblait à du remords. Elle n'avait pas vu Jacques Cloutier ; le chantier naval près de la rivière, le transport de billots, la barbe et les cheveux longs, elle avait inventé cela de toutes pièces pour effrayer Mary et la retenir chez elle. La petite lui rapportait gros, du moins pour le moment ; elle ne pouvait se permettre de la perdre. Si elle avait été assez naïve pour la croire, tant pis pour elle. Car eût-elle vu Jacques Cloutier qu'elle se serait empressée de le dénoncer à la police. La vérité était qu'il s'était bel et bien échappé, le 22 juillet, mais qu'elle n'avait pas la moindre idée de l'endroit où il se trouvait. « En enfer, j'espère », murmura-t-elle avant de s'endormir.

XXIII

Québec
Février 1859

Le notaire Grandmont s'était enfermé dans son bureau et faisait
les cent pas. Il entendit un cri déchirant. Il jeta un coup d'œil à
l'horloge en bronze, sur le manteau de la cheminée. Il était presque dix heures. Déjà plus de deux heures que son fils était parti
chercher le docteur Lanthier. Que faisait-il donc ? Pourvu qu'il
n'ait pas eu d'accident en chemin... Il réprima un frisson. Il
faisait froid dans le bureau, malgré le feu que madame Régine
avait allumé dans l'âtre. Il jeta un coup d'œil par la fenêtre. Des
rafales chargées de neige balayaient le ciel sombre. Les mains
moites et glacées, il ouvrit son cabinet et en sortit une bouteille
de scotch, son « remède » de prédilection lorsqu'il sentait l'angoisse le gagner. Il ne prit pas la peine d'en verser dans un verre
et but à même le goulot. Il déposa la bouteille sur le secrétaire
dans lequel il rangeait son courrier : les lettres que Marguerite
et lui avaient échangées avant leur mariage, celles que son père
lui avait envoyées lorsqu'il faisait ses études au Séminaire de
Québec. Une copie du journal *L'Aurore de Québec* traînait sur le
secrétaire. Le notaire avait scruté chaque parution du journal
L'Aurore depuis sa visite à Ludovic Savard. Ce dernier n'avait
publié aucune nouvelle information sur la « Dame en bleu » ;
aucune allusion non plus à Fanette. La réputation de sa famille
valait largement le sacrifice de cent vingt-cinq livres qu'il avait
consenti. Un autre cri lui parvint, le faisant tressaillir. Il fut sur
le point de sortir du bureau et de monter voir Fanette, mais le
courage lui manqua.

Ne sachant plus que faire de lui, il prit un livre au hasard dans sa bibliothèque : *La Femme de trente ans*, de Balzac. Relié en pleine peau, doré à l'or fin, ce livre édité par la maison Furne lui avait été offert par son père pour un anniversaire. Un signet rouge marquait une page. Il l'ouvrit par curiosité, remarqua qu'un court passage avait été souligné au crayon : « Et qu'est-ce que l'enfer... si ce n'est qu'une vengeance éternelle pour quelques fautes d'un jour ! »

Un cri le fit tressaillir. « Pour quelques fautes d'un jour »... Était-ce lui qui avait souligné ce passage ? Quels remords déchiraient alors son âme de jeune homme pour qu'il ressente le besoin de marquer cette page ? *Cecilia... Pourquoi crie-t-elle ainsi ? Ses cheveux noirs flottent sur l'eau moirée, elle bat l'air des mains en criant, puis elle disparaît. Il ne peut rien faire pour elle, il est trop tard, trop tard...* Il tomba à genoux et se mit à prier. Il avait perdu la foi le jour funeste où Cecilia s'était noyée. Si Dieu avait existé, aurait-il laissé mourir une créature innocente qui portait son enfant ? Aurait-il été complice de sa folie ? Mais il pria tout de même, comme si ses incantations pouvaient racheter ses fautes, mettre un baume sur ses remords. *Faites que Fanette et son enfant vivent. Si vous m'exaucez, je serai votre serviteur. Je ne vivrai que pour vos œuvres. Je croirai à votre Miséricorde...*

ᥬ

Philippe surgit dans le hall, presque méconnaissable. Le givre couvrait son visage, ses joues étaient tuméfiées par le froid. Il s'élança vers l'escalier, croisa une jeune bonne qui tenait une bassine pleine d'eau rougie. Philippe se sentit défaillir.

— Mon Dieu... Comment va Fanette ?

— Madame Régine est avec elle, répondit-elle, la mine effarée. Elle m'a demandé d'apporter une autre bassine d'eau chaude.

Philippe entra en coup de vent dans le boudoir, s'approcha de la chambre, dont la porte était entrouverte. Il n'eut que le temps d'entrevoir des linges ensanglantés. Madame Régine se planta devant lui, les mains sur les hanches, les yeux farouches et déterminés.

— C'est une affaire de femmes, m'sieur Philippe !

Elle referma la porte et la verrouilla. Philippe s'affala dans un fauteuil, l'air misérable, puis, n'y tenant plus, se leva et jeta un coup d'œil à la fenêtre. La tempête faisait toujours rage. Un autre cri parvint de la chambre. *Pourvu que madame Portelance réussisse à trouver le docteur Lanthier, pourvu qu'il arrive à temps…*

⁓

En tournant à gauche sur la rue d'Auteuil, le côté droit du boghei d'Emma resta pris dans un banc de neige. Emma eut beau secouer les guides, la jument était incapable de faire un pas.

— Seigneur de la vie ! Y manquait plus que ça !

Elle s'extirpa péniblement de sa voiture, ses membres engourdis par le froid. Elle poussa sur le boghei de toutes ses forces tout en encourageant sa jument à avancer. Le boghei ne bougea pas malgré ses efforts. Le vent avait beau être glacial, Emma sentit de la sueur couler sur ses tempes. Le souffle court, rompue d'épuisement, elle s'acharna : il fallait à tout prix prévenir le docteur Lanthier. *Cher docteur…* Depuis qu'elle avait été témoin, à douze ans, de l'agonie de sa mère, morte au bout de son sang après avoir été accouchée par le médecin du village, un incapable qui sentait l'alcool à plein nez et n'arrivait même pas à tenir sur ses jambes, elle avait pris les médecins en horreur. C'est le docteur Lanthier qui l'avait réconciliée avec la profession médicale. Son dévouement sans bornes, sa finesse d'esprit, sa passion pour les découvertes scientifiques en faisaient un être hors du commun et proche des gens, de leur misère. Il était très attaché à Fanette, avait été un témoin privilégié de ses progrès, depuis qu'elle avait été trouvée par Emma sur le chemin du Roy et avait été adoptée. Cette seule pensée lui donna un regain de force. Soudain, la voiture se dégagea dans un craquement. Emma se pencha pour l'examiner : le bois du patin était légèrement fendu. Il lui faudrait le faire réparer chez son carrossier, qui lui lancerait son sempiternel : « Et pis, comment se porte votre bourgeois, ma'me Portelance ! », mais en attendant, elle n'avait d'autre choix que de poursuivre son chemin en priant pour que la voiture tienne le coup. Elle fouetta sa jument, ce qu'elle faisait rarement. Les patins s'enfoncèrent d'abord dans la neige, puis la voiture réussit à franchir l'amas qui s'était accumulé et poursuivit son chemin sur la rue d'Auteuil, en direction de la rue Saint-Louis. C'est avec un soulagement indescriptible qu'elle aperçut la *sleigh* du docteur garée devant le refuge du Bon-Pasteur.

⁓

Philippe entendit des cris provenant de la chambre. Ils s'élevaient à intervalles de plus en plus rapprochés. Chacun d'eux lui vrillait le cœur. Pourquoi fallait-il tant de souffrance pour mettre un enfant au monde ? Il avait lu dans une revue médicale que la reine Victoria avait accouché sans douleur grâce au chloroforme, mais qu'il avait fallu retirer l'enfant avec des forceps. Un autre hurlement se fit entendre. Il leva les yeux vers l'horloge : il était plus d'une heure du matin, et le docteur Lanthier n'avait toujours pas donné signe de vie. S'il fallait que sa Fanette… Il n'osa poursuivre sa pensée. Dans les couloirs de l'école de médecine, dans les classes auxquelles il avait assisté en observateur passionné bien que discret, on parlait beaucoup du danger des accouchements. Trop de femmes mouraient des suites d'une hémorragie, de fièvre, d'éclampsie… Autant de mots qui pouvaient signifier la mort de Fanette. N'y tenant plus, il se dirigea vers la chambre à pas fermes et frappa à la porte, prêt à affronter le courroux de madame Régine.

— Madame Régine, ouvrez !

Après un moment, il entendit le bruit d'une clé dans la serrure. La porte s'entrebâilla. Madame Régine, le visage calme, les mains rougies par le sang, se tenait sur le seuil.

— Le labeur est avancé.

Elle fit mine de refermer la porte, mais il s'avança sur le seuil, la mine résolue.

— Rien ni personne ne m'empêchera d'être aux côtés de ma femme.

Elle recula pour le laisser entrer. Un étrange spectacle attendait Philippe. Fanette, le visage crispé par la douleur, était accroupie au pied du lit, sa robe de nuit relevée autour de ses cuisses. Des linges ensanglantés gisaient par terre sous elle. Philippe s'exclama, alarmé :

— Comment, Fanette n'est pas étendue sur son lit ?

— À Saint-Domingue, les femmes accouchent accroupies, répliqua madame Régine.

Réprimant sa colère, Philippe se précipita vers sa femme, l'aida à se relever et l'installa sur le lit. Puis il l'examina et constata que le col était déjà très ouvert. Madame Régine avait raison. Le labeur était avancé. En l'absence du docteur Lanthier, il lui faudrait procéder à l'accouchement lui-même. Il se tourna vers la domestique et lui dit, d'un ton plus sec qu'il ne l'eût souhaité :

— S'il vous plaît, faites bouillir de l'eau. Et apportez-moi des linges propres et du savon.

❧

En sueur, Fanette haletait, tandis que madame Régine lui essuyait le front avec un linge humide. Les manches roulées jusqu'aux coudes, Philippe se pencha au-dessus d'elle. Le col était maintenant ouvert de quelques pouces ; on pouvait voir la tête de l'enfant.

— Y faut pousser, ma'zelle Grandmont, dit madame Régine.

Fanette obéit, les traits crispés par la douleur. Philippe, mû davantage par l'instinct que par ses connaissances médicales, plaça ses mains sous la tête du bébé, couverte d'un duvet blond et humide, et se mit à la tirer doucement vers lui. Le front apparut, puis les joues. Quelque chose inquiéta Philippe : la peau du bébé était bleuâtre. Il se rendit compte que son cou était entouré par le cordon ombilical.

— Madame Régine, des ciseaux. Faites vite !

Au ton impérieux de Philippe, la servante comprit l'urgence de la situation et sortit de la chambre en courant.

෴

Il était passé deux heures du matin lorsque le boghei d'Emma s'immobilisa enfin devant la maison du notaire Grandmont. Le docteur Lanthier était assis à côté d'elle : ils avaient convenu de ne prendre qu'une seule voiture pour faciliter le trajet. Ils en descendirent et se frayèrent un chemin dans la neige jusqu'au portique, qui était plongé dans l'ombre. Le docteur Lanthier tenait sa sacoche de médecin à la main.

Emma enleva la neige qui s'était accumulée sur le heurtoir en bronze et frappa à la porte. Une rafale souleva un nuage de neige. Personne ne vint répondre. Elle jeta un coup d'œil inquiet au docteur, puis actionna à nouveau le heurtoir. Après un moment, envahie par l'angoisse, elle tourna la poignée de la porte et constata qu'elle n'était pas verrouillée. Ils entrèrent dans le hall, éclairé faiblement par une lampe au kérosène déposée sur une crédence. Des cris les firent sursauter. Emma sut tout de suite que c'était Fanette. Elle courut vers la lampe et monta la mèche. Puis elle se tourna vers le docteur Lanthier, dont les lunettes cerclées d'or étaient embuées et le manteau, encore saupoudré de neige.

— Sa chambre est au deuxième étage.

Elle s'engagea dans l'escalier, suivie par le docteur Lanthier. Ils montèrent sans dire un mot, appréhendant le pire. Le docteur Lanthier avait mis au monde plus d'une centaine d'enfants, mais l'accouchement comportait de nombreux dangers et imprévus. Ils atteignirent le premier palier, puis le deuxième. La porte du boudoir attenant à la chambre de Fanette était ouverte. Emma et le docteur s'avancèrent. Il y avait de la lumière sous la porte fermée. Submergée par la crainte, Emma ouvrit la porte et entra dans la chambre avec le docteur Lanthier à sa suite. Ils virent d'abord des linges ensanglantés déposés dans une bassine. Madame Régine, qui les avait entendus entrer, leur fit signe de se taire. Philippe, le front couvert de sueur, était penché au-dessus de Fanette, une paire de ciseaux à la main. Le docteur Lanthier fit quelques pas, et s'aperçut que Philippe était en train de rompre le cordon ombilical. Il fut tenté d'intervenir, mais constata que les gestes de Philippe étaient précis et qu'il semblait maîtriser la situation. Une fois le cordon coupé, Philippe s'empressa de dégager le cou du bébé et, lui tenant fermement la tête, continua de tirer. Le corps du poupon apparut. Il était bleuâtre. Emma retint une exclamation d'effroi. Philippe saisit alors l'enfant par les pieds et le brandit en l'air en lui tapotant les fesses. Il y eut un silence oppressant dans la pièce. Fanette, les cheveux collés sur le crâne, encore haletante, avait les yeux rivés sur son enfant. Puis des vagissements ténus s'élevèrent, suivis par des pleurs stridents. Le docteur Lanthier laissa aller malgré lui un soupir de soulagement. Il s'avança vers Philippe, constata que le bébé reprenait peu à peu ses couleurs.

— Je n'aurais pas mieux fait moi-même, finit-il par dire, visiblement impressionné par le savoir-faire du jeune homme.

꩜

Le notaire Grandmont était encore agenouillé lorsqu'on frappa à sa porte. Il n'entendit rien tellement il était absorbé dans ses prières. La porte s'ouvrit. Philippe se montra sur le seuil, les traits tirés. Il vit avec étonnement son père à genoux au milieu de la pièce, une bouteille de scotch vide sur le guéridon. Une odeur d'alcool imprégnait l'air. Le notaire leva des yeux injectés de sang vers son fils.

— Elle est morte ? balbutia-t-il.

— Fanette a donné naissance à une fille. La mère et l'enfant sont en parfaite santé.

Le notaire secoua la tête, la mine incrédule.

— Une fille…

Philippe vint vers son père, s'arrêta à quelques pas de lui. Son visage témoignait d'une souffrance qu'il n'y avait jamais vue auparavant. Il se demanda comment cet homme aux épaules affaissées et au regard confus avait pu le terroriser toute son enfance et lui imposer ses lois, même à l'âge adulte. Un tyran aux pieds d'argile… Il lui tendit la main.

— Ne restez pas là, père.

Le notaire prit la main de son fils et se remit debout, mais ses jambes flageolaient à tel point qu'il dut s'accrocher à son cou pour ne pas tomber. Il sentait l'alcool à plein nez.

— Pardonne-moi, balbutia le notaire d'une voix presque atone.

— Venez, il faut dormir.

Il soutint son père jusqu'à sa chambre, l'étendit sur son lit tout habillé, se contentant de lui enlever ses chaussures, qu'il déposa soigneusement au pied de son lit. Son père s'était endormi. Son visage était redevenu paisible.

En sortant de la chambre de son père, Philippe remarqua que la porte de chambre de sa mère était entrouverte. Marguerite était assise devant sa causeuse et se brossait les cheveux, se regardant pensivement dans la glace. Elle vit le reflet de son fils derrière elle, tourna la tête vers lui. Elle est encore si belle, pensa dit Philippe, le cœur serré.

— Fanette a eu son enfant. Une belle petite fille.

Le visage de Marguerite resta impassible.

— Je suis grand-mère. Déjà…

Puis une sorte de lassitude résignée se peignit sur ses traits :

— Dommage que ce ne soit pas un garçon. Les garçons, on ne les enferme pas contre leur gré au couvent.

꒰ઌ

Fanette, les cheveux collés sur le front, un sourire épuisé mais heureux aux lèvres, tenait son bébé langé contre sa poitrine. Elle était encore tout étonnée d'avoir pu fabriquer un être à part entière, un humain miniature, dont elle comptait les doigts, touchait les pieds, admirait le lobe de l'oreille et le nez délicat avec un ravissement puéril. Eugénie avait eu raison. Lorsque le bébé était enfin sorti de ses entrailles et que madame Régine, après l'avoir lavé et emmailloté, l'avait déposé dans ses bras, sa joie et son soulagement avaient été si grands qu'elle en avait presque oublié les affres de l'accouchement. Le docteur Lanthier, rassuré sur le sort de la mère et de l'enfant, était allé s'étendre sur un canapé, dans le boudoir. Installé dans un fauteuil, Philippe dormait. Fanette tourna la tête vers Emma, qui était assise à côté d'elle et lui tenait la main, les yeux rougis de fatigue.

— Elle est mignonne, n'est-ce pas ?

— Une beauté, dit Emma en contemplant sa fille et sa petite-fille soudées l'une à l'autre. Marie-Rosalie, à peine âgée de quelques heures, cherchait déjà le sein de sa mère. *C'est cela, l'éternité*, se dit Emma. *Le flux de la vie qui se transmet de génération en génération.* Elle médita sur l'enchaînement des circonstances qui présidait aux destinées humaines. Si elle n'avait pas trouvé Fanette sur le chemin du Roy, si elle n'avait pas pris la décision de l'adopter, elle n'aurait pas connu la joie d'être grand-mère.

Il était plus de cinq heures du matin lorsque Emma se résigna à quitter Fanette et son bébé pour rentrer chez elle. Inquiète de voir sa mère repartir alors que la neige tombait de plus belle, Fanette insista pour qu'elle se repose et attende que la tempête se calme avant de reprendre la route. Mais Emma se doutait qu'Eugénie avait dû passer la nuit à attendre des nouvelles et tenait à la rassurer le plus tôt possible. Philippe s'offrit à la reconduire lui-même dans la calèche de son père, qui pouvait être tirée par deux bons chevaux, mais elle refusa.

— Ta place est auprès de ta femme.

Elle avait beaucoup d'affection pour son gendre, mais tenait à garder ses distances avec le notaire depuis son odieux marchandage concernant la dot de Fanette. Emma n'était pas rancunière de nature, mais elle avait la mémoire longue. Elle raccompagna le docteur Lanthier chez lui.

Le jour se levait à peine lorsqu'elle parvint enfin à la rue Sous-le-Cap. La neige avait cessé, mais le vent faisait tourbillonner la poudrerie. Une lumière brillait encore à la fenêtre d'Eugénie. Emma décida de laisser la voiture devant la maison, car la neige avait déjà recouvert l'entrée clôturée et elle était trop épuisée pour dégager un passage suffisamment large. Mais il lui fallait mettre sa jument à l'abri. Elle prit l'un des fanaux accroché devant la voiture, détela la bête et la mena par la bride vers une écurie voisine, se frayant bravement un chemin dans la neige que la lumière matinale faisait luire. Elle reprendrait sa monture plus tard. Puis elle rentra chez elle, accrocha son manteau alourdi par la neige sur une patère. Il faisait sombre à l'intérieur : la neige masquait entièrement les carreaux des fenêtres du rez-de-chaussée. Emma prit une lampe dont elle allongea la mèche et monta lentement les marches menant à l'étage, rompue de fatigue et d'émotion, les joues empourprées par le froid.

La porte de la chambre d'Eugénie était entrebâillée. Elle entra. Eugénie, assise dans son lit, tenait un livre ouvert sur ses genoux. Elle leva des yeux anxieux vers Emma, mais fut aussitôt rassurée en voyant un sourire sur son visage épuisé.

— Fanette a accouché d'une belle petite fille de sept livres. Elle a été bien brave. Beaucoup plus que moi.

Eugénie ferma son livre et appuya sa tête sur l'oreiller, soulagée. Emma constata qu'elle avait les yeux battus. Elle prit place à côté d'elle.

— J'aurais dû te laisser m'accompagner. Je suis une enquiquineuse. Pardonne-moi.

Eugénie lui prit la main, la porta à ses lèvres dans un élan d'affection qui toucha Emma au vif.

— Je n'ai rien à te pardonner. Mais tu ne peux pas me protéger envers et contre tout.

Les deux femmes restèrent assises l'une à côté de l'autre. Le vent faisait craquer les vitres des fenêtres. *Dis-lui,* pensa Eugénie. *C'est le temps où jamais…* Mais elle vit qu'Emma étouffait un bâillement.

— Va te reposer, tu tombes de fatigue.

Emma sourit, lui tapota la main.

— Tu as raison.

Elle se leva et sortit. Eugénie la suivit des yeux. *Une autre fois.*

XXIV

Québec
Au début d'octobre 1850

— Mes filles, nous recevons ce soir un hôte distingué qui nous fait l'honneur d'une visite. Soignez bien votre toilette, mettez vos plus beaux atours, maquillez soigneusement vos jolis minois !

Anita eut un petit rire.

— On dirait-y pas qu'on reçoit le roi d'Angleterre en personne !

Des rires accueillirent sa remarque. Madame Bergevin y coupa court.

— Anita, reste dans ta chambre si t'as rien de mieux à dire.

Anita se tut, penaude. Elle échangea avec Amanda un regard entendu voulant dire : « La patronne n'est pas commode, aujourd'hui. » Mais la curiosité l'emporta sur le dépit. Tout en s'habillant et en se pomponnant, les filles se perdaient en conjectures : qui pouvait bien être cet hôte distingué dont avait parlé madame Bergevin ? De temps en temps, des gens de la haute ville, tel un riche marchand ou un fonctionnaire, faisaient appel à leurs services, mais elles n'avaient jamais eu affaire à une tête couronnée, ou même à un duc ou à un comte. Car le rêve de chaque fille, même les plus rompues au métier, même les plus cyniques, était de se faire remarquer par un homme riche et haut placé qui les sortirait de la maison close et les entretiendrait jusqu'à la fin de leurs jours. Aucune fille n'était dupe de ce rêve, mais elles s'y accrochaient pour mieux supporter les mille déceptions qui jalonnaient leur vie quotidienne.

Les filles attendirent donc le soir avec impatience et, obéissant à la consigne de madame Bergevin, mirent un soin particulier à leur toilette. La tenancière elle-même demanda à Anita de coudre des sequins sur sa robe rouge. Seule Amanda restait indifférente à l'effervescence qui régnait dans la maison. Depuis que madame Bergevin lui avait appris la fuite de Jacques Cloutier, quelque chose s'était brisé en elle. À part son fils, tout l'indifférait. Elle ne prit pas la peine de se maquiller, malgré l'insistance d'Anita, qui désirait de tout son cœur que son amie fût sous son meilleur jour afin d'attirer l'attention de ce client, dont madame Bergevin semblait si entichée. Il fallut toute la persuasion d'Anita pour qu'elle consente à ajouter quelques roses artificielles à son chignon.

L'horloge sonna huit heures. Madame Bergevin avait fait allumer toutes les lampes du salon, mais aucun client ne s'était encore présenté à la maison close. Soudain, un claquement de sabots se fit entendre. Les filles se précipitèrent à la fenêtre. Madame Bergevin les ramena à l'ordre :

— Les filles, retournez à vos fauteuils ! Ouste !

Elles obéirent en poussant de petits cris ponctués de rires. Chacune s'était fait assigner une place ; gare à celle qui se trompait de fauteuil… Madame Bergevin y tenait mordicus, question de décorum, afin d'impressionner les clients, mais surtout, pour bien mettre la « marchandise » en valeur. La porte s'ouvrit. Un homme fit son entrée dans le salon. La première chose qui frappait, chez lui, était sa stature : il devait bien faire six pieds. Il avait les épaules larges, et des mains énormes d'ouvrier. Ses cheveux, d'un roux éclatant, qu'il portait libres sur ses épaules, lui donnaient l'air d'un fauve. Les filles l'observèrent à la dérobée, échangeant des regards où perçait une certaine déception. Car si elles étaient impressionnées par sa taille, elles l'étaient beaucoup moins par sa mise. Au lieu des habits élégants, du chapeau haut de forme et des bottes en cuir fin auxquels elles s'étaient attendues, il portait une chemise des plus simples, un pantalon en coton et des bottes d'ouvrier. Madame Bergeron elle-même lui jeta un regard surpris, car il avait payé, à l'avance par-dessus le marché, la somme de deux cents livres, afin d'être le seul client de la maison pour toute la soirée. Elle plaqua néanmoins un sourire aimable sur son visage trop maquillé.

— Mes filles, je vous présente monsieur Andrew Beggs, qui est chef d'un chantier naval à Beauport.

L'intérêt des jeunes femmes s'éveilla en entendant le mot « chef ». Cela sonnait bien. Il s'accrut lorsque madame Bergevin leur apprit que monsieur Beggs serait leur seul invité ce soir-là. Car elles connaissaient assez leur patronne pour savoir qu'elle avait sûrement négocié un bon prix pour que son client obtienne ce privilège. Cela signifiait qu'il était riche ou, à tout le moins, vivait dans l'aisance. Madame Bergevin prit le bras de son invité et lui fit faire le « tour du jardin », comme elle le disait. Il s'arrêta devant chaque fille, la détaillant des pieds à la tête sans dire un mot. Son regard s'attarda sur Anita, dont le teint pâle était rehaussé par ses boucles brunes. Les filles prenaient des poses languissantes, espérant ainsi attirer l'attention de ce client particulier au regard intense et intimidant. Andrew Beggs continua d'examiner chaque fille. Il remarqua une jeune fille rousse, assise droite dans son fauteuil, regardant devant elle comme si elle eût voulu être ailleurs. Il s'arrêta devant elle.

— Quel est ton nom ?

Il parlait un français presque sans accent.

— Mary Kilkenny, répondit Amanda sans le regarder.

— *Is Éireannach thú ?* Tu es Irlandaise ? lui demanda-t-il.

Elle leva les yeux vers lui pour la première fois. Il fut frappé par la couleur de ses prunelles, d'un gris clair et lumineux.

— *Is mé.* Oui.

Il se tourna vers madame Bergevin.

— C'est elle que je veux.

Les filles jetèrent un regard envieux à Amanda. Elle n'avait fait aucun effort pour harponner ce client, et voilà qu'il jetait son dévolu sur elle. Seule Anita souriait sous cape, contente pour son amie. Madame Bergevin ne put s'empêcher de montrer un certain agacement devant la façon impérative dont son client avait exprimé ses souhaits.

— Vos désirs sont des ordres, monsieur Beggs, dit-elle avec une note d'ironie.

Elle fit signe à Amanda de se lever et de conduire son client à sa chambre. Amanda obéit. Elle escorta Andrew Beggs jusqu'à sa chambre rose, à l'étage. Elle referma la porte et commença à déboutonner sa robe. Il l'arrêta d'un geste.

— Non.

Elle le regarda, surprise. C'était la première fois qu'un client refusait qu'elle se déshabille. Peut-être celui-ci avait-il des manies particulières. Certains clients avaient parfois des exigences étranges, comme celui qui lui demandait, chaque fois qu'il atteignait son paroxysme, de le gifler. Elle s'assit sur le bord de son lit, dont l'édredon rose s'harmonisait avec les rideaux et le papier peint, et attendit la suite. Il prit place dans un fauteuil en satin capitonné du même rose un peu voyant. Il ne fit pas un geste vers elle. Il se mit à parler, ses grosses mains posées sur les accoudoirs. Il parla du navire que ses hommes étaient en train de construire, un magnifique trois-mâts qui servirait à la fois pour le transport de passagers et de marchandises. Il décrivit les voiles en les appelant par leur nom, la beauté des mâts et des haubans en les dessinant en l'air avec ses mains, comme s'il eût évoqué les courbes d'un corps de femme. Amanda l'écoutait, fascinée par son récit. Elle entendait presque le cri des goélands qui encerclaient le bateau; elle l'imaginait déjà voguant sur le fleuve, brisant les vagues qui s'écrasaient contre la coque. Puis il lui demanda, un peu abruptement:

— Quel âge as-tu?

Elle se rembrunit. Il lui demanderait ensuite ce qu'une fille comme elle faisait dans une maison comme celle de madame Bergevin puis, une fois sa conscience apaisée, il ferait comme tous les autres, il se jetterait sur elle et assouvirait tous ses désirs sans la trace d'un remords.

— Seize ans.

Il l'observa attentivement. Ses yeux verts brillaient dans la lumière de la lampe.

— Je t'aurais donné quatorze ans, quinze tout au plus. Tu es née en Irlande ?

Amanda le regarda, étonnée qu'il s'intéresse à elle, mais elle avait pris l'habitude de ne pas parler de son passé.

— À Skibbereen.

— Tu es seule à Québec ? Tu n'as plus de famille ?

Les yeux gris d'Amanda se brouillèrent. Elle pensa à ses parents morts, à ses deux frères, exilés, à Fionnualá, qu'elle ne reverrait sans doute jamais.

— Ma seule famille, c'est mon fils, Ian.

Il se leva, se pencha vers elle, lui effleura la joue droite avec une main, puis sortit de la pièce sans dire un mot. Amanda vit la porte se refermer sur sa silhouette robuste. Décidément, il n'était pas un client comme les autres.

❧

Andrew Beggs revint toutes les semaines à la maison de madame Bergevin. Il demandait toujours Mary Kilkenny. La scène se déroulait chaque fois de la même façon : Amanda l'escortait jusqu'à la chambre rose, il s'assoyait dans le fauteuil, parlait de son travail, sans jamais aborder sa vie personnelle, puis il repartait sans l'avoir touchée.

Un soir, il lui confia qu'il n'avait profondément aimé qu'une seule femme dans sa vie, et qu'elle était morte.

— Comment elle s'appelait ?

— Cecilia.

Amanda fut frappée par la souffrance sur son visage, la tristesse infinie de son regard. Elle n'osa plus poser de questions, mais, pour la première fois de sa vie, ressentit un émoi qu'elle n'avait jamais éprouvé auparavant. Elle aurait voulu prendre cet homme dans ses bras, lui faire oublier son chagrin. Elle ne fit pas un geste, se contentant de lui servir un verre de vin.

Madame Bergevin était pleine d'attentions pour ce client qui payait rubis sur l'ongle, ne buvait pas et ne jurait pas comme les marins qui envahissaient la maison close chaque fois qu'un navire mouillait dans le port. Elle accordait même des faveurs à Mary, lui faisant servir un peu plus de viande qu'aux autres filles, lui achetant une nouvelle robe, ou lui remettant parfois quelques dollars en récompense pour ses bons services. Amanda se surprit à attendre les visites d'Andrew Beggs avec une impatience qu'elle ne comprenait pas elle-même. Lorsqu'elle le voyait entrer chez madame Bergevin, elle ressentait une joie qu'elle n'avait jamais connue auparavant. Anita le remarqua et lui dit, l'air taquin :

— Toi, t'es amoureuse.

— Pas du tout ! protesta Amanda.

Anita redevint sérieuse.

— C'est le bon. Accroche-toi.

Elle tint mordicus à la tirer aux cartes. Elle prétendait avoir un don de divination qu'elle tenait de sa grand-mère. Les autres filles y croyaient dur comme fer ; même madame Bergevin la consultait, lorsqu'elle avait une décision importante à prendre. Certains clients se rendaient à la maison close pour se faire lire la bonne aventure, en plus des autres services que les filles offraient. Amanda accepta, curieuse malgré elle d'en savoir plus long sur ce mystérieux chef de chantier qui parlait beaucoup sans presque jamais rien révéler sur lui-même, et qui n'avait jamais posé la main sur elle. Anita déploya un jeu de tarot sur une nappe rouge. Elle souffla dessus, puis s'adressa à Amanda :

— Choisis trois cartes et dépose-les sur la table devant toi en cachant les figures.

Amanda obtempéra. Anita retourna la première carte, la scruta attentivement, les sourcils froncés.

— La première carte représente la force. L'homme tient la gueule d'un lion ouverte entre ses deux mains. Je vois de la puissance, de la réussite dans les projets, de la prospérité.

Elle eut un sourire entendu :

— C'est Andrew Beggs, j'en mettrais ma main au feu…

Amanda haussa les épaules, affectant l'indifférence, mais elle s'était prise au jeu. Anita se pencha, retourna la deuxième carte. Elle poussa un petit sifflement, hocha la tête. Amanda lui jeta un coup d'œil où brillait l'impatience :

— Qu'est-ce que tu vois ?

— Un rapprochement entre deux êtres. Amour réciproque. Qu'est-ce que je te disais ! Accroche-toi, ma fille !

Un espoir fou fit battre le cœur d'Amanda. Et si les cartes disaient vrai ? Si Andrew Beggs tombait amoureux d'elle, l'épousait, l'emmenait loin de la maison close avec son fils ? Anita retourna la troisième carte. Son sourire s'effaça. Amanda y jeta un coup d'œil. Elle vit un squelette portant une faucille.

— Qu'est-ce que c'est ? murmura-t-elle, effrayée.

Anita fit la moue, mais elle était troublée.

— L'arcane XIII. La mort.

Au mot « mort », Amanda blêmit, mais Anita s'empressa d'ajouter :

— C'est pas nécessairement une mauvaise nouvelle. Quand la carte est tirée à l'endroit, ça annonce un changement important : départ, voyage…

Amanda se leva vivement, faisant grincer sa chaise.

— De toute façon, j'y crois pas.

Elle sortit de la chambre. Anita reprit ses cartes, souffla à nouveau dessus. Ses mains tremblaient légèrement.

Amanda regagna sa chambrette, se pencha au-dessus du lit de son fils, l'embrassa doucement pour ne pas le réveiller. Les paroles d'Anita faisaient une sarabande dans sa tête : rapprochement, amour réciproque, mort, départ… Elle se déshabilla, enfila une robe de nuit et s'étendit sur son lit, mais fut incapable de trouver le sommeil. Tout cela n'était que du vent. Pourquoi Andrew Beggs, visiblement en moyens, s'intéresserait-il à une prostituée comme elle ? Puis elle se rappela la douceur de sa main sur sa joue, son regard plein de compassion. *C'est le bon, accroche-toi…*

La semaine suivante, elle guetta l'arrivée d'Andrew Beggs avec une impatience grandissante. À huit heures, constatant qu'il n'était pas encore là, elle fut prise d'angoisse : lui était-il arrivé quelque chose ? Avait-il décidé de ne plus venir ? Ou pire, avait-il eu un accident ? Il était mort, peut-être… Lorsqu'elle entendit des sabots sur le pavé et qu'elle le vit entrer dans le salon, son soulagement et sa joie furent si grands qu'elle comprit la nature de ses sentiments pour lui. Anita avait raison. Elle était amoureuse. Elle l'aimait à en perdre la tête. Elle l'aimait parce qu'il ne l'avait pas touchée, qu'il n'avait pas cherché à profiter d'elle, même s'il payait généreusement pour ses services. Peu à peu, elle s'était laissé envoûter par sa voix rauque, par l'intensité de son regard. Et tandis qu'il s'installait dans le fauteuil en satin rose, qu'il parlait de ses bateaux, de son amour pour une femme qui était morte, elle s'était surprise à désirer qu'il la prenne, sur ce lit où elle avait connu tant d'étreintes brèves et sans joie. Un jour, qui sait, il l'épouserait peut-être. Ian aurait enfin un père. Ils partiraient, referaient leur vie en Irlande, au pays de la brume et de la mer, où elle tournerait à jamais la page sur tout ce qui l'avait fait souffrir.

Comme à l'accoutumée, elle monta avec Andrew Beggs dans la chambre rose. Il s'installa dans son fauteuil habituel.

— Je vais partir.

Amanda resta figée.

— Où ?

— Glasgow, avec une première escale à Liverpool. Mon patron veut que je dirige un chantier naval là-bas. L'Angleterre a besoin de navires, le commerce du bois est en pleine expansion.

— Vous partez quand ? demanda-t-elle, la voix blanche.

— Demain, avant que les glaces empêchent la navigation.

Le cœur d'Amanda battait si fort qu'elle eut l'impression qu'il l'entendait. C'était sa chance. Il ne fallait pas la laisser passer.

— Monsieur Beggs…

— Allons, appelle-moi Andrew.

Il ajouta en souriant :

— Tu as gagné ce privilège, à force de m'écouter déblatérer.

Elle prit son courage à deux mains.

— Andrew, je vous en prie, emmenez-nous avec vous.

Il sembla pris de court par sa demande ; puis, devant la mine suppliante d'Amanda, un voile de compassion couvrit son visage.

— C'est impossible.

Amanda se jeta à ses pieds, lui entoura les genoux avec ses bras blancs.

— Je vous en supplie. Mon fils est très sage, il ne pleure jamais. Il ne vous dérangera pas.

— Tu ne comprends pas, Mary. Je dois partir seul. J'ai un projet à accomplir.

Elle ne bougea pas, s'accrochant à lui comme une noyée.

— J'veux pas rester ici, monsieur Beggs. J'en mourrai.

Il se dégagea brusquement. Elle le regarda, blessée. C'était la première fois qu'il se comportait ainsi avec elle. Il se pencha vers elle, la releva doucement.

— J'avais une sœur. Je l'aimais plus que ma propre vie. Elle est morte. Il n'y a pas de place dans ma vie pour l'amour, Mary. Il n'y a que la haine.

Il prit une bourse qui était attachée à sa ceinture, la déposa sur la table de chevet, près du lit.

— Voilà de quoi acheter ta liberté.

Il sortit. Elle resta par terre, prostrée. Elle n'avait même pas la force de pleurer. Elle dut s'endormir, car elle fut réveillée par la lumière du jour qui entrait à flots par la fenêtre. Elle se releva lentement. Puis elle avisa la bourse qu'Andrew Beggs avait laissée sur la table de chevet. *Voilà de quoi acheter ta liberté.* Elle la prit, en détacha les cordons, en versa le contenu sur le lit. Il y avait au moins cinquante livres. Elle remit les pièces dans la bourse. Avec cet argent, elle aurait largement de quoi payer deux passages sur un bateau, n'importe lequel, pourvu qu'il les emmène loin de là, Ian et elle. En Irlande, peut-être. À Skibbereen, son village natal.

Ils auraient de quoi vivre pendant quelque temps. Après, elle se débrouillerait. Ses oreilles bourdonnaient ; elle n'entendit pas la porte s'ouvrir. Une ombre se profila sur le seuil.

— Donne-moi cet argent.

Amanda reconnut la voix de madame Bergevin. Elle serra la bourse dans son poing.

— Non.

Madame Bergevin s'avança, menaçante.

— Donne !

Amanda vit alors un petit objet luire dans sa main. Le pistolet. Madame Bergevin s'approcha d'elle, tendit la main en silence, le regard froid et sombre comme du silex.

Troisième partie

L'abri Sainte-Madeleine

XXV

Huit ans plus tard
Québec
Juin 1858

Amanda détourna la tête pour ne pas voir le visage de l'homme penché au-dessus d'elle. Le dégoût lui souleva la poitrine. Elle prit une profonde inspiration pour chasser la nausée. Il fallait être gentille avec monsieur Legris, un client régulier de la maison. Avec le temps, elle avait cultivé la capacité de se détacher d'elle-même lorsqu'un client faisait appel à ses services, comme si quelqu'un d'autre subissait les gestes des hommes qui venaient la voir, leur haleine chaude dans son cou, leurs gémissements, leurs paroles parfois tendres, parfois injurieuses. Mais ce soir, c'en était trop. Elle étouffait sous le poids de son client dont le souffle, chargé d'une haleine d'oignon et de tabac, résumait son malheur. Heureusement, il se tourna sur le côté en lâchant un soupir satisfait, puis lui tapota presque paternellement l'épaule. Il extirpa deux pièces de vingt-cinq sous d'une bourse qu'il gardait toujours à sa ceinture, les déposa sur la table de chevet.

— À la semaine prochaine.

Amanda s'empressa de prendre les pièces, les glissa dans son corsage. D'habitude, les clients payaient les services offerts par la maison close directement à madame Bergevin, mais certains d'entre eux faisaient parfois montre d'un peu de générosité et donnaient un supplément aux filles à l'insu de la patronne. La soirée avait été maigre : seulement deux clients, dont monsieur Legris. Amanda était de moins en moins populaire auprès de la clientèle, toujours friande de chair fraîche. Et puis un autre bordel venait d'ouvrir ses portes à quelques rues de là. Outre quelques fidèles comme monsieur Legris, les clients, attirés par la nouveauté, désertaient peu à peu la maison de madame Bergevin.

Après le départ de son client, Amanda enleva son pessaire, l'embout en caoutchouc qu'elle devait employer afin d'éviter de tomber enceinte, comme le lui avait conseillé Anita à ses débuts dans la maison close. Jusqu'à présent, elle avait eu de la chance ; enfin, façon de parler. Ce malheur lui avait été épargné. Elle fit ensuite sa toilette, comme elle le faisait après chaque visite, pour effacer toute trace des clients sur elle. Elle regarda son reflet dans la glace de la coiffeuse. Elle était encore jolie, mais des parenthèses amères commençaient à marquer les coins de ses lèvres. Elle avait à peine vingt-quatre ans, mais avait l'impression d'en avoir cent. *En finir... En finir avec cette vie...* Elle imagina le fleuve, ses eaux tumultueuses, le vol d'un goéland. Elle entre dans l'eau, se laisse glisser dans le courant, enfin libre... L'image de son fils vint briser sa rêverie. Ian. Il avait besoin d'elle. Il ne méritait pas qu'elle lui impose ses propres malheurs. Elle sortit de la pièce, emprunta l'escalier qui menait à sa chambrette. Un lit d'enfant avait été placé contre le mur, à côté du sien. Elle s'en approcha à pas feutrés, regarda son fils dormir, comme elle le faisait chaque soir après que le dernier client fut parti. Ses cheveux noirs et bouclés retombaient sur ses yeux. Elle replaça doucement les mèches rebelles, contempla son front droit, ses joues rondes au contour enfantin. Il allait bientôt avoir neuf ans. Il lui posait de plus en plus souvent des questions au sujet de son père. Elle n'avait jamais eu le courage de lui dire la vérité.

— Où est papa ?
— Loin.
— Où ?
— En Irlande.
— C'est où, l'Irlande ?
— De l'autre côté de l'océan.
— C'est pour ça que papa ne vient jamais nous voir ?
— Oui, c'est pour ça.

— Pourquoi il est parti ?

— Parce qu'il avait le mal du pays.

— Qu'est-ce que ça veut dire, avoir le mal du pays ?

— Ça veut dire qu'on s'ennuie très fort de l'endroit où l'on a vu le jour. Moi aussi, j'ai le mal du pays.

— Pourquoi on ne va pas rejoindre papa en Irlande ?

— Un jour, on le fera, je te le promets.

Elle avait raconté cette histoire à Ian tellement souvent qu'elle avait presque fini par y croire elle-même. Le père imaginaire d'Ian avait peu à peu pris les traits de son propre père : des yeux gris, des cheveux d'un roux flamboyant. Peut-être qu'à force de rêver à un être, cet être finit par devenir réalité…

Le lendemain, Amanda se leva tôt, réveillée par le soleil qui entrait à flots par la fenêtre de la mansarde. Ian dormait encore. La maison commençait à bruisser des rumeurs de la vie quotidienne : les chocs des casseroles qui provenaient de la cuisine, l'aboiement d'un chien, le roulement d'une voiture. Amanda enfila sa robe de chambre et sortit sur le palier en étouffant un bâillement. Elle descendit à la cuisine. Une cafetière avait été posée sur le poêle. Une jeune fille d'au plus quatorze ans était en train de balayer le plancher. Elle était maigrichonne, mais avait des yeux éveillés et un minois pas trop vilain. *Une nouvelle recrue,* pensa Amanda. Elle se versa du café. La jeune fille continuait à balayer en chantonnant. Amanda fut tentée de la mettre en garde contre ce qui l'attendait, mais haussa les épaules. À quoi bon ? Entre vivre là et retourner à la rue où madame Bergevin l'avait ramassée, quel sort était le plus enviable ? Car Amanda avait beau détester la vie qu'elle menait, elle s'y était peu à peu habituée. Son fils et elle mangeaient à leur faim, avaient un toit sur la tête ; et puis elle avait du mal à imaginer ce que serait leur existence en dehors de ces murs, même si madame Bergevin ne se gênait plus pour l'humilier devant les autres filles, prétendant qu'elle lui coûtait plus cher qu'elle lui rapportait. Sentant qu'Amanda n'était plus dans les bonnes grâces de la patronne, les filles, sauf Anita, commençaient à la traiter de haut.

Amanda emporta son café et sortit de la cuisine. Un journal traînait sur un guéridon dans le salon. Un client l'avait sans doute oublié là la veille. Elle y jeta un coup d'œil machinal. Un nom attira son attention, celui d'une dame Décary. Elle y faisait de la réclame pour des remèdes. C'était sans doute la même dame Décary qui lui avait vendu de l'artémise pour la « débarrasser de son fardeau », comme elle l'avait dit en parlant de son bébé. Juste en dessous de la réclame, il y avait une annonce, qu'Amanda lut distraitement : « F. O. cherche sa sœur aînée A. »

Elle fronça les sourcils, continua à lire le texte de l'annonce, soudain aux aguets : « … qui porte un pendentif en forme de trèfle ».

Et c'était signé « *Forget me not* ». Amanda vacilla, dut s'appuyer sur le dossier d'un fauteuil. *F. O. Fionnualá O'Brennan.* Personne, à part sa petite sœur, ne connaissait l'existence de ce pendentif que sa mère lui avait offert avant de mourir, et qu'elle portait toujours, même en dormant. Elle porta le trèfle en jade à sa bouche, l'embrassa avec ferveur. Sa petite sœur la cherchait ! Sa petite Fionnualá voulait la revoir ! La joie et la douleur s'emparèrent d'elle, comme lorsqu'elle avait aperçu Fanette par hasard, à la halle du marché Champlain, avec la dame au grand chapeau, il y avait neuf ans de cela. Elle relut fébrilement le texte de l'annonce jusqu'à sa conclusion : « Prière d'écrire à la rédaction du journal… »

Amanda réfléchit au libellé de l'annonce. Fanette n'y avait indiqué que ses initiales, et n'avait pas donné son adresse. De toute évidence, elle tenait à garder l'anonymat. Pourquoi voulait-elle maintenir sa démarche secrète ? Elle devait avoir ses raisons pour agir de la sorte. Elle se demanda ce qu'était devenu Fanette pendant toutes ces années. Sa sœur avait neuf ans lorsqu'elle s'était enfuie de la ferme des Cloutier. Elle avait donc dix-huit ans. Habitait-elle toujours avec la dame au grand chapeau ? Était-elle mariée ? Le choix des initiales laissait supposer que non, mais cela ne voulait rien dire. Fanette n'aurait pas utilisé son nom de femme mariée pour l'annonce, puisque sa sœur ne pouvait le connaître. Entendant des pas s'approcher, elle s'empressa de glisser le journal dans une manche.

La voix aigre de madame Bergevin s'éleva dans son dos :

— Que fais-tu ?

Amanda tourna furtivement la tête vers sa patronne. Cette dernière portait un peignoir en satin noir qui avait déjà été élégant, mais dont les coudes commençaient à luire et dont les bordures s'élimaient. Cette usure se voyait d'ailleurs dans toute la maison : les rideaux étaient défraîchis ; les tapis et les tissus de recouvrement des meubles laissaient voir leur trame.

— Rien. Je buvais du café.

Madame Bergevin eut un sourire sarcastique.

— Si tu travaillais plus, au lieu de boire mon café, mes affaires s'en porteraient mieux.

Amanda ravala son humiliation. Ce n'était pas le moment de faire un esclandre. Elle retourna à sa chambrette, sortit le journal de sa manche, s'apprêtait à relire l'annonce encore une fois lorsqu'elle entendit son fils remuer dans son lit. Elle déposa le journal sur la table de chevet et s'approcha de lui. Il venait de se réveiller. Il tourna la tête vers elle, lui sourit. Amanda sentit son cœur fondre. Elle s'assit au bord de son lit :

— Ian, qu'est-ce que tu dirais qu'on parte d'ici ?

Son fils la regarda avec ses grands yeux pensifs.

— Pour aller en Irlande ?

— Peut-être.

Les yeux de l'enfant se mirent à briller.

— On va rejoindre papa ?

Huit années s'étaient écoulées depuis que madame Bergevin lui avait appris la fuite de Jacques Cloutier. Il était devenu une sorte d'ombre dont la menace s'était estompée au fil des ans.

— Habille-toi.

Elle se releva, fit quelques pas dans la chambrette, tâchant de mettre de l'ordre dans ses idées. Elle ne savait pas encore si elle aurait le courage de répondre à l'annonce de Fanette, mais le fait que sa sœur veuille la revoir lui avait donné un choc salutaire :

il fallait qu'elle quitte la maison close. Peu importait ce qui les attendait, Ian et elle. Forte de cette résolution, elle fouilla dans sa cachette sous le matelas et y prit ses maigres économies, dont le dollar que monsieur Gordon lui avait donné la veille. Elle revêtit une robe en taffetas gris. Ses autres tenues étant trop voyantes, elles trahiraient tout de suite son statut. Elle rassembla les vêtements de son fils et les entassa dans un sac en toile. Puis elle découpa l'annonce de Fanette, la rangea précieusement dans le sac. Il lui restait une dernière chose à faire avant de partir. Elle descendit l'escalier qui menait aux chambres des filles et entra dans celle d'Anita. Cette dernière dormait encore, le bras replié sur sa tête. Elle avait sur le menton une fossette qui lui donnait un air enfantin. Amanda se pencha sur elle, puis l'embrassa. Anita ouvrit les yeux. Elle tendit une main, effleura la joue d'Amanda, remarqua qu'elle était habillée pour sortir.

— Où vas-tu ?

— Je quitte la maison.

Anita se releva sur un coude. La nouvelle avait achevé de la réveiller.

— Pour aller où ?

Amanda haussa les épaules.

— Je ne sais pas. En Irlande.

Anita la regarda, les yeux écarquillés par la surprise. Amanda ne put s'empêcher de sourire.

— Tout ce que je sais, c'est que je dois partir d'ici.

Les yeux d'Anita s'emplirent d'eau.

— Vous allez me manquer, Ian et toi.

Amanda lui entoura les épaules avec ses bras.

— Viens avec nous.

— Avec quel argent ?

— J'ai un peu d'économies, assez pour te payer un passage sur un bateau. Une fois en Irlande, on pourrait trouver du travail.

Anita haussa les épaules et dit, avec une note d'ironie :

— J'sais rien faire d'autre que m'étendre.

— Tu sais coudre.

Anita leva les yeux vers elle :

— J'ai pas ton courage. De toute façon, j'suis pas si malheureuse ici. C'est ma seule famille.

Elles s'enlacèrent. Anita fut la première à se dégager. Elle cligna des yeux pour chasser ses larmes.

— Pense à moi de temps en temps.

Amanda retourna à sa chambrette. Ian était déjà habillé et l'attendait, assis sur son lit.

Elle prit un fichu qu'elle noua sous son menton, s'empara de son sac en toile et se tourna vers son fils.

— Viens.

Amanda, suivie de son fils, descendit l'escalier. Pour la première fois depuis longtemps, elle éprouvait une fébrilité qui ressemblait presque au bonheur. Jamais plus elle ne remonterait ces marches, jamais plus elle ne sentirait les mains avides des clients sur elle, leur regard fixe et sans joie. *Jamais plus.* Ces mots résonnaient dans sa tête comme une musique. Elle traversa le salon, tenant la main d'Ian serrée dans la sienne. La grande pièce était plongée dans une demi-obscurité qui contrastait avec les lumières vives qui y régnaient le soir. Elle fit tourner la poignée de la porte.

— Tu reviendras.

Amanda se retourna vivement. Madame Bergevin se tenait debout au milieu du salon vide.

— Jamais ! s'écria Amanda.

Madame Bergevin ricana.

— Mes filles reviennent toujours. Tu verras.

Amanda s'empressa d'ouvrir la porte. Une brise fraîche l'accueillit. Elle respira l'air de tous ses poumons, ses yeux gris levés vers le ciel. Enfin, la liberté !

XXVI

Québec
Février 1859

Le notaire, d'abord dévasté lorsque Philippe lui eut appris que Fanette avait accouché d'une fille, eut une sorte de choc lorsqu'il la vit pour la première fois dans son berceau, toute menue dans sa robe de naissance blanche brodée de fleurs ton sur ton ; une main aussi délicate que de la porcelaine était repliée sous son menton. Il ne put s'empêcher de jeter un coup d'œil à ses pieds, aussi petits que ceux d'une poupée : ils étaient parfaitement formés.

— Avez-vous songé à un prénom ? finit-il par dire, la voix étranglée par l'émotion.

— Marie-Rosalie, répondit Fanette, le défiant du regard, convaincue que le notaire s'y objecterait.

Contre toute attente, le notaire sembla approuver

— Marie-Rosalie, murmura-t-il. C'est bien, très bien.

Il resta longtemps debout près du poupon, incapable d'en détacher ses yeux. Il avait le sentiment que l'arrivée de cette enfant parfaitement constituée était un signe que ses fautes passées lui avaient été pardonnées.

Le lendemain de son accouchement, Fanette, assise dans son lit, demanda à madame Régine de lui apporter une plume, de l'encre et du papier, et écrivit une lettre à Rosalie pour lui annoncer la nouvelle de la naissance. Elle chargea monsieur Joseph de l'apporter au monastère, craignant que la poste soit trop lente. Le cocher attela la carriole et réussit à se frayer un chemin sur la Grande Allée ensevelie sous plusieurs pieds de neige que le vent soulevait en une poudrerie dense masquant le ciel.

Le docteur Lanthier brava le mauvais temps pour lui rendre visite. Il fut rassuré par la bonne mine de Fanette et de sa nouveau-née. En sortant de sa chambre, le docteur croisa Philippe dans le hall. Ce dernier semblait l'attendre, anxieux.

— La mère et l'enfant se portent à merveille.

Philippe sourit, rassuré. Il escorta le docteur Lanthier jusqu'au hall d'entrée, lui tendit son pardessus et son chapeau.

— Docteur, j'aurais un avis à vous demander.

Le médecin attendit qu'il poursuive.

— Je souhaite entreprendre des études en médecine. Croyez-vous que j'aie une chance?

Les yeux du docteur Lanthier brillèrent derrière ses lunettes.

— Vous avez fait preuve de beaucoup de présence d'esprit, au moment de l'accouchement de Fanette. Vous avez du jugement, de bons réflexes. Je crois que vous feriez un excellent médecin.

Philippe prit spontanément sa main, éperdu qu'il était de reconnaissance.

— Si vous avez besoin d'une lettre de recommandation, vous pouvez compter sur moi.

❧

Fanette, installée dans un fauteuil près de la fenêtre de la chambre de Marie-Rosalie, donnait le sein à son bébé. Elle contempla cette petite étrangère âgée d'à peine une semaine, aux cheveux fins et blonds, à la peau satinée et rose.

— Qui es-tu? lui murmura-t-elle à l'oreille.

Madame Régine lui apporta une lettre de Rosalie. Fanette se leva, remit le bébé dans son berceau, s'empressa d'ouvrir la lettre. Rosalie les félicitait, elle et Philippe, pour « cette petite Marie-Rosalie qui fera votre joie le jour et vous réveillera la nuit ». Fanette sourit, montra la lettre à Philippe, qui venait d'entrer dans la chambre. Il la lut, ému par le courage de sa sœur, qu'il savait malheureuse comme les pierres au couvent, mais qui trouvait le moyen de garder son sens de l'humour sans s'apitoyer sur son sort. Fanette, penchée au-dessus du berceau de Marie-Rosalie, murmura :

— Elle dort déjà.

Ils sortirent sur la pointe des pieds pour ne pas réveiller l'enfant. C'est sur le palier, alors que Fanette retournait dans leur chambre, qu'il décida de parler à son père. Il le trouva dans son bureau en train de relire un acte qu'il avait rédigé pour un client dont le père était décédé et qui était le seul héritier vivant.

— Tu tombes bien, je voulais te demander de porter cet inventaire à monsieur Desrosiers.

— Père, j'ai décidé d'entreprendre des études en médecine.

Le notaire fit comme s'il ne l'avait pas entendu.

— Il doit le signer et te le redonner. Tu en déposeras ensuite copie au registre de la Chambre des notaires.

Philippe revint à la charge.

— Père...

Le notaire leva ses yeux pâles vers son fils.

— Ce sont des enfantillages. Je ne veux plus en entendre parler.

Il lui tendit l'acte notarié. Philippe refusa de le prendre.

— J'ai l'intention de faire une demande à la Faculté de médecine de l'Université Laval. Si je suis admis, je commencerai mes études en septembre prochain.

Philippe avait parlé trop vite ; il avait le souffle un peu court, mais il était soulagé d'avoir enfin trouvé les mots pour formuler son rêve. Le notaire contempla le vase de Murano sur son pupitre, puis leva les yeux vers son fils.

— C'est non. J'ai besoin de toi ici.

— Je continuerai à travailler pour vous jusqu'en septembre. Cela vous donnera amplement le temps de me trouver un remplaçant.

Le notaire observa son fils, songeur. Il y avait une fermeté, une détermination chez lui qu'il ne lui avait jamais vues auparavant.

— Tu veux vraiment respirer les miasmes de la maladie, soigner des corps mal lavés, être témoin de la misère des gens jour après jour ?

Philippe soutint son regard.

— Je veux les soigner, soulager leurs souffrances, tâcher de les guérir. C'est mon souhait le plus cher. Le docteur Lanthier appuie ma démarche.

Le nom du docteur Lanthier impressionna le notaire malgré lui. Médecin… Après tout, c'était une profession honorable, qui pouvait peut-être éventuellement lui ouvrir des portes, sait-on jamais…

— Nous n'avons jamais eu de médecin chez les Grandmont. Tu seras le premier. Si tu obtiens ta licence, bien entendu.

Philippe s'était attendu à un refus catégorique et s'était préparé à une bataille en règle, mais il avait gagné la partie. Pour la première fois de sa vie, il avait réussi à imposer sa volonté à son père, mais il était trop modeste pour s'en attribuer entièrement le mérite. Depuis la naissance de Marie-Rosalie, le notaire avait changé ; son caractère s'était adouci, comme s'il avait découvert, à la venue au monde de cette enfant, une nouvelle raison de vivre.

ᴄ⳾

Emma Portelance fut réveillée par le froid. Elle s'empressa de se lever, jeta un châle sur ses épaules, descendit à la cuisine et mit des bûchettes dans le poêle, qu'elle alluma à l'aide d'étoupe imbibée d'huile. La maison était glaciale et elle craignait qu'Eugénie n'attrape froid. L'hiver ne lâchait pas prise. Une autre bordée de neige était tombée la veille, plongeant à nouveau la ville dans des nuées blanches. La provision de bois s'épuisait. Emma devait s'en procurer d'autre, mais le bois de chauffage coûtait cher, surtout à cette période de l'année. Leurs réserves de farine, de lard et de pommes de terre tiraient à leur fin, et il y avait belle lurette qu'elle n'avait acheté de poule ou de bœuf pour agrémenter l'ordinaire. Les effets du sacrifice financier qu'elle avait consenti afin que Fanette eût une dot décente commençaient à se faire sentir. Son avoué, maître Hart, s'était vigoureusement opposé à ce qu'elle cède cinquante pour cent de ses terres au notaire Grandmont ; même Eugénie avait exprimé son désaccord, mais Emma savait que le mariage de Fanette ne se ferait qu'à ce prix. Les rentes que son ancien intendant lui versait pour la location des terres du domaine qui lui restaient suffisaient à peine à couvrir ses frais. Elle avait retardé ce moment le plus longtemps possible, mais il lui fallait se résigner à se rendre à la Quebec Bank afin d'y souscrire une hypothèque sur sa part de l'ancienne seigneurie. La famille Portelance ne s'était jamais endettée. Son père, Dieu ait son âme, n'avait jamais souscrit un billet de sa vie et se méfiait des banques comme de la peste. Il préférait de loin la méthode du bas de laine… Elle s'empara d'un quart à l'eau en bois qui avait été placé près de la porte, sortit dans la cour et le remplit de neige fraîche. Elle revint dans la cuisine, mit de la neige dans le canard en fer-blanc, qu'elle déposa sur le poêle. Elle entendit une toux sèche, tendit l'oreille, inquiète. Eugénie toussait depuis quelques jours. Emma lui avait suggéré de faire venir le docteur Lanthier, mais Eugénie avait refusé, prétendant qu'elle se portait bien et qu'il ne fallait pas déranger le docteur pour une broutille. Emma n'avait pas osé insister, se rappelant leur discussion le soir où Fanette avait accouché. « Tu ne peux pas me protéger envers et contre tout », lui avait dit Eugénie. Emma, après s'être assurée que les flammes étaient bien prises, referma la porte du poêle et monta à l'étage. Elle s'arrêta devant la chambre d'Eugénie. La toux avait cessé. Elle hésita sur le pas de la porte, puis décida de laisser la pauvre Eugénie tranquille. Il n'y avait rien d'anormal à ce qu'elle tousse ainsi, avec cet hiver qui n'en finissait plus…

Pendant le déjeuner, tandis qu'Eugénie servait le café, Emma constata que son teint était animé et ses yeux, brillants, ce qui la rassura. Elle attela son boghei, se rendit à la Quebec Bank, située non loin du bureau de poste, sur la rue Saint-Pierre, et demanda à en voir le directeur, monsieur Barclay. Ce dernier l'accueillit avec le sourire emprunté et distant qu'il réservait aux clients qui ne lui étaient pas familiers, ou qui n'étaient pas assez importants pour qu'il s'y intéresse.

— Que puis-je faire pour vous être utile, Mrs…

— Emma Portelance.

Elle lui expliqua le but de sa visite. Le visage de monsieur Barclay exprima une contrariété polie.

— J'ai bien peur que ce ne soit pas possible, Mrs…

— Por-te-lan-ce, martela Emma, qui contenait mal son irritation. Et pour quelle raison, monsieur Barclay?

— Il me faudrait la signature de votre mari, afin qu'il se porte garant de l'hypothèque.

— Je n'ai pas de mari.

— Vous êtes veuve?

— Je suis célibataire.

Monsieur Barclay eut l'air embêté.

— Avez-vous déjà souscrit à un emprunt à notre banque, Mrs…

Emma renonça à répéter son nom.

— Non. Je n'ai pas de dettes. C'est la première fois que je dois emprunter.

Il secoua la tête.

— Si vous aviez déjà contracté un emprunt, nous aurions pu faire la preuve de votre solvabilité. Mais dans ce cas, nous n'avons rien pour l'établir.

Emma le toisa de ses yeux noirs.

— Autrement dit, si j'étais endettée, je serais plus solvable.

Monsieur Barclay la regarda, étonné qu'une femme fût capable de comprendre quelque chose aux affaires.

— C'est à peu près cela.

Elle fit un effort pour ne pas éclater.

— Mon avoué, maître Hart, peut se porter garant de mon hypothèque.

Le chef de la banque fronça les sourcils.

— Monsieur Hart… n'est-il pas… d'origine sémitique?

— Il est juif, si c'est ce que vous voulez dire par « d'origine sémitique ».

Cette fois, monsieur Barclay passa de la fausse jovialité à une véritable froideur.

— Veuillez m'excuser, mais nous ne faisons pas affaire avec ce monsieur.

— Maître Hart est l'avoué de la famille Portelance depuis plus de cinquante ans. Et son propre père a servi dans l'armée britannique. Son sang vaut-il moins cher que le vôtre ?

Le banquier garda un silence hostile. Emma se leva et quitta le bureau en claquant la porte.

En rentrant à la maison, Emma était tellement en colère qu'elle ne desserra pas les dents de tout le repas. Eugénie se garda bien de lui poser des questions, sachant que l'orage passerait et qu'Emma se confierait à elle tôt ou tard. En récurant la vaisselle dans la cuve en grès, Emma finit par lui raconter sa mésaventure.

— Les femmes ont beau posséder des terres, gérer des domaines, tenir auberge, travailler à la sueur de leur front, elles n'ont pas plus de droits qu'un enfant ! tempêta-t-elle. Il faut que ça change.

— Ça risque d'être long, dit Eugénie, gentiment cynique. En attendant, que vas-tu faire ?

Emma haussa les épaules, la mine préoccupée. Elle avait pensé emprunter une somme au docteur Lanthier, mais elle ne pouvait s'y résoudre. Amitié et affaires ne faisaient jamais bon ménage. D'une manière ou d'une autre, il faudrait bien qu'elle trouve un moyen de joindre les deux bouts. Eugénie lui prit la main.

— Je vais trouver un travail, dit-elle, l'air décidé.

— Mais tu travailles déjà, ma pauvre enfant !

— Je veux dire, avec un salaire. J'ai mon diplôme de l'École normale, je pourrais enseigner.

— Et le refuge ?

— Rien ne m'empêche de faire les deux.

Emma faillit dire « ta santé », mais se mordit la langue. Eugénie comprit à demi-mot. Elle retira sa main.

— Tu te trompes, Emma. Je vais parfaitement bien.

— Je n'ai rien dit !

Eugénie sortit de la cuisine. Emma la suivit des yeux, découragée. Son père avait beau dire que « plaie d'argent n'est pas plaie mortelle », le fait d'en manquer compliquait singulièrement l'existence.

Le lendemain, Emma se rendit chez maître Hart, qui habitait le troisième étage d'un immeuble vermoulu, dans la basse ville. Le vieil homme l'écouta sans broncher, la mine indéchiffrable. Lorsque madame Portelance eut terminé son récit, il contint un « Je vous l'avais bien dit ! », déposa sa pipe éteinte dans un cendrier déjà plein et se contenta de murmurer, avec la voix usée des gens qui s'en sont beaucoup servi :

— Combien vous faut-il ?

Elle soupira.

— Trois cents dollars. Vous avez ma parole que je vous rembourserai, avec intérêts, il va sans dire.

Maître Hart leva les yeux vers elle. Des cataractes avaient mis une sorte de voile sur ses pupilles.

— Madame Portelance, votre parole me suffit amplement. Quant aux intérêts, je préfère les réclamer à de jeunes écervelés de la haute ville qui m'empruntent des sommes folles pour rembourser leurs dettes de jeux ou se payer un nouvel attelage que de les exiger de la fille du seigneur Portelance. Je vous remettrai la somme d'ici quelques jours.

L'avoué tint promesse. Avec cet argent, Emma comptait bien survivre jusqu'au début de l'automne, au moment des récoltes. Il faudrait qu'elle et Eugénie se serrent la ceinture, se résignent à espacer les soupers auxquels elles avaient l'habitude de convier leur cher docteur Lanthier, mais au moins, elles ne manqueraient pas de l'essentiel.

XXVII

Québec
Juin 1858

Après son départ de la maison close, le premier geste d'Amanda fut de se rendre à la halle du marché Champlain. Le marché battait son plein. Ian s'arrêta devant une pile de cageots dans lesquels des poules s'entassaient. Un goéland faisait des cercles au-dessus des voiliers amarrés dans le port. Un garçon d'une dizaine d'années vendait un journal à la criée.

— Achetez *L'Aurore de Québec* ! Le meurtrier de Ouindigo aux assises ! Tous les détails sur le procès de Jacques Cloutier !

En entendant le nom de Jacques Cloutier, Amanda retint un cri et devint pâle comme un linge. Ian jeta un regard inquiet à sa mère. Elle courut vers le jeune vendeur de journaux.

— Combien ? dit-elle, fébrile.

Antoine leva les yeux vers la dame dont les cheveux sortant de son fichu semblaient enflammés par le soleil.

— Trois cennes.

Amanda paya, les mains tremblantes. Antoine prit les pièces de monnaie et les glissa dans sa poche, satisfait. Il avait écoulé vingt exemplaires du journal depuis qu'il était arrivé au marché : les histoires de meurtres se vendaient toujours comme des petits pains chauds. Comme il touchait un sou pour dix journaux vendus, ça lui faisait deux sous, ce qui était pas mal pour à peine une heure de travail. Il reprit son boniment avec une énergie renouvelée :

— Achetez *L'Aurore* ! Le meurtrier de Ouindigo aux assises ! Tous les détails sur le procès du monstre Jacques Cloutier !

Amanda rejoignit son fils, le journal à la main, et l'entraîna vers un coin plus tranquille du marché. Elle déplia le journal, cherchant l'article des yeux. Elle l'aperçut, bien en évidence à la première page.

« Le procès de Jacques Cloutier, alias le meurtrier de Ouindigo, qui signifie "sorcier" en langue huronne, s'ouvrira aujourd'hui au palais de justice de Québec. C'est en effet ce matin, devant la cour du banc de la Reine, que se déroulera le procès le plus attendu de l'heure, celui de Jacques Cloutier, accusé du meurtre crapuleux de Clément Asselin, un cultivateur bien connu de l'île d'Orléans. Le juge Sicotte présidera la séance. Rappelons à nos fidèles lecteurs que le corps de l'infortuné cultivateur a été retrouvé par son épouse, non loin de leur maison. D'après le coroner Duchesne, qui a mené l'enquête, la victime aurait reçu pas moins de seize coups de couteau. Le vol pourrait être le mobile de ce crime sordide. »

« Pas moins de seize coups de couteau »… Un frisson lui parcourut l'échine. Elle n'avait plus jamais entendu parler de Jacques Cloutier depuis que madame Bergevin lui avait appris sa fuite de prison, il y avait plus de huit ans. Et voilà qu'il était accusé d'un autre meurtre, qui ressemblait étrangement à celui de Jean Bruneau. Elle poursuivit sa lecture : « Le sinistre individu avait été arrêté, il y a neuf ans, en rapport avec un autre meurtre crapuleux, celui de Jean Bruneau, un négociant des Trois-Rivières, survenu en mars 1849, près du village de La Chevrotière. Jacques Cloutier avait réussi à s'évader avant de subir son procès. Le coroner Georges Duchesne recherche activement une jeune femme, Amanda O'Brennan, qui aurait pu être témoin du meurtre. »

Amanda, en lisant ces mots, se mit à trembler comme une feuille. Ses rêves de liberté et son espoir de revoir Fanette venaient de s'écrouler comme un château de cartes. L'article du journal l'avait brutalement ramenée à la réalité. Le père d'Ian était un assassin ; il était accusé d'un second crime tout aussi horrible que le premier. Et elle était recherchée par la police comme témoin.

Malgré tout le mal que Jacques Cloutier lui avait fait, jamais elle ne se résoudrait à dénoncer le père de son enfant. Son premier devoir était de protéger son fils. Si elle racontait ce qu'elle savait à la police, on finirait tôt ou tard par découvrir que Jacques Cloutier était le père. Pire, on se demanderait pourquoi elle avait attendu si longtemps avant de le dénoncer, on la soupçonnerait peut-être même de complicité. Qui croirait la version d'une fille de joie ? Elle jeta le journal dans une caisse remplie de détritus et saisit Ian par la main.

— On s'en va d'ici.

Amanda marcha à pas vifs sur la rue Champlain ; Ian avait du mal à la suivre. Elle trouva une petite chambre dans une auberge mal tenue de la basse ville et dut payer sa nuit à l'avance. L'aubergiste la regarda compter ses pièces de monnaie, ses yeux porcins suivant chacun de ses mouvements.

Ian et Amanda mangèrent frugalement, puis remontèrent dans la chambre sombre, qui n'avait qu'un lit et une vieille commode. Il n'y avait pas de verrou à la porte. Amanda compta l'argent qui lui restait : près de trente livres, ce qui pourrait sûrement payer deux places sur un bateau qui traverserait l'océan et les emmènerait loin d'ici, peut-être en Angleterre. De là, ils pourraient se rendre en Irlande, où elle et son fils pourraient commencer une vie nouvelle. Elle remit la somme dans une bourse qu'elle attacha à sa ceinture, puis s'étendit tout habillée à côté de son fils, sur le grabat grossier recouvert de jute. Elle finit par s'endormir, rompue par la fatigue et l'émotion.

Au milieu de la nuit, la porte s'ouvrit sans bruit. Un mince rayon de lune éclairait faiblement la pièce. Une ombre se glissa à l'intérieur de la chambre. C'était l'aubergiste. Il s'approcha d'Amanda et d'Ian à pas feutrés, s'arrêta près du lit, tendit l'oreille : il entendit deux respirations régulières. Il prit un canif dans une poche, coupa les cordons de la bourse qui pendait à la ceinture d'Amanda et quitta furtivement la chambre.

À son réveil le lendemain, Amanda constata que sa bourse avait disparu.

— Attends-moi ici, dit-elle à son fils, la voix blanche de colère.

Elle sortit de la chambre en coup de vent. L'aubergiste était derrière le comptoir et bâillait à s'en décrocher la mâchoire.

— On m'a volé mon argent.

Il leva ses yeux porcins vers elle.

— Y fallait barrer votre porte, mam'selle.

Elle comprit tout de suite à son regard que c'était lui qui l'avait volée.

— Y a pas de verrou, et vous le savez très bien !

Il eut un petit rictus.

— Dans ce cas-là, portez plainte à la police. Y a un poste juste en face de l'archevêché.

Elle sentit un étau comprimer sa poitrine. Elle était convaincue de la culpabilité de l'aubergiste, mais la police la recherchait ; elle ne pouvait rien faire pour récupérer son argent.

೧๑

Madame Bergevin se retourna dans son lit. Elle n'avait pas réussi à fermer l'œil de la nuit. Elle ne décolérait pas depuis que Mary avait quitté sa maison. Non pas qu'elle ne fût facilement remplaçable : Mary se faisait vieille pour le métier et elle lui rapportait de moins en moins. Non, c'était autre chose. Une question d'orgueil, peut-être. Madame Bergevin avait l'habitude que ses filles dépendent d'elle, soient complètement à la merci de son bon vouloir. On ne quittait pas madame Bergevin impunément. L'idée que l'une de ses filles pût exercer sa propre volonté lui était insupportable. Surtout Mary. Car sans qu'elle en eût vraiment pris conscience, elle avait fini par s'attacher à Mary et à son fils. Elle les avait tirés de la misère, mais leur avait procuré bien davantage que le gîte et le couvert : elle les avait protégés contre Jacques Cloutier, leur avait donné un foyer, presque une famille. Madame Bergevin rejeta impatiemment sa couverture, se leva, enfila un peignoir en satin rouge dont la dentelle commençait à s'effranger, puis descendit à la cuisine. Le poêle s'était éteint. Elle poussa une exclamation dépitée et y jeta quelques bûchettes. Normalement, c'était Anita qui s'en chargeait, mais elle devenait de plus en plus négligente ; il lui faudrait y remédier. Puis elle avisa un journal qui traînait sur la planche de boucher et qui avait servi à recevoir des épluchures de légumes. Elle le prit, s'apprêta à le mettre dans le poêle, mais une manchette attira son attention. « Le meurtrier de Ouindigo aux assises ! Le procès de Jacques Cloutier, alias le meurtrier de Ouindigo... »

Jacques Cloutier... Elle lut fébrilement l'article du journal jusqu'à sa conclusion. La toute dernière phrase de l'article qui la frappa : « Le coroner Georges Duchesne recherche activement une jeune femme, Amanda O'Brennan, qui aurait pu être témoin du meurtre. »

Amanda O'Brennan, recherchée par la police... Elle eut la certitude que cette information lui servirait, un jour ou l'autre, et qu'elle trouverait le moyen de se venger de celle qui avait eu l'audace de la quitter.

∽

Il faisait une chaleur accablante. En quittant l'auberge, Amanda et Ian avaient marché jusqu'à la rue Saint-Jean et trouvé refuge sous un auvent. Les femmes se protégeaient du soleil avec une ombrelle ; les hommes enlevaient leur chapeau et s'essuyaient le front avec leur mouchoir.

— J'ai faim, murmura Ian.

— Je sais.

Amanda se résigna à tendre la main. Pour rien au monde elle ne serait retournée à la maison de madame Bergevin. Lorsque Ian voulut l'imiter, elle saisit sa main, la serra un peu trop fort dans la sienne.

— Non, pas toi. Jamais.

Des nuages noirs roulaient dans le ciel. Un orage éclata soudain. Les passants marchaient d'un pas pressé, la tête penchée pour se protéger de la pluie. Une voiture roula rapidement devant eux. Une flaque d'eau boueuse éclaboussa la jupe d'Amanda. Elle brandit le poing vers la voiture en courant dans sa direction. Elle trébucha, tomba par terre.

— Espèce de salaud ! cria-t-elle à la voiture qui était déjà loin.

Des regards désapprobateurs se tournèrent vers elle. Elle se releva, tenta d'enlever la boue sur sa jupe, se rendit compte qu'elle l'avait déchirée en tombant. Elle revint sur ses pas, des larmes de rage aux yeux, et prit Ian par le bras.

— On va trouver un meilleur endroit.

Ils s'arrêtèrent à un autre coin de rue. Amanda se remit à quêter.

Quelques heures s'étaient écoulées et Amanda n'avait même pas récolté un penny. Ian combattait bravement les larmes. La pluie avait cessé, mais le soir tombait et un vent frais s'était levé. Ian grelottait. Amanda voulut lui mettre son châle sur les épaules, mais il refusa. Elle regarda avec inquiétude le soleil qui disparaissait à l'horizon. Où passeraient-ils la nuit ? Elle décida qu'il valait mieux marcher afin de réchauffer un peu leurs membres engourdis et tenter de trouver un endroit où dormir. Ils marchèrent sur la rue Sainte-Hélène, arrivèrent devant une église. Un écriteau l'identifiait comme l'église St. Patrick. *Une église irlandaise*, pensa Amanda. Ils y entrèrent. Elle était vide. Amanda et Ian, encore trempés par la pluie, prirent place sur un banc, épuisés. Elle remarqua une tombe, tout près du banc où ils étaient assis. Elle lut l'inscription gravée sur une plaque : *Father MacMahon, 1796-1851.* Ian posa la tête sur son épaule et s'endormit. Elle ferma les yeux à son tour, mais ne pria pas. Le Dieu auquel elle avait tant cru petite fille, s'il existait, avait fait preuve de trop de cruauté à son égard pour qu'elle s'adresse encore à lui. Elle s'endormit à son tour.

Une main secoua l'épaule d'Amanda. Elle se réveilla en sursaut. Une lumière douce filtrée par les vitraux jetait des lueurs pourpres et jaunes sur le sol. Une vieille femme portant un fichu sur la tête et un balai à la main était penchée au-dessus d'elle.

— *This is a church, not a dormitory.*

— *I have no other place to go,* répliqua Amanda.

La vieille dame la regarda attentivement.

— *Is Éireannach thú, an ea?* Tu es Irlandaise ?

Amanda lui jeta un regard étonné.

— *'Sea.* Oui.

La femme reprit en anglais :

— *Go over to St. Bridgid's Home, on St. Stanislas Street. Ask for Father McGauran. He's the new vicar of the church. He will help you.*

Le père McGauran ! Amanda revit avec émotion la longue silhouette noire du prêtre, son regard rempli de bonté et de tristesse, lorsqu'il avait donné l'extrême-onction à sa mère, sur l'horrible bateau qui les avait emmenés, elle et sa famille, du port de Cork à la Grosse Isle. Elle revit sa main sur son épaule, lorsque sa mère avait été enterrée avec deux compatriotes, dans le cimetière des Irlandais, situé à l'ouest de l'île, où reposaient déjà des milliers d'entre eux. Et puis son dévouement inlassable, lorsqu'il visitait les malades entassés dans le lazaret dont les fenêtres étroites laissaient à peine pénétrer l'air et la lumière du jour sans chasser l'odeur suffocante des latrines et les miasmes du typhus. L'espoir lui gonfla le cœur. Le père McGauran avait fait tout ce qui était humainement possible pour leur venir en aide, à elle et à sa famille. Il lui tendrait à nouveau la main, elle en était certaine. Elle se tourna pour remercier la vieille dame, mais cette dernière s'était déjà éloignée, continuant à balayer l'allée. Elle réveilla doucement son fils. Il se frotta les yeux.

— Où on va ?

— Dans un endroit où on pourra enfin manger et dormir, chuchota-t-elle.

XXVIII

Québec
Avril 1859

Le notaire insistait pour que Marie-Rosalie fût baptisée le plus
tôt possible, mais comme les grands froids persistaient, Fanette
s'y objecta : il serait plus raisonnable d'attendre une température
plus clémente. Son beau-père se rendit à ses arguments avec une
douceur qui étonna Fanette, habituée à plus de pugnacité de sa
part. Il accepta également sans hésitation la suggestion de sa
belle-fille à l'effet qu'Emma Portelance soit la marraine de Marie-
Rosalie. Quant au parrain, Philippe avait songé au docteur Lanthier. Là encore, le notaire se montra des plus conciliant ; la pensée qu'un médecin s'engageât ainsi à veiller sur le bien-être de sa
petite-fille le réconfortait. Il n'y avait pas de doute, le notaire
avait changé. Il se levait à l'aube pour se rendre à l'office du
matin, se confessait chaque semaine, tenait souvent un chapelet
à la main, écoutait chaque dimanche l'homélie de monseigneur
Turgeon, aussi droit et rigide que la cathèdre de l'évêque. Il
couvait la petite Marie-Rosalie, surveillant le moindre courant
d'air, s'inquiétant dès qu'elle toussait ou, lorsqu'elle était couchée,
que l'on n'entendait plus un son provenant de sa chambre. Fanette
le surprit plus d'une fois penché au-dessus du berceau, surveillant
le nourrisson d'un œil inquiet. « Je ne l'entendais plus respirer »,
avouait-il, l'air contrit. Ou bien : « Sa couverture s'était déplacée,
elle risquait de prendre froid. » Philippe était heureux de voir la
transformation soudaine que l'arrivée de Marie-Rosalie avait
provoquée chez son père. D'un naturel coupant et autoritaire, il
fondait de tendresse devant sa petite-fille et avait pour elle des

gestes d'affection qu'il n'avait jamais eus pour ses propres enfants. Fanette, d'abord touchée par la sollicitude de son beau-père, finit par en être irritée, trouvant que sa présence continuelle autour de Marie-Rosalie tournait à l'obsession.

— Il est toujours là, comme une ombre, à surveiller ses moindres faits et gestes, dit-elle un soir à Philippe en éteignant la lampe, juste avant de se mettre au lit.

— Sois indulgente. Il est tellement épris de Marie-Rosalie qu'il oublie de me prendre comme bouc émissaire, commenta Philippe avec une note d'humour.

Fanette se blottit contre Philippe, souriant dans l'obscurité.

— C'est vrai. Mais il pourrait y mettre un peu moins de zèle, dit-elle à mi-voix.

Comme pour lui donner raison, des pas se firent entendre dans le couloir, puis le léger grincement d'une porte qui s'entrouvre.

— C'est lui, murmura Fanette.

Le notaire Grandmont, tenant une lanterne, venait d'entrer dans la chambre de Marie-Rosalie. Il s'approcha doucement du berceau pour ne pas la réveiller, contempla longuement son visage rond, ses longs cils, ses cheveux fins et bouclés. Elle semblait dormir à poings fermés. Il se pencha, tendit l'oreille, anxieux : il ne l'entendait pas respirer, mais bientôt le léger mouvement de la couverture qui montait et se rabaissait le rassura.

— Faites qu'elle vive heureuse, sans tourments ni malheurs, et que son âme reste pure et sans taches, murmura-t-il d'une voix presque inaudible. Faites que par son existence même elle rachète toutes mes fautes.

⁓

Le baptême de Marie-Rosalie eut lieu en avril, à la basilique Notre-Dame. Quelques bancs de neige avaient résisté à l'assaut du soleil, mais les cris des enfants qui pataugeaient dans les ruisselets de fonte le long des rues et l'odeur musquée de la sève étaient autant de signes que le règne de l'hiver était enfin terminé. Le notaire fit un cadeau somptueux à Philippe et à Fanette pour l'occasion : un Phaéton, une charmante voiture à deux places dont le modèle était très en vogue à Québec, ce printemps-là.

Fanette voulut apprendre à conduire le véhicule, aussi Philippe proposa-t-il de l'accompagner pour une leçon, mais le notaire insista pour lui donner des leçons lui-même. Il profita d'un dimanche, alors que la circulation sur la Grande Allée était réduite, pour laisser les rênes à sa belle-fille, en lui expliquant avec force détails comment tenir les guides, comment indiquer à la monture de tourner à gauche ou à droite, d'aller au trot, de s'arrêter. Fanette suivait docilement toutes ses directives, mais le notaire la reprenait avec une impatience grandissante :

— Mais non ! Il faut tenir les rênes comme ceci… Il ne faut pas tirer trop fort, le mors risque de blesser votre monture… Allez tout droit, sinon vous risquez d'abîmer les roues sur les trottoirs… Attention, Fanette, vous foncez sur ce lampadaire !

Après quelques séances, et malgré les remontrances du notaire, Fanette réussit néanmoins à maîtriser convenablement l'attelage. Le notaire dut admettre qu'elle n'était pas une mauvaise conductrice, compte tenu du fait qu'elle était une femme, mais il insista pour que ce soit Philippe qui tienne les rênes à l'occasion du baptême de Marie-Rosalie.

— Une jeune femme ne doit pas conduire elle-même une voiture pour se rendre à l'église.

— Pour quelle raison ? s'exclama Fanette.

— Ce serait inconvenant.

Fanette hocha la tête, médusée.

— Ma mère a toujours conduit sa propre voiture.

— Votre mère n'est pas nécessairement un exemple à suivre.

Les yeux de Fanette s'enflammèrent.

— Je vais conduire cette voiture pour le baptême de ma fille, que vous le vouliez ou non.

❧

La journée était resplendissante. Le Phaéton, conduit par Fanette, s'arrêta devant l'église, dont les cloches se mirent à sonner à toute volée. Tenant Marie-Rosalie dans ses bras, Philippe en descendit. La calèche du notaire se gara derrière le Phaéton. Monsieur Joseph ouvrit la portière et tendit la main à Marguerite, dont le teint semblait encore plus pâle que d'habitude, sous la lumière printanière. Le notaire descendit à son tour, arborant son visage des mauvais jours. Il n'avait pas digéré que Fanette lui tienne tête et prenne les rênes du Phaéton. Il jeta un coup d'œil à la ronde pour s'assurer qu'aucun passant n'ait remarqué cette incongruité.

Fanette vit avec joie le boghei de sa mère s'arrêter derrière la voiture du notaire. Emma et Eugénie en sortirent. Emma portait son éternelle capeline à large bord sur laquelle le temps ne semblait pas avoir de prise. Fanette crut remarquer qu'Eugénie avait un peu maigri.

— Tu vas bien, Eugénie ? demanda-t-elle, le front plissé par l'inquiétude.

Eugénie s'empressa de répondre :

— Je traîne un mauvais rhume.

Fanette eut l'impression fugace qu'Eugénie lui cachait quelque chose, mais son sourire, la vivacité de son regard la rassurèrent.

Emma Portelance tenait Marie-Rosalie dans ses bras, près des fonts baptismaux. Le docteur Lanthier était debout à ses côtés. Eugénie avait pris place sur un banc de l'église. Rosalie n'avait pu assister à la cérémonie, la règle des Ursulines lui interdisant de sortir du cloître, mais comme sœur Marie de la Visitation l'avait fait pour le mariage de Fanette, elle avait envoyé une robe de baptême en dentelle et un bonnet brodés à la main par les Ursulines. Monseigneur Turgeon en personne oignit l'enfant.

— Marie-Rosalie, je te baptise au nom du Père, du Fils et du Saint Esprit, psalmodia l'évêque en aspergeant son front d'eau bénite.

À la troisième aspersion, Marie-Rosalie se mit à pleurer, agitant ses petits poings vers la voûte aux élégantes arabesques couvertes de feuilles d'or. *Pauvre petite. À peine née, et déjà tous ces rituels auxquels elle doit se conformer*, pensa Emma en berçant doucement Marie-Rosalie dans ses bras. Le notaire, pris de panique, voulut prendre le bébé pour le calmer, mais Emma le fixa de ses yeux noirs, l'air de dire : « Que je vous voie… » Marie-Rosalie finit par se calmer, puis décocha un sourire à Emma, qui se sentit soudain comme la reine du monde. Elle leva les yeux vers Fanette, rayonnante aux côtés de son mari. Sa petite Irlandaise était heureuse. Peu importait les sacrifices que ce bonheur leur coûtait.

 ⸮

Le dimanche suivant, Fanette décida de rendre visite à Rosalie afin de lui présenter l'enfant. Marie-Rosalie n'était pas encore sevrée, mais Fanette avait pris l'habitude de lui donner son boire deux fois par jour à l'aide d'un biberon en étain à bouchon dévissable que le docteur Lanthier avait fait venir par catalogue des États-Unis. Il lui était donc possible de se déplacer plus facilement. Une giboulée tardive rendait le temps maussade. Il faisait frais et humide pour un début de mai, à tel point que madame Régine avait allumé des feux dans les cheminées pour chasser l'humidité. Le notaire, lorsqu'il eut vent du projet de Fanette pendant le déjeuner, s'y objecta.

— Avec cette pluie, ce serait imprudent. Marie-Rosalie est encore un nourrisson, elle risque d'attraper froid.

— Nous irons en voiture fermée, bien à l'abri.

— Mais enfin, rien ne vous oblige à voir Rosalie aujourd'hui. Vous aurez toute votre vie pour la visiter au couvent.

Fanette regarda froidement le notaire.

— Rosalie n'a pas encore pris le voile, à ce que je sache.

Le notaire se rembrunit. Comme toujours, sa belle-fille avait réussi à débusquer des sentiments qu'il n'osait pas s'avouer à lui-même.

— Vous avez exigé, avec raison, que le baptême de Marie-Rosalie soit retardé à cause du mauvais temps. Je m'oppose à ce que vous exposiez votre enfant à une pluie glaciale.

— Le couvent n'est qu'à cinq minutes d'ici en voiture ! s'exclama Fanette, dont l'exaspération avait monté d'un cran.

— Personne ne vous empêche de sortir, ma chère enfant, rétorqua le notaire. Tout ce que je vous demande, c'est de laisser Marie-Rosalie ici, dans la sécurité de son foyer.

— Vous parlez comme si j'étais une mauvaise mère prête à mettre son enfant en danger pour un caprice.

— Je n'ai rien dit de tel, rétorqua froidement le notaire. Je suis convaincu que vous ferez passer les intérêts de votre enfant avant les vôtres.

Il se tourna vers Philippe et le prit à témoin :

— Philippe, je t'en prie, toi qui veux devenir médecin, fais entendre raison à ta femme.

Philippe détestait avoir le doigt pris entre l'arbre et l'écorce, mais il trouvait que son père, pour une fois, avait raison. Il intervint, y mettant le plus de douceur possible :

— Fanette, c'est vrai qu'il pleut à boire debout. Il vaudrait peut-être mieux remettre ta visite.

Fanette fit un effort pour refouler les larmes de colère qui lui montaient aux yeux.

— Je vais demander à madame Régine d'habiller Marie-Rosalie.

— N'en faites qu'à votre tête, comme d'habitude, répliqua froidement le notaire. Si Marie-Rosalie tombe malade, vous n'aurez à vous en prendre qu'à vous-même.

Le notaire se leva et sortit de la salle à manger en faisant claquer ses talons. Philippe mit une main apaisante sur l'épaule de Fanette, mais elle se dégagea et sortit de la pièce à son tour. *Ça m'apprendra à jouer les arbitres,* se dit Philippe, mécontent.

❧

Fanette, assise au fond de la voiture, tenait Marie-Rosalie contre elle. Seuls son petit nez et ses yeux d'un bleu profond se voyaient sous les châles avec lesquels madame Régine l'avait soigneusement emmitouflée. Marie-Rosalie regardait sa mère sans ciller, avec cette gravité propre aux très jeunes enfants, puis s'agita en geignant doucement comme pour tenter de recouvrer sa liberté de mouvement ; l'instant d'après, elle redevint immobile, ses yeux bleus à nouveau fixés sur sa mère. La couleur allait-elle changer ? se demanda Fanette en admirant le bleu améthyste de ses prunelles. Marie-Rosalie se remit à gigoter. La pluie traçait des rigoles sur les vitres embuées. Monsieur Joseph avait rabattu la toile cirée au-dessus de sa banquette, mais il n'était pas à l'abri des rafales et de la pluie qui fouettaient les côtés de la voiture. Fanette commençait à regretter son entêtement. *Et si le notaire Grandmont avait raison ? Si Marie-Rosalie devait prendre froid, si…* Fanette chassa ses pensées sombres. Il ne fallait pas qu'elle laisse le notaire s'immiscer ainsi dans chaque repli de sa vie quotidienne, ni lui dicter ses devoirs de mère. Elle ne savait comment l'expliquer, mais les assiduités du notaire, sa présence constante autour de sa fille, même sa nouvelle ferveur religieuse, au lieu de la réjouir et de la rassurer, lui pesaient. Le notaire avait toujours fréquenté l'église, mais n'avait jamais été bigot. Le banc de la famille, à la basilique Notre-Dame, et les dons au couvent des Ursulines étaient bien davantage liés à sa position sociale et au respect des conventions qu'à sa ferveur religieuse. Elle se rappela la confidence que lui avait faite Rosalie lorsqu'elle avait finalement cédé aux instances de son père et accepté de devenir postulante : « Sais-tu ce que mon père m'a dit lorsque j'avais sept ans ? lui avait-elle confié. Que j'avais été envoyée sur Terre comme punition pour ses fautes. »

Quelle sorte de père pouvait faire preuve d'une telle cruauté ? Un être humain pouvait-il se transformer du jour au lendemain sans qu'il ne s'agisse que d'une façade ?

La voiture s'arrêta devant l'enceinte du couvent. La portière s'ouvrit. Joseph, un parapluie ouvert dans une main, lui tendit l'autre. Fanette, tenant Marie-Rosalie serrée contre elle, descendit du marchepied avec précaution. Joseph les escorta jusqu'à la porte du monastère, puis retourna vers la voiture, où il attendrait le retour de sa maîtresse.

Fanette entra dans le hall du monastère. Elle crut entendre l'écho lointain d'un chœur. Une vieille horloge, qui avait été offerte à la communauté par une demoiselle Panet en 1803, sonna trois heures de l'après-midi. Elle eut l'impression que le temps s'était arrêté, malgré l'horloge qui en marquait le passage. Rien ne changeait jamais au couvent. La même chaise droite en chêne sculpté était toujours adossée au mur en face duquel se trouvait le guichet surmonté d'un large judas et le tour dans lequel Emma et Eugénie faisaient glisser des colis à son intention lorsqu'elle était pensionnaire. Un léger grincement se fit entendre. La fenêtre du judas s'ouvrit. Fanette vit avec joie le beau visage de sœur Marie de la Visitation à travers le grillage. Ses inquiétudes s'étaient dissipées.

— Rosalie t'attend au parloir.

Puis elle remarqua le petit visage rose caché sous les châles et eut un sourire sous cape.

— À ce que je vois, tu n'es pas venue seule…

— Je voulais faire une surprise à Rosalie.

Fanette hésita, puis reprit :

— Je sais que la règle ne le permet pas, mais j'aimerais tant qu'elle puisse tenir ma fille dans ses bras !

Sœur Marie observa la mère et son enfant, songeuse. Puis elle prit un air mystérieux.

— Assieds-toi. Je serai de retour dans quelques minutes.

Fanette, intriguée, obtempéra. Sœur Marie referma le judas. Le silence se rétablit, ponctué par le tic tac de l'horloge. Marie-Rosalie avait fermé les yeux et dormait. Des bulles de salive s'étaient formées au coin de sa bouche. Fanette avait pris soin de l'allaiter avant de partir, mais la petite réclamait parfois son boire à peine une heure après le précédent. Elle tamponna délicatement la bouche de Marie-Rosalie avec la frange de son châle et ferma les yeux à son tour. Le même grincement lui fit ouvrir les yeux. Elle aperçut le visage de sœur Marie se profiler encore une fois à travers le judas, puis s'éclipser. Après un moment, celui de Rosalie apparut. Puis la porte du monastère s'ouvrit. Sœur Marie s'avança vers le tour, prit un trousseau de clés attaché à sa ceinture, en choisit une, l'inséra dans la serrure et l'ouvrit, mettant un doigt sur sa bouche pour indiquer à Fanette de garder le silence. Tenant Marie-Rosalie contre sa poitrine, Fanette se leva, s'avança vers le tour. Le poupon, qui s'était réveillé, bâilla. Sœur Marie fit pivoter le tour vers la gauche. Un plateau en chêne circulaire attaché à un cylindre apparut. Fanette y déposa Marie-Rosalie. Le plateau était tout juste assez grand pour contenir l'enfant. Sœur Marie fit tourner doucement le plateau dans la direction inverse. À travers la fenêtre, Fanette vit Rosalie se pencher au-dessus du plateau, puis se redresser tenant Marie-Rosalie dans ses bras. Elle serra l'enfant contre son cœur, soutenant sa petite tête avec une main, puis enfouit son nez dans son cou, respira son parfum délicat de lait et d'amande. Elle resta ainsi pendant quelques minutes, berçant l'enfant d'un mouvement imperceptible, puis elle leva la tête vers Fanette.

— Les yeux et le nez, c'est toi, décréta-t-elle. La bouche et le menton, c'est Philippe.

Fanette sourit, émue.

Les deux amies se regardèrent longuement à travers la vitre.

— Rosalie… dis-moi que tu ne resteras pas ici.

— Ne me demande rien. Je suis heureuse de ta visite, heureuse de tenir Marie-Rosalie sur mon cœur. Laisse-moi profiter de ces moments. Je les chérirai chaque jour.

Rosalie ferma les yeux, respirant une dernière fois le parfum délicat de l'enfant, puis redéposa le bébé dans le tour, qu'elle fit pivoter. Fanette reprit son enfant tandis que sœur Marie refermait la porte à clé. Rosalie envoya un baiser à Fanette à travers la grille du judas, puis s'éloigna. Fanette tenta de distinguer la silhouette de sa meilleure amie, mais elle se confondait mainte-nant avec la pénombre qui régnait dans la petite pièce derrière le guichet. Il lui sembla soudain qu'elle avait perdu son amie à jamais.

XXIX

Québec
Juin 1858

Le St. Bridgid's Home n'était qu'à quelques rues de l'église St. Patrick. Un simple écriteau placardé au-dessus de la porte l'identifiait. Amanda cogna à la porte. Après un moment, on lui ouvrit. Une jeune novice à la mine accorte était debout sur le seuil.

— Je voudrais voir le père McGauran.

— Il est au presbytère, mais il ne devrait pas tarder.

Une femme bien en chair et au visage rubicond se planta devant elle, la toisa d'un air sévère.

— *I'm Mrs McPherson. What can I do for you ?*

— *I want to see father McGauran.*

— *Who sent you here ?*

— *An old lady, from St. Patrick's Church. She told me father McGauran would help us.*

Mrs McPherson secoua la tête.

— *This house is for old people.*

Amanda, les nerfs à vif, s'écria :

— *We have no other place to go !*

La jeune novice, ayant pitié d'Amanda, dont elle avait remarqué les vêtements sales, la jupe déchirée et les traits marqués par l'épuisement, tenta d'intervenir, mais cette Mrs McPherson fut intraitable :

— *You would take in every stray cat in the street !*

Amanda éclata :

— *Can't you see we're starving, damnit !*

Le visage de Mrs McPherson devint cramoisi.

— I'm sorry, your place is not here. St. Bridgid's Home is a respectful asylum. Please go away.

Amanda était pâle de colère. Ian la fixait de ses grands yeux inquiets. La discussion monta d'un cran. À bout de nerfs, Amanda finit par crier :

— Go to hell, y'old witch !

Amanda prit son fils par la main et l'entraîna vers l'entrée. La porte s'ouvrit au moment où elle mettait la main sur la poignée. Elle vit une longue silhouette noire se découper sur le seuil. Elle le reconnut au premier regard.

— Father McGauran !

Elle se précipita dans ses bras, se mit à pleurer à gros sanglots, comme si la digue qui les avait retenus si longtemps venait de se rompre. Le prêtre, saisi, ne fit cependant aucun mouvement pour se dégager. Un enfant le regardait, les yeux remplis de détresse et de soulagement.

⁓

Le père McGauran fit servir un repas à Amanda et Ian dans la cuisine. Le brouet grisâtre qui fumait dans leur assiette n'était guère appétissant, mais ils avaient tellement faim qu'ils dévorèrent tout jusqu'à la dernière bouchée. Le prêtre attendit patiemment qu'ils aient terminé leur repas avant de leur adresser la parole.

— Quel est votre nom ? demanda-t-il gentiment.

Amanda eut soudain honte. Elle fut incapable de révéler sa véritable identité au prêtre.

— Mary Kilkenny. Mon fils s'appelle Ian.

— Ian. C'est un beau prénom.

— C'est celui de mon père, ne put s'empêcher d'ajouter Amanda.

Le prêtre la regarda pensivement. Il avait voué sa vie au soulagement de la misère de ses compatriotes, et de la misère, Dieu qu'il en avait vu depuis qu'il avait revêtu la soutane ! Mais il y avait chez cette jeune femme une révolte et une amertume qui ne pouvaient avoir été causées que par une grande souffrance. Ian, rassasié, se leva et courut explorer la maison. Le père McGauran en profita pour reprendre la parole :

— Nous ne pouvons pas vous garder ici. L'asile est plein.

Les traits d'Amanda se durcirent.

— Vous allez nous mettre à la porte ?

— Je vous trouverai une place ailleurs.

— Où ?

— À Sainte-Madeleine. C'est un abri pour… les jeunes femmes en difficulté.

Il avait choisi ses mots soigneusement, pour ne pas la blesser. Elle le toisa.

— Dites-le.

Le prêtre la regarda sans comprendre.

— Je suis une putain, et mon fils est un bâtard. C'est pour ça que vous voulez pas de nous.

Elle regretta aussitôt ses paroles, mais le père McGauran les accueillit avec calme.

— Je suis là pour vous aider, pas pour vous juger.

Amanda leva les yeux vers le prêtre. Il y avait dans son regard une bonté sans apprêt qui la toucha au vif.

— Je n'ai pas toujours été… comme ça, balbutia-t-elle, sans défense tout à coup.

— Personne n'est jamais aussi bon ni aussi mauvais qu'il le croit.

Le père McGauran tint à conduire lui-même Amanda et Ian à l'abri Sainte-Madeleine, qui se trouvait sur la rue Richelieu, à quelques rues du St. Brigid's Home, dans le fiacre qui appartenait au presbytère. Il demanda à Amanda et Ian d'attendre dans la voiture. Il entra dans l'immeuble en brique noircie par les intempéries, puis en ressortit au bout d'une demi-heure.

— Sœur Odette est prête à vous recevoir.

Il les escorta jusqu'à l'intérieur. Une femme à l'allure frêle mais aux yeux vifs et décidés vint à leur rencontre.

— Soyez les bienvenus dans notre maison.

Le père McGauran s'éclipsa discrètement. Amanda vit sa longue silhouette disparaître derrière la porte qui se refermait. Elle n'avait même pas eu le temps de le remercier.

Sœur Odette conduisit Amanda dans une grande chambre située à l'étage et qui servait de dortoir. Cinq lits y étaient placés côte à côte. Deux grandes armoires en pin leur faisaient face.

— Notre maison n'est pas très grande. Nos filles doivent dormir deux par lit, tête-bêche, pour économiser de l'espace, expliqua sœur Odette. Et puis comme ça, y a moins de risque de se donner des poux, poursuivit-elle avec une pointe d'humour.

Amanda se braqua :

— J'veux pas laisser mon fils tout seul.

— Il dormira avec les autres enfants.

Sœur Odette la mena vers une autre pièce où de petits lits en fer, dont certains étaient munis de barreaux pour empêcher les enfants de tomber, avaient été disposés en rangs d'oignons.

— La plupart de nos filles ont des enfants. Ils dorment ici.

Amanda contempla la pièce aux planchers en bois sans tapis, aux murs blancs enduits de chaux, ornés seulement par quelques gravures représentant Jésus-Christ. Le contraste entre ce lieu austère et les couleurs tapageuses de la maison close de madame Bergevin était saisissant. Elle ne put s'empêcher de se demander si elle pourrait se faire à l'atmosphère sobre et confinée de l'abri. Une jeune femme portant une robe bleu ciel était penchée au-dessus d'un lit et consolait un enfant qui pleurait. Sœur Odette lui jeta un coup d'œil bienveillant.

— Béatrice, je te présente notre nouvelle venue, Mary.

Amanda dut partager sa couche avec Antoinette, une jeune femme maigre et délurée que les religieuses de Sainte-Madeleine avaient accueillie à sa sortie de prison, quelques jours auparavant. Ses manières étaient brusques, son langage, ordurier : de toute évidence, la vie en prison l'avait aigrie ; son teint blême indiquait qu'elle n'avait pas souvent mangé à sa faim.

Durant la nuit, Amanda fut réveillée par un bruit de pas furtifs. Elle se redressa sur son séant, aperçu une forme recroquevillée au pied du lit où elle avait déposé son sac en toile avant de se coucher. Amanda se leva d'un bond, sauta sur la silhouette, qui poussa des cris stridents. Les autres filles s'éveillèrent. L'une d'elles alluma une chandelle. Amanda et Antoinette, étendues sur le plancher, se battaient. Antoinette avait agrippé Amanda par les cheveux. Cette dernière lui mordit la main. Antoinette hurla. D'autres cris s'élevèrent. Une religieuse apparut dans le cadre de la porte, une lampe à l'huile à la main.

— Que se passe-t-il? dit-elle, la mine effarée.

Elle s'avança dans la pièce. Les deux femmes se battaient toujours. Sœur Blanchet déposa sa lampe par terre, s'approcha d'elles, tenta de les séparer, en vain. Une autre religieuse entra à son tour dans la pièce. C'était sœur Odette. Elle portait une robe de nuit blanche, et un bonnet couvrait ses cheveux poivre et sel. Elle s'avança d'un pas ferme vers les deux belligérantes.

— Assez !

Sa voix était étonnamment autoritaire pour une femme d'aussi petite taille. Amanda et Antoinette cessèrent de se battre.

Antoinette glapit:

— C'est elle qui a commencé ! C't'une folle ! Elle m'a mordu !

— Elle a essayé de me voler ! répliqua Amanda, hors d'elle.

— Maudite menteuse !

Les deux femmes se jetèrent l'une sur l'autre. Sœur Odette marcha vers elles d'un pas ferme, les prit chacune par un bras avec une force surprenante. Elle répéta:

— J'ai dit: assez !

Le calme se rétablit. Elles se regardèrent en chiens de faïence, encore essoufflées de s'être battues. Sœur Odette reprit la parole:

— Les portes de notre maison vous sont grandes ouvertes, mais à la condition que vous gardiez la paix. L'amour et le respect, c'est tout ce qu'on vous demande ici.

Un silence lourd suivi sa remarque. Puis sœur Odette se tourna vers l'autre religieuse et lui dit gentiment:

— Allez dormir, ma sœur…

Elle se retourna vers Amanda et Antoinette :

— … Je crois qu'on va être tranquilles, à présent.

Les deux femmes regagnèrent leur couche. Amanda prit cependant la précaution de placer son sac sous son oreiller.

À l'aube, le son d'une cloche retentit. Des cris s'élevèrent.

— Au feu ! Au feu !

Amanda s'appuya sur un coude, les yeux encore ensommeillés. Elle se leva, constata qu'Antoinette avait disparu. Les autres filles se réveillèrent. Amanda, pieds nus, courut vers la porte et l'ouvrit. Une odeur âcre la prit à la gorge. Elle se précipita vers le dortoir des enfants, affolée.

— Ian !

Elle courut vers le lit de son fils, le secoua.

— Ian, réveille-toi…

Sœur Blanchet fit irruption dans la pièce. Elle n'avait pas eu le temps de mettre son voile ; ses cheveux blancs étaient hirsutes.

— Le feu a pris dans la cuisine d'été. Y faut sortir les enfants, vite !

Sœur Blanchet secoua deux enfants qui dormaient dans le même lit, les entraîna vers l'escalier. Amanda réveilla les autres enfants, qui se frottèrent les yeux, ne comprenant pas ce qui se passait. Un bébé se mit à geindre. Amanda le saisit, le cala contre sa hanche, prit Ian par la main et courut vers la porte. Elle s'engagea dans l'escalier, croisa Béatrice.

— Les enfants, se contenta-t-elle de lui dire.

Béatrice acquiesça et se précipita vers l'escalier.

La fumée devenant plus épaisse, Amanda se mit à tousser. Elle couvrit instinctivement le nez et la bouche du bambin avec sa manche. Elle cria à son fils :

— Couvre ton nez et ta bouche !

Ian obéit, les yeux agrandis par la peur. Ils parvinrent au rez-de-chaussée. Au bout du couloir qui menait à la cuisine, Amanda aperçut des religieuses qui formaient une chaîne pour transporter des seaux d'eau. Elle se précipita vers la porte d'entrée, qui était grande ouverte. Elle vit sœur Blanchet, debout à une bonne distance de la maison ; plusieurs enfants agrippaient sa jupe. Amanda courut la rejoindre, lui tendit le bébé, puis s'adressa à Ian.

— Reste ici. Je reviens tout de suite.

Amanda courut vers la maison et se précipita à l'intérieur. Elle vit Béatrice descendre l'escalier, tenant deux enfants par la main. Elle était suivie par d'autres pensionnaires, qui pleuraient et toussaient.

— Tous les enfants sont saufs, dit Béatrice, les yeux pleins d'eau à cause de la fumée.

Amanda se dirigea alors vers la cuisine et se remit à tousser, tellement la fumée était dense. Quatre religieuses, sœur Odette en tête, s'affairaient à jeter de l'eau sur des flammes qui jaillissaient d'un baril, au fond de la cuisine. Leurs robes de nuit et leurs visages étaient couverts de suie. Amanda saisit un seau et en jeta le contenu sur le feu. Des voisins accoururent pour leur prêter main-forte, se relayant pour puiser de l'eau dans le puits qui se trouvait dans la cour et la transporter à l'intérieur dans des seaux. Au bout d'une demi-heure, l'incendie fut maîtrisé. Le feu avait fait plus de peur que de mal : des traces de suie couvraient les murs et le plafond, des tablettes en bois et un établi avaient été réduits en cendres. Sœur Odette se pencha, ramassa un linge à moitié brûlé qui se trouvait à côté des restes carbonisés du baril et le sentit.

— Du kérosène, se contenta-t-elle de dire.

Un peu plus tard, une religieuse retrouva dans la cour une lampe brisée dont le réservoir de kérosène était vide. De là à conclure que l'incendie avait été allumé intentionnellement, il n'y avait qu'un pas. Comme par hasard, Antoinette avait quitté la maison et ne donna plus signe de vie. Mais sœur Odette se refusa à accuser qui que ce fût. Elle se contenta de remercier Dieu de les avoir épargnés.

XXX

Québec
Mai 1859

Quelques jours après la visite de Fanette chez les Ursulines, Marie-Rosalie commença à tousser. Fanette, réveillée au beau milieu de la nuit par un bruit sec, sut tout de suite que c'était sa fille. Elle se leva précipitamment, alluma une bougie et se pressa vers sa chambre. Elle se pencha au-dessus du berceau, toucha le front de Marie-Rosalie. Il était brûlant et la sueur perlait à travers ses cheveux fins. Folle d'inquiétude, elle revint dans sa chambre où Philippe, encore à moitié endormi, se frottait les yeux.

— Il faut aller chercher le docteur Lanthier. Je crois que Marie-Rosalie fait de la fièvre.

Philippe se leva, se rendit à la chambre de Marie-Rosalie, lui toucha le front. Il se tourna vers Fanette, cachant mal son anxiété.

— Je vais chercher le docteur. Pendant mon absence, enveloppe-la de linges frais pour faire baisser la température.

Il retourna dans la chambre et s'habilla en vitesse, se retenant de reprocher à Fanette d'être sortie avec le nourrisson malgré le mauvais temps. À quoi cela aurait-il servi ? Elle se le reprocherait bien assez elle-même. Madame Régine, qui avait sa chambre au bout du couloir, apparut sur le seuil de sa porte, en robe de nuit et bonnet. Fanette, qui ne voulait pas laisser sa fille sans surveillance, accourut vers la domestique.

— Marie-Rosalie est malade. Apportez des linges et une bassine d'eau fraîche.

Fanette retourna à la chambre de Marie-Rosalie, qui gémissait doucement. Elle prit sa petite main dans la sienne, lui murmura des mots rassurants. Le notaire, alarmé par le va-et-vient, sortit de sa chambre, une lampe à l'huile à la main. Il n'eut que le temps de voir Philippe quitter la maison en coup de vent. Saisi d'un pressentiment, il se rendit jusqu'à la chambre de Marie-Rosalie, aperçut de la lumière par l'entrebâillement de la porte.

Fanette tenait toujours la main de sa fille lorsqu'elle entendit une voix métallique s'élever derrière elle.

— Je vous avais prévenue. S'il devait arriver quelque chose à Marie-Rosalie, je ne vous le pardonnerais jamais.

Fanette se redressa, les yeux remplis d'angoisse.

— Moi non plus. Maintenant, je vous en prie, laissez-nous.

Madame Régine revint avec une bassine et des linges. Fanette déshabilla Marie-Rosalie. Les deux femmes trempèrent les linges dans l'eau froide, les essorèrent et emmaillotèrent l'enfant, qui se mit à s'agiter et à pleurer.

— Allez dormir, dit Fanette, je veillerai sur elle.

Madame Régine refusa de quitter la chambre. Fanette resta debout près du berceau, surveillant le moindre signe de détresse de sa fille. Elle soupira de soulagement lorsque le docteur Lanthier arriva, une demi-heure plus tard. Philippe entra à sa suite.

— Enfin…

Le docteur s'approcha du berceau, jeta un coup d'œil à Marie-Rosalie. Elle toussait et pleurait faiblement ; ses yeux brillaient de fièvre et ses paupières étaient légèrement enflées. Il toucha son front avec sa paume.

— Elle a une fièvre élevée.

Il examina attentivement la gorge de l'enfant à l'aide d'un abaisse-langue et constata la présence de petites taches blanches de la grosseur d'une tête d'épingle à l'intérieur des joues. Le docteur se redressa, cachant mal sa préoccupation. Fanette et Philippe avaient les yeux rivés sur lui.

— Je crois que c'est la rougeole.

Le notaire, qui venait d'entrer dans la chambre, pâlit et dut se retenir au chambranle de la porte. Il revoyait les cheveux noirs de Cecilia qui flottaient sur l'eau, son visage blanc, ses bras qui battaient l'air ; il entendait ses cris de plus en plus faibles, comme si l'eau avait envahi ses poumons.

— C'est une punition, balbutia-t-il.

Tous les regards se tournèrent vers lui. Il avait le visage cireux. Deux disques rouges allumaient ses joues. Le docteur Lanthier vint vers lui et le secoua.

— Calmez-vous, monsieur Grandmont.

— C'est une punition ! Une punition !

Le médecin lui asséna alors une gifle retentissante. Un silence suivit, ponctué par la toux de l'enfant. Le docteur Lanthier fut le premier à parler. Sa voix était calme, rassurante.

— Ce n'est pas une punition, c'est une maladie. Allez dormir. Tout ira mieux demain.

Le notaire lui obéit comme un automate. Lorsqu'il fut sorti de la pièce, le docteur referma la porte et revint vers le berceau. Fanette et Philippe levèrent leur visage angoissé vers lui.

— Il faudra surveiller votre enfant sans relâche. Si vous ne l'entendez plus respirer, soulevez-la et donnez-lui de petites tapes dans le dos. Je vais lui faire boire une légère dose d'extrait d'écorce de saule pour faire baisser la fièvre. Dans quelques jours, elle aura des irruptions cutanées qui dureront quatre ou cinq jours.

Fanette ne put contenir ses larmes plus longtemps.

— Elle va guérir ? réussit-elle à dire entre deux sanglots.

— Marie-Rosalie a une bonne constitution. Si la fièvre finit par tomber, ce sera bon signe.

Le docteur se dirigea vers la fenêtre, puis l'ouvrit. Philippe et Fanette le regardèrent faire avec appréhension. Il se tourna vers eux et leur expliqua gentiment :

— Ne craignez rien. Il faut laisser la fenêtre ouverte pour permettre l'aération. Évitez les contacts directs et toute visite de l'extérieur. Elle sera très contagieuse durant les prochains jours.

Continuez à lui faire des compresses d'eau fraîche toutes les heures pour faire baisser sa température. Je reviendrai demain matin.

Le reste de la nuit, Fanette et Philippe se relayèrent au chevet de l'enfant. Le matin venu, madame Régine voulut les obliger à prendre du repos, mais ils refusèrent.

— Je vous prépare quand même quelque chose à manger, marmonna-t-elle.

Le docteur Lanthier, comme promis, revint dans la matinée. Il avait des ombres violettes sous les yeux et Fanette remarqua pour la première fois que ses cheveux étaient presque entièrement devenus gris. Il ausculta soigneusement Marie-Rosalie, qui geignait doucement.

— Elle a encore de la fièvre, mais son état est stable, dit le docteur, la voix rauque de fatigue.

Il sortit un onguent de sa sacoche.

— Appliquez-lui cet onguent à base de camomille dès que vous verrez les premières irruptions. Cela soulagera les démangeaisons. Et tâchez de prendre du repos. Cela ne vous avancera à rien si vous tombez malades à votre tour.

Le docteur reprit son sac noir et repartit pour faire sa tournée habituelle de patients, non sans leur promettre de revenir chaque jour. Après son départ, Philippe prit Fanette par la main.

— Va dormir, je veillerai sur elle.

— Je n'ai pas sommeil, répliqua Fanette.

— Moi non plus. Je t'en prie, laisse-nous. Tout ira bien, dit Philippe avec une fermeté qui ne lui était pas habituelle.

Fanette, qui tenait à peine sur ses jambes tellement elle était épuisée, se résigna à quitter la chambre de sa fille.

— S'il y a la moindre alerte, réveille-moi.

— Promis.

Fanette s'étendit tout habillée dans leur lit, mais elle n'arriva pas à fermer l'œil, malgré sa fatigue. Une pensée l'obsédait : Marie-Rosalie était tombée malade par sa faute. Si elle ne s'était pas obstinée à faire cette visite à Rosalie avec sa fille malgré la pluie et le temps frais, rien de tout cela ne serait arrivé. Elle était convaincue que Philippe le croyait aussi, mais qu'il était trop bon pour le lui reprocher. Les paroles du notaire lui revinrent à l'esprit : « S'il arrive quelque chose à Marie-Rosalie, je ne vous le pardonnerai jamais. » Dieu était-il cruel au point de lui enlever sa fille à cause d'une imprudence ? Quelle était la punition à laquelle le notaire avait fait allusion ? Elle ferma les yeux.

D'immenses vagues se fracassent sur le pont. Les mâts craquent sous les bourrasques, et les embruns lui fouettent le visage. Elle aperçoit soudain Amanda, qui s'avance vers elle en lui tendant les bras.

— Fionnualá !

Elle veut courir vers elle, mais ses jambes sont lourdes, si lourdes… Amanda lui crie quelque chose, mais le sifflement du vent et le fracas des vagues sur le pont couvrent ses paroles. Soudain, elle aperçoit des marins qui transportent un homme. Elle s'en approche. Le visage est blanc comme de la cire.

— A dhaidí ! Papa !

Une de ses mains pend dans le vide. Elle la saisit, elle est froide et rigide comme du bois. Une vague déferle sur le pont. Elle est séparée de son père. Des marins l'enveloppent d'un linceul blanc, le jettent à la mer. Son corps coule dans l'eau sombre.

Le visage inquiet de Philippe était penché au-dessus du sien.

— Tu as fait un mauvais rêve.

Fanette se redressa sur les coudes, le cœur battant.

— Marie-Rosalie ! s'écria-t-elle, alarmée.

— Elle dort. Madame Régine veille sur elle.

Philippe s'assit sur le lit, caressa tendrement l'épaule de Fanette.

— Tu as crié dans ton sommeil.

Elle avait la gorge trop serrée pour répondre. Ce n'était pas la première fois qu'elle faisait ce cauchemar. Son père était mort à bord du *Rodena* en route vers Québec, mais elle n'avait que sept ans au moment du voyage ; elle ne se rappelait plus si elle avait vraiment vu les marins jeter le corps de son père à la mer ou si elle l'avait imaginé. Le visage de son père se confondit avec celui de sa mère, Maureen, étendue sur son grabat de fortune dans la cale du *Rodena*, tremblante de fièvre. Fanette avait cueilli des myosotis dans un pré, près de la plage, et les avait offerts à sa mère, juste avant sa mort. *Forget me not...*

— S'il fallait que Marie-Rosalie...

Sa voix se brisa. Philippe prit le visage de Fanette entre ses mains, la regarda dans les yeux.

— Elle ne mourra pas. Et si le pire devait arriver, personne n'en serait responsable.

— Tu dis ça pour me rassurer. Toi non plus, tu ne voulais pas que j'emmène Marie-Rosalie chez les Ursulines.

— Ce n'est pas la pluie qui a causé la rougeole. D'après le docteur Lanthier, Marie-Rosalie était probablement déjà malade avant même votre départ. Les symptômes se sont déclarés plus tard. Tu n'as rien à te reprocher.

— Ton père croit que c'est une punition.

Philippe se rappela son père, le jour de l'accouchement de Fanette, à genoux dans les morceaux de verre, complètement ivre.

— Parfois, j'ai l'impression qu'il n'a plus toute sa tête.

Fanette se leva.

— Je retourne auprès d'elle.

Fanette et Philippe, relayés par madame Régine, veillèrent Marie-Rosalie nuit et jour. Le docteur Lanthier avait interdit toute visite, de sorte que Fanette prit le temps d'écrire chaque jour à Emma et à Rosalie, pour les tenir au courant de l'état de santé de Marie-Rosalie, un mot que monsieur Joseph allait leur porter. Après quelques jours, des rougeurs apparurent, d'abord sur le visage du poupon, ensuite sur tout le corps. Fanette et madame Régine lui enduisaient le corps de l'onguent à la camomille que le docteur Lanthier avait recommandé. Fanette, accaparée par les soins qu'elle prodiguait à sa fille, finit presque par oublier sa terreur de la perdre.

Après une autre semaine, les rougeurs firent place à une fine desquamation, puis disparurent. Il n'y avait plus traces de fièvre, et la toux avait complètement cessé. Marie-Rosalie avait repris ses belles couleurs et gazouillait au réveil. Le docteur Lanthier, qui avait tenu sa promesse et s'était rendu chaque jour au chevet de Marie-Rosalie, l'ausculta une dernière fois.

— Votre fille ne court plus aucun danger.

Fanette et Philippe recommencèrent à mieux respirer, comme s'ils avaient vécu pendant tout ce temps en apnée. Ils eurent du mal à retrouver leurs habitudes de sommeil, ayant gardé le réflexe de se lever dès qu'ils entendaient le moindre son suspect ou, au contraire, lorsqu'ils n'entendaient plus rien, craignant que Marie-Rosalie ait cessé de respirer.

Le notaire, lorsqu'il apprit la nouvelle, fit dire trois messes à la cathédrale Notre-Dame, pour faveur exaucée. *Dieu a entendu mes prières. Dieu m'a pardonné…*

છેલ્લે

Quelques jours plus tard, Philippe reçut une lettre de l'Université Laval. Il n'osa pas l'ouvrir tout de suite, craignant un refus qui aurait mis fin abruptement à ses rêves. Puis il se décida et déchira l'enveloppe d'un coup sec. Il déplia nerveusement la lettre.

Fanette était penchée au-dessus du berceau de Marie-Rosalie lorsque Philippe entra dans la chambre, une lettre à la main. Il arborait une mine grave. Elle le regarda, anxieuse. Il lui fit un sourire radieux :

— Je suis accepté, Fanette. Je commence mes études en médecine dès septembre.

XXXI

Québec
Fin de juin 1858

Une semaine s'était écoulée depuis l'incendie. Les appréhensions d'Amanda s'étaient calmées au contact quotidien des religieuses. Elle s'entendait bien avec Béatrice, qui était douce et d'humeur enjouée. Sœur Odette se montrait pleine de bonté et de patience à l'égard des pensionnaires, qu'elle appelait toujours « ses filles ». Sœur Blanchet lui avait confectionné une nouvelle robe en lin du pays. Ian jouait avec les autres enfants et mangeait à sa faim.

Lorsque sœur Odette chargea Amanda d'aller faire le marché avec Béatrice et sœur Blanchet, Amanda hésita. Elle mourait d'envie de sortir, mais craignait que la police fût toujours à sa recherche. Finalement, elle décida d'en prendre le risque. La police ne s'était pas manifestée, elle serait accompagnée d'une religieuse et d'une pénitente, et elle se perdrait dans la foule. Par précaution, elle mit toutefois un fichu épais pour cacher sa chevelure rousse.

La place du Marché, située au coin des rues Sainte-Anne et Dauphine, était noire de monde. Amanda retrouva avec plaisir les effluves qui se dégageaient des étals, les allées et venues des passants, le passage des voitures. La foule se pressait dans les allées. Sœur Blanchet constata qu'il y avait encore plus de gens qu'à l'accoutumée. Soudain, un homme s'écria :

— Il arrive !

Une autre voix se fit entendre :

— C'est lui ! Le meurtrier de Ouindigo ! Y va être pendu !

Des clameurs s'élevèrent. Amanda tourna la tête en direction des voix. Elle vit à distance une charrette tirée par un cheval et escortée par deux soldats. Une foule surexcitée l'entourait et l'empêchait d'avancer. Amanda, le cœur battant à tout rompre, se fraya un chemin parmi les badauds. Elle s'approcha de la charrette et finit par apercevoir un homme prostré au fond de la voiture. Il portait le costume en lin beige des prisonniers. Ses cheveux sombres et emmêlés cachaient son visage. Quelqu'un s'exclama :

— À mort !

Le prisonnier releva brusquement la tête. Ses yeux noirs semblaient lancer des éclairs. Un homme hurla :

— À mort le meurtrier ! À mort le tueur de Ouindigo !

La foule s'agita, des exclamations retentirent :

— Assassin ! La corde ! Mort au tueur de Ouindigo !

Amanda regardait le prisonnier fixement. C'était Jacques Cloutier. Il avait maigri, ses traits s'étaient durcis avec les années, mais il n'avait pas changé. Ses mains et ses pieds étaient enchaînés. La charrette passa à quelques pieds d'Amanda. Il leva les yeux vers elle, la reconnut. Un sourire étrange éclaira son visage buriné par le soleil. Les badauds se mirent à vociférer.

— À mort l'assassin !

Les soldats à cheval s'avancèrent vers la foule, qui recula en désordre.

— Arrière ! Laissez passer ! Laissez passer !

Quelques citoyens furieux chargèrent les soldats. L'un d'eux s'empara de la bride d'un des chevaux, qui commença à ruer. Des gardiens, craignant que la situation tourne à l'émeute, coururent prêter main-forte aux soldats, brandissant des gourdins. La foule reflua. Amanda fut entraînée dans le mouvement. C'est alors qu'elle vit l'échafaud, qui avait été dressé devant la prison. Un homme entièrement vêtu de noir et portant une cagoule ajustait une corde suspendue au gibet. Le bourreau… Amanda suivait des yeux chacun de ses gestes, à la fois fascinée et horrifiée. Le prisonnier fut escorté jusqu'à une échelle qui menait à la plateforme. Un prêtre le suivait, psalmodiant des prières et faisant le signe de croix. Jacques Cloutier l'ignorait et regardait droit devant lui, la mâchoire serrée. Un gardien retira la chaîne qui entravait ses pieds. Puis Cloutier grimpa les échelons un à un, s'agrippant aux barreaux avec ses mains enchaînées. Chaque fois qu'il atteignait un nouvel échelon, la foule poussait une sorte de soupir, comme si elle faisait corps avec le prisonnier. Le bourreau l'aida à se hisser sur la plateforme, le conduisit au gibet et lui tendit le bonnet des condamnés. Le prisonnier secoua la tête. Des exclamations admiratives autant que des quolibets accueillirent son geste. Puis le bourreau lui glissa la corde au cou. La foule était redevenue silencieuse, prenant conscience de la solennité du moment. Un homme allait mourir. Seules les psalmodies du prêtre se faisaient entendre.

Amanda ne quittait pas Cloutier des yeux. Quelques minutes, et l'homme qui l'avait laissée pour morte dans la forêt de La Chevrotière, qui l'avait terrorisée pendant toutes ces années, le père de son enfant, ne serait plus. La haine et la pitié formaient en elle un écheveau inextricable. Soudain, elle entendit le bruit de la trappe actionnée par le bourreau. Des cris retentirent. Une jeune femme, debout à une dizaine de pieds d'Amanda, se retourna brusquement pour ne pas voir le sinistre spectacle. Elle portait une robe marron et un chapeau garni d'une voilette qui masquait son visage. La jeune femme souleva lentement sa voilette. Elle regardait Amanda avec intensité. Ses yeux avaient la couleur d'une améthyste. *Mon Dieu, faites que ce ne soit pas elle...* La jeune femme s'avança soudain vers elle en s'écriant:

— Amanda!

En entendant son nom, Amanda se détourna et tenta de se frayer un chemin dans la foule compacte, indifférente aux protestations des badauds qu'elle bousculait au passage. Elle avait reconnu la jeune femme. Elle avait reconnu ses yeux, sa voix. C'était Fanette, c'était sa petite sœur, sa Fionnualá. La peine et la honte l'étouffaient. Elle courut sans penser à rien d'autre que d'échapper à son regard, à ses questions. Elle se retourna, se rendit compte que Fanette la suivait. Elle redoubla d'efforts, réussit à échapper aux badauds qui s'attardaient sur la place devant la prison, traversa la rue Saint-Jean en frôlant une voiture qui passait au même moment, puis s'engagea en courant sur la rue Saint-Stanislas. Elle arriva à la hauteur de St. Bridgid's Home, puis poursuivit son chemin, les poumons en feu, et aboutit à la rue Sainte-Hélène. Elle sut tout de suite où la mèneraient ses pas. Le clocher de l'église St. Patrick se dressait dans un ciel sans nuages. Elle se précipita vers la porte, l'ouvrit, entra dans l'enceinte. Elle avança à tâtons dans l'allée sombre, s'écroula sur un banc, tentant de reprendre son souffle.

— Mary !

Amanda leva les yeux vers le père McGauran, qui la regardait avec inquiétude.

— Je ne m'appelle pas Mary. Mon nom est Amanda O'Brennan.

Le visage du prêtre exprima la surprise. Ce nom évoquait un souvenir. Elle poursuivit, la gorge serrée :

— Je suis arrivée à la Grosse Isle avec ma famille. Ma mère est morte là-bas, à bord du *Rodena*. Elle était atteinte du typhus. Vous lui avez donné les derniers sacrements.

Le prêtre se souvint.

— Vous aviez deux frères, n'est-ce pas ?

Amanda acquiesça.

— Et une petite sœur ?

— Fionnualá.

Fionnualá… Une petite fille aux longs cheveux noirs et aux yeux bleus assombris par le chagrin… Un goéland qui vole dans le ciel gris…

Amanda leva les yeux vers le prêtre.

— Mon père, je voudrais me confesser.

Ce furent davantage des confidences qu'une confession. Amanda, agenouillée dans le confessionnal, parla pendant plus d'une heure. Elle s'étonna elle-même du flot de paroles qui sortit de sa bouche, elle qui avait enfoui si longtemps dans son cœur tant de secrets et de peines inavouables. Elle lui raconta son viol, le secret de sa grossesse, son déchirement lorsqu'elle avait abandonné sa petite sœur pour fuir avec Jean Bruneau, l'assassinat de ce dernier par Jacques Cloutier, ses années de prostitution, son amour pour son fils, sa haine et sa pitié pour le père d'Ian. Le prêtre l'écoutait en silence, la tête légèrement inclinée. Quand elle eut terminé, il lui donna l'absolution.

— Amanda, Dieu ne vous juge pas. Ne vous jugez pas vous-même.

Amanda retourna à l'abri Sainte-Madeleine avec le sentiment de s'être déchargée d'un immense fardeau. Les paroles du prêtre avaient agi comme un baume sur une plaie vive. Elle ressentait un apaisement comme elle n'en avait pas éprouvé depuis longtemps. En approchant de Sainte-Madeleine, elle vit Ian qui jouait dans la cour avec d'autres enfants. Béatrice, portant sa robe bleue, balayait l'entrée devant la porte. Amanda eut l'impression d'être rentrée chez elle après un très long voyage. Elle s'adressa à Béatrice :

— Sais-tu où se trouve sœur Odette ?

— À la chapelle.

Amanda se dirigea vers la chapelle attenante à la maison. Sœur Odette était agenouillée devant le petit autel, les mains jointes devant elle. Amanda, ne voulant pas la déranger pendant ses dévotions, fit un mouvement pour partir, mais sœur Odette se redressa et l'aperçut. Un sourire éclaira son visage. Amanda s'approcha d'elle.

— Sœur Odette, je souhaite devenir pénitente.

Sœur Odette la regarda dans les yeux.

— Ma fille, ton enfant et toi êtes les bienvenus dans notre maison. Rien ne t'oblige à porter la robe des pénitentes tant que tu ne t'en sentiras pas prête.

— Je veux la porter.

XXXII

Québec
Mi-août 1859

Emma Portelance se leva tôt, comme c'était son habitude, et alluma le poêle pour faire du café. Il n'était que six heures du matin, mais la chaleur était déjà suffocante. Elle avait eu du mal à dormir, même en laissant les volets de sa fenêtre grand ouverts. Elle prit un seau, sortit, se dirigea vers le tonneau qui restait en permanence sous la gouttière pour y recueillir l'eau de pluie. Il était presque vide. Il n'avait pas plu depuis des semaines. Le porteur d'eau faisait sa tournée une fois par semaine, mais le niveau de la rivière Saint-Charles ayant considérablement baissé, l'approvisionnement était limité à une barrique par foyer. Après les terribles incendies de 1845 qui avaient ravagé les quartiers Saint-Roch, dans la basse ville, et Saint-Jean-Baptiste, dans la haute ville, des travaux avaient été entrepris à l'été de 1852 pour construire un aqueduc municipal à la Jeune Lorette, sur la rivière Saint-Charles, à un peu plus de sept milles de Québec. Un barrage et un château d'eau y avaient été érigés. L'eau de la rivière, harnachée par le barrage, était acheminée par des tuyaux en fonte et desservait les rues principales de la ville, mais une grande partie des foyers n'y avait pas encore accès. Emma rêvait du jour où chaque maison de Québec aurait de l'eau potable à portée de la main. Elle jeta un coup d'œil au potager. La terre craquelait, les plants de pommes de terre et de carottes s'étiolaient ; leurs feuilles avaient prématurément jauni. La petite plate-bande consacrée aux fines herbes faisait peine à voir. Elle hocha la tête. Si le temps sec persistait, il y aurait sécheresse. Cette pensée la décida à se rendre au domaine de Portelance. Elle en profiterait pour récolter le loyer que son ancien intendant lui devait sur la part du domaine Portelance qu'elle n'avait pas cédée au notaire Grandmont. Cet argent serait le bienvenu ; malgré ses efforts pour économiser, il ne restait presque plus rien de la somme que son avoué, maître Hart, lui avait si généreusement avancée. Elle entendit un toussotement. L'inquiétude lui comprima la poitrine. Eugénie avait recommencé à tousser depuis quelque temps. Elle persistait à vouloir se rendre chaque jour au refuge du Bon-Pasteur, et Emma n'osait intervenir. *Si sa toux continue, je vais chercher Henri, qu'elle le veuille ou non...* Il y avait longtemps qu'Henri n'était venu souper chez elles, comme il le faisait si souvent auparavant. Emma était occupée par son travail au refuge, et le docteur lui-même était accaparé par ses patients ; elle n'avait pas vraiment eu le temps de s'attarder aux raisons de cet éloignement. Bien sûr, la précarité de leur situation financière y était pour quelque chose, et elle ne voulait pour rien au monde que le docteur Lanthier se rende compte de leur dénuement et offre de leur venir en aide. Mais, en y pensant bien, il y avait une autre cause au refroidissement de leurs relations. Il datait de la demande en mariage. Le docteur s'était incliné devant le refus d'Eugénie avec son tact et son élégance habituels, usant même d'humour, mais Emma le connaissait assez pour savoir qu'il en avait été affecté, peut-être plus profondément qu'elle ne l'aurait cru. Les soupers avaient repris par la suite, mais s'étaient peu à peu espacés. Emma n'avait pas osé aborder la question avec lui, par délicatesse et par pudeur, mais elle en avait parlé à Eugénie, craignant qu'elle ait refusé ce mariage dans un esprit d'abnégation, pour ne pas la laisser seule. Eugénie avait affirmé que son refus n'avait rien d'un sacrifice, qu'elle était heureuse avec Emma et ne désirait pas une autre vie. Emma avait décidé de la croire, mais elle se demandait parfois si sa chère Eugénie n'avait pas regretté sa décision. Elle laissa du café sur le poêle et une note écrite rapidement sur un bout de papier : « Je pars pour le domaine. Serai de retour pour le souper. Tâche de te reposer. Emma. »

Emma déposa le mot sur la table de la cuisine, fut tentée de biffer la phrase « Tâche de te reposer », puis haussa les épaules, irritée contre elle-même. Elle avait tout de même le droit de souhaiter du repos à Eugénie sans que cette dernière en fît un plat. Elle prit sa grande capeline, accrochée à une patère dans l'entrée de la maison, mit quelques provisions sèches dans un panier, puis attela son boghei.

☙

La voiture d'Emma roulait bon train sur le chemin du Roy, soulevant un nuage de poussière. Les champs s'étendaient à perte de vue. Emma constata à quel point les tiges, normalement hautes et droites à la mi-août, semblaient jaunes et rabougries. Le son strident des cigales s'élevait et s'éteignait par intervalles. Emma leva les yeux vers le ciel : pas un seul nuage à l'horizon.

Le boghei s'arrêta devant la maison que monsieur Dolbeau et sa femme avaient continué d'occuper, même après que madame Portelance eut cédé une partie de son domaine au notaire. C'était l'une des conditions qu'elle avait imposées en contrepartie du versement de la dot de Fanette. Emma descendit de sa voiture, s'approcha de la maison. Elle fut étonnée par le silence qui régnait, brisé seulement par la mélopée des cigales. Elle gravit les marches menant au portique, sortit un mouchoir de son corsage et s'épongea le front. La chaleur était telle qu'une sorte de brume semblait monter du sol. La porte s'ouvrit. Madame Dolbeau apparut sur le seuil.

— Madame Portelance !

Emma remarqua de l'inquiétude malgré son sourire avenant.

— Où est monsieur Dolbeau ?

Le visage de madame Dolbeau s'assombrit. Elle désigna les champs du domaine, qui s'étendaient jusqu'au fleuve.

— Il y va chaque jour que l'bon Dieu amène.

Emma mit sa main en visière au-dessus de ses yeux, aperçut monsieur Dolbeau debout au milieu d'un champ de blé. Elle décida d'aller l'y rejoindre malgré la chaleur. Des tiges sèches craquaient sous ses pas. Monsieur Dolbeau se tourna vers elle. Il souleva son chapeau de paille, puis le remit sur sa tête.

— Pas une goutte de pluie depuis juin, se contenta-t-il de dire, la mine sombre, à part une averse qui a duré le temps d'une chanson.

Il se pencha, prit une tige de blé entre ses doigts, l'arracha, puis écrasa les épillets brunâtres entre son pouce et son index. L'épi se désintégra en une poussière fine qui s'éparpilla dans l'air sec. Des corneilles s'envolèrent d'un gros chêne en croassant.

— C'est pareil avec l'avoine pis le seigle qu'on a semés cette année. Encore que'ques semaines sans pluie pis les récoltes vont être perdues.

Emma suivit des yeux le vol des corneilles, qui traçaient une ligne noire sur un ciel désespérément bleu. Elle s'était attendue à de mauvaises nouvelles, mais la situation était plus grave que ce qu'elle avait appréhendé.

— Il faut qu'il pleuve, murmura-t-elle.

Il regarda le ciel à son tour, puis haussa les épaules.

— J'suis pas devin, mais c'est pas parti pour ça.

Emma regarda monsieur Dolbeau, pensive, puis elle prit une décision.

— Je renonce à mon loyer pour le moment.

Monsieur Dolbeau leva les yeux vers elle, abasourdi. Puis il secoua la tête.

— Une dette, c'est une dette, ma'me Portelance, dit-il, la mine butée. Je vais vous payer, quand bien même j'hypothéquerais la maison.

Emma contint son irritation. Son ancien intendant n'avait pas changé ; toujours aussi obstiné ! Elle reprit patiemment :

— Si la sécheresse persiste, comme de raison.

Monsieur Dolbeau resta silencieux, puis maugréa.

— C'est ben d'adon.

Il repartit vers la maison, laissant Emma en plan. Cette dernière ne s'en formalisa pas. Elle connaissait le caractère ombrageux de monsieur Dolbeau et surtout, sa fierté. Il avait toujours payé ses rentes rubis sur l'ongle et ne s'était jamais endetté de sa vie. Lorsque Emma revint vers la maison, madame Dolbeau lui tendit un panier dans lequel elle avait placé des pains de ménage, des saucissons, quelques bouteilles de cidre. Emma voulut refuser, mais l'épouse du métayer insista :

— Mon mari m'a dit, pour le loyer. C'est bien le moins, après ce que faites pour nous autres.

⌘

Eugénie, debout devant le poêle, souleva le couvercle d'une marmite et piqua une pomme de terre avec une fourchette pour en vérifier la cuisson. Elle avait fait cuire les dernières pommes de terre qui restaient dans la petite chambre froide où Emma gardait leurs réserves. Elle remit le couvercle en place, saisit la marmite par les poignées et la transporta vers l'évier en grès. À peine eut-elle déposé la marmite qu'elle fut prise d'une quinte de toux. Elle chercha un mouchoir dans la manche de sa robe, le mit sur sa bouche. La quinte dura un moment, lui faisant venir des larmes aux yeux. Une fois la toux calmée, Eugénie s'apprêtait à se tamponner les yeux lorsqu'elle vit des traces de sang sur son mouchoir. Elle entendit un bruit de roues et de sabots : c'était sûrement Emma qui rentrait du domaine de Portelance. Prise de panique, Eugénie courut vers le poêle, en ouvrit la porte, jeta le mouchoir sur les braises et referma la porte du poêle, le souffle court.

Emma dételait son boghei, donna du foin et un peu d'eau à sa jument, puis entra dans la maison en passant par la porte de la cuisine, le panier de provisions que madame Dolbeau lui avait offert au bras. Eugénie l'accueillit comme si de rien n'était.

— Tu as fait bon voyage ?

Emma, préoccupée par sa visite chez les Dolbeau et par le spectre d'une sécheresse, ne remarqua pas les joues un peu trop rouges et les yeux un peu trop brillants d'Eugénie. Elle déposa le panier sur la table de la cuisine.

— J'ai renoncé à mes rentes pour quelque temps. Il va peut-être falloir vendre quelques meubles. Je pense qu'on pourrait tirer un bon prix de l'armoire qui a appartenu à mon père. Et peut-être aussi de la machine à laver dont Henri m'avait fait cadeau.

XXXIII

La nouvelle qu'Amanda souhaitait devenir une fille du Cœur-de-Marie, comme on appelait les pénitentes de Sainte-Madeleine, fut accueillie avec joie par la petite communauté. Sœur Blanchet tint à lui confectionner elle-même son costume bleu des pénitentes. Il lui restait quelques verges de tissu, et comme elle avait déjà pris les mensurations d'Amanda, elle commença à tailler l'étoffe, en assembla les pièces et fut bientôt prête pour un essayage. Amanda revêtit la robe et monta sur un tabouret tandis que sœur Blanchet, la bouche pleine d'épingles, effectuait les retouches. Ian observait la scène de ses grands yeux songeurs, fasciné par la couleur azur de la robe et les mains agiles de la religieuse, qui semblaient voleter autour d'Amanda comme les ailes d'un oiseau. Sœur Blanchet eut bientôt terminé et observa le résultat avec satisfaction. Sœur Odette entra dans la chambre sur l'entrefaite et s'adressa à Amanda en souriant :

— Tu as de la visite.

Amanda, intriguée, descendit du tabouret et suivit sœur Odette dans l'escalier qui menait au rez-de-chaussée. Elle reconnut sans peine la longue silhouette du père McGauran. Il semblait soucieux. Sœur Odette, avec son tact habituel, sentit qu'il voulait s'entretenir en privé avec Amanda, elle les laissa donc seuls dans le réfectoire. Le prêtre s'installa sur une chaise en face d'Amanda. Il remarqua qu'elle portait la robe bleue des filles du Cœur-de-Marie.

— J'ai reçu la visite de votre sœur, Fanette.

Amanda garda le silence, saisie. Le prêtre poursuivit :

— Elle vous cherche désespérément. Elle veut vous revoir.

Les traits d'Amanda se figèrent. Elle songea à l'annonce que Fanette avait fait paraître dans le journal *L'Aurore*. Elle l'avait précieusement gardée dans le tiroir de sa commode.

— Vous lui avez dit que j'étais ici ? dit-elle, la voix blanche.

— Non.

Amanda remarqua son malaise.

— Que lui avez-vous dit sur moi ?

Ce fut à son tour de garder le silence. Elle se pencha au-dessus de la table, tendue.

— Je vous en prie, mon père, répondez-moi.

Le prêtre lui dit la vérité :

— Je lui ai appris que vous aviez un enfant.

Amanda accusa le coup.

— Elle sait qui est le père ?

Il secoua la tête.

— Bien sûr que non.

Amanda le regarda avec un air de reproche.

— Vous n'auriez pas dû lui parler de mon fils.

— Votre sœur vous aime. Elle ne comprend pas que vous cherchiez à lui cacher l'existence d'Ian. Elle m'a même dit : « Comment peut-elle si mal me connaître ? »

Les paroles du prêtre bouleversèrent Amanda à tel point qu'elle se leva et fit quelques pas vers la fenêtre du réfectoire, qui donnait sur la cour intérieure. Un arbre chétif avait perdu ses feuilles prématurément.

— J'ai été une fille de joie pendant dix ans.

— Et maintenant, vous êtes une fille du Cœur-de-Marie.

Elle se tourna vers lui. Ses joues étaient mouillées de larmes.

— Le père de mon fils était un assassin.

— Ne portez pas sur vos épaules les crimes d'un autre.

— Quand j'ai quitté la ferme des Cloutier, j'avais promis à Fanette de revenir la chercher. Je l'ai abandonnée.

— Alors ne l'abandonnez pas une deuxième fois.

Amanda resta silencieuse un moment.

Le père McGauran se leva, s'avança vers elle.

— Il y a une deuxième raison à ma visite.

Amanda fut frappée par sa gravité.

— Après la visite de votre sœur, deux policiers se sont présentés à mon *Home*. Ils étaient à la recherche d'une certaine Amanda O'Brennan.

Amanda accusa le coup. Il s'empressa d'ajouter :

— Je leur ai dit que je ne connaissais personne de ce nom, au grand désarroi de la pauvre Mrs McPherson. Elle croit dur comme fer qu'un prêtre ne ment jamais.

Après le départ du père McGauran, Amanda se rendit à sa chambre. Il y avait une vieille commode au fond de la pièce ; chaque fille avait son propre tiroir. Elle ouvrit le sien, fouilla à l'intérieur et trouva ce qu'elle y cherchait : c'était l'annonce de Fanette. Elle en connaissait le texte par cœur, mais le relut néanmoins. Elle vint ensuite retrouver sœur Blanchet, lui demanda du papier à lettres, une plume et un encrier. Elle se dirigea vers le réfectoire, qui était tranquille à cette heure de la journée, s'installa à une table et commença à écrire.

Mo Fionnualá,

Má fhaigheann tú an litir seo, bíodh a fhios agat go bhfanfaidh mé leat Dé hAoine an séú lá de Lúnasa istigh in eaglais Naomh Pádraig, ar sráid San Héilin, ag a haon déag a chlog. Beidh mé i mo shuí in aice le tuama an athar Mhic Mhathúna. Caithfidh mé muince ár máthar. Le cúnamh Dé, buailfimid le chéile arís eile.

Beidh grá agam duit i gcónaí,

Amanda

Amanda inscrivit l'adresse du journal *L'Aurore de Québec* sur l'enveloppe, puis ajouta : « À l'intention de F. O. » Elle demanda ensuite à Béatrice de se rendre à la rédaction du journal *L'Aurore de Québec* pour y apporter sa lettre. Béatrice accepta sans poser de questions, et en revint une vingtaine de minutes plus tard.

— Voilà, c'est fait.

Voilà, c'est fait. Amanda avait répondu à l'annonce de sa sœur. Il ne lui restait plus qu'à espérer que la rédaction du journal remette sa lettre à Fanette, et que celle-ci se rende au rendez-vous qu'elle lui avait donné, le jour de l'anniversaire de Maureen, leur mère.

⁓

Béatrice portait une marmite remplie d'eau bouillante, qu'elle déversa dans une cuve remplie de linge, puis déposa le chaudron par terre. Le soleil dardait ses rayons sur le sol poudreux de la cour intérieure. Béatrice retroussa ses manches, mit de la soude caustique dans la cuve, s'empara d'un bâton et brassa le linge avec vigueur. Au bout d'un moment, elle entendit un bruit de sabots qui s'approchait. Elle tourna la tête et aperçut deux policiers montés qui s'étaient arrêtés devant la maison. Elle fronça les sourcils. L'abri Sainte-Madeleine recevait régulièrement la visite de la police ; le plus souvent, c'était à la suite de plaintes de citoyens qui n'appréciaient guère la présence d'anciennes prostituées dans leur voisinage. Parfois, la police était à la recherche d'un prévenu et voulait interroger l'une des filles. Pour une raison ou pour une autre, leur visite était rarement une bonne nouvelle. Elle-même, du temps où elle se prostituait sur les plaines d'Abraham, avait été arrêtée plus souvent qu'à son tour et avait effectué plusieurs séjours à la prison de Québec, dont elle gardait un fort mauvais souvenir. Elle avait beau s'être amendée, elle conservait une méfiance viscérale envers les forces de l'ordre. Elle abandonna sa tâche, s'essuya les mains sur son tablier et entra dans la maison en passant par la cuisine. Elle s'engagea dans le couloir sombre qui menait à l'escalier. Amanda descendait les marches, pimpante dans sa nouvelle robe bleue.

— La police est icitte, dit-elle à Amanda. J'sais ben pas ce qu'y nous veulent encore.

Amanda blêmit.

Avec l'intuition de celles qui ont connu la vie de la rue et ses embûches, Béatrice eut la conviction qu'Amanda avait déjà eu des ennuis avec la justice. Des coups retentirent brusquement sur la porte.

— Ian ! balbutia Amanda.

Amanda leva instinctivement les yeux dans l'escalier, derrière elle, et aperçut son fils qui était assis sur une marche. Les coups retentirent de plus belle. Sœur Odette, alarmée par le bruit, sortit de son bureau en laissant la porte entrouverte. Béatrice s'élança vers elle sans perdre une seconde :

— La police, chuchota-t-elle. Y faut cacher Mary.

Sœur Odette garda son sang-froid. Elle se tourna vers Amanda.

— Allez vous réfugier dans la chapelle, chuchota-t-elle. Ils n'oseront pas y entrer.

Amanda fit signe à son fils de descendre de l'escalier, tout en mettant un doigt sur sa bouche pour lui faire comprendre de garder le silence. Ian obéit. Il ne comprenait rien à ce qui se passait, mais à voir le visage inquiet des grandes personnes, il se doutait que c'était grave. Amanda lui saisit une main et l'entraîna en direction de la chapelle, qui avait été bâtie à côté de la maison, mais à laquelle on pouvait accéder directement par une porte. Les coups redoublèrent d'ardeur. Sœur Odette fit signe à Béatrice de retourner à sa corvée. Cette dernière obéit. Sœur Odette s'avança vers l'entrée, ouvrit la lourde porte qui donnait directement sur la rue. Un policier était debout sur le seuil tandis qu'un autre finissait d'attacher les deux chevaux à un lampadaire, situé à quelques pieds de la maison. Le premier policier effleura son casque avec le bout des doigts et inclina légèrement la tête avant de s'adresser poliment à sœur Odette :

— Bonjour, ma sœur. On cherche une dénommée Amanda O'Brennan.

Le gendarme lui fit une description de la femme recherchée : vingt-deux ou vingt-trois ans, cheveux roux, yeux gris.

Sœur Odette garda son calme.

— Il n'y a pas d'Amanda O'Brennan dans cette maison.

Sœur Odette ne mentait pas. C'était la première fois qu'elle entendait ce nom.

Le gendarme revint à la charge.

— On a reçu l'ordre de fouiller les refuges et les abris de la ville.

Sœur Odette recula pour les laisser entrer. L'un des policiers se dirigea vers la cuisine, tandis que l'autre grimpait l'escalier. Après une demi-heure, ils revinrent bredouilles. Le premier policier fit mine de se diriger vers l'annexe, où se trouvait la chapelle. Sœur Odette s'interposa :

— C'est notre chapelle, dit-elle, l'air sévère. Un lieu de prière et de méditation.

Les deux policiers échangèrent un regard, puis le premier haussa les épaules. Ils avaient fouillé la maison de fond en comble et avaient encore plusieurs refuges à visiter. Ils sortirent. Sœur Odette entendit le piaffement des chevaux, le cliquetis des étriers, puis le martèlement des sabots résonna sur le pavé. Elle attendit encore un long moment, puis se dirigea vers la chapelle.

Amanda, agenouillée sur un prie-Dieu au fond de la chapelle, avait les mains jointes et les yeux fermés. Ian, assis sur le banc à côté d'elle, balançait ses jambes. La porte s'ouvrit en grinçant légèrement. Sœur Odette s'avança vers eux.

— Ils sont partis, dit-elle à voix basse.

Amanda poussa un soupir de soulagement. Sœur Odette se garda bien de lui demander pourquoi la police était à ses trousses. Le passé de ses filles ne la regardait pas, ni le nom qu'elles portaient. Ce qui lui importait, c'était le salut de leur âme. Mais elle s'était attachée à Mary et à son fils et s'inquiétait de leur sort. Amanda lui fut reconnaissante de ne pas lui poser de questions, mais elle voyait bien que la religieuse était troublée.

— Ma sœur, je vous jure que je n'ai rien fait de mal.

— Je ne te demande rien. Tant que tu vivras sous notre toit, tu seras sous notre protection.

XXXIV

Québec
Le 6 août 1858

Le matin du 6 août, Amanda revêtit le costume bleu des pénitentes du Cœur-de-Marie que sœur Blanchet avait confectionné
pour elle. Elle ajusta le voile sur ses cheveux roux. Ian fit irruption dans la chambre, un bilboquet en bois à la main. Il posa ses
grands yeux songeurs sur sa mère.

— Où tu vas ? dit-il.

— J'ai un rendez-vous.

— Avec qui ?

— Avec quelqu'un que j'aime beaucoup.

Croyant deviner, il s'exclama :

— Papa ?

Amanda se tourna vers lui.

— Non, Ian. Il s'agit de ta tante.

— Fanette ?

Amanda lui avait souvent parlé de Fanette et du reste de
sa famille. Il savait que ses grands-parents étaient morts des
suites du typhus après avoir quitté l'Irlande pour échapper à
la grande famine, et que ses oncles et sa tante avaient été dispersés, mais il ignorait que Fanette habitait dans la même
ville qu'eux.

— Emmène-moi avec toi !

Amanda vint vers lui, lui caressa la tête.

— Je ne peux pas.

— Pourquoi ?

— C'est trop risqué.

— Si c'est risqué, pourquoi tu y vas ? dit-il avec la logique propre aux enfants.

Une horloge sonna la demie. Amanda, frémissant d'impatience, éleva la voix :

— *A Iain, fanfaidh tú anseo, sin uile é !* Ian, tu restes ici, un point c'est tout !

Amanda se servait spontanément de sa langue maternelle dans les moments d'émotion, lorsqu'elle était irritée ou qu'elle avait quelque chose d'important à dire. Ian partit bouder dans un coin, tandis que sa mère achevait sa toilette.

Sœur Odette l'attendait au pied de l'escalier. Amanda lui avait parlé de son rendez-vous à l'église St. Patrick. La religieuse posa une main sur son bras.

— Que Dieu t'accompagne.

Il y avait plus d'un mois que les deux policiers avaient fait irruption à l'abri, mais sœur Odette n'en était pas moins inquiète. Amanda prit un ton rassurant :

— L'église n'est qu'à cinq minutes d'ici. Tout ira bien.

Une lumière vive blanchissait les murs et le pavé comme s'ils avaient été enduits de chaux. Amanda marchait d'un bon pas sur la rue Richelieu, malgré la chaleur. Il n'y avait pas de brise. Les feuilles restaient immobiles ; même les oiseaux se taisaient. Une charrette chargée de tonneaux la croisa. Amanda poursuivit son chemin, jetant parfois un coup d'œil derrière elle, aux aguets. Entendant un bruit furtif, elle se retourna vivement. Ian, debout à quelques pas d'elle, la regardait, les yeux suppliants. Elle courut vers lui, furieuse.

— Ian, retourne tout de suite à Sainte-Madeleine !

— Je reste avec toi ! s'écria-t-il, obstiné.

Elle pensa rebrousser chemin pour ramener son fils à l'abri, mais elle craignait d'arriver en retard à son rendez-vous avec Fanette. Elle se résigna donc à l'emmener avec elle et lui prit la main. Ian lui fit un grand sourire. L'irritation et l'anxiété d'Amanda fondirent devant la joie de son fils. Ils se remirent en marche sous un soleil de plomb. Ils arrivèrent au bout de la rue

Richelieu, dont le prolongement était la rue Sainte-Hélène, là où se trouvait l'église St. Patrick. Amanda entendit un claquement de sabots sur le pavé. Elle aperçut à distance une dizaine de cavaliers. Ils portaient des uniformes rouges. L'effroi la saisit. Des soldats britanniques. Amanda se rappela soudain qu'il y avait une garnison sur la rue de l'Arsenal. Les soldats n'étaient pas des policiers, mais elle les craignait tout autant. Une haie de cèdres ceinturait une grosse maison en pierre. Elle courut vers les bosquets, tirant son fils par le bras. Ian, croyant qu'il s'agissait d'une sorte de jeu de cache-cache, se laissa entraîner par sa mère en riant. Amanda se réfugia derrière la haie, gardant son fils accroupi près d'elle. Elle lui fit signe de garder le silence. Il ne riait plus, attentif au moindre geste de sa mère. Le bruit de sabots s'approcha. Amanda retint son souffle. Les cavaliers passèrent à quelques pieds des bosquets. Amanda distinguait clairement leurs voix, le cliquetis de leurs armes. L'un d'eux s'arrêta, prit une gourde qu'il gardait à sa ceinture et but à longs traits. Puis les soldats poursuivirent leur route. Amanda attendit un long moment avant d'oser sortir de sa cachette. Puis elle chuchota à son fils :

— Reste ici. Je reviens tout de suite.

Elle fit prudemment quelques pas vers la rue, jeta un coup d'œil autour d'elle : les soldats avaient disparu. Elle revint vers son fils. Il avait l'air effrayé, mais faisait un effort pour contenir ses larmes.

— Ils sont partis. Viens.

Elle lui prit la main et rebroussa chemin. L'incident des soldats l'avait fait réfléchir. Elle était bien décidée à ne plus faire prendre de risques à son fils.

— On retourne à Sainte-Madeleine.

Cette fois, Ian ne protesta pas. Sœur Odette fut surprise de voir Amanda revenir avec Ian. Amanda lui expliqua :

— Il m'a suivie. Prenez bien soin de lui.

Amanda embrassa son fils.

— Sois sage. Je reviendrai tout à l'heure.

Ian courut vers l'escalier et grimpa les marches quatre à quatre. Amanda le suivit des yeux, puis s'adressa à sœur Odette :

— Si jamais il m'arrivait quelque chose, promettez-moi de ne jamais donner Ian en adoption.

— Il ne vous arrivera rien.

Amanda insista ; il y avait une note presque solennelle dans sa voix :

— Sœur Odette, promettez...

La religieuse acquiesça.

— Je vous le promets.

Amanda repartit. Elle décida de marcher dans de petites rues, craignant de tomber de nouveau sur des soldats. Une cloche sonna douze coups. Amanda se rendit compte qu'il était déjà midi. Une heure de retard... Elle pressa le pas, anxieuse : pourvu que Fanette l'ait attendue ! Elle croisa une charrette contenant des ballots de foin, puis une vieille religieuse qui revenait du marché, un panier rempli de légumes au bras. La rue Richelieu était devenue la rue Sainte-Hélène. Heureusement, elle n'était plus qu'à quelques minutes de l'église St. Patrick. Elle vit avec soulagement les pierres grises de l'église surmontée d'un joli clocher argenté. Sa vue la rassura. Fanette serait au rendez-vous, elle en était certaine. Une onde de joie lui fit battre le cœur. Une élégante calèche était garée non loin de là. Un jeune homme était debout à côté du véhicule et consultait sa montre comme s'il attendait quelqu'un. Amanda s'arrêta sur ses pas, hésitante. Le jeune homme leva les yeux vers elle, la regarda avec un peu trop d'insistance. Le cœur d'Amanda se serra d'appréhension. Se trouvait-il là par hasard ? Se pouvait-il qu'il la connaisse ? Elle continua de marcher en direction de l'église ; son pas était devenu incertain. Son attention fut soudain attirée par un point qui bougeait à l'extrémité de la rue Sainte-Hélène. Le point s'approchait. C'était un cabriolet noir. Il roulait rapidement sur la rue Sainte-Hélène, soulevant un nuage de poussière. Amanda regardait la voiture rouler dans sa direction, comme hypnotisée. Le soleil faisait miroiter les glaces de la voiture ; impossible de distinguer qui se trouvait à l'intérieur. Ce n'est que lorsque le cabriolet fut à une trentaine de pieds qu'elle vit deux cavaliers qui le suivaient de près. Ils portaient des uniformes noirs, leurs casques luisaient au soleil. Des policiers.

Retourne sur tes pas. Va-t'en d'ici… Amanda fit un mouvement pour fuir, mais ses membres étaient paralysés par la peur, ses yeux, aveuglés par le soleil. Les policiers l'aperçurent. L'un d'eux éperonna sa monture et s'avança dans sa direction, tandis que l'autre restait sur place, comme pour bloquer la voie. Le cavalier s'arrêta à quelques pas d'elle. La portière du cabriolet s'ouvrit. Un homme vêtu de noir et portant un haut-de-forme et des favoris blancs apparut sur le marchepied. Il descendit de la voiture et s'avança vers Amanda.

— Êtes-vous Amanda O'Brennan ?

Elle le fixa sans répondre. Elle n'avait jamais vu cet homme, mais sa voix ferme, sa démarche pleine d'assurance dénotaient quelqu'un d'important. Les rayons du soleil semblaient clouer les silhouettes sur le pavé. L'homme en noir fit un autre pas vers elle. Il avait mis un masque de bienveillance.

— Je suis le coroner Georges Duchesne. Je fais une enquête sur le meurtre de Jean Bruneau. Votre témoignage pourrait nous être très utile.

Le coroner Duchesne… Amanda eut un mouvement de recul. Le policier le plus proche d'elle se pencha sur son cheval, tendit une main et l'agrippa par un bras. Elle se débattit, réussit à se dégager et se mit à courir sur la rue Sainte-Hélène. Le cavalier partit à sa poursuite, mais son cheval trébucha sur une pierre, projetant le policier par terre. Il tâcha de se relever, mais fit la grimace en se tenant une épaule. Amanda vit le deuxième cavalier s'élancer vers elle. Elle resta immobile, les yeux agrandis d'effroi. Le cavalier s'approchait d'elle à toute vitesse. Un cri déchirant retentit soudain :

— Attention !

Amanda aperçut une silhouette debout sur le parvis de l'église. Une jeune femme aux cheveux noirs. Même à cette distance, elle sut que c'était Fanette.

— Cours ! cria Fanette.

Amanda, galvanisée par le cri de sa sœur, se mit à courir. Elle continua sa course éperdue jusqu'à l'extrémité de la rue. Amanda se retourna et vit le cavalier qui galopait dans sa direction. La rue Carleton croisait Sainte-Hélène en contrebas. Amanda s'y engagea. Elle haletait, à bout de souffle. Elle jeta un coup d'œil derrière elle : le cavalier n'était plus qu'à une dizaine de pieds. Le désespoir l'envahit. Elle comprit qu'elle n'avait aucune chance de lui échapper. C'est alors qu'elle aperçut un carrosse tiré par deux chevaux qui roulait dans sa direction. Amanda, mue par le seul instinct, se jeta devant les chevaux, faisant des moulinets avec ses bras. Le cocher réussit à immobiliser le carrosse.

— *You bloody fool !* s'écria-t-il, pâle de frayeur.

La portière de la voiture s'ouvrit. Une main énorme et calleuse se tendit vers elle.

— *Get in !*

La voix était impérieuse. Amanda agrippa la main, se hissa dans la voiture. La portière se referma et la voiture repartit brusquement. L'intérieur de la voiture était sombre ; des rideaux rouges couvraient les fenêtres. Amanda reprit peu à peu son souffle. La voiture roulait rapidement. Elle sentait les cahots de la chaussée. Ses yeux s'habituèrent à l'obscurité. Un homme à la carrure imposante était installé sur le siège de devant. Il avait les yeux d'un vert ambré, les cheveux d'un roux flamboyant. Pendant un instant hallucinant, Amanda eut l'impression que son père était assis sur la banquette en face d'elle. Puis elle le reconnut. Il y avait huit ans qu'elle ne l'avait revu, mais son visage, sa stature, ses yeux verts si pénétrants étaient inoubliables. Le carrosse roulait à tombeau ouvert. Amanda, encore sous le choc de la surprise, réussit à articuler :

— Monsieur Beggs ?

Il la fixa avec ses yeux pénétrants :

— Je ne sais pas de qui vous voulez parler. Mon nom est Alistair Gilmour.

Quatrième partie

Le Lumber Lord

XXXV

Québec
Le 6 août 1858

La voiture roulait toujours aussi rapidement. Une fois revenue du choc de la surprise, Amanda reprit peu à peu ses esprits. L'homme qui disait s'appeler Alistair Gilmour gardait les yeux fixés sur elle.

— Je me suis présenté, c'est maintenant votre tour de le faire. À qui ai-je l'honneur ? demanda-t-il aussi détendu que s'il se fut trouvé dans une soirée mondaine.

Elle répondit en balbutiant :

— Je m'appelle… Mary Kilkenny.

Elle le surveilla du coin de l'œil. Le visage de l'homme resta impassible. Ce nom ne sembla éveiller aucun souvenir chez lui. Sa ressemblance avec Andrew Beggs était frappante, mais peut-être s'était-elle trompée. Après toutes ces années, cela n'aurait rien de surprenant.

— Pourquoi la police est-elle à vos trousses ?

Amanda hésita. Il se pencha vers elle. Elle sentit un léger parfum de musc et de tabac.

— Vous ne me connaissez pas, je comprends votre méfiance. Sachez seulement que je vous ai tirée des griffes de ces policiers. Rien ne m'obligeait à le faire. Cela devrait être un gage de confiance.

Amanda le regarda, frappée par la justesse de ses paroles, mais la vie l'avait malmenée et elle avait appris à se méfier, même des gens qui semblaient les plus sincères.

— On m'a prise pour quelqu'un d'autre.

La voiture s'arrêta devant une grille, que deux hommes ouvrirent aussitôt, et s'engagea ensuite dans une allée bordée de peupliers, au bout de laquelle elle s'immobilisa. Un valet ouvrit la portière et aida Amanda à descendre. La lumière vive l'éblouit. Puis elle aperçut une immense demeure qui se dressait devant elle. Elle eut l'impression étrange que la maison était en carton, tellement elle lui semblait irréelle. Elle n'en avait jamais vu de pareilles de toute son existence. Alistair Gilmour lui fit servir un repas dans une cuisine qui aurait pu facilement accommoder une armée. Elle dévora tout ce qu'on lui servit. Le maître de céans ne toucha à rien, se contentant de lui tenir compagnie. Lorsqu'elle eut terminé, il dit simplement :

— Vous ne vous appelez pas Mary Kilkenny, n'est-ce pas ?

Elle resta interdite.

— J'ai beau être retiré dans mes terres, je reçois tout de même quelques journaux. La police est à la recherche d'une certaine Amanda O'Brennan, en tant que témoin d'un meurtre. Une jeune femme rousse, aux yeux gris…

XXXVI

Québec
Début de septembre 1859

Philippe, debout devant une glace, ajustait sa lavallière. Il se préparait à se rendre à sa première journée à l'Université Laval en tant qu'étudiant en médecine. Il se sentait fébrile comme à sa première journée d'école, alors que sa mère l'avait laissé seul dans le préau. Fanette surgit derrière lui, glissa ses bras autour de sa taille.

— Tu feras un excellent médecin.

Il rit.

— Après de longues années d'études, la réussite dans les classes de physiologie, de biologie, d'anatomie, de dissection, de chirurgie, sans compter un an de pratique dans un hôpital reconnu...

Elle rit à son tour. Il l'embrassa, puis saisit une valise en cuir dans laquelle il avait rangé des livres de médecine, dont quelques-uns lui avaient été offerts par le docteur Lanthier. Il se rendit dans la chambre de Marie-Rosalie. Elle était couchée dans un petit lit en bois entouré d'un treillis. Elle était réveillée et gazouillait en ouvrant et fermant ses menottes comme si elle tentait d'attraper la lumière.

❧

— Marie-Rosalie, ne touche pas à mon panier ! s'écria Fanette.

Trop tard ! Le panier était déjà par terre. Marie-Rosalie s'était emparée d'une aiguille qu'elle s'apprêtait à enfouir dans sa bouche. Fanette arriva juste à temps pour la lui arracher des mains. Marie-Rosalie éclata en sanglots. Fanette mit le panier hors de portée et prit sa fille dans ses bras pour la consoler. Comme cela arrive souvent avec les enfants, Marie-Rosalie oublia rapidement sa peine et se débattit pour que sa mère la redépose par terre, puis elle rampa vers sa poupée, qui gisait dans un coin. Fanette s'affala dans un fauteuil, épuisée. Difficile de croire qu'il y avait à peine quelques mois, Marie-Rosalie avait frôlé la mort. Elle était vive et enjouée et n'aimait rien autant que de fouiner partout dans la maison. Philippe avait installé une petite barrière de bois en haut de l'escalier, mais Marie-Rosalie avait déjà trouvé le moyen d'en ouvrir le loquet. Madame Régine l'avait vue un matin vaciller au sommet des marches et était accourue pour la saisir avant qu'elle ne déboule l'escalier.

Fanette chercha machinalement Marie-Rosalie des yeux. Elle fut soulagée de la voir accroupie dans un coin, en train de jouer tranquillement avec sa poupée.

— Cette petite a la bougeotte. C'est un signe d'intelligence ! s'était écriée Emma lors de sa dernière visite chez les Grandmont, alors que la fillette avait renversé un vase en porcelaine de Sèvres auquel le notaire tenait beaucoup.

À l'évocation de sa mère, Fanette ressentit de la tristesse. Elle ne la voyait pas aussi souvent qu'elle l'aurait souhaité. Pour une raison qu'elle n'arrivait pas à comprendre, Emma semblait réticente à ce qu'elle lui rende visite. La dernière fois, Fanette avait remarqué que l'armoire en caissons ornée de losanges et pointes de diamant qui avait appartenu au père d'Emma, le seigneur de Portelance, n'était plus dans le salon. La tapisserie était plus claire là où le meuble était habituellement placé.

— Où est passée votre belle armoire ?

Emma avait haussé les épaules, visiblement embarrassée.

— J'ai décidé de la vendre. Elle prenait trop de place.

Fanette avait senti le malaise d'Emma, mais une sorte de pudeur l'avait empêchée de poursuivre : en quoi cela la regardait-elle ? Sa mère pouvait bien disposer de ses possessions comme elle l'entendait.

Elle regarda pensivement par la fenêtre. Il n'avait presque pas plu de tout l'été. Les feuilles du chêne, devant la maison, avaient jauni tôt et la plupart étaient déjà tombées, ce qui était inhabituel pour un début septembre. Seules quelques feuilles rousses résistaient à l'assaut d'un vent sec et chaud. Des feuilles rousses comme la chevelure d'Amanda. Une année déjà s'était écoulée depuis leur rendez-vous manqué, à l'église St. Patrick. Pas un jour ne passait sans qu'elle ait une pensée pour sa sœur et pour son enfant. Son propre bonheur lui semblait indécent. Elle entendit le claquement d'un fouet, un bruit de roues. Une calèche élégante s'arrêta devant la maison. Elle remarqua les armoiries qui avaient été peintes sur le côté de la voiture : une plume surmontée d'une couronne de laurier, avec la devise *Perseveranti Dabitur* inscrite en lettres d'or sur fond azur. Un valet de pied qui se tenait debout à l'arrière de la voiture sauta au sol. Il portait un kilt écossais.

On frappa à la porte. Madame Régine vint ouvrir et regarda avec effarement le kilt du valet qui laissait voir des jambes fortes et velues. Il lui tendit une enveloppe en chiffon crème dont le sceau rouge arborait les deux lettres entrecroisées du monogramme *AG*. Le serviteur expliqua poliment, dans un français laborieux, qu'il avait ordre d'attendre une réponse du maître de la maison. Madame Régine jeta un autre coup d'œil aux jambes du jeune homme, puis balbutia :

— Attendez ici.

Madame Régine alla porter la missive au notaire Grandmont. Ce dernier l'examina, reconnut le sceau d'Alistair Gilmour, un riche marchand écossais qui lui avait confié l'achat d'un chantier naval et d'un moulin à scie au pied de Cap-Rouge, en amont de la rivière Saint-Charles. Des centaines d'ouvriers, majoritairement d'origine irlandaise et canadienne-française, travaillaient pour lui, sans compter ceux qui avaient construit son immense demeure, située sur le promontoire de Cap-Rouge, qui dominait le fleuve. Le notaire, intrigué, décacheta l'enveloppe, en sortit un carton à liséré or.

Monsieur Alistair Gilmour a l'honneur de solliciter la présence du notaire Louis Grandmont et de sa famille à un dîner suivi d'un bal qui aura lieu à sa résidence de Cap-Rouge, le 10 septembre prochain, à sept heures le soir. Ils seront attendus à partir de cinq heures. Des chambres seront mises à leur disposition pour la nuit.

Le notaire rougit de plaisir et de fierté. Ce fameux bal était de toutes les conversations depuis quelque temps. La *Gazette de Québec* en avait fait tout un plat dans sa chronique mondaine. La rumeur voulait qu'un chef cuisinier français de grande réputation préside aux agapes. Un orchestre d'une trentaine de musiciens avait été engagé pour l'occasion. On annonçait des festivités hors du commun dont des feux d'artifice qui, d'après la rumeur, seraient spectaculaires. Tout ce que la ville comptait de notables y avait été convié ; on disait même que le gouverneur général de la province du Canada, sir Edmund Walker Head, figurait parmi les invités. Or, le notaire Grandmont n'avait jusque-là pas reçu d'invitation. Il commençait à se ronger les sangs et à se demander pour quelle raison son meilleur client le boudait. Le notaire relut le carton, en caressa le papier fin avec une joie qu'il n'avait pas ressentie depuis longtemps. Les fêtes de cette envergure se faisaient plus rares à Québec, surtout depuis que l'Assemblée législative se réunissait à Toronto. Ce serait une occasion unique de rencontrer la bonne société de Québec et de tisser des liens plus étroits avec son célèbre client. Les rumeurs les plus étranges couraient sur Alistair Gilmour. On disait, dans les cercles mondains que le notaire fréquentait, que le constructeur naval avait fait fortune en Écosse et qu'il avait été marié à la fille d'un riche armateur écossais. Cette dernière était morte d'une mystérieuse maladie tout juste un an après leur mariage. Elle l'avait laissé sans enfant, mais doté d'une imposante fortune. Il ne s'était jamais remarié, mais on lui avait prêté de nombreuses liaisons. Ses origines baignaient dans une aura de mystère. D'aucuns prétendaient qu'il était d'extraction modeste et qu'il avait fait son chemin grâce à un sens aigu et impitoyable des affaires ; d'autres, qu'il était le fils illégitime d'un gentilhomme anglais et qu'il avait été adopté par les Gilmour, une famille écossaise prospère de Glasgow. Quelle que fût la vérité, tous les ingrédients étaient rassemblés pour faire d'Alistair Gilmour la nouvelle coqueluche de Québec.

Lorsque le notaire lui montra l'invitation, Marguerite sembla sortir de sa léthargie coutumière et se montra même enthousiaste à l'idée d'échapper un moment à l'ennui qui la rongeait. Philippe avait rencontré Alistair Gilmour à une seule occasion, l'année précédente, dans sa fameuse résidence de Cap-Rouge, afin de procéder à la signature des contrats d'achats du moulin à scie et du chantier de Cap-Rouge. Lorsqu'il revint de l'université, chargé de livres et de nouvelles connaissances, sa mère le prit à part et le bombarda de questions sur le mystérieux marchand naval : était-il aussi grand qu'on le disait ? Était-il vrai que ses yeux étaient empreints d'un magnétisme tel qu'il lui suffisait d'un regard pour hypnotiser quelqu'un ? Philippe, heureux de voir enfin un peu d'animation sur le visage de sa mère, tâcha de répondre du mieux qu'il le put : il avait trouvé monsieur Gilmour cultivé et sans prétention, malgré les signes évidents d'opulence qui l'entouraient. Marguerite ne se satisfit pas des réponses de son fils, qu'elle jugea trop laconiques et terre à terre. Elle préférait imaginer le « Lumber Lord », comme on l'avait surnommé à Québec, comme un personnage plus grand que nature, à la stature imposante et aux manières à la fois exquises et impériales ; un vrai héros de roman qu'Alexandre Dumas lui-même n'aurait pas renié… Depuis que le docteur Lanthier lui avait prêté *Les Trois Mousquetaires*, elle était devenue une lectrice avide du célèbre écrivain. Elle faisait venir chaque nouvelle parution de Paris et les dévorait durant la nuit, s'éclairant avec une simple bougie. D'Artagnan, le comte de Monte Cristo, Joseph Balsamo, le beau comte de La Mole et sa maîtresse, la sensuelle reine Margot, tous ces personnages qui peuplaient ses nuits lui semblaient parfois plus réels que les fantômes qu'elle côtoyait durant sa vie diurne. Aussi compta-t-elle avec impatience les jours qui la séparaient de sa rencontre avec le mystérieux Lumber Lord.

XXXVII

Le coroner Duchesne, installé derrière son pupitre encombré, mais dont chaque pile était bien ordonnée, ses cheveux et ses favoris blancs éclairés par la lumière chiche d'une vieille lampe à l'huile, avait passé la nuit à travailler. Cela lui arrivait de plus en plus souvent, car ainsi, il n'était pas continuellement interrompu par des tâches, des télégrammes ou des subalternes et, de toute manière, étant célibataire et sans enfants, personne ne l'attendait au logis. Il était en train de rédiger un rapport sur une affaire d'extorsion, mais le cœur n'y était pas. Un an s'était écoulé depuis l'arrestation manquée d'Amanda O'Brennan. Il s'en était fallu de si peu qu'il lui mette la main au collet ! Son échec était d'autant plus cuisant qu'il avait bénéficié du concours inespéré du notaire Grandmont en personne. Quel ratage ridicule ! Deux policiers montés n'avaient même pas été capables de rattraper une jeune femme à pied. Il se leva et fit quelques pas vers la fenêtre, regardant distraitement dehors. Un soleil timide rosissait l'horizon. Les réverbères s'étaient éteints. Quelques calèches circulaient déjà devant le rond de chaîne entourant la place d'Armes.

Le coroner retourna à son pupitre, n'arrivant pas à se résoudre à quitter son bureau. Il avait beau être une créature rationnelle, se raisonner en se disant que, de toute manière, le meurtre de Jean Bruneau s'était produit il y avait dix ans, et que son assassin probable, Jacques Cloutier, avait été pendu pour l'assassinat de Clément Asselin, il était obsédé par Amanda

O'Brennan. Elle seule connaissait toute la vérité sur le meurtre de Jean Bruneau, et *il voulait savoir*. Il se dirigea vers un vieux classeur en bois, en sortit le dossier sur l'affaire Jean Bruneau, usé et racorni, le déposa sur son pupitre et s'y replongea, comme quelqu'un qui souffre d'une rage de dents et ne peut s'empêcher de toucher à son abcès. Après la fuite de la dame en bleu, ses agents avaient à nouveau ratissé la ville, visité tous les refuges, examiné les listes de passagers de navires en partance pour Montréal ou New York, et même vers Liverpool, sans découvrir le moindre indice de sa présence. Amanda O'Brennan était demeurée introuvable. Où pouvait-elle s'être réfugiée? Après avoir épluché méticuleusement le dossier, page par page, pour la millième fois peut-être, il poussa un soupir excédé. Il jeta un coup d'œil à la pendule, sur le manteau de la cheminée: sept heures du matin… Il tombait de sommeil. Il se résigna à refermer le dossier et le remit à sa place, enfila son manteau, son haut-de-forme qu'il portait été comme hiver, et sortit. Une pluie froide pour un début d'automne avait commencé à tomber. Il baissa la tête et s'empressa de monter dans son cabriolet. Le coroner, en sus de son salaire, avait droit à l'usage d'une voiture et d'un cocher.

Le cabriolet passa devant la prison de Québec. Le coroner y jeta un regard distrait. Une scène étrange attira son attention. Deux religieuses vêtues de noir étaient penchées sur une jeune femme et l'enveloppaient dans une couverture. Elle grelottait et ses lèvres étaient bleuies par le froid. Il demanda à son cocher d'arrêter et descendit de sa voiture. Il s'avança vers les trois femmes, tenant son haut-de-forme de ses deux mains pour qu'il ne s'envole pas sous les rafales et la pluie qui balayaient la rue.

— Que se passe-t-il, mes sœurs?

L'une des religieuses leva la tête vers lui. Elle avait le regard à la fois franc et doux des personnes qui ont été témoins de beaucoup de misère.

— Cette jeune fille vient de sortir de prison. Elle est malade, sans ressources. Si on la laisse ici, elle risque de mourir de faim et de froid.

Le coroner était sans pitié quand il s'agissait de faire régner la loi et l'ordre, mais il ne put s'empêcher d'éprouver de la compassion devant le triste spectacle qui s'offrait à ses yeux. Il éleva la voix pour couvrir le bruit de la pluie :

— Venez, je vais vous conduire en voiture !

La religieuse lui jeta un regard reconnaissant. Le coroner, avec l'aide de son cocher, souleva la miséreuse dans ses bras et la porta vers son cabriolet. Le cocher ouvrit la portière. Les deux hommes hissèrent la jeune femme à l'intérieur de la voiture. Le coroner s'adressa aux deux religieuses :

— Montez.

Les religieuses obéirent.

— Où demeurez-vous ? leur demanda-t-il avant de refermer la portière.

— À l'abri Sainte-Madeleine, sur la rue Richelieu.

Le coroner, ne voulant pas incommoder les trois femmes, referma la portière et prit place sur la banquette, à côté de son cocher. Il lui donna l'ordre de se rendre à l'abri Sainte-Madeleine. Le cocher, habitué aux manières brusques et parfois fantasques de son patron, fouetta son cheval sans poser de questions.

La rue Richelieu n'était qu'à une dizaine de minutes de là, mais les rues étaient si encombrées par des voitures et des carrioles que le cabriolet mit près d'une demi-heure à parvenir à destination. Le coroner descendit de voiture, soutint la jeune femme jusqu'à une maison d'allure vétuste. Une femme d'une cinquantaine d'années, portant un uniforme noir et un crucifix sur la poitrine, leur ouvrit. Elle emmena sa nouvelle pensionnaire à l'intérieur.

— Sois la bienvenue dans notre maison, ma fille.

La dame en noir était visiblement habituée à recevoir ce genre de visiteuse. Le coroner fit mine de partir. La religieuse au regard franc le retint.

— Je suis sœur Odette, la directrice de cette maison. Entrez vous réchauffer, dit-elle avec simplicité.

❦

Le coroner, installé à l'une des tables du réfectoire, une grande pièce aux murs blanchis à la chaux, finissait une tasse de thé que lui avait apportée sœur Odette. Jamais une infusion ne lui avait paru aussi délicieuse. Un gros poêle situé au fond de la pièce dégageait une chaleur bienfaisante. Sœur Odette, assise en face de lui, brisa le silence :

— Je ne vous remercierai jamais assez pour votre aide, monsieur…

Le coroner releva la tête, embarrassé.

— Pardonnez-moi. Je ne me suis même pas présenté. Georges Duchesne. Je suis coroner du district de Québec.

La religieuse le regarda du coin de l'œil.

— Ainsi, c'est grâce à vous que les brigands vont en prison.

Le coroner crut discerner une pointe d'ironie dans son ton.

— En effet, cela fait partie de mes fonctions.

Sœur Odette remarqua que sa tasse était vide.

— Vous reprendrez bien d'autre thé, monsieur Duchesne.

— Je ne voudrais surtout pas abuser de votre hospitalité.

La religieuse fit un geste indulgent de la main.

— Vous avez été notre bon Samaritain, ce matin.

Sœur Odette prit une théière en fer-blanc, remplit la tasse du coroner. Des éclats de voix s'élevèrent. Une jeune fille entra dans la salle, visiblement alarmée.

— Qu'y a-t-il, Béatrice ? dit sœur Odette.

— Y a une chicane en haut. Clémence veut rien savoir de partager son lit avec la nouvelle.

Sœur Odette demeura calme.

— Demande à sœur Blanchet d'intervenir. Je vous rejoins bientôt.

Le coroner regarda la jeune fille que sœur Odette avait nommée Béatrice, se rendit compte qu'elle portait un costume bleu, du même bleu ciel et de la même coupe que celui d'Amanda O'Brennan. Il dut exercer toute sa volonté pour ne pas montrer son trouble. La jeune femme en bleu s'éloigna. Sœur Odette se tourna vers le coroner et lui expliqua :

— Les jeunes femmes qu'on abrite à Sainte-Madeleine sont pour la plupart des filles-mères qui ont fait de la prison pour vol ou prostitution. Elles n'ont connu que la misère. Parfois, elles n'ont d'arme que la révolte ou l'injure. Il faut faire preuve de beaucoup de patience pour gagner leur confiance. Nous nous rendons régulièrement à la prison de Québec pour y visiter les prisonnières, leur apporter à manger et un peu de réconfort.

Le ton de sœur Odette était doux, mais il y avait dans ses propos une fermeté qui frappa le coroner. Cette femme avait beau être menue, une sorte de force tranquille émanait d'elle.

— Pourquoi cette jeune femme portait-elle ce costume bleu ?

Sœur Odette sourit avec fierté.

— C'est le costume des pénitentes. Nos pensionnaires qui l'adoptent s'en remettent à Dieu pour garder le droit chemin.

Le coroner réfléchit à ce que la religieuse venait de lui révéler.

— Existe-t-il plusieurs abris comme celui-ci, où les pensionnaires endossent ce costume bleu ?

— À ma connaissance, Sainte-Madeleine est le seul. Notre travail n'est pas toujours bien compris, monsieur Duchesne. On préfère parfois condamner les pécheurs plutôt que de leur tendre la main.

Le coroner se sentit visé.

— Il faut parfois condamner, si l'on veut maintenir la loi et l'ordre.

Sœur Odette lui jeta un regard pensif. Les voix s'amplifièrent. Elle se leva.

— Veuillez m'excuser, je dois voir ce qui se passe.

Le coroner se leva à son tour.

— Sœur Odette…

Elle se tourna vers lui.

— Avez-vous déjà accueilli une jeune femme du nom d'Amanda O'Brennan ?

Sœur Odette accusa le coup. Le coroner la regarda de près. *Cette femme sait quelque chose…* Voyant que la religieuse demeurait silencieuse, le coroner revint à la charge :

— Une femme aux cheveux roux, d'environ vingt-trois, vingt-quatre ans.

La religieuse secoua la tête.

— Ce nom ne me dit rien.

Il ne put cacher sa déception.

— Vous en êtes certaine ? Elle portait ce costume bleu, le même que celui de votre protégée, celle que vous avez appelée Béatrice.

La religieuse soutint son regard.

— Nous n'avons accueilli personne portant ce nom. Encore merci pour votre aide. Que Dieu vous bénisse.

— Merci de votre accueil, sœur Odette. Nous nous reverrons peut-être.

— Si Dieu le veut.

Elle sortit. Le coroner termina sa tasse de thé, puis s'empara de son manteau et de son haut-de-forme, qui avaient été accrochés à une patère. Sœur Odette lui avait dit que Sainte-Madeleine était le seul abri où les pensionnaires portaient le costume bleu des pénitentes. Il aurait mis sa main au feu qu'Amanda O'Brennan y avait séjourné. *Nous nous reverrons, sœur Odette. Nous nous reverrons…*

Après avoir aidé sœur Blanchet à ramener la paix dans le dortoir, sœur Odette se rendit à la petite chapelle attenante, qui avait été bâtie grâce au soutien financier de George Manley Muir, un membre de la Société Saint-Vincent-de-Paul de Québec. Elle s'agenouilla sur le prie-Dieu en face de l'autel et se recueillit. Elle avait dit au coroner qu'elle n'avait accueilli personne du nom d'Amanda O'Brennan. Et en cela, elle n'avait pas entièrement menti. Il est vrai que le père McGauran lui avait emmené une jeune femme aux cheveux roux accompagnée d'un enfant âgé de neuf ans, en juin 1858, mais le nom que la jeune femme lui avait donné était Mary Kilkenny, et c'était sous ce nom qu'elle l'avait accueillie et gardée à l'abri. Était-ce mentir que d'omettre une partie de la vérité ? Elle en demanda pardon à Dieu, par acquit de conscience. Puis elle se releva, retourna au refuge et monta au premier étage, où se trouvaient les chambres des pensionnaires et des religieuses d'un côté, et une crèche de l'autre. On avait aligné une dizaine de petits lits en fer où dormaient les enfants des filles-mères, en attendant qu'ils soient placés dans de bonnes familles de Québec. En passant près de la crèche, elle s'arrêta à côté d'un lit un peu plus grand que les autres. Le lit était vide. C'était celui que le fils de Mary occupait avant d'être adopté. Elle resta un moment près du lit, le cœur bourrelé de remords.

Un homme roux à la stature imposante, habillé avec raffinement, était venu à l'abri, quelques mois après la disparition de Mary. Il s'était présenté sous le nom d'Alistair Gilmour, un riche négociant récemment installé à Québec. Il se disait veuf, sans enfant, et désirait ardemment adopter un fils afin de ne pas vieillir seul et d'avoir un héritier. Il avait fait le tour de la crèche, examiné tous les orphelins et les enfants des filles-mères. Il s'était attardé à Ian.

— Comment se nomme ce garçon ? avait-il demandé.

— Ian. Ian Kilkenny.

Le négociant l'avait regardé longuement, puis avait dit :

— Je le prends.

La façon dont cet homme avait dit « Je le prends », comme si l'enfant eût été une marchandise, avait déplu profondément à sœur Odette. Elle avait entraîné le négociant à l'écart et lui avait expliqué à mi-voix, pour qu'Ian n'entende pas leur conversation :

— J'ai fait la promesse à la mère de cet enfant de le garder ici jusqu'à ce qu'elle revienne le chercher.

Mary n'avait toujours pas donné signe de vie. Sœur Odette était convaincue qu'un malheur lui était arrivé ; elle était morte, peut-être. Mais elle ne pouvait se résigner à briser son engagement. Le négociant avait insisté :

— Ma sœur, je vous assure qu'il sera entre de bonnes mains. Je lui offrirai une bonne éducation, il aura tout ce qu'un enfant peut rêver d'avoir. Je m'y engage, sur la tête de ma propre mère.

Ian pleurait souvent, depuis le départ de Mary. Il l'appelait dans son sommeil. Sœur Odette faisait du mieux qu'elle pouvait pour lui prodiguer de l'affection, mais il ne pouvait pas rester éternellement à la crèche, privé de véritables parents. Elle avait finalement accepté de le confier à cet homme. *Mary, pardonne-moi, j'ai trahi ma promesse…*

XXXVIII

Le jour du bal arriva. La maison des Grandmont, habituellement calme et austère, bruissait comme une ruche depuis le début de la matinée. Madame Régine allait et venait dans l'escalier, apportant un verre d'eau à l'un, une pommade à l'autre, essoufflée et, pour une fois, inefficace, tellement elle était débordée. Le notaire avait fait venir mademoiselle Monnier, l'une des couturières les plus réputées de Québec, afin qu'elle mette la main finale aux robes copiées sur des modèles parisiens à la toute dernière mode qu'elle venait de confectionner pour sa femme et pour Fanette, et aux nouveaux habits taillés pour son fils et pour lui-même. Il avait même commandé une nouvelle voiture à son carrossier, un Brougham à quatre roues de facture très élégante qui faisait fureur dans les beaux quartiers. Mademoiselle Monnier faisait donc les ultimes ajustements aux toilettes de ces dames, courant d'une chambre à l'autre.

Philippe, que mademoiselle Monnier avait chassé de la chambre afin de travailler en paix, « sans la distraction que lui causerait la présence de la gent masculine », se réfugia dans le boudoir et se plongea dans le manuel *Leçons de physiologie expérimentale appliquée à la médecine*, écrit par Claude Bernard, un célèbre médecin et physiologiste français qu'il devait étudier. Entendant soudain le froissement d'un tissu, il leva les yeux. Fanette venait d'entrer dans le boudoir portant une robe à panneaux frangés d'un bleu de jacinthe, avec un mantelet de même couleur. Elle avait remonté ses longs cheveux noirs en un chignon piqué de roses. Philippe la contempla en silence comme s'il la voyait pour la première fois. Fanette avait cette faculté de toujours rester la même, tout en lui apparaissant sous un jour nouveau, comme s'il la réinventait chaque fois que son regard se posait sur elle. Il fit un mouvement pour la tirer à lui, mais entendit un petit cri.

— Je vous en prie, ne touchez pas à madame ! Vous risquez de froisser sa jolie robe, s'exclama mademoiselle Monnier.

Fanette sourit à Philippe en levant les yeux au ciel.

— De toute façon, tu te piquerais, ma robe est encore bourrée d'épingles, lui chuchota-t-elle à l'oreille, l'air mutin.

— Alors je vais me contenter de te regarder, répliqua Philippe, amusé.

Ce matin-là, le notaire avait fait atteler le Brougham afin de s'assurer que monsieur Joseph bichonne et tresse convenablement les deux chevaux pommelés, Junon et Athéna, dont il avait fait l'acquisition en même temps que la voiture. Il se rendit à l'écurie quelques heures avant le départ pour faire l'inspection de l'attelage. Monsieur Joseph le regardait faire avec anxiété. Le notaire fit la moue.

— Refaites la crinière de Junon. Elle manque de panache.

Joseph poussa un soupir résigné et se remit à l'ouvrage. Le notaire, en revenant dans la maison, eut un choc en apercevant de dos la silhouette d'une femme aux longs cheveux noirs, nimbée par la lumière du jour, debout près de la cheminée du salon.

— Cecilia, murmura-t-il.

Marguerite se tourna vers lui, intriguée.

— Comment m'avez-vous appelée ?

Elle portait une robe d'un rouge grenat qui mettait en valeur sa peau blanche et ses cheveux sombres striés de quelques fils argentés. Le notaire la contempla longuement, ému.

— Vous êtes très belle, dit-il, la voix étranglée par l'émotion.

Il y avait au moins quatre heures de route de la Grande Allée jusqu'à Cap-Rouge. Le notaire avait donc décidé qu'il valait mieux partir en début d'après-midi, afin de ne pas prendre le risque d'arriver en retard à la résidence d'Alistair Gilmour. Madame Régine avait soigneusement rangé les redingotes et les robes de bal dans des malles, que monsieur Joseph chargea derrière le Brougham. La famille Grandmont, fin prête, monta en voiture à une heure, tout de suite après le repas. Chacun s'était changé en tenue de voyage. Fanette courut embrasser sa fille avant le départ comme si elle la quittait pour un long voyage.

— Vous partez juste une journée et demie ! s'exclama madame Régine.

Fanette se résigna à laisser Marie-Rosalie, le cœur gros. Madame Régine monta la garde devant la porte de sa chambre, comme si elle eût été fille de roi.

Le chemin de Cap-Rouge suivait de près le littoral. Le fleuve apparaissait par intervalles à travers les rangées d'épinettes et de sapins qui bordaient la route. Fanette se laissa bercer par le mouvement de la voiture, admirant le paysage. Elle aimait les voyages, même de courte distance : l'excitation des départs, le bruit des roues et le claquement des sabots, la découverte de paysages nouveaux, tout cela la faisait rêver, d'autant plus qu'elle ne sortait guère de la maison depuis la naissance de Marie-Rosalie.

Le soleil commençait déjà à rougir l'horizon lorsqu'ils parvinrent au village de Cap-Rouge, au pied de la falaise qui dominait le fleuve. Quelques carrioles chargées de foin ou de bois de chauffage circulaient sur le chemin de terre qui longeait le fleuve. Des maisons en bois colorées avaient été construites sur le flanc de la montagne. Des villageois pêchaient l'anguille au bord de l'eau. D'autres tiraient une charrette à bras. L'attention de Fanette fut attirée par la silhouette d'une villageoise, debout près de la rive, éclairée par le soleil couchant. Un garçon non loin d'elle lançait des cailloux dans l'eau. Son cœur se mit à battre. Même à distance, cette silhouette lui était familière. Elle ouvrit la fenêtre, sortit la tête à l'extérieur du véhicule, cria pour que le cocher l'entende :

— Monsieur Joseph, arrêtez !

Il tourna la tête, aperçut Fanette qui lui faisait de grands signes et obéit. Le notaire regarda Fanette, médusé.

— Mais enfin, Fanette, pourquoi cet arrêt ? Nous ne sommes pas encore arrivés.

Fanette, sans lui répondre, ouvrit la portière et sauta à terre avant même que monsieur Joseph eût eu le temps de descendre de son siège. Elle courut vers la grève. Des goélands faisaient des cercles autour d'un bateau de pêche qui venait de jeter l'ancre. Fanette s'approcha de la jeune femme. Cette dernière avait un fichu sur la tête et un châle sur les épaules.

— Amanda…

La femme se tourna vers Fanette. Il était difficile de distinguer clairement ses traits, car elle était à contre-jour. Elle arborait une certaine ressemblance avec Amanda, mais le fichu qu'elle portait cachait ses cheveux et ses yeux semblaient plus foncés. La jeune femme ne sembla pas voir Fanette. Elle fit signe au garçon, qui courut la rejoindre ; ils s'éloignèrent. Fanette les suivit des yeux, hésitante. Puis elle retourna lentement vers la voiture. Elle s'était sans doute trompée. Si la jeune femme avait été Amanda, elle l'aurait reconnue, serait allée vers elle. Philippe lui tendit la main et l'aida à monter dans le Brougham. Le notaire Grandmont la toisa.

— Vous aurez sûrement l'obligeance de nous expliquer la cause de cet arrêt ?

Fanette haussa les épaules.

— J'avais besoin de prendre un peu d'air.

Le notaire leva les yeux au ciel, puis se pencha vers la fenêtre et cria au cocher :

— Monsieur Joseph, tournez à droite, sur le chemin de la Montagne !

La voiture s'engagea sur un chemin de terre battue étroit et rocailleux qui montait abruptement. Les roues grincèrent. La voiture, dont les côtés étaient effleurés par des branches de conifères, avançait péniblement. La forêt était si dense que pas un rayon de soleil n'y pénétrait. Le notaire sortit la tête à son tour, anxieux.

— Faites attention, Joseph, je ne veux pas une seule égratignure sur mon Brougham !

Le pauvre cocher ravala un soupir de protestation. Il aurait bien voulu voir le notaire tenir les rênes à sa place !

Après une demi-heure de route pendant laquelle le notaire craignait à chaque cahot qu'une roue ou un moyeu se brise, le chemin s'élargit soudain et déboucha sur un promontoire. Le couvert d'arbres avait disparu, laissant la lumière jaillir à flots. La voiture roula sur une voie pavée menant à une imposante grille de fer forgé flanquée d'un muret en pierre. La grille était fermée. Un gardien accueillit les visiteurs :

— Soyez les bienvenus au domaine de monsieur Gilmour. Ayez l'amabilité de me montrer votre invitation, je vous prie.

Son ton était poli, mais ferme. De toute évidence, le Lumber Lord ne laissait pas entrer qui voulait dans son fief… Le notaire tendit l'invitation, légèrement piqué. Le valet l'examina soigneusement, puis la lui remit.

— Merci, monsieur Grandmont. Je vous souhaite une soirée des plus agréables.

Le gardien fit signe à un valet d'ouvrir la grille. Ce dernier obéit. La voiture s'engagea dans une allée bordée de peupliers au bout de laquelle se dressait la demeure d'Alistair Gilmour. Le notaire ne put s'empêcher de pousser une exclamation de stupeur admirative en descendant de la voiture. S'élevant sur la falaise de Cap-Rouge, l'immense maison de cinq étages, dont le portique néoclassique comportait cinq colonnes en marbre blanc, ressemblait à un château de conte de fées. Des centaines de rosiers retombaient en gerbes gracieuses sur des tonnelles menant à des sentiers qui serpentaient à travers de luxuriants jardins à l'anglaise. Des jardiniers s'affairaient entre les allées, arrosant les platesbandes. Un ingénieux système de canalisation avait été construit afin d'approvisionner le domaine en eau potable, laquelle était recueillie dans une fontaine en marbre blanc qui prenait sa source dans un puits. Alors qu'un début de sécheresse sévissait à Québec et dans les campagnes environnantes, le domaine du Lumber Lord était un paradis de verdure et de fraîcheur. Une nuée de valets allait et venait entre les voitures déjà garées les unes à côté des autres, aidant les invités à descendre, transportant des bagages, escortant les dames à l'intérieur.

Fanette descendit de la voiture, soulagée de pouvoir enfin se dégourdir les jambes après ces longues heures de route. Elle ne put résister à la tentation de se promener dans les jardins. L'air était chargé du parfum exquis des roses. La chaleur accablante qui régnait à Québec avait fait place à une brise rafraîchissante. Des bouquets d'arbres savamment dispersés laissaient paraître le fleuve. Après seulement quelques pas sur le sentier, Fanette eut l'impression d'être perdue dans un autre monde. Bientôt, le bruit des voix et des voitures s'estompa. Elle n'entendait plus que le bruissement du vent dans les feuilles et les chants d'oiseaux qui s'élevaient dans l'air pur.

— Vous aimez ces jardins ?

Fanette tressaillit, se tourna en direction de la voix. Elle vit un homme à la taille imposante debout à quelques pas d'elle. Ses cheveux flamboyants tombaient en mèches rebelles sur ses épaules. Il la fixait de ses yeux d'un vert ambré. Elle avait été si surprise par son apparition soudaine qu'elle fut incapable de répondre. Il désigna le fleuve et poursuivit dans un excellent français, teinté d'un léger accent écossais :

— C'est cette vue sur le fleuve qui m'a décidé à bâtir ma maison ici.

Elle comprit qu'il s'agissait du fameux Lumber Lord dont toute la ville parlait. Il lui sembla l'avoir déjà rencontré, mais elle n'arrivait pas à se rappeler les circonstances. Il poursuivit comme s'il avait deviné ses pensées :

— Nous nous sommes entrevus à bord du bateau *Saguenay*, il y a quelques années de cela. Je me rendais à ma maison de villégiature, à La Malbaie. Je vous avais aperçue sur le pont, en compagnie de deux femmes, dont l'une portait un grand chapeau.

Fanette sourit.

— Ma mère.

C'est alors que le souvenir de cet homme lui revint ; sa silhouette entrevue à quelques reprises près du bastingage, son regard étrange fixé sur elle, sa ressemblance frappante avec son père.

— Je me souviens, dit-elle, la gorge serrée par une émotion indéfinissable.

Ils gardèrent le silence un moment. Fanette fut frappée par l'intensité de son regard.

— Fionnualá… c'est un beau prénom.

Elle le regarda, étonnée. Il sourit.

— Votre mari m'a appris que vous étiez d'origine irlandaise, et que c'était votre prénom. Dans quelle région êtes-vous née ?

— À Skibbereen, dans le sud de l'Irlande. J'ai quitté mon pays à l'âge de sept ans, avec ma famille.

Le marchand naval la regarda avec une attention encore plus soutenue.

— En quelle année avez-vous quitté l'Irlande ?

— En 1847.

— L'année de la famine.

Elle acquiesça, la gorge serrée. Elle crut voir de la compassion dans ses yeux.

— Que sont devenus vos parents ?

— Mon père est mort durant la traversée. Ma mère a succombé au typhus, à la Grosse Isle. Ma famille a été séparée. J'ai été envoyée dans une ferme avec ma sœur aînée, Amanda. Elle a quitté la ferme quand j'avais neuf ans.

Fanette s'interrompit, étonnée de faire si facilement des confidences à un homme qu'elle venait à peine de rencontrer, fût-il le maître des lieux.

— Qu'est-elle devenue ? demanda-t-il, ses étranges yeux verts toujours rivés sur elle.

Pour une raison qu'elle ne comprit pas, elle fut tentée de tout raconter à cet homme qui lui était complètement étranger : le départ d'Amanda avec Jean Bruneau, l'assassinat de ce dernier, l'annonce dans le journal, le rendez-vous manqué à l'église St. Patrick, la fuite d'Amanda, sa disparition, sa peine de l'avoir à nouveau perdue… Mais elle se contenta de dire :

— Je ne sais pas.

Alistair Gilmour fit quelques pas hors du sentier, puis s'arrêta au bord de la falaise. Son regard se perdit dans la contemplation du fleuve. La silhouette grise d'un héron solitaire se dessinait sur un rocher, en contrebas.

— Lorsqu'on perd un être qui nous est cher, la douleur ne nous quitte plus jamais. Tout ce qui nous était familier nous échappe. La vie elle-même nous apparaît sous un jour différent, comme un songe dont on aurait été exclu. Le bonheur devient un rêve inaccessible.

— Mais je suis heureuse ! dit-elle un peu trop vivement.

Il se tourna vers elle, la regarda, pensif.

— Vous croyez que vous ne méritez pas ce bonheur, n'est-ce pas ? Vous avez le sentiment d'être une usurpatrice ?

Fanette eut l'impression qu'il lisait en elle.

— Je ne comprends pas ce que vous voulez dire.

Elle se remit à marcher, le cœur battant. Il se plaça devant elle. Il y avait presque de la colère dans ses yeux.

— La vie est trop courte. Rien ni personne ne peut faire revivre le passé. Oubliez votre sœur. Mordez dans le présent et faites une croix sur tout le reste.

Il tourna les talons, puis s'éloigna. Fanette vit sa grande silhouette disparaître derrière un rideau d'arbres, comme s'il eût été une apparition.

༄

De grandes tables nappées de blanc avaient été dressées dans une immense salle à manger lambrissée de chêne. Des candélabres en argent massif et des bouquets de roses fraîches avaient été disposés sur chacune d'elles. Le plafond à caissons était entièrement peint de motifs floraux dont les tiges et les feuilles étaient couvertes de poudre d'or, et une dizaine de lustres en cristal de roche brillaient de tous leurs feux. Un majordome annonçait à voix haute le nom des invités sitôt qu'ils entraient dans la salle :

— Sir Edmund Walker Head et lady Walker Head. Monsieur le maire Hector Langevin et madame Langevin. Monsieur Louis Grandmont et madame Grandmont.

Le notaire se rengorgea lorsqu'il entendit son nom et celui de sa femme résonner dans la grande salle. Il offrit son bras à Marguerite et s'avança dans la lumière des lustres, inclinant la tête pour saluer des connaissances, flatté d'être le centre de l'attention. Mais sa joie fut à son comble lorsque Alistair Gilmour vint à leur rencontre et les escorta vers la table d'honneur, où se trouvaient déjà le gouverneur général, le maire Langevin et leurs épouses. Cette reconnaissance sociale devant la haute société de Québec était pour lui une sorte de consécration. Il passa devant le juge Sicotte et son épouse, et les salua avec ostentation. Ces derniers inclinèrent la tête, visiblement piqués que le notaire et sa famille fassent l'objet d'un honneur dont ils n'avaient pas eux-mêmes bénéficié.

Le repas, servi par une armée de domestiques, comptait douze services. Le gouverneur général racontait avec force détails au notaire Grandmont ses aventures de chasse, tandis que le Lumber Lord, penché vers Marguerite, l'entretenait de musique. Cette dernière l'écoutait, une étincelle dans les yeux, visiblement sous le charme. Les connaissances musicales du marchand de navires étaient impressionnantes, mais il n'y mettait aucune pédanterie.

— Il paraît que vous êtes une excellente pianiste.

Marguerite le regarda, surprise, se demandant comment il avait pu apprendre une telle chose à son sujet.

— Oh, il y a bien longtemps que je n'ai touché à un clavier. C'était avant mon mariage.

— Le temps ne semble avoir aucune prise sur vous, madame Grandmont dit-il, ses yeux verts posés sur elle.

Marguerite sentit le rouge monter à ses joues et sourit pour cacher son embarras. Il y avait si longtemps qu'elle n'avait reçu un compliment, elle en avait perdu l'habitude. Fanette, assise en face de sa belle-mère, avait entendu l'échange et remarqué la confusion de Marguerite. Le notaire, suspendu aux lèvres de sir Edmund, ne se rendit compte de rien. À la fin du repas, l'hôte se leva et s'adressa au notaire Grandmont :

— Vous permettez ?

Il offrit son bras à Marguerite tout en faisant un signe à ses invités de leur emboîter le pas. Une sorte de magnétisme émanait de sa personne, comme une planète attirant d'autres astres dans son orbite. Les convives se levèrent à leur tour, précédés par des serviteurs qui les escortèrent jusqu'à la salle de bal, éclairée par des lampes torchères et par un lustre d'une centaine de branches suspendu au milieu de la pièce. On aurait dit que le plafond était couvert d'étoiles. De grandes fenêtres françaises s'ouvraient sur une terrasse. Un orchestre d'une trentaine de musiciens jouait sur une estrade, au fond de la salle. L'orchestre entama une mazurka de Chopin. Le marchand naval s'inclina devant Marguerite, puis l'entraîna au centre de la salle. C'était un danseur accompli. Il y avait dans chacun de ses mouvements une grâce et une légèreté étonnantes pour un homme de sa stature. Marguerite n'avait pas dansé depuis longtemps, mais son cavalier la menait avec une telle aisance qu'elle retrouva peu à peu la sienne. Le notaire Grandmont, debout non loin de l'orchestre, souriait en regardant sa femme et Alistair Gilmour virevolter sur le plancher en marbre d'Italie, enchanté que le maître des lieux eût choisi Marguerite pour ouvrir le bal. Il se tournait de temps en temps vers d'autres invités, comme pour les prendre à témoin de cet honneur. L'air fut bientôt chargé de parfums capiteux. Les corolles des robes voletaient en un nuage de couleurs. La mazurka fut suivie d'une contredanse anglaise. Fanette prit la main de Philippe.

— Qu'est-ce que tu attends pour m'inviter à danser ?

Philippe hocha la tête en souriant.

— C'est à tes risques et périls.

Ils s'élancèrent à leur tour sur la piste de danse, imités par d'autres couples. Les danseurs commencèrent à se placer en deux lignes, les femmes d'un côté, les hommes de l'autre. Philippe et Fanette, le premier couple, exécutèrent la figure *Lead down-lead up*, qui consistait à descendre au centre de la formation et à remonter à sa place d'origine en quatre mesures. Philippe connaissait les rudiments de la contredanse et avait une élégance naturelle. Bien qu'il ne se sentît pas à l'aise dans les événements mondains et qu'il aurait de loin préféré se plonger dans ses manuels de médecine plutôt que de fréquenter la haute société de Québec, qu'il trouvait superficielle, il se laissa gagner par la musique et, surtout, par le plaisir de voir Fanette danser. Elle avait appris la valse, le menuet et la contredanse anglaise chez les Ursulines, car la danse faisait partie de l'éducation des jeunes filles de bonne famille au même titre que la maîtrise d'un instrument de musique, l'étude de la science ou l'art de la broderie ; mais elle imprimait à chaque mouvement une légèreté gracieuse qui la démarquait des autres danseuses. Ses joues avaient légèrement rosi ; une mèche s'était détachée de son chignon. Jamais Philippe ne l'avait trouvée si belle. Sa beauté n'avait rien d'apprêté ; la couleur admirable de ses yeux valait tous les joyaux du monde. Un pas les rapprochant, il lui glissa à l'oreille :

— Tu es magnifique.

Elle lui sourit. Après les derniers accords de la contredanse, les premières mesures d'une valse s'élevèrent. Philippe déclara forfait en riant. Fanette s'apprêtait à le suivre lorsqu'une main s'empara de la sienne.

— Madame Grandmont, faites-moi l'honneur de m'accorder cette danse, dit Alistair Gilmour.

Fanette n'eut pas le temps de répondre, le marchand naval l'avait déjà entraînée sur la piste. Elle remarqua ses mains, énormes et calleuses comme celles d'un ouvrier, et qui contrastaient avec l'élégance de sa mise. Il se pencha vers elle et lui murmura à l'oreille :

— J'ai aimé une femme qui vous ressemblait.

Fanette, troublée par son ton à la fois intense et pressant, fit un mouvement pour se dégager, mais il lui jeta un regard si suppliant qu'elle se ravisa. La compassion l'emporta sur la prudence.

— Vous en parlez au passé.

— Elle est morte.

Sa voix s'était éraillée à ces mots. Il ferma les yeux à demi, comme si la lumière des lustres était devenue aveuglante. Quand il les ouvrit à nouveau, ils étaient remplis de larmes. Il y avait sur son visage une telle souffrance que Fanette en fut bouleversée malgré elle.

— Je sais que vous me comprenez. Vous aussi avez perdu des êtres chers.

Il la pressa un peu plus contre elle. Il sentait le tabac fin, le musc et le vin. Elle fut soulagée d'entendre les dernières notes de l'orchestre.

— Excusez-moi.

Elle s'éloigna, sentant le regard d'Alistair Gilmour dans son dos, et rejoignit Philippe. Debout près d'une fenêtre, il regardait le ciel rempli d'étoiles.

— On distingue très bien la Grande Ourse. Et plus loin, juste en contrebas, c'est Cassiopée.

Fanette contempla le visage de Philippe, si beau et serein dans la lumière des lustres. Quel contraste avec celui d'Alistair Gilmour, tourmenté et ravagé par le chagrin !

Des feux d'artifice spectaculaires clôturèrent le bal. La plupart des invités, bien repus, enivrés par de bons vins et conquis par la magnificence des lieux, partirent. Ceux qui avaient reçu une invitation à passer la nuit au domaine gagnèrent leur chambre. Des fenêtres françaises s'ouvraient sur les jardins. Un bouquet de roses, disposé dans un vase, répandait un parfum délicieux.

Fanette sortit sur le balcon et observa la lune, tellement ronde et lumineuse qu'elle semblait avoir été peinte. Elle avait été à la fois touchée et irritée par le comportement d'Alistair Gilmour. Lorsqu'elle l'avait croisé, dans ses jardins, il avait fait montre d'une étonnante sensibilité ; il avait su lire en elle, lui avait soutiré sans peine des confidences qu'elle n'avait jusque-là faites qu'à sa mère et à Philippe. Il avait semblé ému lorsqu'elle lui avait parlé de la mort de ses parents, de la dispersion de sa famille ; puis soudain, cette phrase énigmatique prononcée avec une violence contenue : « Rien ni personne ne peut faire revivre le passé. » Sous le vernis de ses bonnes manières, elle sentait un magnétisme et une force presque primitifs, mais aussi une souffrance indicible. Lorsqu'il avait dansé avec elle, il s'était confié sans pudeur comme s'il la connaissait depuis toujours. « J'ai aimé une femme qui vous ressemblait. » Elle se demanda qui était cette femme qu'il avait tant aimée et qui était morte. Philippe la rejoignit et l'attira à lui :

— À quoi penses-tu ?

— J'étais dans la lune.

— C'est loin.

Philippe prit son visage dans ses mains et l'embrassa. La douceur de ses lèvres et de ses mains la réconfortèrent. Elle entraîna Philippe vers le lit. *Mordez dans le présent et faites une croix sur tout le reste...*

☙

Amanda, debout devant une fenêtre étroite qui donnait sur le fleuve, regardait le ciel parsemé d'étoiles. Ian avait insisté pour ne pas aller au lit avant d'avoir vu les feux d'artifice. Ce n'est que lorsque les derniers feux furent éteints qu'il accepta d'aller se coucher, non sans exiger qu'elle lui raconte son histoire favorite, celle de la méchante Aoife, la deuxième épouse du roi Lir, qui détestait les enfants de son époux et les transforma en cygnes pour se débarrasser d'eux. Ian ne se lassait pas d'écouter ce conte, le même qu'Amanda racontait à Fanette durant leur traversée de l'Atlantique, lorsque sa petite sœur avait peur de l'orage, ou chaque soir avant de dormir, du temps qu'elles vivaient en Irlande. *Fionnualá...* Elle l'avait tout de suite reconnue lorsqu'elle s'était avancée vers elle, sur la grève de Cap-Rouge. Elle aurait tant voulu la prendre dans ses bras, la rassurer sur son sort et celui d'Ian, lui dire de vive voix qu'ils étaient hors de danger, qu'ils vivaient désormais en sécurité, sous la protection d'un homme bon et généreux... Mais elle était dans l'impossibilité de le faire. Elle ne pouvait pas même lui écrire une lettre.

Après l'avoir aidée à échapper aux policiers qui étaient à sa poursuite, Alistair Gilmour l'avait emmenée à son domaine de Cap-Rouge. Il lui avait fait servir un repas dans une immense cuisine. Elle lui avait dit la vérité. À quoi bon continuer à mentir? Après tout, elle n'avait commis aucun crime.

— Si vous n'avez rien à vous reprocher, pourquoi craignez-vous d'être interrogée par la police?

Elle lui avait avoué sa peur de l'assassin, avant qu'il ne soit exécuté, puis plus tard, sa crainte d'être soupçonnée de complicité. Elle voulait mettre tout ce passé derrière elle à jamais. Pour l'amour de son fils.

Alistair Gilmour l'avait écoutée attentivement sans l'interrompre. Il avait réfléchi longuement, puis lui avait accordé sa protection à condition qu'elle n'ait aucun contact avec le monde extérieur, pour sa propre sécurité. Il l'installerait dans une petite maison de pêcheur, dans le village de Cap-Rouge, et la ferait passer pour une cousine lointaine que son veuvage avait laissée sans ressources. Elle s'appellerait désormais Alexandra Campbell. Un homme de confiance lui apporterait des provisions chaque jour.

— J'ai laissé mon fils Ian à l'abri Sainte-Madeleine. Je vous en supplie, laissez-moi aller le chercher.

Il jugea l'entreprise trop risquée; la police savait sûrement qu'elle avait séjourné à ce refuge et surveillait probablement les lieux. Devant son désespoir, il s'était engagé à aller chercher l'enfant lui-même lorsque la poussière serait un peu retombée. Elle l'avait regardé avec un étonnement mêlé de méfiance. La vie lui avait appris que les gens agissaient rarement par pure bonté. Mais Alistair Gilmour avait tenu promesse. Quelques mois après l'emménagement d'Amanda dans la cabane de pêcheurs, il s'était rendu à Sainte-Madeleine et lui avait ramené son fils.

— Pourquoi faites-vous tout cela pour moi ? lui avait-elle demandé.

Il s'était contenté de répondre :

— Avant de faire fortune, j'ai connu la misère. Je n'ai pas oublié.

Elle sonda son visage anguleux, ses yeux d'un vert ambré, et elle eut soudain la certitude que cet homme était bel et bien Andrew Beggs. Pour une raison qu'elle ne comprenait pas, il avait pris une autre identité. Elle fut sur le point de s'écrier : « Vous êtes Andrew Beggs. Je ne connais personne au monde qui ait ce regard, cette chevelure rousse, cette bonté ! » Mais quelque chose dans l'attitude de son protecteur, une sorte de fixité dans ses traits, l'en avait dissuadée. Peu importait son nom ! Il lui avait tendu la main, l'avait arrachée aux mains des policiers, lui avait trouvé un toit, lui avait redonné son fils. Ses sentiments pour Andrew Beggs, qu'elle avait enfouis au plus profond d'elle-même pendant toutes ces années, refirent surface, comme si la chaleur du soleil avait fait fondre la couche de glace qui les emprisonnait, et se posèrent sur Alistair Gilmour.

Les premiers mois, il venait les voir une ou deux fois par semaine, la plupart du temps à cheval. Il attachait sa monture à un arbre, frappait à la porte avant d'entrer, s'informait poliment de sa santé, de celle de son fils. Il lui demandait si la nourriture qu'on leur apportait était convenable, puis s'en allait. Elle ne vivait que pour ces moments fugaces. Elle imaginait la chaleur de ses mains sur sa taille, sa bouche brûlante cherchant impatiemment la sienne, mais il repartait, et elle restait seule avec ses rêves et ses désirs inassouvis. Une nuit, alors qu'elle n'arrivait pas à trouver le sommeil, elle l'aperçut marchant seul près du rivage. N'y tenant plus, elle sortit de la maison et courut le rejoindre. Il se tourna vers elle, le regard vide et désespéré. Ils s'agrippèrent l'un à l'autre comme deux naufragés. Ils firent l'amour sans échanger une parole, les yeux fermés, avec une ardeur presque violente. Les gestes qui avaient humilié Amanda au plus profond de sa chair, lorsqu'ils étaient expédiés par les clients de la maison close, devinrent une source de plaisirs insoupçonnés. Elle découvrit son propre corps comme un pays que l'on visite pour la première fois. Après cette étrange nuit qui s'était déroulée comme dans un songe, Alistair Gilmour reprit ses visites hebdomadaires, sans jamais faire allusion à ce qui s'était passé entre eux sur la plage de Cap-Rouge. Mais parfois, la nuit venue, elle entendait le galop d'un cheval, voyait sa grande silhouette sur le littoral, et elle courait le rejoindre, oubliant dans ses bras ses souffrances passées, jusqu'au souvenir de son ancienne vie. Pour la première fois de son existence, elle était heureuse.

— Si tu aperçois quatre cygnes voler dans le ciel, tu sauras que ce sont les enfants du roi Lir, qui ont rejoint leurs parents au paradis.

Ian s'était déjà endormi, un sourire content aux lèvres. Amanda s'éloigna du lit de son fils sur la pointe des pieds et gagna le sien, situé derrière une cloison. Elle s'étendit tout habillée sur son lit en laissant les rideaux entrouverts. La lune se découpait par la fenêtre, jetant des lueurs laiteuses sur le plancher. Elle l'attendait. Elle espérait de toute son âme entendre le pas de son cheval, apercevoir sa grande silhouette marcher sur la grève. Elle finit par s'endormir, déçue et épuisée par l'attente.

❧

Tandis que les serviteurs enlevaient les nappes, les candélabres et les bouquets, balayaient les planchers, Alistair Gilmour emprunta le large escalier qui menait à ses appartements, qu'il avait aménagés dans une tourelle, du côté ouest de son manoir. Il s'arrêta devant un tableau de William Turner représentant une tempête. Il le décrocha. Derrière le tableau se trouvait une niche dans laquelle un coffre-fort avait été placé. Il prit un trousseau de clés qu'il gardait toujours à sa ceinture, en choisit une, l'introduisit dans la serrure et ouvrit le coffre. Il glissa une main à l'intérieur, saisit un objet qu'il tira à la lumière. C'était un dessin encadré, celui d'une jeune femme aux yeux songeurs et au sourire empreint de tristesse. *Cecilia…* Il contempla longuement ce visage tant aimé et dont il ne lui restait que ce dessin jauni par le passage du temps. Un autre visage se superposa sur celui de Cecilia : celui de Fanette Grandmont. Il avait été surpris de la violence de son émoi, lorsqu'il l'avait aperçue au tournant d'un sentier, dans ses jardins. Il l'avait d'abord attribué à sa ressemblance avec Cecilia : les yeux d'un bleu presque violet, la chevelure noire, la peau nacrée… Mais au second regard, ce n'était plus Cecilia qu'il apercevait dans le visage et le corps d'une autre, ce n'était plus le fantôme de sa sœur bien-aimée, mais une femme bien réelle, en chair et en os ; une femme dont la seule vue l'avait remué jusqu'aux entrailles. Il la désirait éperdument. Il lui avait fallu toute sa volonté pour ne pas la prendre là, sur ce sentier. Il ferma les yeux, se remémorant chaque trait, la courbe délicate de ses bras, son parfum d'amande et de rose. Il tenta de chasser cette image obsédante. Il avait eu de nombreuses liaisons au fil des ans, qui avaient momentanément adouci sa douleur, lui avaient fait oublier ses plaies. Son mariage n'avait été qu'une union de convenance, et la mort de sa femme avait fait de lui un homme riche. Il éprouvait de la tendresse pour Amanda, qu'il avait connue sous le nom de Mary Kilkenny, une écorchée vive, comme lui. Il avait accepté de la protéger, non seulement par compassion, mais surtout parce qu'il était convaincu qu'elle l'avait reconnu. Tant qu'elle vivrait non lui de lui, il pourrait l'avoir à l'œil et s'assurer de sa discrétion. Il avait fait preuve de faiblesse en en faisant sa maîtresse, mais l'amour qu'elle lui portait était, en soi, un gage de loyauté. Maintenant qu'il avait la certitude qu'Amanda était la sœur de Fanette, il lui faudrait cependant redoubler de prudence, et peut-être même se résoudre à se défaire d'elle.

Il ouvrit les yeux. Cecilia le regardait avec son sourire mélancolique. Il avait pu contempler son corps nu une fois, avant qu'elle ne quitte leur masure de la rue du Porche pour la maison de chambres de madame Geoffroy. Il avait treize ans, elle en avait seize. La nuit était tombée depuis plusieurs heures, mais la lune était pleine. Andrew avait été réveillé par le craquement des planches disjointes du plancher, avait aperçu sa sœur se glisser à l'extérieur et, le cœur battant, l'avait suivie à son insu. Elle avait laissé glisser les ganses de sa robe de nuit, révélant ses seins ronds, son ventre lisse, puis s'était penchée au-dessus d'un baril en chêne et y avait puisé de l'eau de pluie avec ses mains en corolle. Des gouttes d'eau ruisselaient sur sa peau comme du vif-argent. Dans son mouvement, la robe de nuit avait glissé jusqu'au sol. Ses longs cheveux faisaient une cascade noire sur son dos ivoire ; il pouvait entrevoir le triangle sombre entre ses jambes fines. Il avait éprouvé une sensation fulgurante dans le bas-ventre, un plaisir et une douleur aigus, et avait poussé un gémissement involontaire. Cecilia s'était tournée vers lui, avait souri, ce même sourire teinté de tristesse… Il remit le portrait à sa place et referma le coffre. La douleur, sa compagne quotidienne, s'insinua en lui comme un venin. Louis Grandmont avait détruit Cecilia. Il avait anéanti ses rêves, ses espoirs, sa joie de vivre. Rien ni personne ne l'empêcherait de mener sa vengeance jusqu'au bout. Quitte à ce que cette entreprise brise à jamais la vie de Fanette Grandmont, celle d'Amanda. Et la sienne.

XXXIX

Un son creux réveilla Emma. Elle se leva sur son séant et tendit l'oreille. C'était une toux provenant de la chambre d'Eugénie. Emma se leva, enfila sa robe de chambre, qu'elle avait déposée sur le dos d'un fauteuil, alluma une chandelle et sortit sur le palier. Elle vit un rai de lumière sous la porte d'Eugénie. Elle entra. Eugénie, assise sur le bord de son lit, lui tournant le dos, toussait à s'en fendre l'âme.

— Eugénie !

Eugénie tressaillit et cacha furtivement quelque chose dans une manche de sa robe de nuit. La toux lui avait fait monter des larmes aux yeux. Emma accourut vers elle.

— Tu tousses comme une forcenée.

— Ce n'est rien. Un mauvais rhume. Ça va passer.

Mais la quinte reprit de plus belle. Son mouchoir glissa de sa manche et tomba par terre. Emma se pencha et s'en saisit avant qu'Eugénie eût le temps de le faire. Il était taché de sang.

— Seigneur, murmura Emma.

Eugénie reprit vivement le mouchoir, le roula en boule dans sa main.

— Depuis combien de temps craches-tu du sang ? finit par demander Emma, la voix altérée par l'angoisse.

Eugénie haussa les épaules.

— Quelques semaines.

Emma sortit de la pièce sans mot dire. Un moment plus tard, Eugénie entendit la porte d'entrée se refermer. Elle savait qu'Emma était allée chercher le docteur Lanthier, malgré l'heure tardive.

෴

— Respirez à fond, puis expirez, dit le docteur Lanthier, penché près d'elle.

Eugénie, qui avait mis une robe de chambre et s'était installée dans un fauteuil, obéit. Le docteur, son stéthoscope accroché à une oreille, ausculta son dos. La lumière d'une lampe posée sur un guéridon faisait luire ses lunettes. Il avait demandé à Emma de le laisser seul avec Eugénie. Elle avait acquiescé en silence et avait filé comme une flèche à la cuisine pour faire du thé, se tamponnant le coin des yeux avec un pan de son tablier.

— Inspirez et expirez encore une fois, je vous prie.

Eugénie recommença. Le docteur continua de l'examiner, puis donna de petits coups entre ses omoplates avec le plat de sa main droite. Après un moment, il se redressa, enleva son stéthoscope, le remit dans son sac.

— Emma m'a dit que vous crachiez du sang depuis quelques semaines.

Eugénie garda un silence embarrassé.

— Depuis quelques mois.

— Vous auriez dû me consulter plus tôt.

Il n'y avait pas l'ombre d'un reproche dans sa voix, seulement de l'inquiétude. Eugénie leva les yeux vers lui.

— J'avais peur de ce que vous alliez trouver.

Le docteur Lanthier comprenait ce genre de sentiment. La majorité de ses patients redoutaient davantage le diagnostic que la maladie elle-même, mais Eugénie n'était pas une patiente comme les autres. Il se doutait que c'était davantage le désir d'épargner Emma que la crainte de la maladie qui l'avait poussée à retarder la consultation. Il ne chercha pas à mettre de gants blancs comme il l'eût fait avec ses autres patients. Eugénie ne lui aurait pas pardonné de ne pas être parfaitement franc avec elle.

— Vous avez tous les symptômes de la phtisie.

Les mots firent lentement leur chemin dans la conscience d'Eugénie. Un long silence s'ensuivit.

— Au fond, je le savais déjà. Je brûlais mes mouchoirs pour qu'Emma ne se rende compte de rien. Je ne voulais pas l'inquiéter.

Le docteur prit sa main dans la sienne.

— Maintenant, il faut vous soigner. Vous allez guérir. Je serai là pour vous.

Eugénie porta spontanément la main du docteur à ses lèvres puis, se rendant compte de l'audace du geste, fit un mouvement pour se dégager. Il l'en empêcha. Ils restèrent un moment ainsi, et Eugénie ferma les yeux, la main chaude du médecin sur sa joue brûlante. Une exaltation lui fit palpiter le cœur. Henri l'aimait toujours. La vie vibrait en elle, malgré le verdict de la maladie. Sans se l'avouer, elle avait souvent eu des regrets d'avoir refusé sa demande en mariage. Elle ne comptait plus le nombre d'occasions où elle était passée devant la venelle de la Demi-Lune qui menait de la rue Sous-le-Cap à la rue Saint-Paul, où le docteur Lanthier habitait, et avait été tentée de cogner à sa porte pour lui dire « J'accepte ». Mais à quoi bon remuer tout cela ? Il était trop tard.

— Vous avez bien fait de ne pas m'épouser.

— Je voulais vous épouser, Eugénie. C'est vous qui avez refusé.

Eugénie eut honte.

— Pardonnez-moi. L'amertume me rend méchante.

Le docteur retira doucement sa main.

— Tâchez de vous reposer. Je reviendrai demain.

Il s'en voulut de ne pas dire « Je vous aime » au lieu de ce banal « Tâchez de vous reposer. Je reviendrai demain », mais le médecin avait pris le relais de l'amoureux. Il le fallait, c'était ce qu'il avait appris depuis ses tout premiers pas en médecine ; ses sentiments comptaient pour peu devant la nécessité de soigner. Il prit sa sacoche et son chapeau, puis s'engagea dans l'escalier.

Emma, la mine angoissée, l'attendait au bas des marches. Elle comprit à son regard que les nouvelles n'étaient pas bonnes. Elle retourna dans la cuisine. Il la suivit. Elle versa machinalement du thé dans deux tasses.

— C'est grave ? s'enquit-elle en lui en tendant une.

— Phtisie.

— Tout est de ma faute, dit-elle d'une voix étouffée. J'aurais dû aller vous voir bien avant.

— Vous n'avez rien à vous reprocher.

Il déposa une fiole sur la table.

— Laudanum. Quelques gouttes dans un verre d'eau. Cela calmera sa toux et l'aidera à dormir. Il faut qu'elle mange, et surtout qu'elle prenne beaucoup de repos. Et de l'air, beaucoup d'air. Laissez les fenêtres ouvertes.

Emma acquiesça sans un mot. Il but une gorgée de thé, puis partit. Emma se composa un visage serein, prit la fiole que le docteur Lanthier lui avait laissée, en mit quelques gouttes dans un verre d'eau, comme il l'avait prescrit, et alla rejoindre Eugénie dans sa chambre. Elle fut étonnée de la trouver calme, les joues roses, les yeux brillants. La toux avait cessé. Emma lui tendit le verre d'eau.

— Un peu de laudanum. Ça va t'aider à dormir.

— Je ne veux pas dormir. Pas maintenant.

Emma prit place auprès d'elle, et elles restèrent ainsi, l'une à côté de l'autre, sans éprouver le besoin de se parler. Toutes deux connaissaient la gravité de la maladie. La tuberculose faisait des ravages, chez les gens démunis qui trouvaient refuge au Bon-Pasteur et dans tous les quartiers pauvres de la ville. La plupart finissaient par y succomber. Eugénie avait les poumons fragiles depuis sa bronchite ; rien d'étonnant à ce qu'elle ait contracté la phtisie. Elle leva les yeux vers Emma. *Plus de mensonges. Plus de faux-semblants.*

— À l'âge de dix-huit ans, je suis tombée enceinte.

Emma garda un silence interdit. Eugénie poursuivit, la voix douce et calme, comme si elle parlait de quelqu'un d'autre.

— C'est arrivé avant que tu m'accueilles chez toi. Mon père était journalier, il n'avait pas un arpent de terre à lui. Il travaillait comme engagé dans les fermes pour les labours et les récoltes. J'aidais ma mère à faire des ménages chez les dames aisées du village. Puis elle est tombée malade. Un jour, je suis allée faire le ménage à sa place chez le marchand général. Son fils travaillait comme apprenti à son magasin. On s'est embrassés à quelques reprises. Il me disait qu'il m'aimait. Je l'ai cru.

Elle eut une légère quinte de toux, prit un peu de l'eau qu'Emma lui avait apportée.

— Il m'a prise dans l'arrière-boutique, profitant d'un moment où il n'y avait pas de clients. Quelques mois plus tard, je me suis rendu compte que j'attendais un enfant. Mon ventre commençait à s'arrondir. Je le serrais avec une bande de tissu, mais ma mère a fini par s'en apercevoir. Elle a décidé de ne rien dire à mon père. C'était un homme travailleur mais fruste ; elle craignait qu'il me jette à la rue. Elle a prétexté je ne sais quelle maladie pour m'envoyer chez sa tante, Berthe Borduas, une veuve à l'aise qui vivait à Sillery. Berthe m'a défendu de sortir de la maison durant toute la durée de la grossesse, même pour aller à l'église. Personne du voisinage ne l'a su. Quand est venu le temps d'accoucher, elle a fait venir une sage-femme chez elle.

Emma écoutait attentivement son récit. Jamais elle n'avait posé de questions à Eugénie sur son passé : elle respectait trop son intimité pour forcer ses confidences, mais elle ne fut pas étonnée outre mesure d'apprendre la grossesse de sa protégée. Elle n'avait jamais oublié l'état dans lequel se trouvait Eugénie lorsqu'une religieuse du Bon-Pasteur l'avait emmenée chez elle, faute de lits au refuge, il y avait près de vingt ans de cela : hâve, affamée, sans espoir. La majorité des jeunes femmes que le refuge accueillait avaient fui leur milieu familial parce qu'elles étaient tombées enceintes.

— Le labeur a duré presque deux jours. J'ai accouché d'une petite fille. La sage-femme l'a emmaillotée, puis m'a permis de la tenir dans mes bras. Elle avait des cheveux fins et de grands yeux noisette. Ses mains étaient si petites qu'elles tenaient dans une paume. Je me suis tournée vers Berthe et je lui ai dit : « Je veux qu'elle s'appelle Marie. » J'étais épuisée, je me suis endormie. À mon réveil, mon enfant n'était plus là. J'ai demandé à la voir, mais Berthe m'a répondu que je ne la reverrais plus jamais, car c'était l'enfant du péché. Il fallait que je me compte chanceuse si elle était accueillie par de bons parents.

Emma serra sa main dans la sienne.

— Ma pauvre petite.

Eugénie poursuivit :

— Quelques jours après l'accouchement, je me suis enfuie de chez elle. Je me souviens, il faisait froid, j'avais juste une robe d'été sur le dos, un châle et des souliers. Si tu ne m'avais pas accueillie chez toi, je ne serais probablement plus là aujourd'hui pour te parler de tout ça.

Il commençait à faire sombre dans la pièce. Emma se leva, remonta la mèche d'une lampe.

— Quand Marie est-elle née ?

— Le 25 octobre 1840. Elle aura dix-neuf ans le mois prochain.

Emma revint vers elle.

— Tu n'as jamais su ce qu'elle est devenue ?

Eugénie fit non de la tête.

— Je suis allée voir ma grand-tante, il y a une quinzaine d'années. Elle a refusé de me parler. J'y suis retournée à plusieurs reprises. J'ai jamais pu lui tirer une seule information.

Eugénie reprit son souffle. Le simple fait de parler lui demandait un effort. Emma reprit place à côté de sa protégée et lui prit la main.

— Tu devrais te reposer.

— Chaque année, le jour de l'anniversaire de Marie, je me rends à l'église Notre-Dame-de-la-Victoire et je fais brûler un lampion pour elle en faisant le vœu qu'elle soit heureuse.

— Je suis sûre qu'elle l'est, dit Emma, la voix enrouée par l'émotion.

Eugénie la regarda dans les yeux :

— Le 25 octobre, promets-moi d'allumer un lampion pour ma fille.

— Tu seras complètement rétablie d'ici là, dit Emma.

— Promets-le.

— Je te le promets.

Emma s'empressa de sortir pour qu'Eugénie ne la voie pas pleurer.

XL

Emma fut soulagée de ne pas entendre Eugénie tousser durant le reste de la nuit. Le laudanum que le docteur Lanthier lui avait prescrit semblait l'avoir soulagée. Au petit matin, elle prépara un bol de lait chaud accompagné de pain frais et l'apporta à Eugénie sur un plateau. Cette dernière sourit.

— Quel luxe ! Je devrais tomber malade plus souvent.

— Je vais rendre visite à Fanette. Je demanderai à Henri de passer te voir.

— Ne te donne pas cette peine, il m'a promis de me rendre visite tous les jours. Et tu sais qu'il tient toujours ses promesses.

Emma attela son boghei et se rendit vers la Grande Allée. Elle sonna. Madame Régine vint répondre, lui apprit que Fanette, Philippe et les Grandmont étaient à Cap-Rouge, au domaine d'Alistair Gilmour, et reviendraient vers la fin de la journée. Emma repartit donc, soulagée d'avoir un répit avant de devoir annoncer la mauvaise nouvelle à sa chère Fanette. Elle remonta dans son boghei, songeuse. Les révélations d'Eugénie au sujet de son enfant ne quittaient pas son esprit. Une révolte sourde la prit à la gorge devant le sort de ces milliers de filles qui donnaient naissance à des enfants qu'on leur arrachait aussitôt. Comme si l'opprobre dont elles souffraient n'était pas déjà suffisant ! Comme si elles étaient les seules à devoir porter le fardeau et les conséquences d'un acte dont elles étaient le plus souvent les victimes... Où étaient tous ces pères qui engrossaient impunément ces jeunes femmes ? Quel fardeau, quel opprobre subissaient-ils pour prix de leurs actes ?

Emma, sans s'en rendre compte, avait poursuivi sur la Grande Allée en direction ouest. C'est à ce moment qu'elle eut une idée.

La route qui menait à Sillery était sèche et poudreuse, bordée par des verges d'or et des asclépiades ployées par la chaleur. Elle ne portait pas sa redingote de voyage, mais sa capeline la protégeait du soleil. Une fois à Sillery, elle s'arrêta pour demander son chemin à une fermière qui transportait des paniers en osier dans une brouette. Elle réussit à trouver la rue des Grands-Bois et se gara devant une maison de pierre au toit en pente qui avait dû être belle, à une certaine époque, mais qui semblait à l'abandon. Des tuiles manquaient ici et là, la peinture s'écaillait. Quelques carreaux avaient été brisés et remplacés par des morceaux de toile cirée. Des herbes sauvages, jaunies par le soleil, recouvraient ce qui avait dû être un potager. Emma franchit les marches du perron, se demandant si la maison était toujours habitée. Elle frappa. Elle attendit, puis frappa à nouveau. Elle allait s'éloigner lorsqu'elle entendit une voix frêle derrière la porte.

— Qui est là ?

— Je m'appelle Emma Portelance. Je suis bien chez Berthe Borduas ?

La porte finit par s'ouvrir. Une très vieille femme se tenait sur le seuil. Ses cheveux blancs et clairsemés étaient relevés en un maigre chignon. Elle portait une robe qui avait dû être à la mode dans les années 1830, et un châle couvrait ses épaules voûtées malgré la chaleur.

— Vous êtes qui, déjà ?

— Emma Portelance. Votre petite-nièce Eugénie habite chez moi.

— Qui ?

Emma comprit qu'elle était dure d'oreille. Elle éleva la voix en accentuant chaque syllabe :

— Votre petite-nièce, Eugénie Borduas.

La vieille dame fronça les sourcils, faisant un effort de mémoire. Emma renchérit :

— Eugénie a vécu chez vous, il y a dix-huit ans.

Une lueur s'alluma dans les yeux de Berthe Borduas ; elle se rappelait vaguement quelque chose.

— C'est sa mère, qui me l'avait confiée. Personne n'a jamais rien su. Personne.

La vieille dame ramena son châle de laine sur ses épaules comme si elle avait froid. Ses mains nouées par l'arthrite tremblaient légèrement.

— Eugénie m'a raconté qu'elle avait accouché d'une enfant. Une petite fille qu'elle avait appelée Marie.

Berthe Borduas pinça les lèvres. Son visage s'était durci.

— Les filles-mères pouvaient pas garder leur enfant. J'ai fait mon devoir.

— Savez-vous ce que sa fille est devenue ?

La vieille dame secoua la tête.

— Trop loin… Trop loin tout ça.

Elle fit mine de refermer la porte. Emma fit un pas sur le seuil.

— Eugénie n'a jamais pu oublier son enfant. Elle a besoin de savoir.

Contre toute attente, le visage de Berthe Borduas s'adoucit. Emma songea que cette femme avait dû être belle, dans ses jeunes années.

— Elle a été adoptée. Une bonne famille de la haute ville.

— Vous souvenez-vous du nom de cette famille ? demanda Emma, sur le qui-vive.

Son visage se ferma aussitôt.

— Ma mémoire est plus ce qu'elle était. Puis même si je m'en rappelais, j'vous le dirais pas. Ça regarde personne.

Emma sentit qu'elle ne tirerait plus rien de la vieille dame. Elle s'apprêtait à repartir lorsque la voix frêle de madame Borduas s'éleva.

— Elle a eu de la chance.

Emma se tourna vers elle, intriguée.

— De qui parlez-vous ?

— L'enfant. Elle était infirme. Elle a eu de la chance de trouver de bons parents.

Elle referma la porte.

Sur le chemin du retour, Emma songea à ce que Berthe Borduas lui avait révélé. Devait-elle en faire part à Eugénie ? Quel bien lui ferait-il d'apprendre que sa petite fille avait une infirmité, et qu'elle avait été adoptée par une famille dont elle ne connaissait même pas le nom ? La dernière chose qu'elle souhaitait était de causer du chagrin à Eugénie, déjà si fragile. En repassant devant la maison des Grandmont, elle vit une voiture garée. Un valet transportait les bagages, tandis que Fanette, au bras de Philippe, l'air heureux, se dirigeait vers la porte. Emma pensa s'arrêter, mais n'en eut pas le courage. Une mauvaise nouvelle pouvait toujours attendre. Elle reviendrait le lendemain.

Après avoir dételé son boghei, Emma monta voir Eugénie.

— Tu es partie longtemps ! s'exclama Eugénie, la mine inquiète. J'ai pensé que tu avais eu un accident.

Emma décida de la mettre au courant de sa démarche.

— Je suis allée voir ta grand-tante.

Eugénie la regarda, saisie. Emma poursuivit avec toute la délicatesse dont elle était capable :

— Elle m'a dit que ta fille avait été adoptée par une bonne famille de la haute ville.

Elle se garda bien de lui révéler que son enfant avait une infirmité, pour l'épargner. Un immense espoir fit briller les yeux d'Eugénie.

— Quelle est cette famille ? murmura-t-elle.

— Elle n'a pas voulu me le dire. Peut-être qu'elle l'ignore.

Eugénie trouva la force de sourire.

— Au moins, ma petite fille a eu une chance de faire une bonne vie.

XLI

Fanette fut réveillée par des notes de musique. Elle se redressa sur ses coudes, jeta un coup d'œil à l'horloge : il était six heures. Philippe dormait encore. Elle se leva doucement pour ne pas le réveiller, enfila sa robe de chambre et descendit l'escalier. Les sons cristallins et mélodieux lui parvenaient de plus en plus clairement. Fanette reconnut la mazurka de Chopin que sa belle-mère avait dansée avec Alistair Gilmour pour ouvrir le bal. Elle se dirigea au salon. Marguerite, portant un peignoir blanc bordé de dentelle, était assise au piano et jouait. Ses longues mains fines couraient sur les touches, hésitant parfois, puis reprenant de plus belle. Fanette se souvenait l'avoir vue jouer, une fois, lors du réveillon auquel elle avait été invitée chez les Grandmont, à l'âge de douze ans, mais Marguerite avait presque complètement délaissé son instrument depuis. Elle resta debout à l'entrée du salon, retenant presque sa respiration pour que sa belle-mère ne se rende pas compte de sa présence. Elle cessa soudain de jouer et se retourna vivement.

— Il y avait si longtemps que je n'avais touché à ce piano. J'ai mal joué.

— Au contraire. C'était très beau, dit Fanette, émue. Je vous en prie, continuez.

Marguerite referma le couvercle du piano, confuse.

— Une autre fois.

❧

Le notaire Grandmont avait gardé un souvenir éblouissant du bal d'Alistair Gilmour : le faste de sa demeure, mais surtout l'accueil que le constructeur naval leur avait réservé lui avait donné un sentiment de plénitude et avait nourri son rêve d'accéder au faîte de la bonne société de Québec. Il souhaitait ardemment lui rendre la politesse, mais le Lumber Lord était devenu la coqueluche de la ville et était invité partout. Le notaire était trop orgueilleux pour prendre le risque d'essuyer un refus. Il se contenta donc de rédiger une lettre de remerciement pour le merveilleux bal auquel sa famille et lui-même avaient eu l'honneur d'être conviés. Il confia la lettre à monsieur Joseph et lui demanda de l'apporter en mains propres à Alistair Gilmour. Le cocher obéit à contrecœur. Cap-Rouge était au diable vauvert, et le chemin pour se rendre du village au manoir, quasiment impraticable. Tout ce dérangement pour une simple lettre ! Il attela la calèche et s'engagea sur la Grande Allée. Le boghei d'Emma Portelance se gara devant la maison du notaire sur l'entrefaite.

Fanette, installée dans son fauteuil habituel, près de la fenêtre, donnait le sein à Marie-Rosalie lorsque madame Régine frappa à la porte.

— Mam'selle Fanette, votre mère est ici, dit-elle.

Fanette, toute joyeuse à l'idée de voir Emma, s'empressa de mettre de l'ordre dans sa toilette et, tenant toujours sa fille dans ses bras, descendit au rez-de-chaussée. À la mine préoccupée de sa mère, elle comprit que les nouvelles n'étaient pas bonnes. Le mot « phtisie » confirma ses craintes.

— Mon Dieu…

Marie-Rosalie, en voyant le visage bouleversé de sa mère, éclata en sanglots. Le notaire, alarmé par les éclats de voix, sortit de son bureau.

— Que se passe-t-il ?

Emma le mit au courant. Le notaire se rembrunit. Sa grand-mère, à laquelle il avait été très attaché, était morte des suites de la tuberculose alors qu'il n'avait que sept ans ; il avait gardé un souvenir pénible de ses visites dans la chambre aux tentures sombres qui sentait le camphre et l'éther, et de ses traitements à l'opium pour atténuer ses douleurs. Il s'adressa à Emma, visiblement ému.

— Vous m'en voyez navré. Transmettez à madame Borduas mes vœux de prompt rétablissement.

Emma fut touchée par cette rare manifestation de sympathie de la part du notaire.

— Merci, je n'y manquerai pas.

Fanette décida de rendre visite à Eugénie sur-le-champ. Elle croisa Philippe, qui s'apprêtait à partir pour l'université, et lui annonça la mauvaise nouvelle.

— Je t'accompagne, dit Philippe.

Il fit atteler le Phaéton, tandis que Fanette confiait Marie-Rosalie à madame Régine.

Ils parlèrent peu durant le trajet. Philippe respectait le chagrin de sa femme, il savait que les mots ne l'adouciraient pas.

Lorsqu'ils entrèrent dans la chambre d'Eugénie, cette dernière les accueillit avec le sourire.

— Quelle délégation !

Philippe resta discrètement au fond de la pièce, tandis que Fanette s'approcha d'Eugénie. Elle la trouva amaigrie. Ses clavicules saillaient sous sa robe de nuit. Eugénie vit l'inquiétude se peindre sur son visage. Elle tint à la rassurer.

— Un peu de repos et je serai sur pied le temps de le dire.

— Bien sûr, que tu seras sur pied ! s'écria Emma en s'activant dans la chambre, tirant sur les rideaux, arrangeant l'édredon.

Fanette regarda les deux femmes avec une émotion indescriptible. Elle se doutait qu'elles affichaient un optimisme qu'elles n'éprouvaient pas, non par manque de lucidité, mais pour se donner du courage face à l'adversité. Elle ne les en aima que davantage. Emma et Eugénie avaient bercé son enfance, lui avait prodigué de l'affection, des soins et une éducation, tout ce dont un enfant a besoin ; plus tard, elles étaient devenues ses confidentes, avaient été les témoins attendris de ses premiers émois amoureux. Comment pourrait-elle jamais leur rendre tout ce qu'elles lui avaient donné ?

— Je te visiterai tous les jours, dit Fanette, la gorge serrée.

— Il y aurait une chose plus utile que tu pourrais faire pour moi, répliqua Eugénie.

Fanette la regarda, attentive.

— Me remplacer au refuge du Bon-Pasteur, le temps que je guérisse. Quelques heures par jour, pas plus.

Fanette prit ses mains dans les siennes.

— Je le ferai.

e∼o

Philippe raccompagna Fanette sur la Grande Allée et repartit à l'université. Fanette alla frapper à la porte du bureau du notaire. Elle avait préparé ses arguments durant le trajet en voiture.

— Ah, Fanette. Je suis vraiment navré pour mademoiselle Borduas. Je connais votre attachement pour elle. Tenez, avec toutes ces émotions, j'ai oublié de vous remettre vos émoluments.

« Émoluments »… Fanette trouva le mot bien pompeux pour une somme aussi modeste – chaque semaine, le notaire lui remettait la somme de trois dollars pour ses petites dépenses –, mais la bienveillance inhabituelle de son beau-père à l'égard d'Eugénie l'encouragea à aborder le sujet qui la préoccupait :

— Eugénie m'a demandé de la remplacer au refuge du Bon-Pasteur, en attendant qu'elle se rétablisse.

Toute trace d'indulgence disparut du visage du notaire.

— C'est hors de question. Votre place est dans votre foyer, auprès de votre fille.

— Je n'irais au refuge que quelques heures par jour.

— Qui s'occupera de Marie-Rosalie pendant ce temps ?

— Madame Régine.

— Je ne tiens pas à ce que ma petite-fille soit élevée par une domestique, ni à ce que ma belle-fille s'affiche publiquement avec la lie de la société.

Fanette protesta :

— Madame Régine est une personne fiable et dévouée. Et je ne vois pas ce qu'il y a de honteux à prendre soin des indigents.

— Votre devoir est de prendre soin de votre fille.

— Mon devoir est aussi de venir en aide à ceux qui en ont besoin.

Le notaire comprit à l'air déterminé de Fanette qu'il lui faudrait user d'un moyen plus draconien pour imposer sa volonté. Il reprit l'enveloppe dans laquelle se trouvaient les trois dollars.

— Si vous persistez dans votre projet, je me verrai dans l'obligation de vous priver de votre allocation.

— Vous n'avez pas le droit ! s'exclama Fanette, hors d'elle.

— J'ai tous les droits lorsqu'il s'agit de vous faire entendre raison.

Fanette sortit du bureau en claquant la porte. Le notaire remit l'enveloppe dans un tiroir de son pupitre, satisfait de la tournure de la discussion. Il était hors de question qu'il se plie aux quatre volontés de Fanette. Elle avait vécu trop longtemps sous l'influence de madame Portelance, il fallait corriger la situation.

Fanette était si furieuse qu'il lui fallut quelques minutes pour recouvrer son calme. Toute son enfance, elle avait eu l'exemple d'Emma et Eugénie sous les yeux : des femmes autonomes qui ne dépendaient pas du bon vouloir d'un homme et qui agissaient comme bon leur semblait. Son éducation chez les Ursulines avait fait le reste. Elle ressentait une profonde humiliation à être traitée comme un être inférieur, sans volonté propre, sans libre arbitre. Elle raconta l'incident à Philippe après son retour de l'université. Il voulut intervenir auprès de son père, mais Fanette le supplia de n'en rien faire.

— C'est ma décision. Il faut que j'en assume seule les conséquences.

Le lendemain, Fanette choisit une robe en taffetas et confia Marie-Rosalie à madame Régine. Au moment où elle enfilait ses gants, le notaire apparut dans le hall.

— Où allez-vous, Fanette ?

Elle se tourna vers lui, le défiant du regard.

— Au refuge du Bon-Pasteur.

— Vous êtes la personne la plus obstinée que je connaisse ! dit-il entre ses dents.

Il faillit ajouter « avec votre mère », mais s'en abstint.

Après le départ de Fanette, et avant de se rendre à l'université, Philippe, la mine réservée, alla retrouver son père dans son bureau.

— Fanette m'a parlé de votre différend. Je l'appuie entièrement dans sa démarche.

Le notaire eut un sourire narquois :

— Je crois que je peux me passer de ton opinion.

Philippe ne se laissa pas intimider par le ton ironique de son père.

— Ce n'est pas tout. Je veux que vous lui redonniez son allocation hebdomadaire.

Cette fois, le notaire se leva, furieux.

— Ça ne te regarde pas. C'est une affaire entre Fanette et moi.

— Cet argent fait partie de la dot de Fanette et lui revient de plein droit. Vous n'avez pas à la priver de ce qui ne vous appartient pas.

Philippe s'esquiva en ne laissant pas à son père le temps de répliquer. Le notaire se rassit, excédé.

⁓

Fanette ne dit pas un mot à sa mère quant à son contentieux avec le notaire : elle ne voulait surtout pas ajouter à ses soucis. La matinée fut consacrée à l'enseignement. Le refuge abritait une douzaine d'enfants de sept à quatorze ans, dont la petite Henriette, une fillette de huit ans qu'Emma avait trouvée, un matin, devant la porte du refuge. Elle était particulièrement douée et pouvait déjà réciter une partie de son alphabet par cœur.

Fanette participa ensuite à une corvée de lessive et aida Emma à distribuer la soupe. Il n'y avait eu qu'une petite averse durant tout le mois de septembre, il fallait donc utiliser l'eau avec parcimonie, ce qui compliquait encore davantage des tâches déjà ardues. Madame Renaud, une ancienne blanchisseuse qui avait connu des malheurs et était devenue une habituée du Bon-Pasteur, avait trouvé une chatte dans la rue et l'avait ramenée avec elle au refuge, refusant obstinément de s'en départir. La pauvre chatte, en plus d'être grosse, était dans un état lamentable : il avait fallu enlever des orties agrippées à son poil et soigner ses plaies. Fanette s'éventa avec une main. Elle se demanda comment Eugénie avait pu tenir le coup aussi longtemps avant de tomber malade. Levant les yeux, elle vit Emma qui transportait à bout de bras une grosse barrique emplie de vaisselle sale. Elle se précipita vers elle.

— Voyons, c'est beaucoup trop lourd pour vous !

Fanette aida sa mère à porter la barrique jusqu'à la cuisine. Elle commençait à avoir des craintes concernant la santé d'Emma, qui se dépensait sans compter au refuge, et se rendait ensuite au chevet d'Eugénie. C'était le genre de personne pour qui les besoins des autres primaient toujours sur les siens. *S'il fallait qu'elle tombe malade à son tour…* Fanette chassa cette pensée. Elle avait gardé la conviction presque enfantine que sa mère était invulnérable, et que rien de fâcheux ne pourrait jamais lui arriver.

༄

En revenant chez le notaire, Fanette remarqua un carrosse imposant garé devant la maison et reconnut en s'approchant la voiture d'Alistair Gilmour. En entrant, elle entendit des notes au piano provenant du salon. Marguerite, portant une jolie robe que Fanette n'avait jamais vue, était installée à son piano et achevait de jouer une sonate de Chopin. Le notaire Grandmont, assis dans un fauteuil, l'applaudit, un sourire approbateur aux lèvres. Puis le regard de Fanette fut attiré par une silhouette costaude appuyée nonchalamment sur le manteau de la cheminée. C'était Alistair Gilmour. Sans en comprendre la raison, elle sentit son cœur battre un peu plus vite. Elle fit mine de se retirer lorsque la voix du Lumber Lord s'éleva :

— Je vous en prie, madame Grandmont, ne nous privez pas du plaisir de votre compagnie.

Le notaire, qui semblait avoir oublié sa vindicte, lui désigna un fauteuil en souriant.

— Monsieur Gilmour nous fait l'honneur d'une visite.

Fanette s'installa dans le fauteuil sous le regard intense du marchand naval, s'en voulant du sentiment de malaise qui l'avait envahie.

— J'espère que vous nous ferez l'honneur de partager notre modeste repas, dit le notaire à l'adresse du constructeur naval.

Ce dernier ne put réprimer un sourire devant l'obséquiosité du notaire.

— Ce sera *un honneur* d'être à votre table. J'accepte votre charmante invitation.

Fanette, qui appréhendait cette soirée en compagnie du Lumber Lord, fut agréablement surprise par son affabilité et ses manières simples. Il eut un mot charmant pour chacun, félicitant Philippe d'entreprendre des études en médecine, complimentant Marguerite pour l'élégance de sa toilette, prenant Marie-Rosalie sur ses genoux avec une aisance qui eût pu faire croire qu'il était père d'une famille nombreuse. Il se tourna vers Fanette :

— Et vous, à quoi occupez-vous vos temps libres, madame Grandmont ?

Fanette répondit avec franchise :

— Je donne un coup de main à ma mère, qui s'occupe du refuge du Bon-Pasteur.

Le notaire réprima son irritation.

— J'ai tenté de l'en dissuader, mais en vain. Ma belle-fille est têtue comme une mule.

Le marchand naval lui jeta un coup d'œil étonné.

— Pour quelle raison ?

— Les refuges sont des lieux malfamés. Je n'approuve pas l'idée qu'une jeune mère de famille soit exposée à des personnes de mauvaises mœurs.

Fanette crut percevoir dans les yeux du constructeur naval une lueur de colère qui disparut aussitôt.

— Je crois que votre belle-fille fait preuve de générosité en se dévouant à la cause des indigents.

Fanette jeta un coup d'œil au Lumber Lord, étonnée de son appui inattendu. Quel homme étrange ! Malgré sa fortune et le luxe inouï dont il s'entourait, il était capable de compassion pour les plus démunis.

Après le souper, Alistair Gilmour et le notaire se retirèrent dans le bureau de ce dernier. Le notaire sonna madame Régine, qui leur servit deux verres d'un excellent cognac qu'il avait commandé expressément de France. Alistair Gilmour, son verre à la main, jeta un coup d'œil à la bibliothèque du notaire.

— Vous lisez beaucoup ?

— Quand mes nombreuses occupations me le permettent, répondit le notaire, ne voulant pas avouer que la plupart de ces livres finement reliés n'étaient que rarement ouverts et qu'ils servaient surtout à impressionner ses clients.

Alistair Gilmour savoura une gorgée du cognac.

— Vous saviez qu'il y aura une campagne électorale municipale dès le mois d'octobre, dit-il en faisant tourner le liquide ambré dans son verre.

— Le juge Sicotte m'en a glissé un mot, répondit le notaire, satisfait de faire valoir auprès du Lumber Lord qu'il était un familier d'un important notable de Québec.

— N'avez-vous jamais songé à vous présenter comme échevin ?

Le notaire savait qu'un candidat, pour être éligible, devait habiter la ville de Québec depuis au moins un an et être propriétaire d'une maison d'une valeur d'au moins mille cinq cents dollars. Il remplissait amplement ces conditions.

— J'avoue que cela m'a parfois effleuré l'esprit, dit-il en buvant une gorgée de cognac.

— J'ai parlé en grand bien de vous au maire Langevin. Il s'est montré enchanté par l'idée.

Le notaire déposa son verre sur son pupitre, soudain envahi par l'émotion.

— Le maire Langevin ?

— Il croit que vous êtes un citoyen exemplaire et que votre présence rehausserait la qualité des débats au sein du conseil de ville.

— Il a dit cela ? balbutia le notaire, visiblement enchanté.

— Ce sont ses paroles, mot pour mot. Je crois que vous devriez poser votre candidature, cher Grandmont. Vous êtes éduqué et, en tant que notaire, rompu aux négociations les plus délicates. Vous connaissez tout ce que notre belle ville compte de notables. Une fois élu, rien ne vous empêcherait de lorgner la mairie. Car j'ai cru comprendre que le maire songeait à se présenter sous peu comme député pour la Province unie. La mairie ouvre bien des portes, y compris celle d'un ministère…

Le notaire, grisé par les paroles du Lumber Lord, se prit à rêver : si le maire Langevin, un homme somme toute médiocre sous ses dehors affables, avait pu devenir maire, pourquoi pas lui ? Mais étant prudent de nature, il ne prenait jamais une décision sans en avoir soigneusement pesé le pour et le contre.

— Je suis honoré que le maire ait songé à moi, mais je ne vois pas comment je pourrais concilier la fonction d'échevin avec mon travail de notaire, d'autant plus que mon fils, qui travaillait pour mon compte, se consacre maintenant à ses études de médecine.

Alistair Gilmour sourit. Ses yeux avaient pris la teinte intense d'une agate.

— Mon avoué, maître Henderson, a toute ma confiance. Je vous le « prêterais » volontiers quelques jours par semaine pour vous donner un coup de main.

Le notaire acquiesça, rassuré sur ce point.

— Encore faudrait-il que je gagne mes élections. Une campagne électorale coûte cher. Le poste d'échevin n'est pas rémunéré.

— La prévoyance, voilà une autre qualité qui ferait de vous un excellent politicien, affirma Alistair Gilmour.

Il se pencha vers le notaire.

— Je vous soutiendrai, cher Grandmont. Mon nom et ma fortune seront à votre disposition.

Le notaire sentit une sorte d'exaltation s'emparer de lui. Il but une autre gorgée de cognac pour se calmer.

— Vous m'en voyez honoré, monsieur Gilmour. Je tâcherai d'être digne de votre confiance.

— À la bonne heure ! s'exclama Gilmour.

Il leva son verre.

— Je bois à la santé du futur échevin et maire de la ville de Québec !

Les deux hommes trinquèrent.

Après le départ d'Alistair Gilmour, le notaire, encore étourdi par la proposition du Lumber Lord et par quelques verres de cognac, vint frapper à la porte de sa femme, ce qui ne lui était pas arrivé très souvent, ces dernières années. Marguerite était assise devant sa coiffeuse, une brosse en nacre à la main. Ses cheveux noirs tombaient sur ses épaules dénudées. Le notaire lui fit part de sa conversation avec le constructeur naval. Elle l'écouta avec attention.

— Qu'en pensez-vous, Marguerite ?

Étonnée que son mari se donne la peine de la consulter, elle lança :

— Je ne savais pas que mon opinion comptait pour vous.

Il s'approcha d'elle, effleura une épaule du bout des doigts. Sa peau était douce comme de la soie. Il respira le parfum délicat de son cou.

— J'aurai besoin de votre soutien.

Elle eut un léger mouvement de recul. Il y avait si longtemps que son mari ne l'avait touchée qu'il était devenu un étranger pour elle. Le notaire n'insista pas. Il comprit qu'il devait faire preuve de patience s'il souhaitait reconquérir sa femme. Il s'installa dans un fauteuil, croisa les mains sur ses genoux.

— Je vais vous poser une question. Vous devez me répondre avec la plus entière franchise.

Marguerite regarda le reflet de son mari dans le miroir qui surmontait la coiffeuse.

— Je vous écoute, dit-elle en masquant son appréhension.

— Je sais que le docteur Lanthier vous a soignée pour votre... dépendance au laudanum. Avez-vous complètement cessé d'en prendre ?

Marguerite se tourna vers son mari.

— Oui.

Le notaire se leva, fit quelques pas vers elle.

— Il faut me dire la vérité. Si vous en prenez encore, cela risque de se savoir et nuirait à ma campagne. Ma réputation doit être sans tache.

— Je vous en donne ma parole, Louis.

Le notaire éprouva une reconnaissance qui ressemblait presque à un sentiment amoureux.

— Merci, très chère.

Il lui prit la main, la porta à ses lèvres, puis sortit. Marguerite se saisit de sa brosse en nacre, la passa dans ses cheveux, rêveuse. Ce n'était pas à son mari qu'elle songeait, mais à un homme à la stature majestueuse, à la chevelure flamboyante, qui dansait comme un Dieu et lui avait murmuré à l'oreille, tandis qu'il la faisait tournoyer gracieusement sur le parquet de la salle de bal : « J'ai aimé une femme qui vous ressemblait... »

XLII

La nouvelle à l'effet que le notaire Grandmont se présentait aux élections municipales en tant qu'échevin du quartier Saint-Louis se propagea dans Québec comme une traînée de poudre. Oscar Lemoyne avait été assigné par son patron pour couvrir la campagne. Il avait appris qu'un jeune avocat, Julien Vanier, fraîchement émoulu du Barreau, se présenterait contre le notaire Grandmont. Fils de cordonnier, le jeune candidat ne bénéficiait d'aucun appui de taille et n'avait pas de caisse électorale, mais on le disait bon orateur. Il y avait déjà un attroupement lorsque Oscar descendit d'un fiacre et s'approcha de la maison Dunn, située sur la rue Saint-Louis, où se tenaient les assemblées du conseil municipal. Il reconnut le maire Langevin, qui bavardait avec le notaire Grandmont, et un autre homme qu'il voyait pour la première fois, habillé avec élégance et dont les cheveux roux tombaient sur ses larges épaules. Une belle femme d'environ quarante ans, une ombrelle à la main, souriait, les yeux rivés sur l'homme aux cheveux de feu. Quelques personnalités, dont le juge Sicotte, fumaient la pipe en attendant le discours du notaire, qui poserait officiellement sa candidature.

Oscar se fraya un chemin parmi la foule afin d'être aux « premières loges », comme l'aurait dit son oncle Victor. C'est alors qu'il la vit. Plus d'un an s'était écoulé depuis qu'il l'avait aperçue à l'église St. Patrick. Elle était debout au bras d'un beau jeune homme qu'il reconnut sans peine : c'était le mari de Fanette. Elle portait une jolie robe bleue à fines rayures et cintrée à la taille par un ruban de la même couleur. *Toujours aussi jolie,* soupira-t-il. *Et toujours aussi mariée.* Il tâcha de se dissimuler discrètement derrière un badaud. La dernière chose qu'il souhaitait était que Fanette Grandmont se rende compte de sa présence. L'eau avait coulé sous les ponts, depuis leur dernière rencontre ; peut-être que la « jolie dame » lui avait pardonné, mais il aurait préféré s'enfoncer six pieds sous terre que de prendre le risque de supporter ses reproches, si mérités soient-ils. Trébuchant en faisant sa manœuvre, il s'accrocha à une jupe pour ne pas tomber. Un léger craquement se fit entendre, ainsi qu'une voix stridente.

— Faites donc z-attention, jeune homme ! Vous avez déchiré ma jupe !

Il leva les yeux, vit un visage rubicond rouge de colère émergeant d'un flot de dentelle rose surmonté d'un immense chapeau de même couleur. Il balbutia :

— 'Scusez, madame.

Madame Sicotte, car c'était elle, lui jeta un regard furieux.

— Regardez z'où vous mettez les pieds !

Quelques rires étouffés se firent entendre. Tous les regards s'étaient tournés vers eux, dont celui de la « jolie dame ». Ses yeux bleus, fixés sur Oscar, étaient remplis d'indignation. De toute évidence, elle l'avait reconnu ! Il rougit jusqu'à la racine des cheveux. Il se serait volontiers esquivé, mais il avait un papier à écrire, et le notaire Grandmont s'avançait déjà vers l'estrade. Des applaudissements crépitèrent. Le notaire monta sur la tribune et salua la foule d'un mouvement de la main. Il sortit une feuille de papier du revers de sa redingote, se racla la gorge.

— Chers amis, chers concitoyens, c'est avec une grande émotion que je vous annonce mon intention de me présenter comme échevin au conseil de notre belle ville de Québec. Si j'ai pris la décision de briguer ce poste, ce n'est pas par ambition personnelle, mais bien pour servir les citoyens de Saint-Louis, et ceux de Québec, avec tout le dévouement et la loyauté qu'ils méritent.

Des applaudissements se firent entendre. Oscar Lemoyne, debout près de l'estrade, prenait rapidement des notes sur son calepin, le cœur lourd. *Elle te déteste, elle te voue aux gémonies...* Il n'osait plus regarder dans sa direction, de crainte d'apercevoir à nouveau dans ses beaux yeux sa déconsidération, voire son mépris. Pourtant, il n'avait fait que son métier, tenta-t-il de se justifier intérieurement. Et son métier était d'écrire la vérité. *Ouais... Tant que cette vérité fait vendre de la copie...*

— Mon père a travaillé à la sueur de son front pour bâtir et faire fructifier son étude de notaire. Il m'a légué sa persévérance et son amour du travail. *Labor omnia vincit improbus...* Le travail opiniâtre vient à bout de tout ! Cet amour du travail, cette persévérance, je les ai transmises à mes propres enfants : mon fils, Philippe, étudie la médecine. Ma fille, Rosalie, est postulante chez les Ursulines. Je suis fier de mes enfants et fier de me présenter devant vous aujourd'hui...

Oscar écoutait le discours d'une oreille distraite, tout entier absorbé par son désarroi. Il ne put s'empêcher de tourner la tête vers Fanette Grandmont. À son grand soulagement, elle s'était détournée de lui et semblait accorder toute son attention au discours de son beau-père. *Si seulement je pouvais trouver un moyen de me faire pardonner, de lui prouver ma bonne foi,* se dit-il tout en continuant à prendre des notes. *Amanda O'Brennan...* Il avait dû abandonner son enquête, mais Fanette Grandmont cherchait toujours sa sœur. La preuve en était qu'elle avait envoyé son mari à la rédaction du journal pour tenter d'avoir de ses nouvelles. Même si le temps avait passé depuis, elle serait sûrement intéressée d'apprendre qu'il avait une piste. Mais il ne voyait pas de quelle façon il pourrait s'approcher de la jeune femme, et surtout lui parler sans attirer l'attention. Y parviendrait-il qu'elle refuserait sans doute de lui adresser la parole, et même d'écouter ce qu'il avait à lui dire. Soudain, il entrevit un moyen... Il déchira une page de son carnet, y écrivit quelques lignes. Puis il plia la feuille en quatre.

— J'espère donc, chers citoyens, pouvoir compter sur votre appui !

Des applaudissements nourris s'élevèrent, ponctués par des « Vive Québec ! », « Vive le quartier Saint-Louis ! », « Vive notre futur échevin ! ». Le notaire s'inclina devant la foule, appréciant visiblement l'attention dont il était l'objet. Oscar profita du brouhaha pour s'avancer vers Fanette Grandmont. Un obstacle de taille se dressa soudain devant lui : madame Sicotte. Sa jupe rose, déployée par une crinoline à l'armature digne d'un dirigeable, prenait beaucoup de place. Il la contourna avec précaution, ne voulant surtout pas répéter l'incident survenu plus tôt. Après moult contorsions, il réussit à se faufiler sans encombre. Tout à coup, il se retrouva face à face avec la « jolie dame ». En le voyant, elle fit mine de rejoindre son mari, qui conversait avec le maire. Il joua le tout pour le tout.

— Mademoiselle ! Je veux dire, madame…

Elle s'arrêta, tourna la tête vers lui, déjà prête à lui servir une réplique cinglante.

— Vous avez fait tomber quelque chose.

Il glissa le billet plié en quatre dans sa main en lui faisant comprendre d'un léger signe de tête qu'il fallait faire montre de discrétion. Fanette saisit la situation et serra le morceau de papier dans sa main fermée.

— Merci, monsieur.

Une réception eut lieu à la maison du maire Langevin, réunissant les candidats des six quartiers de la ville et leur famille. Fanette brûlait d'impatience de lire le mot que le jeune journaliste lui avait remis, et qu'elle avait soigneusement caché dans son réticule. Ils rentrèrent enfin à la maison. Elle se rendit d'abord à la chambre de Marie-Rosalie, qui dormait, une petite menotte appuyée sur la joue. Puis elle gagna son boudoir et s'assura qu'elle était seule avant de sortir le billet de son réticule.

Il est possible que votre sœur se trouve à l'abri Sainte-Madeleine, sur la rue Richelieu. Le costume bleu qu'elle portait devant l'église St. Patrick en fait foi. J'espère que vous me pardonnerez un jour.

Votre dévoué,

Oscar Lemoyne

En lisant ces mots, Fanette oublia tous ses griefs contre le journaliste. Elle n'avait plus de nouvelles d'Amanda depuis le rendez-vous manqué de l'église St. Patrick, et son espoir de la revoir s'amenuisait de jour en jour ; et voilà qu'Oscar Lemoyne le faisait renaître ! L'abri Sainte-Madeleine... Ce nom lui disait vaguement quelque chose. Elle relut le billet : « Le costume bleu qu'elle portait devant l'église St. Patrick en fait foi. » Qu'est-ce que le journaliste avait voulu dire par les mots « en fait foi » ? Et comment avait-il obtenu ces renseignements ? Amanda avait-elle envoyé une autre lettre à la rédaction, et l'avait-il ouverte comme il l'avait fait pour la première ? Elle déchira le message en petits morceaux qu'elle jeta dans l'âtre, sous un amas de bûchettes qu'elle alluma. Tout ce qui importait pour le moment était de savoir si Amanda vivait bel et bien à l'abri Sainte-Madeleine. Il fallait à tout prix qu'elle en ait le cœur net. Oscar Lemoyne avait écrit « Il est possible », cela demeurait donc une hypothèse. Fanette avait été trop cruellement déçue pour ne pas faire preuve de prudence. Elle prit place dans son fauteuil pour réfléchir. La rue Richelieu se trouvait à une quinzaine de minutes de la maison des Grandmont en voiture. Il faudrait qu'elle attende une occasion propice pour s'y rendre.

Le lendemain, le notaire convoqua Fanette à son bureau. Elle s'y rendit, méfiante. Avait-il observé son manège avec le journaliste ? Se doutait-il de quelque chose ? Très jovial, il lui annonça qu'il avait réfléchi à leur contentieux. Il n'était toujours pas d'accord avec le fait qu'elle travaille pour le refuge du Bon-Pasteur, mais il avait décidé de faire montre de largesse d'esprit. Il lui remit l'enveloppe contenant son allocation. Fanette ne comprenait pas les raisons de ce changement de cap, mais se garda bien de poser des questions...

Le notaire devait consacrer toute la journée à sa campagne électorale ; quant à Philippe, il devait partir tôt pour l'université. Fanette avait donc les coudées franches pour agir. Après avoir confié Marie-Rosalie à madame Régine, qui ne demandait pas mieux, elle sortit et marcha à un coin de rue, puis héla un fiacre.

— Menez-moi à l'abri Sainte-Madeleine, s'il vous plaît, sur la rue Richelieu.

Le cocher lui jeta un regard désapprobateur, mais Fanette était si absorbée dans ses pensées qu'elle ne le remarqua pas. Le fiacre se gara devant une maison en brique d'allure vétuste. Fanette paya le cocher et sonna à la porte, le cœur rempli à la fois d'espoir et d'appréhension. Une religieuse lui ouvrit. Elle eut l'air surprise de voir une jeune femme aussi bien habillée sur le seuil de cette porte que ne franchissaient que des déshéritées.

— Que puis-je faire pour vous, ma fille ?

Fanette, rassurée par la mine avenante de la religieuse, plongea :

— On m'a dit que ma sœur habitait ici. Son nom est Amanda O'Brennan.

Sœur Blanchet secoua la tête.

— Je suis désolée, mais personne de ce nom n'habite ici.

Fanette insista :

— Ma sœur a vingt-quatre ans, les cheveux roux et les yeux gris. Elle a un fils de neuf ou dix ans dont le prénom est Ian. Je vous en prie, si vous savez quoi que ce soit sur elle…

Une voix s'éleva derrière la religieuse :

— Sœur Blanchet, laissez cette jeune femme entrer.

La religieuse obéit. La porte se referma derrière Fanette, qui se tourna vers la personne qui venait de parler. C'était une femme de petite taille, à la mine avenante.

— Je suis sœur Odette, la directrice de cet abri. Suivez-moi au réfectoire, nous serons plus tranquilles pour causer.

Fanette la suivit, le cœur battant, ayant soudain la certitude que sœur Odette savait quelque chose au sujet d'Amanda. La religieuse lui désigna une chaise droite. Fanette s'y installa. Sœur Odette prit place en face d'elle.

— Nous avons hébergé une personne qui ressemble à la description que vous en avez faite, mais du nom de Mary Kilkenny.

La voix de sœur Odette résonnait dans le réfectoire vide. Fanette fronça les sourcils. C'était la première fois qu'elle entendait ce nom. Sœur Odette poursuivit :

— Nous l'avons accueillie parmi nous avec son fils pendant quelques mois, puis elle a décidé d'adopter le costume bleu des pénitentes.

« Le costume bleu en fait foi »... Mille questions se bousculaient dans la tête de Fanette. La religieuse, devinant son émoi, se résigna à lui dire la vérité.

— Nous croyons à la possibilité de rédemption pour tout être humain, quelles que soient leurs fautes passées. Les femmes que nous recueillons ici sont pour la plupart des filles-mères. La majorité d'entre elles ne sont devenues prostituées que pour survivre.

Fanette entendait les mots, mais leur sens lui parvenait à travers une sorte de brouillard. *Rédemption... Fautes passées... Prostituée...* La réalité crue, brutale, qui se cachait derrière ces mots l'atteignit soudain au cœur. *Ma belle, ma pauvre Amanda...* Tant de choses qu'elle n'avait pas comprises lui apparurent soudain d'une clarté aveuglante. Les paroles du père McGauran lui revinrent : « Votre sœur m'a fait promettre de garder le secret. » « Elle n'a pas eu une existence facile. Elle cherche à vous épargner... » Quel courage il avait fallu à Amanda pour accepter finalement de la revoir ! Son seul souhait était de prendre sa sœur dans ses bras, de lui dire qu'elle l'aimait, qu'elle n'avait jamais cessé de la chérir pendant toutes ces années vécues sans elle.

— Je vous en prie, laissez-moi la voir.

Sœur Odette appréhendait ce moment. Elle avait éprouvé une sympathie immédiate pour cette jeune femme intelligente et sensible. Si seulement elle avait pu lui donner un peu d'espoir !

— Votre sœur a quitté l'abri le 6 août 1858. Elle devait vous rencontrer ce jour-là à l'église St. Patrick. Elle n'est jamais revenue. Je n'ai pas eu signe de vie de sa part depuis.

Sœur Odette évita de lui dire que la plupart des filles qui quittaient le refuge retournaient à leur ancienne vie. Fanette prit le temps d'absorber la nouvelle. Elle avait beau s'y être préparée, la peine n'en était pas moins vive.

— Et son fils, Ian ?

Le visage de sœur Odette s'assombrit. Il y eut un long silence avant qu'elle trouve le courage de répondre.

— Ian a été adopté.

Fanette la regarda sans comprendre.

— Adopté ?

— J'étais sans nouvelles de votre sœur depuis des mois. Quelqu'un s'est présenté. Un veuf sans enfants, qui voulait désespérément avoir une famille.

— Qui est-il ?

Sœur Odette secoua la tête.

— Je n'ai malheureusement pas le droit de révéler cette information. Tout ce que je puis vous dire, c'est qu'il appartient à la bonne société de Québec et jouit d'une excellente réputation. Il s'est engagé à prendre soin de cet enfant comme si c'était le sien, et à lui donner une bonne éducation.

Fanette quitta l'abri, luttant désespérément contre les larmes. Elle chercha un mouchoir mais n'en trouva pas. N'apercevant pas de fiacre non plus, elle dut rentrer à pied.

Elle trouva Philippe dans son bureau. Il était revenu de l'université plus tôt que prévu. Des livres étaient empilés sur son pupitre ; il était plongé dans l'un d'eux. Fanette décida de ne pas le déranger, monta à l'étage et se rendit dans la chambre de Marie-Rosalie. L'enfant se lança vers sa mère en poussant de petits cris, les bras tendus, les jambes encore flageolantes. Fanette remarqua qu'elle avait une fossette sur la joue droite. Elle la prit dans ses bras, la serra à l'étouffer, noyant son chagrin dans le cou délicat de sa petite fille. Un jour, elle trouverait le courage de confier sa peine à Philippe.

XLIII

Alistair Gilmour fréquentait assidûment la maison du notaire depuis le début de la campagne municipale. Les deux hommes restaient parfois enfermés pendant des heures dans le bureau du notaire, à discuter de stratégie et à rédiger des discours, tandis que Peter Henderson, l'avoué du marchand de navires, un homme taciturne et discret mais d'une efficacité redoutable, avait pris l'étude du notaire en mains : il rédigeait des contrats, réglait des contentieux compliqués, rencontrait des clients. Le notaire, libéré de ses tâches quotidiennes, pouvait se consacrer entièrement à ses activités électorales. Madame Régine trouvait souvent des bouteilles de scotch vides et des cendriers pleins sur le pupitre. Lorsque l'Écossais s'attardait un peu trop, le notaire l'invitait à souper. Il ne jurait que par lui. Tout ce qui sortait de sa bouche valait de l'or. Marguerite semblait également être tombée sous son charme et acceptait de se mettre au piano pour jouer des pièces de Liszt, de Schumann et de Chopin pour leur hôte, dont c'était les compositeurs de prédilection. Elle avait changé du tout au tout. Alors qu'il n'y avait pas si longtemps elle passait ses journées confinée à sa chambre et refusait d'en sortir, même pour prendre ses repas, elle en sortait désormais tous les jours. Elle accompagnait le notaire lors de ses discours et assemblées publiques, et avait récemment décidé de devenir membre de la Société des Dames de la Charité de Québec. Elle faisait la tournée des hôpitaux, visitait des familles démunies de la basse ville, organisait des bazars pour amasser des fonds. Sa dépendance au laudanum semblait être chose du passé. Philippe se réjouissait de la transformation de sa mère. Il la retrouvait telle qu'il l'avait connue enfant : joyeuse, animée, portée par l'amour de la musique et de la vie. Et c'est seulement maintenant qu'il la voyait heureuse qu'il prenait la mesure du chagrin que lui avait causé son état.

❧

Après avoir consacré son après-midi au refuge du Bon-Pasteur, Fanette décida de rendre visite à Eugénie, conduisant le Phaéton que le notaire leur avait offert en cadeau pour le baptême de Marie-Rosalie. Le notaire avait d'abord refusé qu'elle conduise la voiture seule, prétendant qu'elle manquait d'expérience et risquait d'avoir un accident, mais Fanette avait insisté : comment pouvait-elle prendre de l'expérience si elle ne conduisait jamais ? Le notaire, obnubilé par sa campagne électorale, avait finalement cédé. Elle s'arrêta devant la maison, rue Sous-le-Cap. Le visage d'Eugénie s'illumina lorsqu'elle vit Fanette entrer dans sa chambre. Emma était à son chevet.

— Tu es jolie comme un cœur.

Fanette prit place sur une chaise près du lit, remarqua une bassine qui avait été déposée sur une table de chevet et qui était rougie par du sang. Elle prit la main d'Eugénie, la serra dans la sienne, faisant un effort pour contenir ses larmes. Eugénie tenta de la rassurer :

— Ne t'inquiète pas, Fanette. Je vais mieux.

Elle s'empressa de changer de sujet.

— Alors, quoi de neuf au refuge ?

— La chatte de madame Renaud a eu ses petits. On les a trouvés sur une couverture, dans le fond d'une armoire. Il n'était pas trop tôt. La pauvre traînait son gros ventre comme une âme en peine.

Eugénie sourit. Elle aimait entendre parler du refuge. Cela lui donnait le sentiment de ne pas être entièrement séparée du monde extérieur.

388

— Quoi d'autre ?

— La petite Henriette a réussi à réciter l'alphabet au complet.

Eugénie approuva, ravie.

— C'est une enfant intelligente. Dans quelques semaines, elle pourra tracer des lettres.

Elle se mit à tousser et porta aussitôt un mouchoir à sa bouche. Emma lui tendit un verre d'eau. Eugénie en but quelques gorgées, puis déposa le verre sur sa table de chevet, à côté de la bassine. Elle ferma les yeux, épuisée par ce simple geste. Emma mit un doigt sur sa bouche et fit signe à Fanette de la suivre.

— Elle a besoin de repos, chuchota-t-elle.

Les deux femmes sortirent de la chambre et Emma referma doucement la porte. Elle avait les traits tirés.

— Elle ne dort pas assez. Elle tousse, ça la tient éveillée même la nuit.

Emma entraîna Fanette vers la cuisine, mit le canard sur le poêle. Elle déposa la théière sur la table, puis éclata en sanglots. Fanette, bouleversée, la serra contre elle.

— S'il lui arrive quelque chose, je ne m'en remettrai jamais.

— Eugénie va guérir, maman. Elle va guérir.

Elle revit Eugénie, si pâle et affaiblie, et eut du mal à croire ses propres paroles.

Fanette resta encore une demi-heure avec sa mère, puis se résigna à la quitter. Elle prit place sur le siège du Phaéton et fit route vers la côte de la Montagne. Après avoir franchi la côte, la voiture s'engagea vers la rue Dauphin, puis bifurqua sur Saint-Louis. Fanette dut s'arrêter au carrefour de la rue Saint-Denis afin de laisser passer un omnibus. Un carrosse s'immobilisa à côté de son Phaéton. Ses rideaux rouges étaient fermés. Fanette reconnut le monogramme d'Alistair Gilmour. Une main longue et fine écarta les rideaux ; un rayon de soleil éclaira momentanément un visage de femme. C'était Marguerite. Cette dernière disparut aussitôt dans l'ombre, au fond de la voiture. Le visage d'Alistair Gilmour apparut un instant à la fenêtre. Ses yeux verts se posèrent sur Fanette, puis il referma les rideaux d'un geste brusque. Fanette détourna les yeux, se sentant vaguement coupable même si elle n'avait rien à se reprocher. Elle s'appuya pensivement sur le dossier de la banquette en attendant que l'omnibus ait dégagé la voie. Elle se demanda ce que faisait Marguerite dans la voiture d'Alistair Gilmour. Il la conduisait probablement à une activité liée à la campagne électorale du notaire Grandmont. Ce dernier les accompagnait peut-être. Mais alors pourquoi Marguerite s'était-elle réfugiée au fond de la voiture lorsque Fanette l'avait aperçue ? Pourquoi Alistair Gilmour avait-il refermé les rideaux aussi brusquement, comme s'il avait cherché à la protéger des regards indiscrets ?

Monsieur Joseph aida Fanette à descendre du Phaéton et conduisit l'attelage dans l'écurie. Lorsque Fanette entra dans la maison, elle vit le chapeau haut de forme du notaire accroché à la patère. Il ne se trouvait donc pas avec sa femme et le Lumber Lord, comme elle l'avait supposé. Elle monta l'escalier et entra dans son boudoir, troublée malgré elle. Puis elle entendit des rires, des pas d'enfant. Marie-Rosalie la rejoignit, ses bras potelés tendus, ses yeux rieurs. Elle fit quelques pas maladroits, puis tomba par terre en éclatant de rire. Fanette courut vers elle et la prit dans ses bras. La joie de retrouver sa fille lui fit oublier sa rencontre fortuite avec Marguerite.

∽

Madame Régine servait la soupe lorsque Marguerite arriva, les joues roses et le souffle un peu court. Le notaire jeta un coup d'œil ostentatoire à l'horloge.

— Enfin, Marguerite, où étiez-vous passée ? Le souper est servi.

Marguerite sourit, confuse.

— Pardonnez mon retard, je participais à l'organisation d'un bazar avec les Dames de la Charité. Figurez-vous que monsieur Gilmour y était. Il a fait un don très généreux.

En entendant le nom du marchand naval, le notaire se radoucit.

— Au moins, vous êtes en retard pour une bonne cause.

Fanette leva les yeux vers sa belle-mère. Voilà qui expliquait sa présence dans la voiture d'Alistair Gilmour. Marguerite prit place à table comme si de rien n'était, mais jeta un regard entendu à Fanette, comme pour lui demander sa discrétion.

Fanette, épuisée par sa longue journée, gagna ses appartements sitôt le repas terminé. Marguerite la suivit discrètement dans l'escalier.

— Fanette !

Marguerite la rejoignit.

— J'aimerais avoir votre avis concernant un nouveau chapeau que j'ai fait venir de Montréal.

Son regard avait une intensité que Fanette ne lui avait jamais vue. Elle la suivit jusqu'à sa chambre. Marguerite ferma soigneusement la porte, puis entraîna Fanette jusqu'au lit, sur lequel elle avait déposé une boîte à chapeau provenant de la John Henderson Company, qui tenait un grand magasin rue Saint-Jacques, à Montréal. Elle dit à voix haute :

— Venez, Fanette, que je vous le montre.

Elle ouvrit la boîte et en sortit un chapeau orné de dentelle et entouré d'un large ruban de satin. Puis elle s'adressa à Fanette à mi-voix :

— Monsieur Gilmour a eu la bonté de me ramener en voiture après le bazar.

— Vous n'avez aucune explication à me donner.

Marguerite effleura la voilette qui couvrait le chapeau.

— Ne trouvez-vous pas ce chapeau trop chargé ? dit-elle à voix haute.

Elle poursuivit en baissant le ton :

— Le bazar s'est terminé à quatre heures.

Fanette ressentit un malaise diffus. Elle avait quitté sa mère vers quatre heures quinze ; la voiture d'Alistair Gilmour s'était arrêtée à côté de la sienne peu après. Sa belle-mère n'était rentrée qu'à sept heures. Il s'était donc écoulé près de trois heures entre la fin du bazar et son retour chez elle. Qu'avait-elle fait pendant tout ce temps ? Marguerite, qui ne la quittait pas des yeux, semblait suivre le cheminement de sa pensée.

— Fanette, ne dites pas à mon mari que vous m'avez vue dans la voiture de monsieur Gilmour. Cela pourrait causer un fâcheux malentendu.

Le malaise de Fanette s'accentua, mais comme elle avait de l'affection pour sa belle-mère, elle ne souhaitait pas la plonger dans une situation embarrassante.

— Vous pouvez compter sur ma discrétion.

Marguerite lui prit les mains, le regard chargé d'une sincère reconnaissance.

— Merci.

Une sorte de complicité s'établit entre les deux femmes. Fanette hésita, puis se décida à parler :

— À votre place, je me méfierais de cet homme.

Les traits de Marguerite se tendirent légèrement.

— Je ne comprends pas pourquoi vous me faites cette mise en garde.

Fanette n'avait pas oublié la manière dont le Lumber Lord l'avait serrée d'un peu trop près, lors du fameux bal, ni sa phrase : « J'ai aimé une femme qui vous ressemblait. »

— Il a la réputation d'être un séducteur, murmura-t-elle, regrettant de s'être avancée sur ce terrain glissant.

Contre toute attente, Marguerite sourit.

— Vous êtes si jeune, Fanette…

Fanette la regarda, vexée. Marguerite lui caressa gentiment la joue.

— Vous avez eu le bonheur d'épouser l'homme que vous aimez. Moi, je n'ai pas connu cette chance. J'ai vécu longtemps enfermée dans une bulle de verre, sans amour, sans tendresse. J'ai repris goût à la vie grâce à lui.

Fanette demeura interdite. Marguerite poursuivit à mi-voix, parlant un peu trop vite, comme si une digue s'était rompue, laissant échapper un flot de paroles retenues depuis trop longtemps :

— La nuit, je rêve d'être dans ses bras. Le jour, je n'attends que le moment de le rejoindre. Peu m'importe qu'il soit un séducteur. Il ne m'a jamais rien promis. C'est un homme libre, et il me donne l'illusion que je le suis quand il m'enlace.

Les rideaux s'agitaient sous une légère brise. Fanette ne savait que penser de tout ce qu'elle venait d'entendre. Le bonheur de Marguerite était palpable, mais ses yeux un peu trop brillants, sa voix altérée et les risques insensés qu'elle semblait prête à courir pour cet homme lui faisaient craindre le pire.

— Je vous choque ? dit Marguerite, une lueur de défi dans l'œil.

Fanette lui répondit avec franchise :

— J'ai peur pour vous.

Marguerite lui sourit, touchée, puis elle se pencha vers elle.

— Pas un mot de tout cela à personne, n'est-ce pas ? chuchota-t-elle. Ce sera notre secret.

Elle souleva le chapeau sans attendre sa réponse, le regarda d'un œil critique.

— Alors, ce chapeau ? fit Marguerite.

— Il est très joli, répondit Fanette, se raclant la gorge.

Marguerite le remit dans la boîte, un sourire rêveur aux lèvres.

XLIV

Rosalie, debout près de la fenêtre de sa petite chambre, regardait pensivement dehors. Les branches des lilas et des pommiers se tordaient dans le ciel jaune pâle. Elle s'était levée à cinq heures, comme tous les matins depuis son admission au couvent, avait assisté à l'office, prit son déjeuner en compagnie des autres postulantes, puis était retournée à sa chambre pour y méditer. On frappa à la porte. Selon les règles du couvent, les portes des chambres n'étaient pas munies de verrous. Sœur Marie de la Visitation entra.

— Rosalie, vous avez de la visite.

Les jours s'écoulaient si semblables, avec la même routine monotone et sans aspérités, que Rosalie avait presque oublié que c'était dimanche, jour de visites. Elle pensa tout de suite à Fanette. Son cœur bondit de joie à l'idée de voir sa meilleure amie. Elle ajusta son faux-col blanc et suivit sœur Marie dans le couloir sombre et l'escalier en chêne qui menait au rez-de-chaussée. Sœur Marie, son trousseau de clés à la main, ouvrit la porte du parloir et laissa Rosalie y entrer, puis referma la porte derrière elle. Rosalie prit place sur la chaise en bois qui faisait face aux deux grilles séparant les couventines des visiteurs. Sa joie fit place à un sentiment d'oppression qui ne lui était que trop familier. Elle souffrait à l'avance de ne pouvoir prendre la main de Fanette, sentir la douceur de sa peau sur la sienne. Dire qu'il en serait ainsi jusqu'à son dernier souffle ! Cette pensée lui glaça le sang. Elle entendit un bruit de pas résonner sur le plancher en bois et se composa un visage serein. Elle ne put contenir sa surprise lorsqu'elle aperçut sa mère. C'était la première fois que Marguerite lui rendait visite depuis son admission au couvent comme postulante. Elle portait un chapeau élégant garni de dentelle et de rubans. Elles se regardèrent longuement, émues. Marguerite fut la première à parler.

— Je voudrais que tu me pardonnes.

Rosalie haussa les épaules.

— Vous n'êtes coupable de rien.

— Je n'ai jamais été d'accord avec la décision de ton père. J'aurais dû m'y objecter.

— Ça n'aurait rien changé.

Elle regarda sa mère, remarqua son teint lumineux, la brillance de ses yeux.

— Vous semblez heureuse.

L'ombre d'un remords passa sur le visage de Marguerite.

— Je le suis.

Marguerite observa le visage pâle de sa fille, ses yeux éteints.

— Et toi, tu me sembles te morfondre, ici.

Rosalie eut un sourire ironique.

— Au couvent, comme vous le savez, on reste toujours enfermées entre ces quatre murs, sauf pour les corvées de jardinage.

Marguerite hocha la tête.

— Personne ne t'oblige à y rester.

Rosalie s'assombrit.

— Vous oubliez mon père.

Marguerite eut un mouvement d'impatience.

— Ton père... Si tu savais !

Elle regretta aussitôt ses paroles. Rosalie remarqua le malaise de sa mère. Cette dernière croisa ses belles mains avec nervosité.

— Si je savais quoi, maman ? dit Rosalie d'une voix calme.

— Rien. Je parlais pour parler.

Rosalie ne la quitta pas des yeux. Marguerite laissa échapper un soupir.

— J'aurais dû t'en parler il y a bien longtemps. Je n'en ai pas eu le courage.

Rosalie attendit la suite. Le tic tac de l'horloge martelait le silence au rythme des battements de son cœur.

— Ton père et moi t'avons adoptée.

Marguerite attendit la réaction de Rosalie avec appréhension, mais sa fille avait gardé un visage impassible.

— Nous avions déjà Philippe, mais je voulais désespérément un deuxième enfant. Ta tante, sœur de l'Enfant-Jésus, nous avait informés que l'Hôtel-Dieu accueillait des orphelins.

— Ou des bâtards, dit Rosalie, les yeux fixés sur les grilles qui la séparaient de sa mère.

— Ne sois pas aussi dure.

— C'est la vérité.

— Ce qui compte, c'est que je t'ai aimée dès que je t'ai aperçue. Tu étais assise dans ton coin, parmi des dizaines d'enfants, dans une grande salle remplie de petits lits en fer. Il y avait des poupons d'à peine quelques mois, des enfants plus âgés qui faisaient de belles façons pour attirer l'attention des visiteurs; ils tendaient les bras, souriaient à fendre l'âme… Sauf toi. Lorsque nous nous sommes arrêtés devant ton lit, tu nous as regardés sans sourire, avec tes grands yeux graves, toute menue dans une robe de nuit trop grande pour toi. Je me suis dit: c'est elle. C'est elle que je veux.

— Et mon père ? demanda Rosalie.

Marguerite haussa les épaules, embarrassée.

— Il aurait préféré un garçon.

Rosalie sentit l'amertume lui serrer la gorge.

— Un garçon qui n'aurait pas eu un pied bot.

Marguerite posa une main gantée sur la grille, comme pour apaiser sa fille.

— Je lui ai tenu tête. Pour rien au monde je n'aurais changé d'idée. Et je n'ai jamais regretté de t'avoir choisie.

Jamais sa mère ne lui avait parlé ainsi, avec tant de douceur et de tendresse. Il avait fallu ces aveux pour qu'elle montre enfin ses sentiments à son égard.

— Qui sont mes vrais parents ?

Le mot « vrais » heurta Marguerite, mais elle n'en blâma pas Rosalie ; elle comprenait son état d'esprit.

— Je ne le sais pas, Rosalie. Les religieuses nous ont dit qu'elles ne révélaient jamais l'identité des parents. Tout ce qu'on sait, c'est que quelqu'un t'a déposée dans le tour, à l'entrée de l'Hôtel-Dieu. D'après les Augustines, tu étais un bébé naissant lorsqu'elles t'y ont trouvée. Tu avais près d'un an lorsque nous avons pris la décision de t'adopter.

XLV

Rosalie passa la nuit dans la chapelle, en prières. Un peu avant l'aube, elle se rendit à la chambre de sœur Marie de la Visitation et frappa à sa porte. Sœur Marie, portant une longue robe de nuit blanche et un bonnet, les yeux encore ensommeillés, apparut sur le seuil, une chandelle à la main.

— Rosalie ?

Sœur Marie observa la jeune fille : elle était tendue comme une corde de violon. Elle recula pour la laisser entrer. Sa chambre était en tout point semblable à celle de Rosalie : lit, commode, chaise droite. Elle lui désigna la chaise, mais Rosalie resta debout.

— À ma première journée au couvent, quand vous m'avez conduite à ma chambre, vous m'avez dit une chose que je n'ai jamais oubliée.

Sœur Marie lui fit signe qu'elle l'écoutait.

— Une religieuse qui prend le voile sans le souhaiter au fond de son cœur sera toujours très malheureuse.

Sœur Marie acquiesça.

— Je me rappelle très bien.

— Sœur Marie, j'ai décidé de quitter le couvent. Je n'ai pas la vocation. C'est mon père…

Elle se reprit :

— … c'est le notaire Grandmont qui m'a obligée à devenir postulante. Je n'ai jamais senti l'appel. Je suis une prisonnière, ici.

Sœur Marie trouva étrange que Rosalie ait appelé son père « le notaire Grandmont », mais ne montra aucun étonnement quant à sa vocation. Rosalie était malheureuse depuis son arrivée chez les Ursulines. Elle se doutait qu'elle n'avait pas demandé l'admission de son plein gré.

— Je vais parler à notre mère supérieure.

La jeune fille la regarda avec soulagement.

— Vous ne me jugez pas ?

— Il faut du courage pour refuser une voie qui n'est pas la nôtre.

Rosalie eut un sourire qui illumina son visage. Sœur Marie songea que c'était la première fois qu'elle voyait la jeune fille sourire ainsi depuis qu'elle était postulante. Elle hésita avant d'aborder une question qu'elle jugeait délicate.

— Avez-vous songé à votre avenir ?

— J'ai déjà mon diplôme de l'École normale. Je voudrais devenir enseignante.

— C'est une excellente idée.

Le sourire de Rosalie fit place à l'anxiété.

— Mais le notaire Grandmont ne voudra jamais.

Elle ajouta avec ironie :

— Il n'a jamais accepté qu'une Grandmont se salisse les mains en travaillant.

Sœur Marie réfléchit, puis la rassura :

— Je dois d'abord parler à notre mère supérieure, mais le reste suivra son cours.

❧

Les mains blanches veinées de bleu de la mère supérieure se croisèrent sur le pupitre en chêne dépoli par l'usage.

— Une question aussi importante ne se décide pas du jour au lendemain.

— Rosalie est postulante chez nous depuis plus d'un an. Je l'ai côtoyée tous les jours, je l'ai observée pendant les classes, les repas, la chorale, toutes les activités quotidiennes du couvent. Cette jeune fille n'est pas heureuse chez nous.

La mère supérieure haussa les épaules.

— Depuis quand parle-t-on de bonheur, ici-bas ?

Sœur Marie décida d'être plus directe.

— Rosalie n'a pas la vocation. Elle ne l'a jamais eue.

— Comment pouvez-vous en être aussi sûre ?

— Elle me l'a dit mot pour mot.

Sœur de l'Enfant-Jésus fit une moue sceptique.

— Vous accordez trop de crédit aux lubies d'une jeune fille. Elle a des doutes sur sa vocation, mais qui n'en a pas ?

Sœur Marie de la Visitation comprit qu'il lui faudrait recourir à un argument plus convaincant. Elle leva les yeux vers le portrait de Marie de l'Incarnation. Son visage empreint de sérénité la calma.

— Rosalie n'est pas entrée au couvent de son plein gré. Vous le savez aussi bien que moi.

Sœur Marie vit les mains de la mère supérieure se crisper légèrement.

— Mon frère a agi pour le bien de sa fille. Je ne vous permets pas d'en douter.

— Je ne mets pas en doute la bonne foi du notaire Grandmont, ma mère. Qu'il souhaite que sa fille devienne religieuse est tout à fait louable. Le problème est que Rosalie ne le souhaite pas. Et les Ursulines n'ont pas pour coutume de forcer des jeunes filles à prendre le voile.

La mère supérieure eut l'air embêté. Ce n'était pas tant le fait que Rosalie veuille quitter le couvent que la réaction du notaire Grandmont qui l'inquiétait. Son frère était un généreux donateur pour leur œuvre. Elle devait prendre en compte les intérêts supérieurs de la communauté, tout en guidant les âmes. Elle réfléchit longuement, puis dit :

— Je vais écrire à mon frère.

Sœur Marie tenta de déchiffrer dans l'expression de sa supérieure un indice qui pût l'éclairer sur ses intentions, mais son visage était devenu impassible.

XLVI

Le notaire Grandmont fit atteler son Brougham et se rendit à la mairie en compagnie de Marguerite pour y prononcer un discours. En descendant de voiture, il constata qu'une foule enthousiaste s'était rassemblée sur la rue Saint-Louis, non loin de la mairie. Il salua les gens de la main, satisfait d'avoir suscité l'intérêt de nombreux citoyens, lorsqu'il remarqua que l'attention était plutôt dirigée vers un jeune homme, debout sur une caisse, qui haranguait la foule. Il avait une voix posée et vibrante ; chacune de ses phrases était ponctuée par des hourras et des applaudissements nourris. Oscar Lemoyne, debout aux premiers rangs, prenait des notes dans son calepin. Le notaire s'adressa à un citoyen qui applaudissait, enthousiaste.

— Qui est-ce ?

L'homme répondit :

— Julien Vanier. Le meilleur orateur que j'aie entendu depuis longtemps !

Le notaire accusa le coup, vexé. C'était donc lui, le jeune avocat qui se présentait contre lui au poste d'échevin ! Il n'avait pas encore eu l'occasion de le voir en personne. Il tourna la tête vers le candidat.

— Chers concitoyens, la sécheresse sévit depuis des mois. Le niveau de la rivière Saint-Charles baisse de façon inquiétante. Les réserves d'eau potable n'ont jamais été aussi faibles. Et que proposent les autres candidats ? Que propose le notaire Grandmont ? Rien du tout, mesdames et messieurs !

Des huées retentirent. Le notaire se tourna dans la direction des cris, indigné. Julien Vanier continua, enflammé :

— Nos citoyens, les pauvres comme les mieux nantis, ont le droit d'avoir accès à de l'eau potable ! De l'eau dans tous les foyers, voilà ce que je m'engage à accomplir !

Une clameur d'approbation s'éleva. Le jeune homme poursuivit sur sa lancée :

— La plupart des candidats dépensent sans compter pour se faire élire, et ne rendent de comptes à personne. Le processus électoral ne sera pas transparent, ni équitable, tant que les dépenses de tous les candidats ne seront pas rendues publiques !

Un tonnerre d'applaudissements s'ensuivit. Le jeune orateur fut bientôt entouré par des admirateurs qui jouaient du coude pour lui serrer la main. Le notaire aperçut Alistair Gilmour, qui venait de descendre de sa voiture, et vint à sa rencontre, la mine dépitée.

— Voyez-vous cela ? lança le notaire. Je me demande ce que tous ces gens trouvent à ce jeunot sans expérience !

— Ce jeunot sans expérience, comme vous dites, est un fort bon orateur. Les défenseurs de la veuve et de l'orphelin sont toujours plus populaires que les notables qui vivent dans leur tour d'ivoire.

— Vous ne voulez tout de même pas que je me transforme en tribun pour plaire à la plèbe !

— La plèbe est votre pain et votre beurre, Grandmont, ne l'oubliez jamais. Les prises de position de Julien Vanier sur la réfection de l'aqueduc lui ont valu des appuis importants dans la population de la basse ville. Il a même fait circuler une pétition qui recueille pas mal d'assentiment, y compris chez quelques notables de la haute ville.

Les traits du notaire trahirent son anxiété.

— Croyez-vous qu'il puisse remporter les élections ?

— En politique, on ne peut jurer de rien tant que le dernier bulletin n'est pas dans l'urne.

Le notaire parut accablé.

— Que dois-je faire, à votre avis ?

— Il faut vous retrousser les manches, cher Grandmont. Multipliez les apparitions publiques comme celle d'aujourd'hui, prenez des marmots dans vos bras, promettez des baisses de taxes à vos bons citoyens du quartier Saint-Louis, et vous devriez tirer votre épingle du jeu.

Devant la mine déconfite du notaire, il ajouta, l'air sibyllin :

— Ne vous laissez pas abattre. Vous gagnerez, je vous en donne ma parole.

～

Oscar relut l'article qu'il venait de rédiger sous le titre « Une étoile montante au firmament municipal ». Il fit une moue satisfaite. C'était un bon point de départ. Il poursuivit sa lecture : « Nul doute que, dans cette campagne municipale plutôt fade, un nom sort nettement du lot. Retenez-le bien, chers lecteurs, car celui qui le porte ira sans doute loin, très loin. Il s'agit de Julien Vanier, un jeune avocat fraîchement émoulu de l'École du Barreau, qui se présente au poste d'échevin dans le quartier Saint-Louis, contre le notaire Louis Grandmont et un banquier de la haute ville, Monsieur John Baird. Cette bataille s'annonce féroce. En effet, Messieurs Grandmont et Baird jouissent d'une excellente réputation et bénéficient d'importants appuis parmi les notables de la haute ville. Quant à Julien Vanier, il a démontré, malgré son jeune âge et son manque d'expérience de la vie politique, qu'il pouvait être un redoutable adversaire. Orateur passionné, il sait attirer les foules et s'est démarqué des autres candidats en s'attaquant de front au problème d'approvisionnement en eau potable de la ville et au manque de transparence du processus électoral. Julien Vanier croit en effet que les dépenses électorales devraient être rendues publiques, contrairement à ce que veut la pratique actuelle. Ce jeune homme passionné et intègre n'a pas fini de nous étonner. À suivre ! »

Oscar signa l'article. Il se leva et, la plume à l'oreille, vint frapper à la porte de son patron. Ludovic Savard jeta un coup d'œil aux feuillets qu'Oscar venait de déposer sur le pupitre devant lui. Après un moment, il les redonna à Oscar.

— À la poubelle.

Oscar le regarda, abasourdi.

— Qu'est-ce qui cloche, patron ?

— Je veux que tu mousses plutôt la candidature de Louis Grandmont.

Oscar se rebiffa.

— Mon article est bon, j'change pas une ligne !

Le directeur du journal se fit craquer les jointures.

— Y va falloir que je te mette les points sur les i. J'ai reçu une importante donation d'un admirateur de monsieur Grandmont. Anonyme, il va sans dire. Ça va me permettre d'acheter une nouvelle presse, et d'augmenter ton salaire. Qu'est-ce que t'en dis ?

— J'en dis que j'mange pas de ce pain-là.

— C'est pas avec tes beaux principes que tu mettras du beurre sur ton pain, justement.

— Dans ce cas-là, j'aime mieux m'en passer.

— Alors prends tes cliques pis tes claques, mon gars. T'es renvoyé.

Oscar sortit du bureau en claquant la porte. La fierté lui gonfla la poitrine. *Sapristi, je lui ai dit ma façon de penser, au patron !* Il retourna à son pupitre, prit sa plume, son encrier, mais se rappela que l'encrier ne lui appartenait pas. En fait, il était pauvre comme Job. Le sentiment d'excitation fut peu à peu remplacé par l'angoisse. Il regretta dès lors son geste d'éclat. Qu'allait-il devenir ? Comment allait-il se nourrir, payer son loyer ? Antoine arriva sur l'entrefaite, la casquette vissée sur la tête.

— As-tu de la *job* pour moé ?

— J'ai plus de *job*, point. J'ai été renvoyé.

— Pourquoi faire ?

— Parce que j'ai des principes.

— Qu'est-ce que ça mange en hiver, des principes ? rétorqua Antoine, goguenard.

— Rien, mais ça te permet de garder la tête haute.

— Pour ça, faut en avoir une !

Oscar se fâcha :

— Garde ton esprit de bottine pour toi !

De mauvaise humeur, Oscar saisit son veston usé aux entournures, mit sa casquette et sortit de la salle de rédaction en claquant la porte. Antoine sortit à sa suite.

Oscar marchait rapidement sur la rue Saint-Pierre, les mains dans les poches. Antoine courut dans sa direction.

— Attends-moé !

Il réussit à le rejoindre et marcha à côté de lui.

— Laisse-moi tranquille, marmonna Oscar.

— J'peux pas te laisser tranquille, t'as besoin de moé.

Ils s'éloignèrent sur le trottoir en bois, bras dessus, bras dessous.

XLVII

Le notaire Grandmont, installé derrière son pupitre, terminait la rédaction d'un discours qu'il devait prononcer devant la Chambre du commerce de Québec au cours de l'après-midi lorsque madame Régine lui apporta ses journaux et son courrier. Il jeta un coup d'œil à la *Gazette de Québec*. Il y avait un entrefilet sur la campagne municipale. Il constata avec dépit que le journal lui était plutôt défavorable. « Le notaire Louis Grandmont, un notable estimé de Québec, mise sur la continuité et la stabilité. Il aura sans doute la faveur des citoyens bien nantis du quartier Saint-Louis, mais aura du mal à convaincre la population plus démunie qu'il peut les représenter adéquatement au sein du conseil municipal. » Le notaire lança le journal au panier d'un mouvement rageur. Il déplia ensuite *L'Aurore de Québec*. Une manchette attira son attention : « Une étoile montante au firmament municipal. » Il commença à lire l'article avec fébrilité : « Nul doute que, dans cette campagne municipale plutôt fade, un nom sort nettement du lot. Retenez-le bien, chers lecteurs, car celui qui le porte ira sans doute loin, très loin. Il s'agit de Louis Grandmont, un notaire qui jouit d'une excellente réputation à Québec. D'une honnêteté exemplaire, il peut également se targuer de posséder une grande culture, sachant manier avec éloquence le latin comme le français. Nul doute que les citoyens de Québec, en particulier du quartier Saint-Louis, auront tout intérêt à faire confiance à cet homme intègre prêt à se vouer corps et âme pour le bien-être de notre ville. »

L'article était signé par Ludovic Savard. Le notaire se rengorgea, satisfait. Voilà qui était mieux… Il jeta un coup d'œil à son courrier. Il trouva une missive portant le seau des Ursulines et l'ouvrit, intrigué.

Couvent des Ursulines, le 28 septembre 1859

Mon cher frère,

Comme tu le sais, ta fille Rosalie est parmi nous à titre de postulante depuis le mois de juin 1858. Nous avons suivi son cheminement pas à pas avec toute l'attention requise, afin de faire fleurir sa jeune âme. Les étapes de postulante et de novice existent afin de guider les jeunes filles sur le chemin de leur vocation. Les Ursulines ayant comme règle de n'accepter dans leurs rangs que les jeunes filles qui embrassent avec joie et obéissance la vocation de religieuse, je prends la liberté de t'écrire afin de t'informer que, malgré tous nos efforts, Rosalie ne semble pas avoir entendu l'appel de Dieu et ne souhaite pas entreprendre son noviciat.

Madame Régine, qui revenait avec un plateau sur lequel elle avait disposé une cafetière et une tasse, vit avec inquiétude les traits du notaire se crisper.

Rosalie a émis le souhait de devenir enseignante, et j'ai eu vent qu'un poste de suppléante s'ouvrait dans une école primaire située aux Trois-Rivières. Le salaire n'est pas élevé, mais le gîte et le chauffage sont offerts. Il me semble que, dans les circonstances, ce serait une solution honorable, si toutefois tu n'y vois pas d'objection.

Ta toute dévouée,

Hectorine Grandmont

Supérieure des Ursulines de Québec

Le notaire donna un coup de poing sur son pupitre. Le vase en cristal de Murano, qu'il affectionnait particulièrement, fut projeté sur le sol et se brisa en mille fragments, ce qui eu l'heur de décupler sa colère.

— Ça ne se passera pas comme ça !

Madame Régine déposa son plateau sur une crédence, se pencha et commença à ramasser les morceaux du précieux vase.

— Madame Régine, laissez ce satané vase et dites à monsieur Joseph d'atteler mon Brougham.

La servante ne se le fit pas dire deux fois et sortit du bureau comme l'éclair. Le notaire sortit à sa suite, les dents serrées. Il croisa Marguerite, qui avait été alarmée par le tapage. Fanette se profila derrière elle, la mine inquiète, tenant Marie-Rosalie dans ses bras.

— Louis, que se passe-t-il, pour l'amour du ciel ? s'écria Marguerite.

— Votre fille a décidé de quitter le couvent, et ma sœur ne trouve rien de mieux à faire que de me mettre devant le fait accompli !

Fanette ne put réprimer un sourire de joie en apprenant cette nouvelle. Le notaire le remarqua.

— Ne vous réjouissez pas trop vite, Fanette. Je n'ai pas dit mon dernier mot.

Il se dirigea vers le hall, prit sa redingote et son haut-de-forme. Marguerite le suivit.

— Je vous accompagne.

❧

Le Brougham du notaire s'immobilisa devant le parloir des Ursulines. Le notaire en descendit, tendit la main à sa femme pour l'aider à franchir le marchepied. La colère ne lui avait pas fait oublier les bonnes manières.

Sœur du Saint-Sépulcre, installée derrière le guichet, récitait son chapelet en silence ; seules ses lèvres remuaient. Le chapelet glissa imperceptiblement de ses mains. Elle dodelina de la tête et s'assoupit. Le son de la cloche la réveilla en sursaut. Elle tira machinalement sur la corde qui soulevait le loquet de la porte et vit avec appréhension le notaire Grandmont s'avancer à grands pas vers le guichet. Sa femme le suivait. À voir la mine sombre du notaire, elle ne douta pas qu'il fût porteur de mauvaises nouvelles. Et ce n'était pas jour de visite. Pourquoi fallait-il que le sort s'acharne sur elle, et que ce fût toujours son tour d'être guichetière lorsque des situations hors de l'ordinaire se présentaient ?

— Je veux voir ma sœur.

— Ma sœur ? balbutia la religieuse, tellement énervée que ses oreilles bourdonnaient.

— Sœur de l'Enfant-Jésus ! s'écria le notaire, excédé.

— Votre sœur, oui, oui, je comprends. Tout de suite, tout de suite…

Sœur du Saint-Sépulcre sortit, en nage et des palpitations au cœur. En voyant son visage paniqué, la mère supérieure comprit qu'il se passait quelque chose d'inhabituel.

— Votre sœur… Je veux dire, votre frère désire vous voir.

— Du calme, *ma sœur*, dit la mère supérieure avec une note d'ironie. Retournez au guichet. Je me charge du reste.

Sœur du Saint-Sépulcre obéit, soulagée. La mère supérieure se recueillit un moment devant le portrait de Marie de l'Incarnation. Il n'y avait pas de doute que son frère avait reçu sa lettre. Elle connaissait son caractère impétueux ; il lui faudrait à la fois beaucoup de doigté et de fermeté pour le convaincre du bienfondé de sa décision. Elle pensa à tous les obstacles que la fondatrice des Ursulines avait dû surmonter pour bâtir son œuvre, et cela la réconforta. *À la grâce de Dieu…* Elle sortit de son bureau et croisa sœur Marie de la Visitation dans le corridor en pierre.

— Allez chercher Rosalie, je vous prie, et emmenez-la au parloir.

Sœur Marie acquiesça en silence, se doutant de la raison pour laquelle la mère supérieure désirait convoquer Rosalie, et espérant de tout son cœur que ce fût pour lui annoncer de bonnes nouvelles. Elle la trouva dans sa chambre.

— La mère supérieure vous attend au parloir.

Rosalie ferma les yeux. *Mon Dieu, faites que je puisse sortir d'ici…* Elle descendit l'escalier, longea le corridor en pierre et arriva devant le parloir. La mère supérieure, qui l'attendait près de la porte, lui fit un léger signe de tête et lui dit :

— Attendez ici.

Sœur de l'Enfant-Jésus ouvrit la porte du parloir. Le notaire Grandmont marchait de long en large derrière la grille qui séparait les visiteurs des couventines. Elle se composa un visage serein et s'avança vers lui.

— Sois le bienvenu dans notre maison, Louis.

Le notaire Grandmont se tourna brusquement vers sa sœur. Il sortit une lettre de sa redingote, la brandit.

— J'ai reçu ta lettre ce matin. Je refuse catégoriquement que ma fille quitte le couvent. J'exige qu'elle entreprenne son noviciat.

Sœur de l'Enfant-Jésus répondit calmement :

— Rosalie n'a pas la vocation, et les Ursulines n'ont pas coutume de forcer des jeunes filles à prendre le voile.

— J'espérais davantage d'un couvent pour lequel j'ai donné si généreusement.

Sœur de l'Enfant-Jésus perçut la menace implicite sous l'apparente politesse de son frère.

— Et nous t'en serons éternellement reconnaissantes.

Le notaire, constatant que sa sœur semblait inébranlable, prit un air décidé.

— Je veux voir ma fille.

Sœur de l'Enfant-Jésus inclina la tête. Elle s'était attendue à cette demande de la part de son frère.

— Très bien.

La mère supérieure sortit du parloir. Rosalie attendait toujours derrière la porte.

— Votre père vous attend, murmura-t-elle. Courage.

« Courage »… Ce mot fit craindre le pire à Rosalie. Elle fit son entrée dans le parloir, la poitrine serrée, les mains moites. Sœur de l'Enfant-Jésus referma la porte derrière elle et resta debout en retrait. Rosalie prit place sur une chaise et frémit en apercevant la silhouette du notaire. Les grilles dessinaient des lignes sombres sur son visage glacial.

— Est-il exact que tu ne souhaites pas entreprendre ton noviciat ?

— Oui, répondit Rosalie, faisant un effort pour maîtriser le tremblement de sa voix. Je ne veux pas devenir religieuse.

— Tu n'as pas mon approbation. Tu resteras au couvent.

Son ton était coupant, sans appel. Rosalie pensa à sa chambre confinée, au désespoir morne qui l'attendait chaque matin, à son réveil, et à ces journées interminables qui se ressemblaient toutes, grises et monotones.

— Dans ce cas, j'agirai sans votre consentement.

— Je suis ton père, tu dois m'obéir.

— Vous n'êtes pas mon père !

Les mots brisèrent la quiétude du parloir. Le notaire demeura immobile, comme pétrifié. Marguerite se mordit les lèvres. Après un long silence, le notaire s'adressa à sœur de l'Enfant-Jésus.

— Laissez-nous seuls un moment.

La mère supérieure s'éclipsa, appréhendant le pire. Elle savait bien sûr que Rosalie avait été adoptée, mais elle était étonnée que la jeune femme fût au courant. Le notaire se tourna vers sa femme :

— Qu'avez-vous dit à Rosalie ?

Marguerite, pâle mais calme, soutint son regard.

— La vérité.

Le notaire fit quelques pas vers Rosalie et s'arrêta à un pouce des grilles.

— C'est vrai, nous t'avons adoptée. Quelle différence cela fait-il ? Nous t'avons donné un foyer, une bonne éducation. Et je t'ai donné mon nom.

— Un foyer, une bonne éducation, votre nom… Comme j'ai eu de la chance ! dit Rosalie avec amertume.

— Oui, tu as eu de la chance ! Quand nous sommes allés à l'Hôtel-Dieu, ta mère et moi, nous avons vu des dizaines d'orphelins qui auraient tout donné pour avoir la chance de trouver de bons parents. Des enfants en bonne santé, qui n'étaient pas…

Il s'interrompit soudain, mal à l'aise.

— … infirmes ? N'ayez pas peur des mots, *père*.

— Très bien, Rosalie. Je n'aurai pas peur des mots. Puisque tu tiens à le savoir, c'est ta mère qui a tenu à t'adopter.

— Louis ! s'écria Marguerite.

Le notaire ignora sa femme.

— Je ne voulais pas d'une fille, encore moins d'une fille avec un pied bot, tout cela est vrai.

Rosalie se tenait droite, stoïque, même si chaque mot lui faisait mal.

— Je le savais. Au fond, je l'ai toujours su, dit-elle d'une voix atone. Même enfant, j'avais le sentiment d'être une étrangère.

— Non, tu ne sais rien, dit le notaire, la voix altérée par l'émotion. Quoi que tu puisses penser, je t'ai aimée. Peut-être mal, peut-être avec maladresse, mais tout ce que j'ai fait, je l'ai fait pour ton bien, pour te protéger du monde extérieur.

Rosalie secoua la tête.

— Vous m'avez enfermée au couvent parce que vous avez honte de moi. Et vous tenez aujourd'hui à m'y laisser parce que c'est bien vu d'avoir une fille religieuse lorsqu'on est en campagne électorale.

Le visage du notaire retrouva son masque de froideur.

— Si c'est ce que tu penses, alors nous n'avons plus rien à nous dire.

Il s'apprêtait à sortir quand Rosalie l'interpella.

— Je vais devenir enseignante, que vous le vouliez ou non.

— Fais à ta tête, Rosalie. Travaille pour un salaire de misère, sous le regard d'enfants cruels et sans pitié. Car les enfants sont cruels et sans pitié, tu en as souvent été toi-même la victime. Ne compte pas sur moi pour te soutenir si les choses ne tournent pas comme tu le souhaites.

Il se tourna vers sa femme.

— Venez, Marguerite, nous partons.

— Partez sans moi. Je vous rejoindrai à la maison plus tard.

Le bruit de la porte se réverbéra dans la pièce. Marguerite se leva, s'avança vers sa fille.

— Moi, je te soutiendrai, Rosalie. Comme j'aurais dû le faire depuis longtemps.

Le visage de Rosalie rayonnait, même dans la demi-pénombre du parloir. La porte s'entrouvrit. Sœur du Saint-Sépulcre apparut dans l'entrebâillement :

— L'office va commencer dans quelques minutes, mademoiselle Rosalie.

Marguerite fit mine de partir. Rosalie l'interpella.

— Maman !

Marguerite se tourna vers sa fille, profondément touchée qu'elle continue de l'appeler ainsi. Rosalie poursuivit :

— J'aimerais que vous disiez la vérité à Fanette et à Philippe, concernant mon adoption.

Marguerite acquiesça, puis sortit. De retour chez le notaire, elle profita du fait que ce dernier s'était enfermé dans son bureau pour demander au jeune couple de la rejoindre au salon. Philippe venait tout juste de revenir de l'université, et avait encore son manteau sur le dos et ses livres sous le bras.

— Rosalie, adoptée, murmura Philippe après avoir écouté attentivement le récit de sa mère.

Après le premier choc de la surprise, un souvenir d'enfance lui revint à la mémoire. Il devait avoir trois ou quatre ans. Ses parents lui avaient annoncé qu'il aurait bientôt une petite sœur. À cet âge-là, il croyait encore que les enfants étaient emmenés dans les foyers par les cigognes, alors il n'avait pas été trop surpris de voir une petite fille arriver soudain à la maison…

— J'espère que ça n'a pas été un trop grand choc pour elle, dit Fanette, bouleversée par la nouvelle.

Marguerite regarda Fanette, pensive.

— Je crois que c'est ce choc qui l'a libérée du couvent.

XLVIII

Rosalie, portant la robe qu'elle avait à son arrivée au couvent, finissait de remplir sa valise, ouverte sur son lit. Elle n'avait que peu d'effets, car elle avait laissé ses deux costumes de postulante suspendus dans l'armoire en pin. Elle boucla sa valise, fit quelques pas vers la fenêtre de sa chambre, qui donnait sur les jardins des Ursulines, puis ouvrit les volets. L'air vif la fit frissonner. Elle ne reverrait plus jamais ces arbres, ces murs gris qui cachaient le ciel. Une joie profonde s'empara d'elle. Elle était libre. Et sa liberté, elle ne la devait qu'à elle-même. Elle retourna vers son lit, enfila le manteau de voyage que Marguerite lui avait fait parvenir, prit sa valise et sortit en refermant la porte. Sœur Marie de la Visitation l'attendait.

— Un fiacre vous conduira jusqu'aux Trois-Rivières.

Elle l'escorta vers l'escalier. Le silence régnait dans le couvent. Rosalie, se sentant oppressée par ce calme qui l'avait tant fait souffrir, s'empressa de descendre. Sœur Marie l'accompagna jusqu'au parloir des visiteurs.

— Vous me manquerez, Rosalie, mais je suis heureuse que vous partiez. Ces murs ne doivent pas être ceux d'une prison.

Rosalie lui jeta un regard reconnaissant. Rien d'étonnant à ce qu'elle fût la sœur d'Emma Portelance, dont elle avait la bonté sans apprêts. Sœur Marie l'enlaça brièvement.

— Vous serez une très bonne enseignante.

La cloche de l'Angélus sonna. Rosalie traversa le hall des visiteurs. Sœur du Saint-Sépulcre somnolait derrière le guichet.

Fanette, tenant Marie-Rosalie par la main, ainsi que Philippe et Marguerite l'attendaient pour lui faire leurs adieux. Le notaire Grandmont était absent.

— Ton père devait se rendre à une assemblée, expliqua Marguerite, mal à l'aise.

Rosalie n'était pas dupe de cette excuse, mais elle était soulagée que le notaire ait décidé de ne pas venir. Son regard la ramenait toujours à son infirmité. Maintenant qu'elle savait qu'il n'était pas son vrai père et qu'il n'avait jamais voulu le devenir, elle s'affranchirait peu à peu de son regard, de sa honte.

Philippe s'avança vers elle en souriant.

— Ma petite sœur... tu as décidé de ne pas porter de cornette et tu vas enseigner à de petits garnements...

— Et toi, tu passes tout ton temps le nez fourré dans tes livres et tu vas devenir un grand savant, avec des lunettes et une barbichette...

Ils s'étreignirent longuement. Puis ce fut au tour de Marguerite de la prendre dans ses bras.

— Prends soin de toi, Rosalie. N'oublie pas de nous écrire.

Elle avait dit « nous » à dessein, espérant qu'un jour sa fille pardonnerait à son père. Puis Rosalie souleva la petite Marie-Rosalie, embrassa ses joues douces et rondes, et la redéposa par terre. Elle se tourna enfin vers Fanette. Les deux amies échangèrent un regard rempli de complicité, d'espoir et de tristesse. Afin de les laisser seules, Philippe prit Marie-Rosalie dans ses bras et l'emmena à l'extérieur, imité par Marguerite. Rosalie tendit une main, Fanette aussi. Leurs doigts s'enlacèrent.

— Il n'y aura plus jamais de grilles pour nous séparer, dit Rosalie.

Fanette acquiesça en souriant, mais elle avait le cœur gros. Elles venaient à peine de se retrouver qu'elles se quittaient déjà !

— Ne sois pas triste, Fanette. Les Trois-Rivières, ce n'est pas au bout du monde. Tu me rendras visite avec Philippe et Marie-Rosalie.

— Promis.

— Pomme de reinette et pomme d'api…

— D'api, d'api rouge…

— Pomme de reinette et pomme d'api…

— D'api, d'api gris…

— Cache ton poing derrière le dos…

— Ou t'auras un coup de marteau !

— Aïe, aïe, aïe !

Elles sourirent. Rosalie souleva sa valise tandis que Fanette ouvrait la porte. Philippe, qui les attendait à l'extérieur, voulut porter la valise, mais Rosalie refusa gentiment.

— Je vais la porter moi-même.

Rosalie sortit à l'air libre, sa valise à la main. Elle ferma les yeux et respira à pleins poumons. Elle se sentit un peu étourdie, puis elle ouvrit les yeux, légèrement aveuglée par la lumière, et se dirigea vers le fiacre en boitant, sans se retourner. Le cocher plaça la valise dans le porte-bagages, à l'arrière de la voiture, aida Rosalie à monter, referma la portière et regagna son siège. La voiture se mit en branle. Rosalie tourna la tête et vit à travers la fenêtre étroite Fanette, tenant Marie-Rosalie dans ses bras, Philippe et Marguerite. Ils lui envoyaient la main. La liberté avait son prix. Il lui fallait quitter les personnes qu'elle aimait le plus au monde pour la conquérir. Les murs gris et les silhouettes s'estompèrent peu à peu puis disparurent, comme s'ils n'avaient jamais existé.

Cinquième partie

La vengeance

XLIX

Québec
Mi-octobre 1859

Debout devant une glace, le notaire Grandmont scrutait son reflet d'un œil critique. La campagne municipale avait pris fin. Il se préparait à aller voter. Pour avoir le droit de vote, un citoyen devait être de sexe masculin, avoir au moins vingt et un ans, être propriétaire ou locataire dans la ville de Québec, et avoir acquitté ses taxes. Il recevait alors un certificat de votation à son domicile et devait se rendre à l'un des bureaux de scrutin de son quartier avec son certificat, qui servait également de bulletin de vote. La période de votation durait six jours. Au sixième jour, les bureaux étaient fermés, des scrutateurs comptaient les voix et transmettaient ensuite les résultats aux candidats gagnants.

Le notaire aperçut le reflet de Marguerite dans la glace.

— Si les femmes avaient le droit de vote, vous auriez le mien, dit-elle en souriant.

Décidément, elle a changé, pensa le notaire en admirant sa jolie toilette, son teint radieux. Non seulement elle avait cessé de prendre du laudanum, mais elle avait retrouvé une vivacité, une joie de vivre qu'il ne lui avait pas vue depuis bien longtemps. En fait, ce changement datait du moment où il lui avait annoncé son désir de se présenter comme échevin. Il s'en attribua tout naturellement le mérite sans se douter le moins du monde qu'un autre que lui puisse en être la cause.

Le notaire avait fait atteler son Brougham par monsieur Joseph, même si le bureau de scrutin n'était qu'à une dizaine de minutes à pied, convaincu que cela lui conférerait plus de prestige.

Le temps avait fraîchi, mais il n'y avait pas un nuage à l'horizon. Il n'avait plu qu'une ou deux fois depuis le mois de juin, et encore, il ne s'agissait que d'averses. C'était l'une des pires sécheresses que la région de Québec avait eu à subir depuis longtemps.

Il y avait déjà foule devant l'école Saint-Joseph, où avait été installé le bureau de scrutin du quartier Saint-Louis. Les portes n'étaient pas encore ouvertes. Quelques journalistes, dont Oscar Lemoyne, faisaient le pied de grue en attendant l'ouverture du bureau. Il avait réussi à se faire engager par un journal de quartier, *Le Clairon*, une feuille de chou de deux pages qui comptait quarante-quatre abonnés. Son patron, un avocat à la retraite, était devenu presque aveugle et ne pouvait plus s'occuper de son journal. Il avait donc été enchanté qu'Oscar se présente à son logement, qui lui servait également de bureau et d'imprimerie. Oscar devait, en plus d'écrire, faire la typographie du journal et l'imprimer lui-même, avec une vieille presse en bois qui datait de Mathusalem. Il avait confié à Antoine la responsabilité de livrer le journal au domicile des abonnés, octroyant quelques sous par livraison. Lui-même recevait un salaire de misère, mais il espérait pouvoir se refaire un nom malgré la modestie du tirage.

Le Brougham du notaire se gara devant l'école. Il s'apprêtait à descendre lorsqu'il vit Julien Vanier s'approcher de l'école à pied. Le jeune candidat fut accueilli par des applaudissements et des acclamations nourris.

— Vous êtes le meilleur, m'sieur Vanier !

— Vive notre futur échevin !

Julien Vanier secoua la tête en souriant :

— Il ne faut pas vendre la peau de l'ours avant de l'avoir tué…

Le notaire, humilié devant l'enthousiasme suscité par son rival, décida d'attendre que le bureau de scrutin ouvre ses portes avant de sortir de sa voiture. Un fiacre arriva sur l'entrefaite, escorté par un constable monté. Trois hommes en descendirent, portant chacun une boîte de scrutin. Chaque boîte était munie de cinq cadenas.

— J'espère que les morts ne voteront pas, cette année ! s'exclama Julien Vanier.

Des rires accueillirent sa réplique. Oscar s'empressa de prendre la répartie en note.

Les fraudes électorales se produisaient assez fréquemment, car on ne procédait à aucune vérification d'identité lors du scrutin, et aucune amende n'était prévue par les règlements de la Ville. Il n'était donc pas rare que des citoyens, pourtant morts de leur belle mort, aillent allègrement voter...

L'un des employés de la Ville ouvrit les portes de l'école. Les trois boîtes de scrutin furent transportées dans une classe dont on avait repoussé les pupitres et furent placées sur une grande table, sous la surveillance du constable. Les employés prirent place derrière la table. Les citoyens purent commencer à voter.

Julien Vanier fit la queue comme tout le monde, refusant de passer devant les autres, comme des citoyens l'invitèrent à le faire. Il déposa son certificat dans l'une des trois urnes sous d'autres applaudissements.

Le notaire attendit que le jeune avocat ressorte du bureau de scrutin et s'éloigne à une bonne distance avant de descendre de voiture et d'entrer à son tour. Quelques personnes le saluèrent poliment, la casquette ou le chapeau à la main, mais l'accueil n'était pas aussi chaleureux que celui qui avait été réservé au jeune candidat. L'idée que Julien Vanier puisse remporter l'élection lui traversa l'esprit. Non, c'était impossible. Il ne supporterait jamais une telle humiliation... Il déposa son certificat de votation dans l'une des urnes, les mains moites. Il avait été convaincu de battre facilement son jeune rival, mais maintenant, il ne jurait plus de rien. Les paroles d'Alistair Gilmour lui revinrent en tête : « Ne vous laissez pas abattre. Vous gagnerez, je vous en donne ma parole. » Il quitta le bureau de scrutin à moitié rassuré.

ᕫᓍ

Emma, debout derrière une table, servait de la soupe à des indigents qui faisaient la queue, tandis que Fanette aidait une femme âgée à manger. La queue s'allongeait. Avec la sécheresse, le prix des denrées avait augmenté au point que de plus en plus de gens n'avaient plus les moyens de s'en procurer. Même le pain se faisait rare sur les étagères des boulangeries. Heureusement, les Dames de la Charité avaient organisé un bazar et fait un don au refuge, ce qui avait permis à Emma de faire provision de farine et de pommes de terre, même à un prix plus élevé.

Un jeune homme portant un veston élimé, des taches de rousseur sur les joues, entra dans le refuge, visiblement mal à l'aise. Un garçon entra à sa suite, le poussant dans le dos.

— Envoye, faut pas être gêné, y servent la meilleure soupe en ville !

Oscar fit quelques pas dans le refuge, jeta un coup d'œil à la ronde. Il y avait des hommes, des femmes et des enfants de tous âges. Certains étaient plutôt bien habillés, d'autres avaient l'air miséreux ; mais ils avaient tous en commun ce regard à la fois fixe et absent des gens qui ont faim. C'était le cas d'Oscar. Son dernier repas datait de la veille. Il s'était finalement résigné à suivre Antoine au refuge, car il se refusait à mendier. Son maigre salaire au journal *Le Clairon* ne lui permettait pas de manger à sa faim. Antoine se faufila devant les gens qui attendaient et tendit une gamelle. Des protestations fusèrent. Oscar, honteux, le prit par le collet.

— Antoine, y faut faire la queue comme tout le monde.

— J'meurs de faim ! protesta-t-il.

Emma reconnut le garçon, qui était un habitué du refuge, et constata qu'il avait effectivement mauvaise mine : il était pâle et avait les yeux cernés. Elle eut pitié de lui et lui servit une ration. Antoine jeta un regard triomphant à Oscar, trouva une place au coin d'une table, indifférent aux commentaires outrés des gens qu'il avait devancés, et se mit à manger avec appétit. Oscar se plaça au bout de la queue, rouge comme une pivoine. Lorsque arriva son tour, Emma lui servit la dernière louchée. Le bol était rempli seulement à moitié. Emma secoua la tête, désolée.

— Il m'en reste plus. Revenez demain, je vous réserve la part du lion.

Oscar alla s'asseoir près d'Antoine, la mine basse. Ce dernier lui tapota le dos.

— Ça marche pas, l'honnêteté, mon gars.

Emma observa Antoine qui lapait sa soupe sans utiliser de cuillère. Ce garçon était visiblement éveillé, intelligent, mais il n'allait pas à l'école. En tout cas, s'il en fréquentait une, c'était l'école de la rue, là où les enfants apprenaient à voler ou à mendier pour survivre. Son père, le seigneur de Portelance, croyait fermement que l'éducation devait être accessible à tous. À la suite des rébellions de 1837-1838, il avait même milité avec les Réformistes afin de créer des écoles publiques neutres ; le projet avait fait long feu. Les élites religieuses s'opposaient au financement d'écoles neutres, et ce mouvement s'étendit à la population en général, qui craignait une hausse des taxes. Emma rêvait du jour où tous les Antoine de ce monde auraient droit à une éducation convenable…

Oscar finissait sa soupe lorsqu'il vit une jeune femme passer non loin de lui, un bol vide à la main. Il la reconnut. La jolie dame ! Il s'empressa d'enfoncer sa casquette sur sa tête pour qu'elle ne l'aperçoive pas. Un jour, il travaillerait pour un grand journal et deviendrait célèbre, mais en attendant, il était trop orgueilleux pour supporter que Fanette Grandmont le voie dans cet endroit. Mais elle, que faisait-elle dans un refuge pour démunis ? Il la suivit discrètement des yeux, la vit embrasser la dame à la mine accorte qui lui avait si gentiment servi de la soupe. Elle travaillait sans doute au refuge à titre bénévole. Son admiration pour la jeune femme, déjà considérable, s'accrut encore davantage.

Emma entraîna Fanette vers la cuisine, lui fit du thé. Elles avaient été si occupées toute la matinée qu'elles n'avaient pas eu le temps d'échanger deux mots.

— Comment se porte Eugénie ? demanda Fanette.

— Elle reprend des forces. Henri lui rend visite plusieurs fois par jour. Il est tellement dévoué…

« Et tellement amoureux », fut-elle tentée d'ajouter. La science avait un certain pouvoir de guérison, mais l'amour y était peut-être pour une part plus importante que l'on croyait. Fanette raconta à sa mère les derniers événements : sa joie du fait que Rosalie avait pris la décision de quitter le couvent contre la volonté du notaire Grandmont ; sa tristesse parce qu'elle avait dû partir loin d'elle, aux Trois-Rivières, pour devenir enseignante.

— Rosalie a fait preuve de courage, commenta Emma. Je plains la pauvre enfant d'avoir un père pareil !

Emma sentit un malaise chez sa fille, mais l'attribua à sa remarque sur le notaire.

— Pardonne-moi. J'oublie parfois que le notaire Grandmont est aussi ton beau-père. Le tact n'est pas ma plus grande qualité…

Fanette songea à lui dire la vérité au sujet de l'adoption de Rosalie, mais décida de n'en rien faire. Elle avait une parfaite confiance en la discrétion de sa mère, mais elle aurait eu le sentiment de trahir un secret qui ne lui appartenait pas. Elle se leva.

— Je dois me rendre au bureau de poste. Rosalie fêtera ses dix-neuf ans le 27 octobre, j'aimerais que ma lettre lui parvienne à temps, elle se sentira un peu moins seule.

Elle embrassa sa mère en promettant de revenir au refuge le lendemain.

Après le départ de Fanette, Emma repensa aux détails de leur conversation. Ainsi, Rosalie allait avoir dix-neuf ans le 27 octobre. Elle était donc née en 1840. L'enfant d'Eugénie avait vu le jour le 25 octobre : il y avait deux jours de différence entre les deux naissances. Mais ce n'était pas seulement cette question d'anniversaires qui la tarabustait ; cela avait un lien avec sa visite chez Berthe Borduas. Elle n'arrivait plus à se rappeler de quoi il s'agissait au juste. Elle hocha la tête. Décidément, cette histoire était devenue une véritable obsession !

À la fin de l'après-midi, elle quitta le refuge. Son boghei passa devant l'école Saint-Joseph. Des hommes faisaient la queue pour aller voter. Emma pesta intérieurement : les femmes propriétaires ou locataires avaient perdu leur droit de vote, en 1849, par une loi adoptée en Chambre. Elle n'avait jamais digéré cette injustice ! Elle s'immobilisa à l'intersection de la rue des Jardins pour laisser passer une dame âgée qui marchait à l'aide d'une canne. C'est alors qu'elle mit le doigt sur ce qui la tracassait depuis plusieurs jours. Elle comprit que c'était un mot que Berthe Borduas avait prononcé lorsqu'elle lui avait rendu visite, mais dont elle ne se souvenait plus, et cela lui trottait dans la tête depuis. Elle décida de faire demi-tour. Il fallait qu'elle sache. Pour Eugénie.

❧

Après quelques heures de route, Emma parvint à la rue des Grands-Bois. Il faisait maintenant un noir d'encre, elle avait dû allumer les deux fanaux accrochés à l'avant de son boghei pour y voir clair. La maison de Berthe Borduas était plongée dans la pénombre ; seule une petite lanterne à la flamme tremblotante éclairait vaguement le perron. Emma hésita avant de frapper à la porte. Il était presque huit heures, la vieille dame était peut-être déjà au lit. Puis elle se décida. Tant pis. Il n'était pas dit qu'elle aurait fait toute cette route pour rien. Les coups résonnèrent sur la porte. Elle entendit un aboiement lointain. Après une longue attente, elle perçut un bruit de pas. Une voix frêle s'éleva :

— Qui est là ?

— Emma Portelance.

— Qui ?

Emma se rappela que la grand-tante d'Eugénie était dure d'oreille. Elle éleva la voix, détachant les syllabes :

— Emma Portelance !

— J'vous connais pas !

La vieille dame semblait n'avoir gardé aucun souvenir de la visite d'Emma, qui reprit :

— Je suis venue vous voir, il y a quelque temps, au sujet de votre petite-nièce, Eugénie Borduas.

Emma entendit un cliquetis dans la serrure. La porte s'entrebâilla. Berthe Borduas, portant un bonnet et une robe de nuit, tenait une bougie d'une main tremblante.

— Eugénie… elle a accouché, une belle petite fille. Je l'ai emmenée à l'Hôtel-Dieu.

L'Hôtel-Dieu… Emma commençait à mettre les morceaux du casse-tête ensemble. Eugénie avait accouché chez Berthe Borduas, avec l'aide d'une sage-femme. Puis Berthe était allée porter le bébé à l'Hôtel-Dieu. Beaucoup d'enfants étaient encore abandonnés dans les hôpitaux publics. Les filles-mères les laissaient dans le tour de façon anonyme et repartaient, espérant que l'hôpital recueille leur enfant et leur trouve peut-être un foyer.

— La dernière fois, vous m'avez dit que Marie avait eu la chance d'être adoptée par une bonne famille.

La vieille dame sembla fouiller dans sa mémoire.

— C'est sœur Sainte-Anne qui me l'avait dit.

— Qui est sœur Sainte-Anne ? demanda Emma, curieuse.

— Une sœur de mon défunt mari. Elle est augustine à l'Hôtel-Dieu. Marie a eu de la chance. Elle a trouvé une bonne famille même si elle est infirme.

Elle s'interrompit, l'air confus. Emma revint patiemment à la charge.

— De quelle infirmité souffrait Marie ?

Une sorte de remords voila les yeux de Berthe Borduas. Elle mit du temps avant de répondre.

— Elle avait un pied bot.

⁓

Emma, de retour de Sillery, monta à la chambre d'Eugénie. Il était près de onze heures. Le docteur Lanthier était à son chevet et lui tenait la main. Ni l'une ni l'autre ne sembla se rendre compte de sa présence. Elle fit mine de s'éclipser, mais entendant un craquement, le médecin tourna la tête. Il retira sa main, confus.

— Je tenais compagnie à Eugénie en attendant votre retour. Je vous laisse.

Il se tourna vers Eugénie.

— À demain, ma chère.

Eugénie lui sourit. Ses yeux brillaient. Emma n'aurait su dire si c'était l'amour ou la fièvre qui les faisaient scintiller ainsi. Elle prit place sur la chaise que venait de laisser le docteur Lanthier.

— Tu reviens tard, dit Eugénie.

Emma ne lui parla pas de sa deuxième visite à Berthe Borduas. Elle ne voulait pas lui donner de faux espoirs. Il lui restait un bout de chemin à parcourir avant de découvrir toute la vérité.

L

Le lendemain matin, Emma monta son déjeuner à Eugénie. Celle-ci avait bonne mine et avait moins toussé durant la nuit. Emma attendit que le docteur Lanthier fasse sa visite matinale avant de sortir. Son boghei s'arrêta devant la maison du notaire. Ce fut Philippe qui lui ouvrit, les bras chargés de livres. Il partait pour l'université, mais Fanette se trouvait dans la chambre de Marie-Rosalie et serait ravie de la voir. Elle croisa le notaire Grandmont, qui la salua froidement. Il n'avait jamais réussi à surmonter son antipathie pour cette « Bas bleu » – comme il se plaisait à la surnommer – trop éduquée pour son sexe et qui exerçait une fort mauvaise influence sur Fanette.

La porte de la chambre de Marie-Rosalie était entrouverte. Fanette, assise sur le plancher, jouait à la poupée avec sa fille. Emma les regarda un moment, émue par la beauté de cette scène, qui évoquait un tableau de Raphaël, *La Madone à l'enfant*, qu'elle avait vu dans une exposition organisée par le grand peintre Joseph Légaré lorsqu'elle était jeune fille. Fanette aperçut sa mère dans l'embrasure de la porte et poussa une exclamation de surprise joyeuse. Marie-Rosalie courut vers Emma, qui la souleva dans les airs et lui déposa deux bises sonores sur les joues. Fanette demanda des nouvelles de la santé d'Eugénie. Emma demeurait inquiète, mais afficha son optimisme habituel. Puis elle s'assura d'un coup d'œil que la porte était bien fermée et aborda le sujet qui la préoccupait :

— Tu m'as bien dit que Rosalie aura dix-neuf ans le 27 octobre prochain ?

— Oui.

Emma poursuivit à mi-voix :

— Ne m'en veux pas de mon indiscrétion, mais est-il possible que Rosalie... enfin, que les Grandmont ne soient pas ses vrais parents ?

Fanette fut à court de mots. Comment sa mère l'avait-elle appris ? Elle ne lui en avait pourtant pas soufflé mot. Et surtout, en quoi le fait que Rosalie eût été adoptée était-il important pour elle ? Devant le silence troublé de Fanette, Emma conclut qu'elle ne s'était pas trompée.

— Rosalie a donc été adoptée ?

— Oui.

— Sais-tu où se trouvait Rosalie quand elle a été recueillie par les Grandmont ?

— À l'Hôtel-Dieu.

L'Hôtel-Dieu... Fanette regarda sa mère, intriguée :

— Maman, que se passe-t-il ? Pourquoi toutes ces questions ?

Emma prit le temps de se remettre de ses émotions.

— Eugénie a eu une fille en octobre 1840. Son enfant lui a été enlevée et a été placée à l'Hôtel-Dieu. Elle avait un pied bot.

Fanette se remémora le moment où elle avait annoncé à Emma et Eugénie qu'elle attendait un enfant, l'émotion palpable d'Eugénie : *On oublie bien vite la souffrance, une fois qu'on tient son bébé dans ses bras...* La vérité lui apparut aussi claire qu'un matin sans brume.

❦

Après avoir quitté Fanette, Emma se rendit à l'Hôtel-Dieu. Elle eut du mal à garer son boghei, tellement la rue Charlevoix était encombrée. Le hall de l'hôpital était tout aussi achalandé. Elle demanda à une augustine si sœur Sainte-Anne travaillait toujours à l'hôpital. La religieuse, qui poussait un chariot rempli de draps souillés, l'informa qu'elle se trouvait à l'étage des parturientes, au deuxième palier. Emma fut étonnée que la belle-sœur de Berthe Borduas, qui devait être très âgée, soit demeurée active. Elle se dirigea vers l'escalier et monta jusqu'au deuxième étage. Une religieuse était penchée sur une patiente et lui essuyait le front avec un linge humide.

— Sœur Sainte-Anne ?

La femme se redressa. Elle semblait n'avoir qu'une cinquantaine d'années ; son visage était énergique, malgré ses traits marqués par le labeur.

— C'est moi.

— Vous êtes la belle-sœur de Berthe Borduas ?

La religieuse sourit.

— Sa nièce. Mon père était le frère de son mari.

Voilà qui avait plus de sens… Emma comprit que Berthe Borduas souffrait sans doute d'un début de sénilité.

— Votre tante, Berthe Borduas, a emmené l'enfant de sa petite-nièce, Eugénie Borduas, à l'Hôtel-Dieu le 27 octobre 1840. Vous l'auriez informée que la fillette, prénommée Marie, avait été adoptée par une bonne famille.

Sœur Sainte-Anne lui jeta un coup d'œil surpris.

— C'est tante Berthe qui vous a raconté tout ça ?

Emma acquiesça. Sœur Sainte-Anne se dirigea vers une autre patiente et lui montra comment allaiter convenablement son nouveau-né.

— Je peux malheureusement pas vous aider. Ces renseignements-là sont confidentiels.

— Votre nièce Eugénie est atteinte de tuberculose. Ce serait important pour elle de savoir, pour sa fille, d'être rassurée sur son sort.

Sœur Sainte-Anne hocha la tête.

— La tuberculose…

Emma vit de la compassion sur le visage de la religieuse. Elle revint à la charge.

— Vous n'êtes pas obligée de me révéler quoi que ce soit. Mais il doit bien y avoir un registre quelque part.

Sœur Sainte-Anne observa Emma du coin de l'œil. La sincérité dont elle avait fait preuve, ses yeux vifs et son visage avenant lui plurent.

— Les archives de l'hôpital sont dans la cave. S'il vous plaît, soyez discrète.

La religieuse retourna à ses patientes. Emma s'empressa de se rendre au sous-sol de l'hôpital, où se trouvait une grande salle surmontée de voûtes. Une longue table était placée au centre de la pièce. Une religieuse, penchée au-dessus d'un tiroir en bois, cherchait un document. Emma attendit que la religieuse reparte et s'approcha des classeurs. Les registres étaient rangés par année. Elle trouva l'année 1840, sortit le registre, le déposa sur la table et le feuilleta, non sans avoir jeté un coup d'œil autour d'elle pour s'assurer qu'elle était seule. Elle scruta les inscriptions à partir du mois d'octobre. Il y avait des centaines de noms, avec la date des admissions à l'hôpital, la date de sortie ou, plus souvent, la date du décès. Ce ne fut qu'à la date du 29 qu'elle aperçut ce qu'elle cherchait. Une religieuse entra dans la salle, se dirigea vers un classeur. Emma fit semblant d'être prise d'une quinte de toux pour arracher la page du registre, qu'elle glissa dans sa manche, puis referma prestement le livre. La religieuse lui jeta un coup d'œil soupçonneux.

— Qu'est-ce que vous faites ici ?

Emma replaça le registre dans le classeur avec un sourire bonasse.

— La grippe est bien mauvaise, cette année.

Elle quitta la salle sans demander son reste.

☙

— Rosalie Grandmont serait ma fille, murmura Eugénie.

Elle répéta le nom dans sa tête, comme pour lui donner une réalité.

— Ta grand-tante a emmené ta fille à l'Hôtel-Dieu après sa naissance. Elle a été inscrite dans le registre de l'hôpital sous le prénom de Marie, expliqua Emma.

— Quel lien avec Rosalie ?

— Rosalie a été adoptée par les Grandmont en novembre 1841. Son prénom, à l'origine, était Marie.

Eugénie se remémora les traits de Rosalie, ses grands yeux noisette, son visage fin et délicat. Elle lui ressemblait. Tout cela était à la fois incroyable et plausible, mais elle avait encore des doutes.

— Il peut quand même s'agir de deux bébés différents. Ce genre de coïncidence se produit parfois.

Emma sortit la page du registre qu'elle avait cachée dans sa manche. Elle la montra à Eugénie. Cette dernière y jeta un coup d'œil. « Le 27 octobre 1840. Admission d'un nouveau-né. Prénom : Marie. Père et mère : inconnus. État de santé : satisfaisant. Signe particulier : un pied bot. »

Un pied bot… Eugénie poursuivit sa lecture, bouleversée. « Avons établi l'âge du poupon selon sa date d'admission à l'hôpital, le 27 octobre 1840. »

Il n'y avait plus de doute possible : Rosalie était bel et bien sa fille. Pendant toutes ces années, elle avait vécu dans la même ville que Rosalie, l'avait côtoyée, l'avait vue grandir, sans savoir qu'elle était son enfant, la petite fille qu'elle avait tant aimée sans la connaître… Maintenant, elle avait un nom, un visage.

— Est-elle au courant qu'elle a été adoptée ?

Emma acquiesça.

L'angoisse étreignit la gorge d'Eugénie.

— Il ne faut pas qu'elle sache que je suis sa mère. Que va-t-elle penser de moi ? Je l'ai abandonnée.

— Ta grand-tante t'a arraché ton enfant, tu n'y pouvais rien.

Eugénie appuya la tête sur son oreiller. L'émotion l'avait épuisée.

— Je n'ai pas le droit de bouleverser sa vie.

— Beaucoup d'enfants ont subi le même sort et n'auront jamais la chance de connaître leurs géniteurs. Rosalie, elle, pourrait avoir cette chance.

Les yeux d'Eugénie devinrent songeurs.

— J'ai besoin d'un peu de temps pour y réfléchir.

Le lendemain matin, lorsque Emma monta son déjeuner à Eugénie, celle-ci lui demanda de lui apporter de quoi écrire. Emma, sans poser de questions, lui procura du papier, une plume et un pot d'encre, l'aida à s'installer à son petit secrétaire en prenant soin de lui couvrir les épaules avec un châle pour qu'elle n'ait pas froid, puis la laissa seule. Eugénie se mit à écrire fiévreusement, un mouchoir roulé en boule dans sa main gauche. De temps en temps, une quinte de toux l'obligeait à s'arrêter d'écrire. Elle tenait alors le mouchoir sur sa bouche, attendait que la toux cesse, puis recommençait. Elle s'appliquait à bien tracer chaque mot, craignant que son écriture fût illisible. Lorsqu'elle eut terminé, elle déposa la plume sur le secrétaire, plia soigneusement la feuille de papier, la glissa dans une enveloppe, y inscrivit un nom : Rosalie Grandmont. Elle attendit qu'Emma revienne dans la chambre pour lui remettre la lettre.

— C'est pour Rosalie.

Emma prit la lettre. Elle avait compris qu'Eugénie souhaitait qu'elle prépare Rosalie à la nouvelle. Elle attendit que le docteur Lanthier se présente pour sa visite matinale, pour le prévenir qu'elle devait s'absenter pour la journée et reviendrait sans doute très tard le soir. Le docteur, discret comme à l'accoutumée, promit de revenir voir Eugénie toutes les heures. Emma, rassurée, prépara quelques provisions, s'habilla chaudement, attela son boghei et se mit en route pour les Trois-Rivières.

❧

Rosalie rangea ses livres et ses cahiers dans un porte-document, épuisée mais heureuse. Elle s'était levée à l'aube et avait fait la classe toute la journée à une vingtaine d'élèves. La journée venait de se terminer, les enfants sortaient de l'école en poussant des cris de joie et en se bousculant. Elle mit le manteau que Marguerite lui avait offert et sortit, son porte-document sous le bras. L'air était vif mais revigorant. Elle marcha en direction de la maison où elle résidait, tenue par des Ursulines qui accueillaient les jeunes enseignantes.

— Rosalie !

Elle se retourna et aperçut avec étonnement Emma Portelance descendre de son boghei.

⌒

Emma et Rosalie étaient assises dans une petite salle à manger où les pensionnaires des Ursulines prenaient habituellement leur repas. Rosalie avait fait servir un thé bouillant et un dîner à Emma, même si l'heure du repas était passée, car cette dernière était fatiguée et affamée, après ses heures de route. Rosalie l'observait à la dérobée. Elle était heureuse de sa visite, mais trouvait étrange qu'Emma eût entrepris ce voyage seulement pour venir la voir, alors qu'elle aurait fort bien pu lui écrire. La mine empreinte de gravité d'Emma lui fit craindre le pire.

— Comment se porte Eugénie ? demanda Rosalie, inquiète.

— Son état est stable. Le docteur Lanthier veille sur elle.

Rosalie eut l'air rassuré. Emma poursuivit, y mettant toute la délicatesse dont elle était capable.

— Eugénie m'a raconté récemment qu'elle avait donné naissance à une fille, le 25 octobre 1840.

Rosalie la regarda, ne comprenant pas où Emma voulait en venir.

— Son enfant a été placée à l'Hôtel-Dieu le 27 octobre 1840 et a été adoptée l'année suivante.

Rosalie la regarda, saisie. Après un long silence, elle demanda, la voix étranglée par l'émotion :

— Quelle famille l'a adoptée ?

— Les Grandmont.

Une horloge sonna trois heures. Rosalie resta immobile, comme si sa propre existence était suspendue au balancier. Emma lui tendit la page qu'elle avait arrachée au registre de l'hôpital. Rosalie la prit, y jeta un coup d'œil. Elle ne put que se rendre à l'évidence. Emma lui remit alors la lettre qu'Eugénie lui avait confiée. Emma se leva pour la laisser seule, mais Rosalie insista pour qu'elle reste. Elle ouvrit la lettre, puis la lut.

Québec, le 20 octobre 1859

Ma chère Rosalie,

Je voudrais trouver les mots justes pour t'apprendre la vérité, mais ils m'échappent comme les fauvettes qui s'enfuient lorsqu'on s'approche trop d'elles. Ce n'est qu'aujourd'hui que j'ai appris que tu es ma fille.

J'ai accouché d'une petite fille le 25 octobre 1840, chez ma grand-tante Berthe Borduas, et l'ai prénommée Marie. J'ai pu tenir mon enfant quelques minutes dans mes bras, contempler son beau visage fin, ses yeux immenses qui s'ouvraient à peine sur le monde. Puis on me l'a arrachée pendant mon sommeil. Cet enfant, c'était toi. Dire que pendant toutes ces années nous avons vécu non loin l'une de l'autre sans savoir quels liens nous unissaient ! Il n'y a pas un jour où je n'ai pas pensé à toi, pas un jour où je n'ai regretté de toute mon âme de t'avoir perdue. Si tu veux bien me rendre visite, je serai la femme la plus comblée sur la Terre. Si tu ne le souhaites pas, sache que je t'aime de tout mon cœur, et que je t'aimerai jusqu'à mon dernier souffle.

Ta mère, Eugénie

Rosalie replia la lettre, la glissa dans son corsage sans prononcer une parole.

༄

Le docteur Lanthier administra quelques gouttes de laudanum à Eugénie pour calmer sa toux.

— Il est tard, murmura Eugénie, vous devriez aller dormir.

Il insista pour rester à son chevet jusqu'à ce qu'Emma soit de retour. Eugénie finit par s'endormir. À son réveil, la chambre était plongée dans une demi-pénombre ; seule une lampe était allumée, et la mèche était au plus bas. Quelqu'un était près d'elle. Elle crut d'abord que c'était Emma. Puis elle reconnut les traits fins, les yeux songeurs, et se dit qu'elle était en train de rêver.

— Rosalie… c'est bien toi ?

Eugénie tendit la main, effleura doucement le visage de sa fille, comme pour s'assurer qu'elle était bien là. Rosalie prit la main d'Eugénie, la tint contre sa joue. Mille pensées se bousculaient dans sa tête. Elle aurait voulu dire à sa mère la joie qu'elle avait ressenti en lisant sa lettre, tout ce temps précieux qui leur avait échappé et qui ne pourrait plus jamais être rattrapé, sa crainte de la savoir malade et le risque de la perdre alors qu'elle venait tout juste de la retrouver… Mais elle ne prononça qu'un mot, le seul qui comptait, qui résumait à lui seul son bonheur et son chagrin :

— Maman.

Rosalie passa la nuit au chevet de sa mère, mais dut se résigner à repartir dès le lendemain aux Trois-Rivières, car on était dimanche et elle devait enseigner le lundi. Elle promit à Eugénie de revenir la voir le samedi suivant.

LI

Le 25 octobre 1859

C'était le sixième et dernier jour de votation. Les trois employés de la Ville, arrivés à l'école tôt le matin, se rendirent compte que la porte s'ouvrait toute seule. Le plus vieil employé hocha la tête.

— Pourtant, j'suis ben certain de l'avoir barrée, hier, avant de partir.

Il examina la serrure et constata qu'elle avait été forcée. Inquiets, les employés se précipitèrent vers la salle de classe qui servait de bureau de votation. À leur grand soulagement, ils constatèrent que les trois urnes semblaient intactes : les cinq cadenas qui scellaient chacune des boîtes étaient toujours en place. Les employés se concertèrent. Le plus vieux était d'avis que, même s'il n'y avait pas de traces de manipulation des boîtes de scrutin, il y avait tout de même eu entrée par effraction dans l'école et qu'il serait donc plus prudent de rapporter l'incident à la police. Les deux autres s'y objectèrent. C'était sûrement des garnements qui s'étaient amusés à jouer un tour. Rien n'avait été volé. Et puis il ne restait qu'une journée de votation. Des centaines de citoyens avaient déjà déposé leur certificat dans les urnes, d'autres le feraient jusqu'à la fin de la journée. Si un rapport était fait à la police, tout le processus serait à recommencer. Sans compter qu'ils seraient peut-être blâmés, accusés de négligence ou Dieu sait quoi encore... Après quelques minutes d'intenses palabres, ils convinrent finalement de ne pas signaler l'effraction à la police. Comme les portes de l'établissement devaient rester ouvertes toute la journée, il y avait peu de risques que quelqu'un se rende compte que la serrure avait été forcée. Le lendemain, lorsque les classes reprendraient, on croirait que l'effraction avait eu lieu durant la nuit, et on ne ferait pas de lien avec l'élection.

~

Eugénie ouvrit les yeux. Sa première pensée fut pour Rosalie. *Ma fille.* Elle se leva, tira les rideaux. La lumière du jour lui sembla encore plus belle, plus précieuse qu'elle ne l'avait jamais été. Des enfants jouaient dans la rue. Une voisine étendait des vêtements propres sur une corde à linge, juste en face. La vie était faite de ces petits gestes anodins, mais ils semblaient soudain avoir un sens, une raison d'être particulière, maintenant qu'elle avait retrouvé sa fille. Elle s'habilla, brossa ses cheveux, les releva en chignon. Ce jour-là n'était pas une journée comme les autres. C'était l'anniversaire de Rosalie, non pas le jour assigné par les religieuses, mais celui où Eugénie l'avait mise au monde.

Lorsque Emma entra dans la chambre avec le déjeuner, elle fut étonnée de voir Eugénie debout devant la fenêtre et habillée comme pour sortir. Eugénie se tourna vers elle en souriant.

— C'est l'anniversaire de Rosalie. J'aimerais me rendre à l'église Notre-Dame-des-Victoires pour allumer un lampion.

~

À six heures, après la fin de la période de votation, cinq employés se rendirent au bureau de scrutin. Ils avaient pour fonction d'ouvrir les urnes et de comptabiliser les votes, qu'ils inscrivaient dans un registre. Cette opération se déroulait simultanément dans tous les bureaux de scrutin qui avaient été établis dans la ville. Après avoir compté les votes, les scrutateurs remirent les cadenas en place et repartirent avec les boîtes et le registre, qu'ils apportèrent à la mairie. Les résultats du suffrage devaient ensuite être communiqués aux candidats vers les huit heures.

Après le départ des scrutateurs, les trois employés fermèrent les portes de l'école, soulagés de la tournure des événements. Personne n'avait remarqué quoi que ce fût, et le comptage des votes s'était effectué sans anicroche. Ils repartirent chacun de son côté, avec le sentiment du devoir accompli. Seul le plus vieil employé avait des doutes, qu'il garda cependant pour lui.

ॐ

Il y avait foule devant la mairie, en grande majorité des hommes. Les lampadaires au gaz répandaient une lumière jaune ; le bâtiment était illuminé de l'intérieur par des lustres scintillants qu'on apercevait à travers les fenêtres. Le notaire Grandmont, en compagnie de Marguerite, d'Alistair Gilmour et de quelques notables, attendait impatiemment le résultat des élections. Le notaire avait bu une rasade de scotch avant de partir de chez lui pour se donner du courage. Des flasques de spiritueux circulaient de main en main parmi les badauds. La fumée des pipes et des cigares empestait.

Julien Vanier, le rival du notaire Grandmont, était entouré de partisans enthousiastes. Certains fêtaient déjà sa victoire, une bouteille de bière Boswell à la main. Une fanfare entonnait des airs d'Offenbach. La bonne humeur régnait. Oscar, en retrait, prenait des notes en vue d'un article qu'il devait écrire pour *Le Clairon* sur le résultat des élections. Antoine l'accompagnait. Il reluquait avec envie les citoyens bien nippés qui se promenaient, la panse ronde et un cigare à la bouche.

Après une attente qui sembla interminable au notaire Grandmont, un homme portant redingote et haut-de-forme noirs sortit sur le perron de la mairie. Il avait un registre à la main.

— Messieurs, silence, s'il vous plaît !

Le brouhaha s'éteignit peu à peu. L'homme à la redingote reprit la parole.

— Voici le résultat final des votes !

Un silence chargé régnait. Il jeta un coup d'œil à son cahier.

— Quartier du Palais, Ernest Hamel, assureur, et Charles Petitclerc, avocat, élus !

Des acclamations s'élevèrent.

— Quartier du Séminaire, George Fraser, marchand, et Elzéar Légaré, arpenteur, élus !

Les noms des élus de Saint-Jean et des Carrières défilèrent sous les applaudissements.

— Quartier Saint-Louis…

Le notaire esquissa un sourire crispé. Alistair Gilmour lui serra le bras et lui chuchota à l'oreille :

— Confiance, mon ami…

— John Baird, banquier, et Louis Grandmont, notaire, élus !

Le notaire poussa une exclamation de triomphe. Alistair Gilmour se pencha vers lui :

— Je vous avais promis que vous l'emporteriez.

Julien Vanier accueillit la nouvelle de sa défaite de bonne grâce, calmant d'un geste de la main les huées de ses partisans qui réagissaient au résultat du vote. Il se tourna vers la foule.

— Mes amis, ce sera pour la prochaine fois !

Julien Vanier se dirigea vers le notaire Grandmont et lui tendit la main.

— Je vous félicite, monsieur Grandmont.

Le notaire lui serra froidement la main.

— L'expérience l'a emporté sur la jeunesse…

Julien Vanier, en revenant vers ses partisans, songea qu'il était tout aussi important de savoir gagner avec élégance que de savoir perdre avec grâce.

La fanfare entonna l'air de *For he's a jolly good fellow*. La foule chanta à l'unisson :

For he's a jolly good fellow,

For he's a jolly good fellow,

For he's a jolly good fellow,

Which nob'dy can deny.

Quelques citoyens entonnèrent : « Ils ont gagné leurs épaulettes, maluron malurette. Ils ont gagné leurs épaulettes, maluron maluré… Maluron maluré… »

Julien Vanier fut porté en triomphe malgré sa défaite.

Oscar Lemoyne observait la scène à distance. Il avait été surpris par le résultat du scrutin. Ayant suivi la campagne jour après jour, il avait été à même de constater l'intérêt grandissant que suscitait la candidature de Vanier, son évident talent d'orateur, les foules de plus en plus nombreuses qui assistaient à ses discours. Il fut tiré de sa réflexion par des cris :

— Au voleur ! Au voleur ! À l'aide !

Il aperçut un homme corpulent et richement vêtu qui courait après quelqu'un.

— Il m'a volé ma bourse ! À l'aide !

Oscar tâcha de distinguer la petite silhouette qui courait comme une flèche devant l'homme à la redingote. À sa grande horreur, il reconnut Antoine.

— Sapristi ! Le p'tit garnement… maugréa-t-il.

L'homme perdit son chapeau dans sa course, se baissa pour le ramasser. Antoine en profita pour courir de plus belle. Quelqu'un réussit à lui mettre la main au collet, mais le garçon se débattit comme un diable dans l'eau bénite et réussit à se dégager. Des sifflets retentirent : deux policiers alarmés par les cris s'approchèrent de l'homme corpulent. Ce dernier, hors d'haleine et en nage, pointa un bras vers Antoine.

— Ma bourse… Rattrapez-le…

Les policiers s'élancèrent à la poursuite d'Antoine, mais la foule était encore nombreuse, et ils eurent tôt fait de le perdre de vue. Oscar poussa un profond soupir, soulagé que son protégé ait réussi à échapper à la police, mais tout de même furieux contre lui. Les autorités ne lésinaient pas avec le vol. Le petit vaurien aurait pu se retrouver en prison ! Il décida de retourner chez lui à pied, croisa quelques fêtards qui chantaient à tue-tête. Il passa devant l'école qui avait servi de bureau de scrutin et constata que la porte était entrouverte. Normalement, les endroits publics comme les écoles étaient verrouillés, le soir. L'intérieur de l'édifice était plongé dans l'obscurité, mais un lampadaire jetait un halo de lumière sur le perron. Il s'approcha de la porte, curieux. Il tenta de la refermer, mais remarqua que le pêne de la serrure ne glissait pas dans la gâche. Il fronça les sourcils et examina la serrure de plus près. Elle semblait avoir été forcée. Il se demanda qui avait bien pu vouloir forcer la porte d'une école où il n'y avait que des pupitres et des craies à voler… Une idée fit son chemin. Les pupitres et les craies n'intéressaient pas les voleurs, mais les boîtes de scrutin, c'était une autre paire de manches… Les fraudes électorales étaient monnaie courante. Son oncle Victor, qui avait couvert bon nombre d'élections du temps où il avait son journal à Québec, lui avait souvent relaté des incidents tels le saccage de boîtes de scrutin ou même carrément leur vol… Il secoua la tête. S'il y avait eu vol ou saccage des boîtes de scrutin, ça se serait su. Alors pourquoi la serrure de la porte de l'école avait-elle été forcée ? « Un bon journaliste ne néglige jamais aucune piste, si infime soit-elle », lui disait souvent son oncle. Oscar poursuivit son chemin, les deux mains dans ses poches trouées, sa curiosité à nouveau en éveil, se promettant de faire sa petite enquête…

LII

Le notaire Grandmont se réveilla le cœur léger, galvanisé par sa victoire. Madame Régine lui apporta une dizaine de télégrammes le félicitant pour son élection, dont un du juge Sicotte, et un autre du maire Langevin. Sa bonne humeur grimpa encore d'un cran lorsqu'il reçut un mot de la part d'Alistair Gilmour, livré par un valet de sa maison, le congratulant pour son élection et lui demandant de venir le rencontrer, seul, à son domaine, afin de discuter d'une affaire de première importance. Une voiture était à sa disposition pour le conduire à Cap-Rouge. Le notaire, flatté et intrigué par l'invitation de l'armateur, jeta un coup d'œil par la fenêtre de son bureau. Il aperçut, garée devant chez lui, une élégante voiture de marque Rockaway, très populaire à Québec depuis quelque temps.

Le notaire monta voir Marguerite, l'avertit qu'il devait s'absenter pour la journée. Il ne put s'empêcher d'ajouter :

— Monsieur Gilmour a une importante affaire à me proposer.

Un valet de pied aida le notaire à grimper dans la voiture et referma la portière. La Rockaway s'ébranla sur la Grande Allée en direction de Cap-Rouge.

୧৵

Oscar n'avait pas eu de nouvelles d'Antoine depuis qu'il l'avait vu s'enfuir avec la bourse d'un citoyen, devant la mairie, le soir des élections. Ce matin-là, il ne s'était pas présenté au bureau du

Clairon afin de distribuer le journal aux abonnés, obligeant ainsi le pauvre Oscar à s'en occuper lui-même. Oscar se jura de lui régler son compte, mais pour le moment, il avait une affaire plus urgente à mener.

Le journaliste se rendit à la mairie et demanda à voir les résultats du suffrage du quartier Saint-Louis. Tout citoyen avait le droit de consulter les registres officiels dans lesquels les suffrages avaient été minutieusement inscrits, sous la surveillance, toutefois, d'un employé de la Ville. Un greffier au crâne dégarni et au teint blafard lui tendit un registre. En examinant le suffrage total, Oscar constata que le notaire Grandmont avait très nettement dominé son adversaire en obtenant 559 votes contre 309 pour Julien Vanier. Ces résultats le surprirent grandement. Il s'était attendu à une mince victoire du notaire, étant donné la popularité de son rival, qu'il avait été à même de constater durant la campagne. Comment expliquer un tel décalage ? Il examina distinctement le suffrage de chacune des trois boîtes de scrutin. Il se rendit compte que les résultats de la première urne étaient nettement favorables au notaire : 212 votes contre 34 pour Vanier. Les résultats de la deuxième boîte donnaient également une majorité au notaire : 261 votes contre 57, ce qui confirmait la forte majorité que le notaire avait obtenue. Ce furent les résultats de la troisième boîte qui laissèrent Oscar perplexe. Cette fois, les résultats étaient complètement inversés : Julien Vanier dominait nettement avec 218 votes contre seulement 86 pour le notaire. Comment pouvait-il y avoir une telle différence entre les deux premières boîtes de scrutin et la troisième ? Était-il possible que cette étrange disparité ne soit que le fruit du hasard ? Oscar nota soigneusement les résultats dans le carnet qui ne le quittait jamais et, tout excité par sa découverte, alla retrouver son patron, Alexandre Caron. Ce dernier, portant des lunettes aux verres très épais, écouta attentivement le récit du jeune journaliste.

— Alors, quelles sont tes conclusions, mon cher ami ?

Le vieil avocat appelait toujours les gens « mon cher ami », quels que soient leur âge ou leur fonction.

— C'est certain, il y a eu fraude ! s'écria Oscar, contrôlant mal son excitation.

Alexandre Caron sembla peser les paroles de son jeune journaliste.

— Mon cher ami, tu as sûrement déjà entendu parler du concept de l'aberration statistique ?

Oscar resta ébahi. Le vieil avocat, dont les yeux se distinguaient à peine à travers ses lunettes, lui expliqua patiemment :

— D'après tes renseignements, la troisième boîte de scrutin présente un résultat diamétralement opposé à celui des deux autres, n'est-ce pas ?

— Exactement.

— Si tu examinais les résultats de tous les bureaux de scrutin, tu trouverais fort probablement une ou deux boîtes présentant ce genre d'anomalie, sans que cela implique qu'il y ait eu fraude.

— Mais...

— Si, toutefois, poursuivit l'avocat, l'on partait de l'hypothèse qu'il y a bel et bien eu fraude, alors comment se serait-elle produite ?

Oscar sourit, triomphant :

— La porte de l'école a été forcée.

— Et puis après ? Il n'y a pas nécessairement de lien de cause à effet entre cette effraction et une fraude électorale.

Oscar s'échauffa :

— Des gens sont entrés et ont pu s'emparer des boîtes de scrutin ! Ils ont ouvert les deux premières boîtes et... et ils ont falsifié les certificats de votation.

L'avocat garda un visage neutre.

— Les boîtes de scrutin sont toutes munies de cinq cadenas, n'est-ce pas, mon cher ami ?

Oscar se rembrunit.

— C'est exact.

— La loi exige qu'au moins trois scrutateurs examinent les boîtes de scrutin après la fermeture des bureaux de vote, n'est-il pas vrai ?

— Tout à fait.

— S'il y avait eu une manipulation de deux boîtes de scrutin dans le but de falsifier les votes, il aurait donc fallu forcer dix cadenas. Cela aurait laissé des traces.

Oscar sentit avec irritation qu'il commençait à rougir.

— Oui, mais…

— Et si les scrutateurs avaient trouvé des traces d'effraction, il me semble qu'ils s'en seraient immédiatement rendu compte et qu'ils les auraient rapportées aux autorités.

— Ils ont peut-être reçu de l'argent pour acheter leur silence !

L'avocat hocha la tête sans rien dire, visiblement sceptique. Oscar se leva, exaspéré. Ses joues étaient brûlantes comme s'il venait d'allumer un poêle.

— Je conviens qu'il n'y a pas d'explication simple, mais je suis convaincu qu'il y a eu fraude !

— Les théories de complots sont toujours séduisantes, mon cher ami, mais dans notre métier, seuls les faits comptent.

Oscar reprit son carnet et partit en claquant la porte sans saluer son patron. Il eut honte de son comportement : Alexandre Caron s'était montré des plus courtois avec lui, et ses arguments étaient d'une logique irréfutable, mais Oscar avait la conviction profonde qu'il tenait quelque chose.

— J'ai raison. Je sais que j'ai raison ! marmonna-t-il en marchant les mains dans les poches.

Quelques passants lui jetèrent un coup d'œil dubitatif.

༄

La Rockaway d'Alistair Gilmour, conduite par un cocher à la mine patibulaire, filait à bonne vitesse sur le chemin de Cap-Rouge. En arrivant au village, flanqué par la montagne, le notaire fut frappé par le rouge vif qui dominait partout. L'endroit portait bien son nom.

La voiture s'engagea sur le chemin étroit et sinueux qui menait jusqu'au fastueux domaine du Lumber Lord. Le notaire, malgré le moelleux de la banquette, sentait les soubresauts de la voiture sur le chemin parsemé de nids-de-poule. Les branches touffues cachaient la lumière. Pourquoi diable Alistair Gilmour s'était-il fait construire son manoir au faîte d'une montagne, alors qu'il aurait pu, avec sa fortune, avoir une belle demeure en bordure du chemin de la Canardière, ou sur les routes de Lorette et de Charlesbourg, comme les autres Lumber Lords ? C'est avec soulagement qu'il descendit enfin de voiture. Il fut escorté par un valet dans l'allée qui menait à l'entrée monumentale. Tout en marchant, le notaire constata que les jardins étaient couverts de feuilles mortes qui flambaient sous la lumière de fin d'automne. Il trouva curieux que le constructeur naval, qui avait une équipe de jardiniers à son service, laissât ainsi les feuilles envahir son domaine. Le notaire avait une obsession pour l'ordre, les buissons bien taillés, les allées bien ratissées.

Alistair Gilmour reçut le notaire dans son bureau. Peter Henderson, son bras droit, se joignit à eux. Le marchand offrit un excellent scotch *single malt* aux deux hommes, qu'il servit lui-même, puis il s'adressa au notaire.

— Vous n'ignorez pas que l'Angleterre a aboli les tarifs préférentiels qu'elle accordait à sa colonie.

— En effet, répondit le notaire.

— Les bateaux à vapeur commencent à remplacer les voiliers, sans compter que l'ouverture du chenal du lac Saint-Pierre permet aux navires à fort tonnage d'accéder directement à Montréal sans avoir à s'arrêter à Québec. Tout cela pour vous dire que la construction navale connaît un déclin, et ce n'est que le début.

Le notaire était au fait de l'abolition des tarifs et de l'ouverture du chenal Saint-Pierre, mais les affaires d'Alistair Gilmour semblaient si florissantes qu'il n'avait jamais eu le sentiment que le Lumber Lord pût être affecté par cette situation. Il lui jeta un coup d'œil inquiet.

— Dois-je en conclure que vos affaires...

L'armateur sourit.

— Pas le moins du monde, rassurez-vous, mais la règle d'or d'un *businessman* prévoyant est de diversifier ses investissements, n'est-ce pas ?

Le notaire acquiesça.

— C'est la sagesse même.

Alistair Gilmour se pencha vers le notaire, ses étranges yeux ambrés fixés sur lui.

— L'avenir est dans les chemins de fer, monsieur Grandmont. Dans dix, vingt ans, le train aura remplacé les bateaux comme moyen de transport des marchandises et des voyageurs. Il n'en tient qu'à vous de participer à cette révolution.

Le notaire, impressionné par l'éloquence de l'homme d'affaires, balbutia :

— Je suis tout ouïe, monsieur Gilmour.

Le marchand naval but une gorgée de scotch.

— Avez-vous entendu parler de la compagnie Great Eastern Railway ?

— Ce nom me dit quelque chose.

— Cette compagnie a construit une ligne de chemin de fer reliant Niagara Falls à Windsor, qui a été inaugurée en 1853. Je viens d'en faire l'acquisition pour la somme de cinq cent cinquante mille dollars.

Le notaire resta bouche bée devant la démesure de la somme. Le marchand renchérit :

— Je souhaite construire le premier chemin de fer qui reliera Québec à Montréal. Ce projet relancera l'économie de notre ville, créera de nombreux emplois et fera la fortune de tous ceux qui y seront associés.

Le notaire ne put cacher son intérêt.

— Comment financerez-vous ce projet ?

— La Quebec Imperial Bank m'a déjà consenti un prêt de quatre cent mille dollars. Des ministres bien en vue de la province du Canada sont sur le point d'obtenir de la Chambre un prêt de trois cent soixante mille dollars, sans compter l'appui financier d'hommes d'affaires de Québec et de Montréal, sous forme d'actions émises par mon entreprise.

Les chiffres lancés par Alistair Gilmour et ses appuis dans le monde financier et politique étourdirent le notaire.

— Que puis-je faire pour vous être utile?

Le marchand naval attendait visiblement cette question.

— Je voudrais que vous deveniez mon associé dans cette entreprise. Je vous offre vingt-cinq pour cent des parts et une participation idoine dans les profits.

Le notaire sentit son cœur battre plus vite. Il prit une gorgée de scotch pour se calmer.

— Quelle somme attendez-vous de moi pour l'achat de ces parts?

— Pas un cent.

Louis Grandmont le regarda sans comprendre. L'Écossais s'expliqua:

— Je voudrais faire l'acquisition d'un terrain situé dans la basse ville, près de la rue Charest. Pour le moment, ce n'est qu'un champ couvert de mauvaises herbes qui n'a aucune valeur.

Le notaire comprenait de moins en moins.

— Dans ce cas, pourquoi l'acheter?

— Ce serait un site idéal pour la construction d'une gare d'envergure.

Le notaire commençait à saisir où Alistair Gilmour voulait en venir, mais il jugea plus prudent de le laisser poursuivre.

— Ce terrain appartient à la municipalité de Québec. Comme vous êtes maintenant échevin, vous serez bien placé pour recommander la vente de ce terrain à bas prix. En échange de vos bons et loyaux services, je serais disposé à vous offrir un dédommagement substantiel. Disons, la somme de quarante mille dollars.

Quarante mille dollars... Le notaire fut abasourdi par l'ampleur de ce montant. Il fit un effort pour garder son sang-froid.

— Vous êtes mon client. Si j'intercède en votre faveur pour l'achat de ce terrain, je me place nécessairement en situation de conflit d'intérêts.

— Vos scrupules sont tout à votre honneur, monsieur Grand-mont. Aussi est-ce la raison pour laquelle ce ne serait pas moi qui achèterais ce terrain.

— Qui, alors ?

Alistair Gilmour eut un sourire suave.

— Un prête-nom. C'est une pratique fort courante dans le monde des affaires.

Le notaire devait admettre qu'effectivement plusieurs de ses clients avaient recours à ce stratagème pour des questions fiscales. Il termina son verre de scotch. L'alcool lui brûla la gorge. Alistair Gilmour avait réponse à tout, mais l'entreprise continuait à lui paraître hasardeuse.

— Qui sera ce prête-nom, monsieur Gilmour ?

Le marchand naval se tourna vers son comptable. Ce dernier déposa un document devant le notaire.

— Voici une offre d'achat au nom de monsieur John Barry, un homme d'affaires habitant à Montréal. Monsieur Barry est disposé à faire l'acquisition de ce terrain pour la somme de huit mille dollars, ce qui est raisonnable, étant donné sa valeur négligeable.

Le notaire jeta un coup d'œil au document. La signature de ce John Barry y figurait bel et bien.

— Quel est censé être mon lien avec ce monsieur ?

— Après votre élection comme échevin, monsieur Barry a sollicité une rencontre avec vous. Il vous a demandé d'intercéder en sa faveur au conseil municipal pour l'achat de ce terrain. Votre rôle sera tout simplement de convaincre le conseil d'appuyer la transaction. Vous n'avez reçu aucune rémunération de la part de monsieur Barry à cette fin, ce qui est la stricte vérité.

— La somme de quarante mille dollars… commença le notaire.

— … vous sera remise à titre d'honoraires pour le contrat d'acquisition du chantier naval et du moulin à scie de Cap-Rouge.

— J'ai déjà été rémunéré pour ce contrat.

— Y a-t-il une loi qui m'empêche de vous payer davantage pour vos bons services ?

Le marchand naval semblait avoir réponse à tout.

— Je dois réfléchir à votre proposition, monsieur Gilmour.

— Bien entendu. Lorsque vous aurez pris votre décision, envoyez-moi un télégramme, avec les mots « J'accepte », et je serai le plus heureux des hommes. En attendant, voici un petit acompte qui pourrait certainement contribuer à votre réflexion.

Le comptable déposa un porte-document en cuir devant le notaire.

— Cinq mille dollars. Sans engagement de votre part, il va sans dire.

Le notaire hésita. Puis il ouvrit le porte-document, y jeta un coup d'œil. Des liasses de billets s'y trouvaient, en piles bien ordonnées. Après tout, Alistair Gilmour l'avait spécifié, cela ne l'engageait à rien. Le notaire prit le porte-document et se leva. L'armateur se leva à son tour et lui serra chaleureusement la main.

— Je sens que nous accomplirons de grandes choses ensemble, mon cher Grandmont.

∾

Le notaire regardait distraitement le paysage défiler par la fenêtre de la voiture qui le ramenait à Québec, tenant le porte-document sur ses genoux. Son esprit était entièrement occupé par la proposition d'Alistair Gilmour. Il en pesait le pour et le contre, en dressait mentalement les avantages et les inconvénients. « Je sens que nous accomplirons de grandes choses ensemble, mon cher Grandmont... » Tout ce que le marchand naval lui demandait, c'était de convaincre le conseil municipal de vendre un terrain vacant sans valeur à un homme d'affaires de Montréal. En échange de ce petit service, il recevrait quarante mille dollars, sans compter ce généreux acompte de cinq mille dollars qui lui était acquis... Les arbres aux branches dénudées défilaient devant ses yeux. D'un autre côté, n'y avait-il pas un risque que quelqu'un découvre que ce monsieur John Barry était un homme de paille et que le véritable acheteur était Alistair Gilmour, l'un de ses meilleurs clients ? Cela ferait tout un scandale… Il haussa les épaules. Personne ne pouvait établir un lien entre John Barry et Alistair Gilmour. Quel risque prenait-il en favorisant la vente d'un terrain de peu de valeur à un homme d'affaires qu'il ne connaissait ni d'Ève ni d'Adam ?

En rentrant chez lui, le notaire fut tenté de parler de cette proposition à Marguerite, mais il ne la trouva pas à la maison. Décidément, elle sortait de plus en plus souvent. Il ne la voyait pas lorsqu'elle restait confinée dans sa chambre, mais il ne la voyait guère plus depuis qu'elle avait abandonné sa détestable habitude. Avec ces cinq mille dollars, il pourrait offrir un magnifique voyage à sa femme. Marguerite et lui avaient avait fait leur voyage de noces à Paris, mais ils n'y étaient jamais retournés depuis. Pourquoi pas une tournée de l'Europe ? La France, l'Italie, l'Autriche, l'Allemagne, dans les plus prestigieux hôtels, les meilleurs restaurants… Peut-être retrouveraient-ils un peu de l'éclat de leurs premières amours, que le passage du temps, les habitudes et l'ennui avaient peu à peu éteint. C'est à ce moment précis qu'il prit la décision d'accepter l'offre d'Alistair Gilmour. Il se rendit au *Post Office* et envoya un télégramme au marchand naval : « J'accepte. »

LIII

Le notaire Grandmont arriva à l'heure pour sa première assemblée du conseil municipal. Vingt échevins et conseillers étaient rassemblés autour d'une immense table. En s'asseyant à la place qui lui avait été assignée, le notaire se rendit compte qu'un coupe-papier au manche en ivoire avait été déposé devant chaque conseiller et échevin. Le maire leur expliqua que c'était un cadeau de bienvenue dans leur nouvelle fonction…

— … et la preuve que vous ne passerez pas votre temps à vous tourner les pouces ! dit-il en souriant.

Plusieurs sujets furent abordés, dont la pénurie d'eau. Une longue discussion s'ensuivit : certains proposèrent l'élargissement du réseau d'aqueduc, qui ne suffisait plus à la tâche ; d'autres élus s'y opposèrent, les finances de la Ville étant aussi basses que le niveau du lac Saint-Charles à cause des difficultés économiques causées par la sécheresse et la diminution importante de la construction navale. La Ville n'avait pas les moyens d'entreprendre des travaux de cette envergure. Après une heure de palabres, il n'y avait toujours pas consensus. Le notaire Grandmont intervint alors et proposa la tenue d'une étude sur la question d'un nouvel aqueduc et des besoins de la population en eau potable, récupérant ainsi les idées de son rival défait, Julien Vanier. Sa proposition rallia la majorité des conseillers. Lorsque, à la fin de l'assemblée, le notaire suggéra, mine de rien, que la Ville aurait intérêt à se débarrasser de ses terrains vacants, qui étaient nombreux et ne lui rapportaient pas un sou en revenus fonciers, et informa ses pairs qu'il avait en main une offre d'un citoyen qui était disposé à faire l'acquisition d'un terrain vague situé près de la rue Charest, dans la basse ville, à un prix raisonnable, les conseillers n'y virent pas d'objection. Un échevin de la basse ville, un maçon du nom de Joachim Bérubé, examina l'offre d'achat que le notaire avait déposée sur la table, puis demanda qui était ce monsieur Barry. Le notaire lui répondit :

— Un homme d'affaires de Montréal. Il a sollicité une rencontre après mon élection. Il m'a demandé d'acheminer son offre d'achat au conseil.

— Est-il l'un de vos clients ?

Le notaire sourit, détendu.

— Bien sûr que non. Et je n'ai reçu aucune rémunération de sa part.

La proposition du notaire fut adoptée sans opposition, mis à part une abstention, celle de Joachim Bérubé.

Quelques jours après la réunion, Grandmont reçut la visite de Peter Henderson, le bras droit d'Alistair Gilmour, qu'il accueillit avec amabilité. Le comptable lui remit une petite valise dans laquelle se trouvaient les quarante mille dollars promis par le Lumber Lord. Il conseilla au notaire de déposer la somme à une banque avec laquelle il faisait lui-même affaire, qui ne poserait assurément pas de questions sur un dépôt aussi important et, surtout, qui se montrerait discrète quant à l'identité de son détenteur. Il l'informa qu'il s'agissait de la Northern Imperial Bank. Le notaire suivit à la lettre les conseils du comptable et se rendit à ladite banque afin d'y ouvrir un compte et d'y déposer l'argent. Un commis tiré à quatre épingles et obséquieux le traita aux petits oignons et l'assura que la banque était ravie d'accueillir un client aussi distingué.

∽

Monsieur Dolbeau s'était levé à l'aube. Il ne se donna même pas la peine de regarder le ciel. Il marcha dans les champs, se pencha, examina les épis de blé. De loin, ils donnaient l'illusion de la vigueur, mais de près, ils étaient desséchés et craquaient sous les doigts. Les récoltes étaient perdues. Et comme si la sécheresse n'avait pas déjà été un malheur suffisant, des sauterelles avaient envahi les campagnes et s'étaient attaquées aux feuilles des arbres et aux jeunes pousses, décimant le peu de récoltes qui avaient résisté à la sécheresse. Un matin, il avait aperçu une nuée sombre qui égratignait le ciel sans nuages. Les insectes avaient envahi les champs. Le jour, il regardait les tiges de blé qui semblaient ployer sous la brise, mais c'était les sauterelles qui les faisaient bouger ainsi. La nuit, il se réveillait et écoutait le bruissement uniforme des insectes, qui broyaient ses derniers espoirs de moisson.

Le foin vint à manquer. Les quelques surplus de l'année précédente furent rapidement épuisés. Les fermiers, fortement endettés parce qu'ils avaient acheté les terres qu'ils occupaient à la suite de l'abolition du régime seigneurial, n'avaient plus de grain à vendre mais devaient continuer à payer leurs arrérages. Monsieur Dolbeau et sa femme se résignèrent à abattre les quelques moutons et les chèvres qui leur procuraient de la laine, du lait et du fromage, et durent renvoyer les hommes qui les aidaient chaque année à faire les récoltes. Des familles entières, empilant leurs meubles dans une charrette, prenaient le chemin du Roy pour tenter de trouver du travail en ville. Seuls quelques riches meuniers profitaient de la pénurie. Ayant fait ample provision de grain provenant des récoltes abondantes de l'année précédente, ils revendaient leurs sacs de farine à prix d'or.

Madame Dolbeau, debout sur la galerie, vit son mari revenir des champs le dos ployé, le visage sombre. Il s'assit sur une marche et resta là un moment, comme s'il tentait de mesurer l'ampleur du désastre. La veille, ils avaient fait les comptes. Il ne leur restait plus qu'une dizaine de livres anglaises et quelques vieux louis d'or qui dataient de l'ancien régime et qui n'étaient plus en circulation depuis belle lurette. Ils devaient un mois de loyer et ne voyaient pas comment ils pourraient acquitter leurs redevances à l'avenir.

— Faut que j'aille à Québec, se contenta-t-il de dire.

Sa femme rentra dans la maison, sortit son meilleur habit d'un coffre, le suspendit pour en chasser l'odeur de naphtaline, puis cira ses vieilles chaussures.

⁓

Après quelques heures de voyage, la carriole de monsieur Dolbeau s'immobilisa devant la maison du notaire Grandmont. Ironie du sort, il avait plu durant tout le voyage, mais cette pluie était arrivée beaucoup trop tard pour sauver les récoltes. L'intendant leva les yeux, impressionné malgré lui par la taille de la maison, les tourelles, l'imposante porte en chêne. Il descendit de la carriole, monta les marches du perron, incommodé par ses rhumatismes et par l'habit noir que sa femme l'avait obligé à mettre, qui était un peu trop serré aux épaules et qui sentait encore la boule à mites. Il se tint un moment devant la porte, tenant timidement son chapeau devant lui. Puis il se décida et frappa avec le heurtoir en forme de gueule de lion. Il attendit, anxieux. La porte s'ouvrit. Madame Régine apparut sur le seuil. Elle regarda avec méfiance l'homme en habit noir, dont les moustaches grisonnantes semblaient cirées tellement elles étaient enduites de pommade. Elle remarqua son habit usé aux coudes et ses souliers salis par la boue.

— Si vous voulez du pain, je vous en ferai donner dans la cuisine.

Monsieur Dolbeau redressa l'échine.

— J'suis pas venu ici pour quêter. Je voudrais voir le notaire Grandmont.

Voyant la mine méfiante de madame Régine, il renchérit, l'air digne :

— Jean Dolbeau. Je suis son locataire.

Madame Régine le laissa entrer. Elle s'était radoucie.

— Attendez ici, je vais voir si monsieur le notaire peut vous recevoir.

Elle s'éloigna. Monsieur Dolbeau resta debout dans le hall, les mains croisées sur son vieux chapeau de paille. Un énorme lustre jetait des éclats jaunes et bleus sur les murs lambrissés de chêne. Le raffinement du mobilier et l'épaisseur des tapis accentuèrent son malaise. Lorsque madame Régine revint en lui disant que monsieur le notaire était disposé à le recevoir, mais qu'il ne pouvait lui consacrer que quelques minutes, le pauvre homme n'en mena pas large. Madame Régine lui prit son chapeau des mains, jeta un coup d'œil dubitatif à ses souliers boueux. Mal à l'aise, monsieur Dolbeau décida de les enlever. À son grand désarroi, il se rappela qu'il y avait dans sa chaussette droite un trou qui découvrait son gros orteil. Il pesta intérieurement contre sa femme, qui le forçait à mettre un habit puant la boule à mites, mais ne songeait même pas à repriser ses maudits bas ! Il plaça son pied gauche sur le droit afin de cacher son gros orteil, mais il se sentit soudain ridicule.

Madame Régine, qui avait remarqué son manège, eut pitié du pauvre homme. Elle s'empara des souliers sans mot dire, les amena à la cuisine, les nettoya rapidement à l'aide d'un chiffon et les rapporta à monsieur Dolbeau, propres et reluisants. Ce dernier maugréa des remerciements, à la fois reconnaissant et piqué dans son orgueil.

— Suivez-moi. M'sieur le notaire déteste attendre.

La servante s'arrêta à la hauteur d'une porte, y frappa. Une voix autoritaire s'éleva.

— Entrez.

Madame Régine ouvrit la porte. Monsieur Dolbeau resta poliment sur le seuil. Le notaire, installé derrière son pupitre, s'impatienta :

— Enfin, ne restez pas debout comme un cierge.

Monsieur Dolbeau s'avança dans la pièce et prit place sur une chaise qui faisait face au pupitre du notaire. Celui-ci le toisa :

— Vous me devez un mois de loyer, dit-il d'un ton sec. J'imagine que c'est la raison de votre visite.

Monsieur Dolbeau expliqua, la mine sombre :

— On a perdu les récoltes. La sécheresse a tout décimé, les sauterelles ont fait le reste.

Le notaire avait lu, dans *L'Ami des campagnes*, que l'été avait été particulièrement sec, mais son père, lui-même fils de cultivateur, l'avait toujours mis en garde contre la rouerie des paysans.

— Et les récoltes de l'an dernier ? Vous n'avez rien engrangé ?

Le fermier lui répondit avec honnêteté.

— Y reste à peine de quoi passer l'hiver. Et encore, on est mieux lotis que d'autres. Y nous reste un porc, une couple de poules, une vache qui nous donne encore un peu de lait. Y en a qui ont plus rien à se mettre sous la dent.

Le notaire continua à le regarder comme s'il cherchait à le jauger.

— Qu'attendez-vous de moi au juste, monsieur Dolbeau ?

L'ancien intendant se résigna à aborder le sujet de sa visite :

— Depuis que madame Portelance vous a cédé la moitié de ses terres, on vous a toujours payé vos redevances rubis sur l'ongle. Mais on n'est pas le Bon Dieu pour contrôler la température pis les sauterelles.

— Autrement dit, vous me demandez de renoncer à mon loyer.

Monsieur Dolbeau acquiesça, rouge d'embarras :

— Juste le temps de voir venir.

Les yeux pâles du notaire ne laissaient rien voir de ses sentiments.

— Dois-je comprendre que non seulement vous n'avez pas les moyens de me payer mes arrérages, mais que vous me demandez en plus de renoncer à mes loyers futurs ?

Le fermier sentit des gouttes de sueur perler sur son front. Si seulement madame Dolbeau avait été présente ! Fine mouche, elle aurait réussi à éviter tous les pièges…

— Juste le temps de voir venir, répéta-t-il.

— Connaissez-vous la fable de la Cigale et de la Fourmi, monsieur Dolbeau ?

L'intendant secoua la tête, l'air confus. Le notaire poursuivit :

— Lisez-la, pour votre gouverne. En attendant, je tiens à mon loyer. Je vous donne deux jours pour le payer, en sus des intérêts, bien entendu. Après ce délai, je prendrai des recours légaux pour récupérer ce qui m'est dû. Quant aux loyers à venir, trouvez un moyen de les acquitter, sinon, je devrai me résoudre à trouver un autre locataire.

Les paroles du notaire avaient claqué comme un fouet. Monsieur Dolbeau resta figé sur sa chaise, ne pouvant croire que les choses aient pu si mal tourner en si peu de temps.

— Madame Portelance a bien renoncé à ses loyers, elle !

En voyant le visage du notaire s'assombrir, le pauvre monsieur Dolbeau comprit qu'il avait commis une bévue.

— Vous avez eu ma réponse. Je vous souhaite bonne route. Faites-vous donner à manger à la cuisine.

Monsieur Dolbeau sortit, une violente amertume à la gorge. Il avait fait vingt lieues en pure perte. Si seulement il avait racheté ses terres à madame Portelance, lorsqu'elle le lui avait si généreusement proposé, au moment où les seigneuries avaient été abolies ! S'il avait vu plus loin que le bout de son nez, il n'aurait pas à quémander avec un trou dans sa chaussette ; il n'aurait pas à subir l'humiliation d'un refus. Et le pire était à venir : il voyait déjà les huissiers, tels des corbeaux, faire main basse sur leur modeste mobilier, s'emparer des quelques bêtes qu'il leur restait ; il imaginait sa femme et lui-même, jetés sur les chemins, sans toit sur la tête… Toute une vie de labeur qui partait en fumée !

Fanette entra dans la maison et secoua son parapluie. Elle avait passé l'après-midi au refuge. Près d'une quarantaine de personnes s'étaient présentées au Bon-Pasteur pour manger : il y avait eu tout juste assez de soupe pour les nourrir. Ensuite, elle avait rendu visite à Eugénie, qui était rayonnante malgré sa maladie. Le bonheur d'avoir retrouvé sa fille semblait lui avoir redonné des forces. En s'approchant de l'escalier, elle aperçut un homme en habit noir qui marchait vers la porte, tête basse. Elle le reconnut tout de suite.

— Monsieur Dolbeau ! s'écria-t-elle joyeusement.

Il leva la tête, vit Fanette. Des rides profondes faisaient des parenthèses amères à chaque coin de sa bouche.

— Bonjour, madame Grandmont.

Fanette fut étonnée de la froideur de l'intendant, qu'elle n'avait pas revu depuis son séjour à la seigneurie de Portelance, à l'âge de quatorze ans, alors qu'une épidémie de choléra sévissait à Québec.

— Quand j'étais plus jeune, vous m'appeliez Fanette.

— J'avais pas le malheur d'être le locataire de votre beau-père, dans ce temps-là.

Il prit son chapeau, que madame Régine avait accroché à la patère dans l'entrée, et partit sans ajouter un mot. Fanette monta l'escalier, troublée par sa rencontre avec l'ancien intendant d'Emma. Monsieur Dolbeau, locataire du notaire Grandmont ? Comment cela était-il possible ? Et comment se faisait-il qu'elle n'en ait jamais rien su ? Elle entra dans la chambre de Marie-Rosalie, la prit dans ses bras, puis se dirigea vers une fenêtre qui donnait sur l'avant de la maison. Elle vit le fermier remonter dans sa carriole. La pluie avait recommencé à tomber, une pluie fine et froide de fin d'automne, noircissant les arbres et les trottoirs. Elle déposa Marie-Rosalie dans son lit, puis se dirigea vers sa chambre, ouvrit un tiroir de son armoirette et en sortit un goéland que monsieur Dolbeau avait sculpté et lui avait offert en cadeau, il y avait cinq ans de cela. Elle l'avait précieusement gardé. Elle remit le goéland à sa place. Une tristesse diffuse s'empara d'elle.

Philippe rentra tard. Il était fourbu, mais heureux.

— J'ai assisté à ma première dissection de cadavre, dit-il à Fanette, enthousiaste.

Fanette, qui était en train de donner le bain à Marie-Rosalie dans une bassine en émail, fit la grimace. Il ne put s'empêcher de sourire.

— Je t'avoue que je n'en menais pas large au début. Mais les morts ont tellement de choses à nous apprendre. Si tu savais à quel point un corps humain est fascinant… Tout ce qu'il peut nous révéler sur les différentes pathologies, sur les moyens pour parvenir à les soulager…

Fanette, tout en asséchant Marie-Rosalie, fit part à Philippe de la visite de monsieur Dolbeau et de son attitude glaciale à son égard, qui l'avait surprise et peinée.

— Il m'a dit qu'il était devenu le locataire de ton père. Étais-tu au courant ?

Philippe ne répondit pas, malheureux. Il avait promis à Emma Portelance de garder le secret, mais de là à mentir carrément à Fanette… Il se résolut à lui dire la vérité.

— Ta mère a cédé la moitié de ses terres de Portelance à mon père.

Fanette accusa le coup sans broncher.

— Pourquoi a-t-elle fait une chose pareille ?

— Pour te procurer une dot.

La vérité, une fois qu'on la connaît, devient simple et impitoyable. Fanette se demanda comment elle avait pu être aussi aveugle. Elle mit des langes à Marie-Rosalie, lui enfila une robe de nuit chaude. Elle se remémora sa dernière visite à sa mère, le mur nu sur lequel on voyait un carré plus pâle, là où sa belle armoire en pin avait été adossée. Sur le moment, elle avait accepté les explications embarrassées de sa mère, même si une petite part d'elle-même ne comprenait pas pourquoi Emma avait décidé de se débarrasser ainsi de meubles et d'objets auxquels elle était si attachée, de souvenirs si chers à son cœur. C'était seulement maintenant qu'elle mesurait l'étendue du sacrifice qu'Emma avait consenti afin de lui permettre, à elle, d'épouser l'homme qu'elle aimait.

— Tu le savais et tu ne m'as rien dit.

— Ta mère m'avait fait promettre de ne pas t'en parler.

Des secrets, toujours des secrets… Amanda, sa mère, jusqu'à Philippe, toutes les personnes qu'elle aimait lui avaient menti ou caché la vérité. Comme si elle était trop fragile pour la comprendre. Comme si elle n'avait pas la maturité et la force pour y faire face. Philippe fit quelques pas vers elle, mais s'arrêta devant sa mine dévastée. Il aurait tout donné pour la consoler, pour adoucir son chagrin, mais il comprit qu'il valait mieux la laisser tranquille. Ils marchaient tous les deux sur une corde raide, et le moindre faux pas, la moindre parole pourrait les blesser irrémédiablement. Il embrassa Marie-Rosalie et sortit de la chambre en refermant doucement la porte. Comme si elle sentait intuitivement la tension entre ses parents, la petite se mit à pleurer. Fanette la prit dans ses bras et la berça, tâchant de la consoler. Dès qu'elle fut dans les bras de sa mère, Marie-Rosalie cessa de pleurer. Fanette la déposa dans sa couchette et remonta la couverture sur elle. Marie-Rosalie la regardait en souriant, agitant ses petites mains. Fanette admira la faculté des enfants d'oublier si vite un chagrin. En devenant adulte, on la perdait ; les chagrins n'étaient plus aussi volatils ; ils se déposaient un à un dans le cœur, comme des sédiments au fond de la mer. Marie-Rosalie ferma les yeux. Elle dormait déjà. Fanette la contempla un long moment, émue par cet abandon dans le sommeil qui lui aussi n'appartenait qu'à l'enfance.

Philippe se déshabilla, suspendit son veston, comme il en avait l'habitude, sur le dos du fauteuil. Il se mit au lit, laissant une veilleuse allumée, surveillant chaque bruit, chaque craquement, espérant que ce serait le pas de Fanette. La porte s'ouvrit enfin. Fanette entra dans la chambre, ses escarpins à la main pour ne pas le réveiller ; mais Philippe ne dormait pas. Elle se déshabilla, enfila une robe de nuit et s'étendit sur le lit, toute droite, sans faire un mouvement vers lui. Très doucement, il prit sa main dans la sienne. Elle ne fit pas de geste pour la retirer. Ils finirent par s'endormir ainsi, leurs corps distants mais leurs mains jointes.

LIV

En début de matinée, Fanette fit atteler le Phaéton. Après avoir descendu la côte de la Montagne, la voiture s'engagea sur la rue Sous-le-Cap et s'immobilisa devant la maison d'Emma et Eugénie. Fanette en descendit, contempla avec émotion les murs familiers, la barrière qui donnait sur le jardin, les fenêtres habillées de dentelle ajourée. Elle aurait voulu en cet instant que rien ne change jamais, que cette maison qui avait bercé une partie de son enfance reste là pour l'éternité, avec Emma et Eugénie en train de jardiner, de lire un roman ou le journal, de discuter ferme sur la dernière question posée en Chambre… Depuis la maladie d'Eugénie, elle savait que la vie était fragile, que rien n'était permanent. Elle frappa à la porte, le bruit se répercuta dans la maison. Elle tâcha de mettre de l'ordre dans ses pensées. Comment aborderait-elle le sujet avec sa mère ? Quels mots choisir ? La porte finit par s'ouvrir. Emma, légèrement essoufflée, un gros panier rempli de linge dans les bras, était sur le seuil. Fanette remarqua sous ses yeux des ombres qui trahissaient la fatigue et les soucis. Son regard s'alluma de joie lorsqu'elle vit Fanette, mais se voila aussitôt. Elle comprit tout de suite à l'expression de sa fille que quelque chose clochait.

— Je sais pour la dot, dit Fanette avec simplicité.

Emma déposa son panier par terre. Fanette se jeta dans ses bras. Elles restèrent ainsi un long moment. Emma la serrait très fort contre elle, comme elle le faisait quand elle était petite. Puis elle l'entraîna vers la cuisine, versa du thé bouillant dans deux tasses.

— Qui t'a mise au courant ?

— Philippe.

Emma se rembrunit. Fanette prit sa défense.

— Il ne faut pas lui en vouloir. Je ne lui aurais pas pardonné de ne pas me dire la vérité.

Fanette contempla l'espace plus pâle sur l'un des murs, là où l'armoire de la famille Portelance avait trôné pendant plus de trente ans :

— Vous n'auriez pas dû, dit-elle.

— Je ne regrette rien, répliqua Emma. C'était la seule façon de convaincre le notaire de consentir à ton mariage.

Comme si j'avais été à vendre, pensa Fanette.

— Vous avez cédé la moitié de votre domaine. Vous avez sacrifié ce à quoi vous teniez le plus…

— C'est à toi que je tiens le plus, Fanette.

— Si j'avais su que mon mariage se ferait à ce prix…

Emma la regarda dans les yeux :

— Qu'aurais-tu fait ? Aurais-tu renoncé à Philippe ?

Fanette aimait Philippe de toute son âme ; elle n'aurait sûrement pas eu le courage de renoncer à lui. Sa mère lui avait épargné ce dilemme, mais elle en avait subi les conséquences. Comme si elle avait deviné ses pensées, Emma ajouta :

— Quelques arpents de terre ne pesaient pas lourd à côté de ton bonheur.

Ce qu'Emma ne lui dit pas, c'est qu'il lui faudrait se résigner à vendre la maison si jamais les récoltes s'annonçaient aussi désastreuses que le prédisait monsieur Dolbeau.

Avant de partir, Fanette monta rendre visite à Eugénie. Cette dernière dormait paisiblement. Fanette referma doucement la porte pour ne pas la réveiller.

༄

Philippe s'apprêtait à partir pour l'université lorsque le notaire Grandmont lui demanda de le rejoindre dans son bureau, car il avait une affaire urgente à régler. Le notaire tendit une lettre à son fils.

— Je veux que tu portes cette requête chez maître Clément avant de te rendre à l'université. Il n'aura qu'à rédiger une mise en demeure et à la faire parvenir à monsieur Dolbeau.

Philippe prit la lettre, la parcourut. Il leva des yeux incrédules vers son père.

— Vous menacez monsieur Dolbeau de saisie, de poursuite, tout ça pour un loyer impayé ?

— Il prétend que les récoltes sont perdues. C'est une bonne excuse pour échapper à ses devoirs.

— Mais la sécheresse a vraiment causé beaucoup de ravages. Le gouvernement songe même à faire voter des subsides en Chambre pour venir en aide aux fermiers en difficulté.

— Bah ! Quand un paysan crie famine, c'est qu'il ne veut pas utiliser ses réserves.

— Monsieur Dolbeau est un homme honnête, protesta Philippe.

— S'il fallait croire tout ce que disent les honnêtes gens, on ferait banqueroute.

Philippe remit le document sur le pupitre.

— Je refuse de porter cette lettre.

Le notaire lui jeta un regard sarcastique.

— Je croyais que les intérêts de ta femme et de ta fille te tenaient davantage à cœur.

Philippe fit un effort pour rester calme.

— Qu'est-ce qui vous permet d'en douter ?

— Je cherche à protéger la dot que madame Portelance a consentie à Fanette, tandis que toi, tu protèges des manants !

Philippe soutint le regard de son père sans broncher.

— Au lieu de vous en prendre à ces *manants*, comme vous les appelez, pourquoi ne remettez-vous pas à Fanette l'argent de sa dot ?

Le notaire blêmit de colère. Philippe sentit qu'il était allé trop loin, mais éprouva une étrange exaltation à l'avoir fait.

— Je suis le chef de cette famille. Je n'ai pas de leçons à recevoir de toi. Retire tes paroles immédiatement.

— Je refuse de les retirer.

Philippe sortit du bureau. Le notaire, furieux, prit le document et le glissa dans sa redingote. Il n'était pas question de laisser son fils lui dicter sa conduite. Il fit atteler son Brougham et se rendit en personne chez maître Clément.

Monsieur Dolbeau fumait sa pipe près du poêle. De la fenêtre, il voyait les champs brunâtres qui s'étiolaient sous un ciel gris. Dans quelques semaines, la neige couvrirait ces terres moribondes. Il avait pris la décision de travailler dans un camp de bûcherons tout l'hiver, malgré son âge. Il y avait encore une certaine force dans ses vieux bras. Alors aussi bien qu'ils servent à quelque chose ! Il tenterait d'amasser assez d'argent pour acheter des semences au printemps, en priant pour que le temps soit clément et que sa femme ne reçoive pas la visite des huissiers durant son absence. Si les récoltes étaient bonnes, il pourrait rembourser le notaire et payer ses dettes à cette chère madame Portelance. Chaque matin, il surveillait le chemin, anxieux chaque fois qu'il voyait une voiture s'approcher de leur maison.

Puis, à travers la fumée bleue de sa pipe, il vit soudain un point sombre à distance. Un fiacre tiré par un cheval roulait sur le chemin. Il se leva, sortit sur le perron. Deux hommes portant des habits noirs étaient assis à l'intérieur. Des huissiers. « Les corbeaux s'en viennent », maugréa-t-il.

LV

Amanda, debout près du rivage, un châle entourant ses épaules, contemplait le fleuve. Les mâts d'un navire se profilaient au large. Une formation d'outardes traversait le ciel vers le sud, poussant ses cris plaintifs. Il y avait des semaines qu'elle n'avait eu signe de vie d'Andrew. À sa dernière visite, il lui avait semblé froid, lointain. Avec l'intuition qu'exacerbe l'amour, elle avait eu le sentiment qu'il se désintéressait d'elle. Ce qui devint une certitude lorsqu'elle crut sentir un parfum féminin sur lui. Elle lui fit une scène de jalousie, d'amour, de désespoir. Il prit la chose calmement.

— Je te donne ce que je suis capable de te donner. Ne m'en demande pas davantage.

Il était parti sans lui faire l'amour. Cette nuit-là, le désespoir d'Amanda fut si profond que même la pensée de son fils Ian ne lui était d'aucun réconfort. *Il ne m'aime plus...* Ces mots la torturaient, lui enlevaient toute joie de vivre. Les premiers jours, elle avait tenté de se rassurer en se disant qu'il était sans doute parti en voyage, qu'il reviendrait bientôt. Les jours suivants, elle avait craint qu'il lui soit arrivé malheur ; elle avait tenté de s'informer de lui auprès du domestique à la mine patibulaire qui venait lui porter des provisions chaque jour, mais n'avait rien réussi à lui soutirer, sinon que son maître se portait bien. Plus le temps passait, plus elle avait la certitude douloureuse qu'il ne reviendrait plus, et que c'était sa jalousie stupide qui l'avait éloigné d'elle à jamais. Elle retourna le cœur lourd vers la maisonnette de pêcheur dans laquelle Ian et elle habitaient. Elle était vide ; Ian était à l'école du village. Sa solitude lui parut insurmontable. À quoi bon continuer à vivre si Andrew ne voulait plus d'elle ? Elle entendit tout à coup le martèlement de sabots, le roulement d'une voiture. Elle crut défaillir de joie lorsqu'elle reconnut le carrosse d'Andrew. Elle courut vers le chemin. *C'est lui, il est revenu, il m'aime encore…* Mais la voiture poursuivit sa route sans s'arrêter. Amanda la suivit des yeux, paralysée par l'incrédulité et le chagrin. Puis la colère succéda à la peine. Elle s'était donnée à lui sans réserve, sans penser au lendemain, avec la fougue et l'imprudence propres à la passion. Elle ne pouvait accepter qu'il ne l'aime plus ; l'idée même lui était intolérable. Elle ne méritait pas une telle indifférence, un tel mépris. Elle se mit à courir sur la route. La voiture roulait rapidement et disparut au détour d'un chemin. Elle s'en approcha, à bout de souffle. C'était le chemin de la montagne, qui menait au sommet de Cap-Rouge.

                                          ↄ◦

Amanda marchait depuis plusieurs heures. Elle avait froid et faim. La route était rocailleuse et abrupte. Le soleil commençait déjà à disparaître derrière les rangées touffues de conifères. Elle regrettait amèrement d'avoir cédé à la colère et d'avoir quitté son logis. Ian était sans doute revenu de l'école. Il avait sûrement faim et devait se demander où elle était passée. Elle songea à rebrousser chemin, mais il lui faudrait plus de temps pour revenir sur ses pas que de poursuivre jusqu'au faîte de la montagne. Elle ne pouvait supporter l'idée de retourner au village sans avoir eu une explication avec son amant, quitte à ce que ce soit la dernière. Lorsqu'elle parvint enfin au sommet, elle constata que le chemin s'élargissait. Les derniers rayons de soleil rougissaient l'horizon. Elle aperçut une grille imposante. L'écho de voix humaines lui parvint. Elle s'avança avec prudence. Deux hommes étaient postés là, semblant monter la garde. L'un d'eux alluma une lanterne. Amanda jugea plus prudent de contourner la grille. Elle aperçut un sentier qui serpentait le long des rochers qui dominaient le fleuve. Elle se rendit compte que le sentier menait à de magnifiques jardins aménagés à même le roc austère du cap. Quelques rosiers sauvages avaient résisté au froid et des roses rouges fleurissaient encore. Elle entrevit, à travers une rangée de peupliers, une immense résidence en pierre. Son amertume resurgit. Alistair n'avait daigné l'emmener qu'une fois dans son domaine, lorsqu'il lui avait fait servir de la soupe à la cuisine, après l'avoir tirée des griffes des policiers. Elle comprit qu'elle n'était à ses yeux qu'une pauvre prostituée qu'il avait sortie du pétrin et avec laquelle il couchait de temps en temps sans se soucier de ses sentiments. Elle s'approcha de la maison, impressionnée malgré elle par les colonnes de marbre, les fenêtres en ogive, les tourelles gracieuses. À nouveau, elle fut tentée de rebrousser chemin, mais elle se morigéna pour sa lâcheté. Elle vit de la lumière aux fenêtres. Deux lampadaires illuminaient le portique. Elle s'avança dans cette direction, puis s'arrêta. Il y avait fort à parier qu'Alistair ne voudrait pas la recevoir, et elle ne pouvait supporter l'humiliation de se faire éconduire. Elle décida de se rendre derrière la maison, espérant trouver un accès. Elle entendit des piaffements, puis le hennissement d'un cheval. Des écuries. Elle s'en approcha, reconnut l'odeur de paille et de crottin qui lui était si familière. Une lanterne éclairait faiblement les stalles. Elle se rendit jusqu'au fond, où elle aperçut une porte. Elle en souleva doucement le loquet. La porte s'ouvrit. Elle marcha à tâtons dans un couloir obscur au bout duquel se découpait un rectangle lumineux. Elle en franchit le seuil et se retrouva dans l'immense cuisine. Une panoplie de poêles et de marmites en cuivre était suspendue à une poutre. Un feu crépitait dans une cheminée assez grande pour contenir un tronc d'arbre. Une femme bien en chair, portant bonnet et tablier blancs, était penchée au-dessus d'un poêle. Une odeur délicieuse parvint à Amanda. Elle avait une faim de loup, mais ne voulait surtout pas attirer l'attention de la cuisinière. À travers les lueurs projetées par les flammes sur les murs de la cuisine se profilait un escalier en

475

colimaçon. Amanda s'y faufila, tâchant de ne pas faire de bruit. En haut de l'escalier se trouvait une grande pièce plongée dans l'obscurité. Butant sur une table, Amanda se rendit compte qu'elle se trouvait dans une salle à manger dont les lustres éteints ressemblaient à des araignées géantes. Elle poursuivit son périple, traversa plusieurs pièces en enfilade, toutes plus luxueuses les unes que les autres. Elle fut étonnée du silence qui régnait partout, comme si elle s'était égarée dans le château de la Belle au bois dormant. Elle emprunta un autre escalier, éclairé par des lampes torchères, et pénétra dans une pièce magnifique tapissée de livres et de tableaux. Un homme à la chevelure de feu lui tournait le dos. C'était lui. Amanda s'immobilisa, osant à peine respirer. Il contemplait un tableau, ou plutôt un dessin, celui d'une belle jeune femme aux cheveux longs et au sourire empreint de tristesse. Il murmura d'une voix à peine audible : « Cecilia… »

Ce prénom lui était familier. Où l'avait-elle entendu ? Qui était cette femme dont il contemplait le beau visage ? La jalousie lui étreignit la poitrine. C'est cette femme qu'il aimait, c'est à cause d'elle qu'elle souffrait… *Cecilia…* La douceur de sa voix lorsqu'il avait prononcé ces syllabes, ce timbre si vibrant… Elle revit le fauteuil et la chambre roses, l'homme aux cheveux roux et au regard intense qui parlait de bateaux, de voyages, de son amour pour une femme qui était morte… Sa douleur était si forte qu'elle ne put s'empêcher de crier :

— Andrew !

Il se tourna brusquement vers elle. Le portrait glissa de ses mains, tomba par terre dans un craquement sourd. Il se pencha, le ramassa. Le cadre s'était brisé, déchirant le dessin. Il leva les yeux vers Amanda. La haine qu'elle vit alors dans son regard lui glaça le sang dans les veines.

LVI

Lorsque Amanda reprit conscience, sa première pensée fut pour son fils. Il lui semblait qu'elle ne l'avait pas vu depuis une éternité. Elle se redressa lentement, jeta un coup d'œil autour d'elle : la pièce lui était totalement étrangère. Où était-elle ? Que lui était-il arrivé ? Sa tête était lourde, son esprit confus. Des images floues lui revinrent peu à peu : une route sombre et étroite, le château, les jardins... Puis elle se souvint. Andrew Beggs. Son regard chargé de haine. Elle avait eu peur, si peur... Puis il avait remis le portrait dans un coffre-fort et accroché un tableau pour le masquer. Ensuite, il s'était approché d'elle. Il n'y avait plus de haine dans ses yeux, mais un calme presque aussi inquiétant. Il ne lui avait fait aucun reproche, ne lui avait posé aucune question sur sa présence dans sa demeure. Il s'était contenté de lui faire servir un repas et un verre de vin. Et voilà qu'elle se retrouvait dans cette chambre inconnue. Il avait sûrement mis un soporifique dans son verre. Elle se leva, se sentit étourdie, s'appuya sur le dossier d'un fauteuil. Elle attendit un moment, puis se dirigea vers la porte et en tourna la poignée. C'était verrouillé. Affolée, elle se rendit vers la fenêtre : elle vit des rocs et le fleuve en contrebas. Il n'y avait aucun moyen de s'échapper ; elle était prisonnière. *Ian... Que va-t-il devenir ?* Elle entendit un son métallique, puis la porte s'ouvrit. Andrew Beggs entra dans la pièce. Il avait gardé le même masque de froideur.

— Je veux voir Ian ! s'écria-t-elle.

— Ne crains rien. Ton fils se porte bien. Vous partirez dans quelques jours, avant que les glaces empêchent la navigation.

— Pour aller où ?

— En Irlande. Vous ferez escale à Liverpool. Ensuite un navire vous emmènera au port de Cork.

Amanda le regarda, ne sachant pas s'il disait la vérité. Il déposa une bourse et une enveloppe sur un guéridon.

— Voici une somme de trois cents dollars et deux passages sur le navire *Queen Victoria*. Une voiture vous conduira, toi et ton fils, jusqu'au port de Québec.

Il sortit sans ajouter un mot. Le cliquetis de la serrure se fit à nouveau entendre. Amanda s'approcha du guéridon, s'empara de l'enveloppe et l'ouvrit. Andrew Beggs n'avait pas menti ; il y avait bel et bien deux passages sur le *Queen Victoria* aux noms de Mary et Ian Kilkenny. Elle fut partagée entre le soulagement et la méfiance.

꿍

Le notaire était installé dans son bureau lorsque madame Régine lui apporta le courrier, comme elle le faisait chaque matin. Il le tria, rayonnant. Depuis son élection, il recevait une myriade de lettres provenant de citoyens éminents, de marchands, d'entrepreneurs ou même de simples électeurs, qui le félicitaient ou lui demandaient une faveur. Il dépouilla les nombreuses missives à l'aide du coupe-papier au manche d'ivoire que le maire lui avait remis à sa première assemblée du conseil municipal. Il ouvrit une enveloppe machinalement. Elle était blanche et de piètre qualité. Son nom et son adresse avaient été écrits en lettres capitales, maladroitement tracées. *Probablement quelque quémandeur à moitié analphabète*, se dit le notaire en sortant une feuille de l'enveloppe. Il n'y avait qu'une phrase, de la même écriture malhabile. Il les lut distraitement :

« Et qu'est-ce que l'enfer... si ce n'est qu'une vengeance éternelle pour quelques fautes d'un jour ! »

« Quelques fautes d'un jour… » Le notaire fronça les sourcils. Cette phrase lui était familière. Puis il se souvint : elle était de Balzac. Il se leva et alla vers sa bibliothèque : le livre y était toujours. Par quel étrange hasard l'auteur de la lettre avait-il précisément choisi ce passage ? À quelles fautes faisait-il allusion ? Une pensée désagréable lui vint à l'esprit. Était-il possible que quelqu'un fût au courant du service qu'il avait rendu à Alistair Gilmour ? Il relut la lettre. « L'enfer… une vengeance éternelle… » Les mots choisis étaient menaçants, mais fallait-il pour autant les prendre au sérieux ? Il occupait un poste officiel qui suscitait des louanges, mais pouvait également provoquer de l'envie, du ressentiment… Il pensa soudain à la visite de monsieur Dolbeau et à la mise en demeure qu'il lui avait fait envoyer. Voilà, c'était lui, il aurait vu le roman dans sa bibliothèque, se le serait procuré et lui aurait envoyé cette lettre, dans un geste de vengeance enfantin et pathétique. Le notaire jeta la lettre au panier.

༄

Un guenillou tirant sa charrette à bras avait fait sa tournée habituelle dans la haute ville, espérant y trouver des détritus intéressants dans les beaux quartiers, mais il n'avait pas fait une récolte faramineuse : des morceaux d'un vase, quelques bouteilles vides, une vieille malle. Les riches devenaient de plus en plus radins. Il descendit la côte de la Montagne et se dirigea vers le port, près du marché Champlain. Les jours de marché, il y avait souvent des restes de nourriture, des retailles de tissus, des objets de toutes sortes ; ce serait mieux que rien. Il s'approcha des étals. Des marchands prenaient les produits invendus et les rangeaient dans des cageots. Le charretier ramassa quelques guenilles qui traînaient, puis aperçut près du rivage ce qui ressemblait à un gros sac en jute. Il marcha dans cette direction, souleva le sac, dévoilant deux boîtes en métal munies de cinq cadenas chacune. Intrigué, il se pencha pour examiner ces drôles de boîtes de plus près. *À quoi ça peut bien servir ?* À tout hasard, il décida de les prendre avec lui. Il trouverait bien un moyen d'en forcer les serrures et de voir ce qu'il y avait à l'intérieur. Il souleva les boîtes et les déposa sur sa charrette, parmi les objets hétéroclites qui s'y trouvaient déjà.

～

Oscar alla faire un tour au palais de justice, à la recherche d'un procès dont il pourrait faire un article potable, mais il n'y avait rien qui valût un papier. En passant devant une confiserie, il aperçut Antoine, qui enfournait dans sa bouche une quantité impressionnante de dragées. Furieux, il entra dans le magasin et saisit Antoine par le collet. Ce dernier se débattit, laissant échapper son cornet de dragées, qui se répandirent par terre.

— Mes bonbons !

Oscar, sourd à ses protestations, l'entraîna à l'extérieur sous le regard réprobateur des clients. Antoine criait comme un goret :

— Laisse-moé tranquille !

Le journaliste maintint son emprise et le força à s'asseoir sur un banc.

— Je te laisserai pas en paix tant que t'auras pas remis l'argent que t'as volé.

— Quel argent ? J'ai rien volé, moé !

— Je t'ai vu, le soir des élections.

— C'est pas de tes oignons !

— Tu t'en es bien sorti ce soir-là, mais t'auras pas toujours autant de chance. Qu'est-ce que tu veux, te retrouver en prison ?

— Je m'en sacre !

— Pas moi !

— T'es pas mon père !

Antoine réussit à se dégager et prit la fuite. Oscar le laissa courir, un sentiment d'impuissance au cœur. Il avait été maladroit avec le petit. Tout ce qu'il avait réussi à faire avait été de le sermonner, sans lui faire comprendre la gravité de son geste. Il marcha sans but. Son estomac criait famine et il n'avait pas un sou en poche. Il fut tenté de se rendre au refuge du Bon-Pasteur, mais la simple idée qu'il pourrait y revoir la «jolie dame» l'en découragea. Il s'engagea sur la rue Saint-Jean et y vit un petit attroupement. Un homme mal vêtu, debout devant sa charrette, criait:

— C't'a moé! C'est moé qui les avions trouvées!

Intrigué, Oscar s'approcha de la scène. Un homme bien mis et portant un haut-de-forme tentait de raisonner le pauvre guenillou:

— Ce sont des boîtes de scrutin! Il faut les rapporter à la police!

Le malheureux répétait obstinément:

— C't'a moé...

L'homme distingué vit soudain Oscar et le prit à témoin, indigné.

— Cet homme prétend avoir trouvé ces deux boîtes près du marché Champlain. Je suis greffier au palais de justice. Je sais reconnaître une boîte de scrutin d'une boîte ordinaire. Il faut les apporter au bureau du coroner!

Oscar, ébahi, se pencha au-dessus de la charrette et aperçut deux boîtes en métal munies de cinq cadenas chacune. *Sapristi...* Il s'agissait bel et bien de boîtes de scrutin. Il se redressa, faisant un effort pour contrôler son excitation.

— Vous avez raison, monsieur. Il faut alerter le coroner. Restez ici à surveiller les boîtes, j'y vais, son bureau est à deux pas.

Le greffier lui jeta un regard reconnaissant. Oscar courut en direction du palais de justice.

⁊

Alexandre Caron s'apprêtait à siroter un thé, le seul luxe qu'il s'offrait en ces temps de vaches maigres, lorsque Oscar surgit, à bout de souffle et les yeux brillants d'excitation.

— Ça y est, patron !

L'avocat but une gorgée de thé et dit, avec sa placidité habituelle :

— Quoi donc, mon cher ami ?

Oscar était dans un tel état d'énervement que les mots se bousculaient dans sa bouche.

— Un guenillou… Il a trouvé deux boîtes de scrutin… On les a ramenées… au bureau du coroner…

Alexandre Caron crut un instant que le pauvre garçon était devenu fou.

— Une tasse de thé, mon cher ami, ça vous calmera.

Oscar continua, reprenant à peine son souffle.

— Les boîtes ont été identifiées. Elles portaient le numéro du quartier Saint-Louis. Le coroner va faire enquête.

Cette fois, l'intérêt de l'avocat avait été mis en alerte. Il prit une autre gorgée de thé.

— Faites un papier là-dessus. Des faits, mon cher ami, je ne veux que des faits !

LVII

Le journal *Le Clairon* fut le premier à publier un article signé Oscar Lemoyne, relatant la découverte de deux boîtes de scrutin par un charretier, le fait que la serrure de l'école Saint-Joseph où s'était déroulé le scrutin avait été forcée et que, selon toute probabilité, deux boîtes avaient été volées et remplacées par des boîtes de scrutin frauduleuses. « Le coroner Duchesne a ouvert une enquête sur cette affaire mystérieuse et, avouons-le, rocambolesque. » L'article n'eut que peu de retentissement le jour même de sa publication, la feuille de chou n'étant distribuée qu'à une quarantaine d'abonnés, mais le journal *L'Aurore de Québec* reprit la nouvelle sous la plume de Ludovic Savard deux jours plus tard. En lisant l'article, le notaire crut d'abord qu'il s'agissait d'un canular de mauvais goût, mais le sérieux de la nouvelle lui fut confirmé par le juge Sicotte, qu'il croisa dans la rue lors de sa promenade quotidienne. Ce dernier lui apprit que le coroner Duchesne faisait effectivement enquête et que l'affaire semblait fort sérieuse.

Le notaire rentra chez lui plus troublé qu'il ne l'admettait. Madame Régine lui remit son courrier. Il le dépouilla distraitement, puis aperçut une enveloppe blanche de mauvaise qualité. Il reconnut la même écriture que celle de la première lettre anonyme qu'il avait reçue. Il en éprouva une sourde appréhension. Puis il haussa les épaules. C'était assurément un mauvais plaisantin. Il fallait tout simplement jeter cette lettre au panier comme il l'avait fait pour la première, mais la curiosité l'emporta. Il prit son coupe-papier au manche en ivoire, ouvrit l'enveloppe, en sortit une feuille de papier sur laquelle quelqu'un avait collé une coupure jaunie qui semblait tirée d'un livre.

Qui peut, sans s'émouvoir, supporter une offense,
Peut mieux prendre à son point le temps de sa vengeance
Et sa feinte douceur, sous un appât mortel,
Mène insensiblement sa victime à l'autel.

Il n'y avait rien d'autre, aucune signature. Cette fois, le ton de la lettre était clairement menaçant. « *Offense... vengeance... appât mortel... autel* »... Pourquoi avoir découpé ces vers en particulier ? Qui avait-il pu offenser à ce point ? Une pensée terrifiante lui vint à l'esprit. Non, c'était impossible. Personne ne pouvait savoir. Personne n'avait été témoin de la noyade... Cecilia et lui étaient seuls, de cela il était absolument certain. Il revit le visage grave de la petite Huronne, puis secoua la tête. Elle n'avait rien vu. Et même si elle avait été témoin de quelque chose, elle ne savait pas qui il était, d'où il venait... Il relut la lettre. Ces vers lui étaient familiers. Était-ce durant ses années de collège ? Oui, il avait joué un petit rôle dans une pièce de théâtre, mais quel en était le titre ? C'était une pièce de Corneille, il s'en souvenait maintenant. *Médée...* Il l'avait sûrement dans sa bibliothèque. Il se leva, fouilla fébrilement dans les rayons, finit par trouver un recueil des œuvres de Corneille. Le livre était jauni par le temps. Il le feuilleta nerveusement, repéra la pièce *Médée*, découvrit qu'une page en avait été arrachée. Il s'empara de la lettre anonyme, la compara au livre. Il s'agissait du même papier jauni, des mêmes caractères. Il se rendit compte que quelqu'un avait pris ce livre, en avait déchiré une page, puis en avait découpé un passage et l'avait collé sur une page blanche. L'auteur de la lettre ne pouvait donc être qu'un familier de la maison, qui aurait facilement eu accès à son bureau. Il soupçonna immédiatement Philippe, avec lequel il avait eu une altercation concernant monsieur Dolbeau. Il attendit son retour de l'université avec une impatience grandissante. Lorsque Philippe arriva enfin, il sortit de son bureau en trombe et l'interpella.

— Je veux te voir immédiatement.

Philippe fut tenté d'envoyer promener son père, mais sa mine empreinte de gravité l'en empêcha. Le notaire Grandmont attendit que son fils soit entré dans son bureau et referma soigneusement la porte. Il lui tendit la lettre anonyme.

— Que signifie ceci ?

Philippe prit la lettre, la parcourut, les sourcils froncés. Le notaire scruta son visage et n'y vit aucun signe de nervosité ou de malaise. Après un moment, Philippe releva la tête, visiblement inquiet.

— Je n'y comprends rien. Mais ce sont des menaces graves. Vous devriez apporter cette lettre à la police.

Philippe semblait parfaitement sincère.

— Tu n'y es pour rien ?

— Vous ne me croyez tout de même pas capable d'une telle lâcheté !

Le notaire regarda son fils, pensif. Philippe avait ses défauts, certes, mais il était trop candide pour faire preuve d'une telle duplicité.

— Je te crois.

Philippe soupira, soulagé. Le notaire se dirigea vers son cabinet, en sortit une bouteille de scotch, en remplit deux verres et en tendit un à Philippe. Ce dernier lui jeta un coup d'œil surpris. C'était la première fois que son père lui en offrait.

— Ce n'est pas la première lettre, avoua le notaire après avoir pris une gorgée de scotch.

Philippe accusa le coup. Le notaire poursuivit, sombre :

— J'en ai reçu une autre, dans le même style, il y a quelques jours.

— Qu'en avez-vous fait ?

— Je l'ai jetée. Je croyais que c'était l'œuvre d'un mauvais plaisantin.

— Père, je vous en conjure, faites-en part à la police. Quelqu'un vous menace, on vous veut du mal.

Le notaire hocha la tête.

— Je vais y réfléchir.

Philippe déposa son verre sur le pupitre de son père ; il n'en avait pris qu'une gorgée.

— Vous pouvez compter sur moi.

Le notaire fut ému par l'appui de son fils. Il fit un mouvement pour lui toucher l'épaule, mais se ravisa.

— Merci.

Après avoir terminé son verre, le notaire monta à l'étage, se perdant en conjectures. Qui avait envoyé cette lettre ? Quelqu'un cherchait-il à le faire chanter ? Lorsqu'il atteint le palier, il aperçut Fanette, assise dans son fauteuil, avec Marie-Rosalie sur ses genoux. Elle lisait un conte à sa fille. Elle était l'image même de l'innocence. Il ne pouvait croire qu'elle se fût prêtée à une action aussi infâme. Il trouva sa femme Marguerite assise à son secrétaire, en train d'écrire.

— Marguerite…

Elle s'interrompit, referma son écritoire d'un mouvement vif, leva les yeux vers lui.

— Oui, mon ami ?

— Je ne voulais pas vous déranger.

Elle lui sourit.

— J'écrivais à une amie.

Il lui montra la lettre anonyme.

— J'ai reçu cette lettre, ce matin.

Marguerite y jeta un coup d'œil et pâlit.

— Mon Dieu…

— Philippe me conseille de porter plainte à la police.

— Il a raison, dit Marguerite, la voix blanche.

Il eut l'impression fugace qu'elle était mal à l'aise.

⁓

Le notaire passa une mauvaise nuit. Les mots de la lettre anonyme lui revenaient constamment en tête, sans compter cette étrange histoire autour des boîtes de scrutin. Y avait-il un lien entre les deux événements ? Se pourrait-il, après tout, que son rival, Julien Vanier, se soit vengé à la suite de sa défaite ? Mais non, c'était impossible, Julien Vanier n'avait jamais mis le pied chez lui, il n'avait donc pas eu accès à sa bibliothèque, ni au livre de Balzac, ou à celui de Corneille... Il repensa à l'attitude étrange de Marguerite, à sa mine vaguement coupable. Elle écrivait une lettre lorsqu'il était entré dans sa chambre et l'avait rangée prestement comme si elle avait eu quelque chose à cacher...

Après le déjeuner, il aperçut Marguerite qui mettait un joli chapeau et enfilait des gants. Elle vit le reflet du notaire dans la glace.

— Vous sortez ? dit-il.

Elle se tourna vers lui.

— Une réunion des Dames de la Charité.

— Vous portez un fort joli chapeau pour une activité charitable.

— Ces bonnes dames sont gentilles, mais ennuyantes comme la pluie. Un peu d'élégance et de gaieté ne peut pas nuire.

— Je peux vous y conduire.

Elle l'embrassa furtivement sur le coin de la bouche.

— Ne vous dérangez pas pour si peu. Je prendrai un fiacre.

Elle sortit. Il attendit quelques minutes, puis monta à l'étage et entra dans la chambre de sa femme. Il se rendit tout droit au secrétaire et en ouvrit les tiroirs. Un seul tiroir était verrouillé, qu'il décida de forcer. Il devait en avoir le cœur net. C'est en utilisant une épingle à chapeau qu'il réussit à l'ouvrir. Il y trouva quelques lettres attachées par un ruban en satin rouge. Il le respira : un parfum suranné s'en dégageait. Il défit le ruban, s'empara d'une lettre et l'ouvrit. La honte le submergea. Il reconnut des lettres d'amour qu'il avait écrites à Marguerite au début de leurs fréquentations, il y avait plus de trente ans.

Le bouche à oreille commença à faire son effet et, quelques jours plus tard, les rumeurs allaient bon train. Julien Vanier, le jeune candidat défait, exigea que les résultats de l'enquête du coroner soient rendus publics. Le notaire Grandmont apprit la nouvelle par le journal *L'Aurore*, qui l'avait publiée à la une. Il décida de faire le voyage à Cap-Rouge afin de demander conseil à Alistair Gilmour, qui l'avait tant appuyé durant la campagne électorale. L'armateur l'enjoignit au calme. À son avis, tout cela n'était que de la politicaillerie, un feu de paille qui s'éteindrait aussi rapidement qu'il s'était allumé.

— Vous avez votre probité pour vous. C'est votre meilleure arme.

Depuis qu'Eugénie avait revu Rosalie, elle connaissait un moment de grâce, comme si son bonheur réussissait à mettre la maladie en échec. Emma s'était remise à espérer qu'elle guérirait, mais la toux revint. Les quintes se prolongeaient de plus en plus. Tous les jours, Emma trouvait la bassine rougie par du sang. Le laudanum prescrit par le docteur Lanthier la soulageait à peine. Emma décida de ne plus se rendre au refuge afin de prendre soin d'Eugénie. Lorsqu'elle en fit part à Fanette, celle-ci comprit tout de suite que l'état d'Eugénie s'était détérioré. Pour ne pas ajouter au fardeau de sa mère, elle garda ses inquiétudes pour elle, mais se rendit au chevet d'Eugénie.

— Fanette ! murmura Eugénie. Tu ramènes un peu de soleil dans ma chambre.

Eugénie fut prise d'une quinte de toux et mit un mouchoir devant sa bouche. Fanette vit avec effroi que le mouchoir était couvert de sang. Elle fit un effort pour ne pas pleurer, s'approcha d'Eugénie, lui épongea le front avec un linge humide. Eugénie leva les yeux vers elle. Il y avait une telle douceur dans son regard que Fanette ne put retenir ses larmes.

— Ne pleure pas, Fanette. Tu m'as rendue heureuse si souvent. Ma vie n'aurait pas été la même si Emma ne t'avait pas ramenée à la maison. Je me souviens qu'à ton arrivée, tu étais maigrichonne, tu avais les cheveux en broussaille, et qu'il avait fallu te tenir à quatre mains pour te faire prendre un bain.

Fanette sourit à travers ses larmes.

— Ma petite sauvageonne, murmura Eugénie.

Fanette resta auprès d'Eugénie jusqu'à ce qu'elle s'endorme. Elle sortit de la chambre en étouffant ses sanglots dans un mouchoir. Elle rejoignit Emma, dans la cuisine, qui la prit dans ses bras et la serra très fort contre elle. Les mots étaient inutiles. Après un moment, Emma se dégagea doucement.

— C'est demain samedi. Rosalie va venir la voir.

Elle n'eut pas le cœur d'ajouter : « J'espère qu'elle arrivera à temps. »

On sonna à la porte. C'était le docteur Lanthier. Emma l'accompagna jusqu'à la chambre d'Eugénie et s'éclipsa discrètement. Les yeux d'Eugénie brillèrent lorsqu'elle aperçut le médecin.

— Vous négligez vos autres patients, dit-elle.

— Ils peuvent bien attendre.

Le docteur Lanthier fit quelques pas vers la fenêtre, s'assura qu'elle était ouverte.

— Je vais bientôt mourir, dit Eugénie, le visage très serein.

Le docteur Lanthier revint vers elle, lui prit la main.

— Pas tant que je vous tiendrai la main.

— Vous le savez aussi bien que moi.

Il enleva ses lunettes. Pour la première fois, elle vit qu'il pleurait.

— La médecine ne vaut rien. Je ne connais rien à rien.

— Ne dites pas cela.

— Je suis médecin et je n'ai pas réussi à sauver ma femme, et maintenant…

Sa voix se cassa. Eugénie fut bouleversée de voir des larmes rouler sur ses joues.

— Henri, vous êtes médecin, pas faiseur de miracles. Le cancer et la tuberculose sont de sales maladies.

Le docteur remit ses lunettes.

— J'aurais tant voulu…

Il pensa à ces mots qu'il n'avait jamais osé prononcer, à son retrait derrière sa fonction de médecin pour tenter de combattre cette maladie sans que ses sentiments prennent le dessus.

— Je vous aime, Eugénie.

— Je vous aime aussi. Ne regrettez rien. C'est tout ce que je vous demande. Les regrets sont inutiles.

∽

Emma, assise dans le fauteuil d'Eugénie, près de la fenêtre, veillait. Une lampe au kérosène était allumée, mais elle en avait abaissé la mèche afin de permettre à Eugénie de dormir.

— Emma…

Emma se leva d'un bond, vint vers le lit.

— Tu as besoin de quelque chose ?

Eugénie s'adossa au mur. On aurait pu croire, tant son visage et son regard étaient animés, qu'elle était en parfaite santé.

— Si on m'offrait la possibilité d'échanger ma vie contre celle de quelqu'un d'autre, quelqu'un qui ne serait pas malade, je n'accepterais pas. Je suis heureuse d'avoir connu cette vie, de t'avoir connue, toi, Fanette et Henri. Et d'avoir retrouvé ma fille.

Emma prit sa main. *Ne pleure pas, tu n'as pas le droit de pleurer,* se dit Emma, pour qui chaque parole d'Eugénie sonnait comme un adieu. Eugénie s'étendit et reposa sa tête sur son oreiller.

— Va dormir, Emma, tu es épuisée.

— Tu ne changeras jamais. Toujours à te soucier des autres…

Eugénie sourit, puis ferma les yeux. Emma attendit qu'elle s'endorme avant de regagner le fauteuil, qu'elle avait placé près du lit. La respiration d'Eugénie était régulière. Rassurée, Emma appuya sa tête sur le dossier du fauteuil et ferma les yeux à son tour. Elle somnola quelques minutes, puis se réveilla en sursaut.

Elle se rendit compte que c'était le profond silence, dans la pièce, qui l'avait réveillée. Elle se leva, s'approcha d'Eugénie. Elle avait toujours les yeux fermés, et un léger sourire sur son visage pâle. Emma prit sa main et comprit qu'Eugénie était morte, comme si elle avait profité du moment où Emma s'était assoupie pour s'en aller. Emma, sans savoir pourquoi, alla vers la fenêtre et l'ouvrit toute grande. Les rideaux s'agitèrent sous la brise.

LVIII

Il faisait un temps radieux. La lumière tamisée faisait luire les feuilles comme du vieil or. Emma regardait le cercueil descendre dans la fosse. L'automne était la saison préférée d'Eugénie. *Plus jamais tu ne contempleras ces feuilles. Plus jamais tu ne verras cette lumière.* Elle se sentit défaillir. Le docteur Lanthier lui soutint le bras. Il avait les traits tirés, les yeux rougis par la fatigue et le chagrin.

Fanette et Rosalie, l'une à côté de l'autre, se tenaient par la main, comme pour se donner du courage. Philippe, debout près de sa femme, s'essuya les yeux du revers de la main. Un groupe s'approcha de la tombe. C'était des gens qui avaient été accueillis par Eugénie au refuge, pauvrement vêtus ; parmi eux, la petite Henriette et madame Renaud, qui avait amené son chat dans un cabas. Ils étaient venus rendre un dernier hommage à celle qui leur avait tendu la main sans jamais rien demander en retour.

Lorsque le cercueil fut en terre, Emma la première s'avança, le pas chancelant. Le docteur Lanthier l'aida à se rendre jusqu'au bord de la fosse. Elle ferma les yeux et resta quelques instants près de la tombe avant de lancer une rose sur le cercueil. Rosalie et Fanette s'avancèrent à leur tour et jetèrent chacune une rose d'un même mouvement. Le chant mélancolique d'une fauvette à gorge blanche s'éleva.

Après les funérailles, le docteur Lanthier offrit à Emma de la raccompagner. Elle insista pour retourner chez elle toute seule.

Il respecta son souhait. Parfois, dans les grands moments de souffrance, la solitude est le meilleur des remèdes.

Emma rentra rue Sous-le-Cap. Tout était silencieux. La maison lui parut vide, comme si elle avait été inhabitée depuis longtemps. Pourtant, tout était à sa place habituelle : la patère, où Eugénie accrochait son manteau et son chapeau, son fauteuil préféré dans le salon, près de la fenêtre, les roses sauvages qu'elle avait coupées il y avait quelques jours à peine. Elle monta à la chambre d'Eugénie. Sa robe de chambre était restée sur le dos d'une chaise, comme une fleur fanée. Le livre qu'Eugénie lisait encore la veille était resté sur la table de chevet, près de son lit. Emma le prit. C'était *Journal de deux jeunes mariés*, de Balzac. Elle ne put s'empêcher de penser au refus d'Eugénie d'épouser le docteur Lanthier, à tous les regrets qu'elle avait sûrement éprouvés mais qu'elle avait eu la délicatesse de ne jamais exprimer devant elle. Elle feuilleta le livre, y trouva un signet. Eugénie s'était rendue jusqu'à la page cent vingt-trois. Elle ne finirait jamais ce roman ; son regard ne se poserait plus sur les roses sauvages qui envahissaient la petite tonnelle, dans leur jardinet, chaque automne, et qu'elle aimait tant. Emma s'assit sur le lit. L'oreiller sur lequel la tête d'Eugénie avait reposé chaque jour accusait encore un léger creux. C'est seulement à ce moment qu'elle se mit à pleurer. Toutes les larmes qu'elle avait contenues jusque-là se mirent à rouler sur ses joues. Elle resta assise sur le lit à sangloter jusqu'à ce que la pièce soit plongée dans l'obscurité. Épuisée, elle n'eut pas le courage de se déshabiller et s'étendit sur le lit, posant sa tête sur l'oreiller de sa chère Eugénie.

Le lendemain, elle fut réveillée par un chant si mélodieux qu'il semblait venir d'un autre monde. Elle se leva, fit quelques pas vers la fenêtre. Une lumière diffuse tentait de percer la brume du matin. Une fauvette à gorge blanche perchée sur la branche d'un pommier chantait. Emma entrevit une silhouette assise sur le banc, dans le jardinet, nimbée de lumière. C'était Eugénie. Elle avait une rose à la main. Envahie par un sentiment d'irréalité, Emma descendit l'escalier, traversa la cuisine et ouvrit la porte qui donnait sur la cour. Il n'y avait plus personne sur le banc. Elle s'en approcha. Une fleur y avait été laissée. Une rose. Emma la prit, la respira. Peut-être qu'Eugénie avait laissé cette rose avant sa mort, en guise d'adieu, mais elle préféra croire que c'était un signe qu'Eugénie lui envoyait de cette étrange contrée où elle s'en était allée, pour lui dire qu'elle reposait en paix.

❧

Elle se promène sur un sentier étroit et escarpé, couvert de feuilles rouges et jaunes. Elle n'entend que le bruit de ses pas sur les feuilles mortes. Elle voudrait voir le ciel, des branches de sapin le masquent. Elle continue à marcher. Ses jambes sont de plus en plus lourdes. Elle aperçoit soudain une clairière. Un étrange bruissement attire son attention. Elle regarde autour d'elle, remarque que le tapis de feuilles remue doucement. Elle s'en approche. Le bruissement est causé par des centaines d'oiseaux, des fauvettes à gorge blanche qui grattent le sol avec leurs pattes afin de trouver de la nourriture. Un frisson lui parcourt l'échine. Le spectacle, qui a toutes les apparences d'une scène bucolique, lui semble pourtant vaguement menaçant. Puis elle aperçoit Eugénie, au fond de la clairière, qui lui fait un signe de la main en souriant. Elle accourt vers elle.

Lorsque Fanette se réveilla, le soleil entrait à flots par la fenêtre de sa chambre, dont les rideaux étaient entrouverts. Sa première pensée fut pour Eugénie. Son cœur se serra. *Elle n'est plus...* Un sentiment d'incrédulité l'envahit. Eugénie était encore si vivante à ses yeux qu'elle avait du mal à croire qu'elle n'était plus là. Elle tourna la tête. La place de Philippe était vide. Il avait dû se lever tôt pour se rendre à ses cours. Elle se leva, sentit soudain une sorte d'étourdissement, suivi d'une nausée. Elle n'eut que le temps de courir à la bassine en faïence qui se trouvait sur la coiffeuse. Elle se rassit sur le lit, en nage. Elle eut la certitude qu'elle était enceinte. Un étrange sentiment fait de joie et de tristesse s'empara d'elle. Une vie se terminait et une autre commençait.

Lorsque Philippe revint, après sa journée à l'université, elle lui fit part de la nouvelle en prenant la peine de lui préciser que ce n'était encore qu'une intuition. Il la serra contre lui sans prononcer un mot.

❧

Les résultats préliminaires de l'enquête furent rendus publics quelques jours plus tard, et étaient des plus surprenants. Le coroner Duchesne, avec l'aide de scrutateurs indépendants, découvrit que les deux boîtes de scrutin trouvées à la halle du marché Champlain contenaient au total 503 certificats de votation qui semblaient valides : 402 votes allaient à Julien Vanier, contre seulement 101 pour le notaire Grandmont, ce qui donnait une forte majorité au jeune avocat. Le coroner poursuivait son enquête et interrogeait les fonctionnaires qui avaient été assignés à la surveillance du scrutin dans le quartier Saint-Louis afin d'en savoir plus long sur les circonstances entourant le vol des boîtes de scrutin. Julien Vanier déposa une requête au palais de justice, exigeant un recomptage judiciaire. En sortant de chez lui pour sa promenade quotidienne, le notaire fut assailli par des journalistes, dont Oscar Lemoyne. Que pensait-il des résultats de l'enquête ? Qui, à son avis, était responsable du vol de ces deux boîtes de scrutin ? La seule réponse qu'il trouva sur le moment fut :

— *Audi alteram partem*. Écoutez l'autre partie.

❧

Un homme à l'allure austère entra à l'hôtel de ville et s'avança vers le comptoir où les visiteurs étaient accueillis par un commis dont le travail consistait à renseigner ceux qui avaient un rendez-vous en bonne et due forme et à éconduire poliment ceux qui n'en avaient pas. L'homme, portant redingote et haut-de-forme, avait un porte-document à la main.

— Je voudrais voir le maire, je vous prie.

— Avez-vous un rendez-vous ? dit le commis avec l'air hautain des gens qui exercent un petit pouvoir.

— Non, mais il y a une affaire urgente dont je souhaite l'entretenir.

Le commis eut un sourire plein de fausse commisération.

— Plein de gens ont une affaire urgente dont ils voudraient parler avec monsieur le maire.

— Mon nom est Peter Henderson. Je suis le comptable d'Alistair Gilmour, le propriétaire du chantier naval de Cap-Rouge. Il est de la première importance que je m'entretienne avec le maire.

Au nom d'Alistair Gilmour, le commis fit presque un garde-à-vous. Le Lumber Lord était célèbre, et surtout, son nom était synonyme de prospérité économique dans toute la région, ce qui allait de pair avec emplois et taxes municipales.

༄

Le notaire était dans son bureau lorsqu'on frappa à la porte. Madame Régine entra.

— Un télégramme, m'sieur Grandmont.

Il s'en empara, soulagé que ce ne soit pas une autre lettre anonyme : il avait eu son lot de mauvaises nouvelles depuis quelque temps… C'était un télégramme du maire, qui voulait le voir dans les meilleurs délais. Le notaire réfléchit, anxieux. Selon les règlements municipaux, les assemblées devaient être convoquées à l'avance. Ce n'était donc pas lié à une réunion du conseil. Il décida de se rendre à la mairie sans attendre.

Le maire le reçut froidement.

— Connaissez-vous monsieur Peter Henderson ?

Le notaire, quoique intrigué par la question, répondit avec aisance :

— Oui. Monsieur Henderson travaille pour mon étude de notariat depuis quelques mois, car mon fils a entrepris des études en médecine, et je voulais me consacrer à la campagne municipale.

— Diriez-vous que cet homme est digne de confiance ?

— Tout à fait. Monsieur Henderson est également le comptable d'Alistair Gilmour, l'un de mes meilleurs clients.

Le maire déposa un document devant le notaire.

— Je vous prie de prendre connaissance de ceci, monsieur Grandmont.

Le notaire jeta un coup d'œil au document en question. C'était une déclaration assermentée de Peter Henderson.

— Monsieur Henderson prétend que vous avez accepté la somme de quarante mille dollars afin de favoriser la vente du terrain municipal situé près de la rue Charest à un certain John Barry.

Le notaire blêmit.

— Il n'y a pas un mot de vrai dans tout cela. Je n'ai jamais reçu un sou de ce monsieur Barry !

Le maire pointa un doigt sur un passage du document :

— Selon son témoignage, vous auriez déposé une somme de quarante mille dollars à la Quebec Imperial Bank.

— C'est exact, mais cette somme ne m'a pas été remise par John Barry. Je l'ai reçue à titre d'honoraires de la part d'Alistair Gilmour. C'est monsieur Henderson qui est venu en personne la porter chez moi.

— Si c'est le cas, il nous faudrait une preuve probante que cette somme vous a bel et bien été remise par ce monsieur.

— Je l'obtiendrai.

Le notaire se leva et sortit, atterré. Il avait le sentiment que la terre tremblait sous ses pieds. Non seulement son élection était remise en question, mais cette histoire de terrain, qu'il avait crue sans risque, revenait le hanter. Il rentra chez lui et donna l'ordre à monsieur Joseph d'atteler son Brougham afin de se rendre à Cap-Rouge.

❦

Andrew Beggs avait tenu parole. Le domestique à la mine patibulaire vint chercher Amanda. Une voiture l'attendait. Elle pleura de soulagement et de joie lorsqu'elle vit Ian assis sagement sur la banquette arrière.

Après quelques heures de route, la voiture arriva au port de Québec. Amanda et Ian en descendirent. Le cocher transporta les bagages jusqu'au *Queen Victoria*. Elle entendait les cris des marins qui allaient et venaient sur le pont. Les passagers, chargés de bagages, franchissaient la passerelle. Elle glissa la main dans son corsage, vérifia pour la millième fois que la bourse et les deux passages pour le bateau – les gages de sa liberté et de celle de son fils – y étaient toujours. Elle jeta un coup d'œil autour d'elle, dans l'espoir fou d'apercevoir Andrew. Elle l'aimait encore, de toute son âme. Elle se jura qu'un jour elle reviendrait à Québec et tenterait de regagner son cœur.

Madame Bergevin descendit de sa voiture. Elle avait décidé de ratisser le port afin de trouver de nouvelles filles. Elle aperçut à distance une silhouette qui lui était familière. Ces cheveux roux, ces yeux gris… Elle reconnut tout de suite Amanda. Celle-ci, debout près des quais, tenait son garçon par la main. Madame Bergevin remonta dans sa voiture et pressa son cocher de se rendre au palais de justice. Elle avait la ferme intention de dénoncer Mary Kilkenny, alias Amanda O'Brennan, au coroner Duchesne, qui la recherchait comme témoin pour le meurtre de Jean Bruneau. Aucune fille ne pouvait la quitter impunément. Jamais.

❧

Le Brougham arriva enfin devant la grille donnant accès au manoir d'Alistair Gilmour. Le notaire avait trouvé la route interminable ; il n'avait qu'une hâte, avoir une entrevue avec le Lumber Lord et obtenir de lui une confirmation écrite qu'il avait effectivement remis la somme de quarante mille dollars au notaire Grandmont par l'entremise de son comptable. Alistair Gilmour le reçut dans son bureau. Le notaire, dans tous ses états, lui montra la déposition de Peter Henderson.

— Votre comptable est devenu fou. J'ai tout nié, mais je dois maintenant justifier la provenance de ces satanés quarante mille dollars. Je n'y comprends rien ! Pourquoi votre comptable a-t-il agi contre vos propres intérêts ?

— Il a agi en parfaite conformité avec mes intérêts.

Le notaire le regarda, interdit.

— C'est moi qui lui ai demandé de faire cette déposition, poursuivit Gilmour.

Le notaire demeura muet comme si la foudre s'était abattue sur lui. Gilmour fit quelques pas vers lui.

— J'ai tout perdu à l'âge de seize ans. L'amour, l'espoir, la joie. Ma sœur est morte, et je ne m'en suis jamais remis. Elle s'est noyée dans le lac Saint-Charles. Elle portait l'enfant d'un jeune homme de la haute ville qui l'a laissée se noyer pour se débarrasser d'elle et pour épouser la fille d'un juge.

Le notaire pâlit affreusement. Le Lumber Lord se dirigea vers le tableau de *La Tempête*, le décrocha, ouvrit son coffre-fort et en sortit un portrait. Le cadre était fendillé par endroits, et le dessin était déchiré.

— Mais peut-être l'avez-vous connue. Elle s'appelait Cecilia. Cecilia Beggs.

— Je ne sais pas de qui vous parlez, balbutia le notaire.

L'armateur lui tendit le portrait. Le notaire le prit, les mains tremblantes. Le visage souriant de Cecilia le regardait. Une déchirure semblait diviser le visage en deux.

— Tu l'as piégée. Tu lui as fait croire que tu voulais l'épouser et tu l'as emmenée en excursion au lac Saint-Charles. *Tiora Datuec*, le lac brillant. Tu l'as fait monter dans une barque. Elle est tombée à l'eau. Tu l'as laissée se noyer. Elle est morte, et je suis mort avec elle.

— Vous n'avez aucune preuve de ce que vous avancez.

— C'est vrai. J'ai pris d'autres moyens pour que justice soit faite.

Le notaire comprit que le frère de Cecilia avait ourdi un complot contre lui. L'élection à la mairie, le vol des boîtes de scrutin et leur substitution, le terrain de la ville : tout avait été minutieusement planifié et mené à bien par cet homme pour le perdre.

— Les lettres anonymes ? dit-il, la voix blanche.

Gilmour sourit, le regard glacial.

— Tu les as écrites et envoyées à toi-même, pour faire croire à un complot.

— Je dirai tout au maire, à la police, dit-il la voix tremblante. Vous serez éclaboussé par le scandale !

— Je ne t'ai jamais versé ces quarante mille dollars. C'est un certain John Barry qui te les a remis, en échange de tes bons et loyaux services.

— Mais je ne le connais pas ! Je ne l'ai jamais rencontré ! s'écria le notaire, presque triomphant.

— John Barry s'est jeté du pont Victoria, hier soir. Il a envoyé une lettre au coroner Duchesne expliquant son suicide. Il confirme qu'il t'a versé quarante mille dollars en échange de l'achat de ce terrain. Il rêvait de construire une gare et de lancer un projet ambitieux de chemin de fer. Il avoue également avoir payé des complices pour voler les boîtes de scrutin et contribuer ainsi à ton élection. Voyant que le pot aux roses avait été découvert, il a décidé de mettre fin à ses jours afin d'échapper au déshonneur.

Le notaire secouait la tête. Il avait le sentiment de nager en plein cauchemar. Comment pouvait-il être accusé de collusion par un homme qu'il n'avait jamais rencontré ?

Le marchand naval reprit le portrait, le remit à sa place.

— Il n'y a qu'une chose qui compte à tes yeux : ta réputation. Et elle sera détruite à jamais.

Philippe, plongé dans un livre d'anatomie, entendit les roues d'une voiture. Il vit le Brougham de son père qui roulait dans l'allée menant à l'écurie. Il jeta un coup d'œil à l'horloge : il était passé minuit.

Le notaire descendit de la voiture, pâle comme de la craie. Monsieur Joseph lui jeta un coup d'œil inquiet :

— Tout va bien, m'sieur Grandmont ?

Le notaire le regarda, les yeux vitreux.

— Mais oui, monsieur Joseph.

Le notaire entra dans la maison. Tout était silencieux. Il croisa Philippe, qui sortait de son bureau et s'apprêtait à monter à sa chambre. Philippe fut frappé par la mauvaise mine de son père. Étant au courant des résultats de l'enquête, il savait qu'il traversait une période difficile.

— Père…

Le notaire avait l'air absent, comme un somnambule. Philippe lui mit une main sur l'épaule, inquiet.

— Si je puis vous être utile…

— Je n'ai besoin de rien. Plus maintenant.

Le notaire s'enferma dans son bureau. Philippe attendit un moment devant la porte. Il avait eu une grosse journée, et était bien tenté d'aller dormir, mais quelque chose dans l'attitude de son père le tracassait. Il frappa à la porte. Pas de réponse. Il tenta de l'ouvrir, mais elle était verrouillée. Il frappa à nouveau.

— Père, ouvrez !

Toujours le silence. Philippe eut soudain l'intuition que quelque chose de terrible se préparait. Sans réfléchir, il prit un élan et défonça la porte.

Fanette, qui venait à peine de se coucher, entendit un bruit sourd, puis un son sec qui ressemblait à une détonation. Ils semblaient provenir du rez-de-chaussée. Elle se leva d'un bond, enfila sa robe de chambre, prit une lampe et descendit l'escalier. Elle aperçut à travers la lueur de sa lampe la porte du bureau du notaire qui était rabattue sur le mur. Elle s'en approcha, le cœur battant. Un profond silence régnait. Elle entra dans le bureau.

Elle vit une lampe tombée par terre, puis deux formes enchevêtrées. Un pistolet à quelques pouces d'une main veinée de bleu. Elle reconnut la main du notaire. Toujours ce silence.

Remerciements

Je tiens à remercier mon éditrice, Monique H. Messier, qui m'aide à garder le cap dans ce voyage au long cours que représente l'écriture de *Fanette* et qui arrive toujours, avec son sourire en coin et sa voix douce, à obtenir le meilleur de moi-même. Merci également à Johanne Guay, vice-présidente à l'édition du groupe Librex, pour son soutien et sa confiance, ainsi qu'à toute l'équipe de Librex, dont la compétence et la gentillesse me comblent.

J'aimerais également rendre hommage à Ginette Tremblay, responsable de la salle de consultation, division des documents et des archives de la Ville de Québec, pour ses précieux renseignements sur la vie quotidienne et municipale à Québec au XIXe siècle, ainsi qu'à Michel Lessard, dont la merveilleuse encyclopédie des antiquités du Québec m'a été extrêmement utile.

Toute ma reconnaissance va à Martina Branagan, professeur d'irlandais à l'Université Concordia, qui a gracieusement traduit des passages de mon roman en gaélique, ainsi qu'à sœur Claudette Ledet, directrice du musée Bon-Pasteur, que j'ai eu le plaisir de rencontrer et qui m'a généreusement éclairée sur l'œuvre admirable des religieuses du Bon-Pasteur depuis sa fondation, en 1850.

Je m'en voudrais de ne pas souligner ma rencontre avec Odette Allaire, gestionnaire en marketing et communications à Parcs Canada, qui m'a permis de visiter Grosse-Île – une expérience inoubliable – et m'a donné la possibilité de faire la connaissance de Marianna O'Gallagher, une conteuse formidable et une historienne de renom, qui a contribué à faire connaître la tragédie de la famine du peuple irlandais en 1847.

Ma plus vive gratitude à Robert, mon compagnon et mon pilier ; à Geneviève, ma lumière sur le chemin ; à Gilles Duruflé, qui m'a gentiment et presque indéfiniment prêté le livre de Claude Duneton, *Le Bouquet des expressions imagées* ; à Bonnie Campbell, pour son soutien amical ; à Évelyne Saint-Pierre, mon agent littéraire, loyale et fidèle, comme toujours.

Enfin, un merci tout spécial à Françoise Mhun, mon amie depuis l'adolescence, qui a pris la peine de lire la première version de mon roman et m'a fait des commentaires des plus judicieux, ainsi qu'à Brigitte Crevier et Cécile Braemer, dont les impressions de lecture m'ont encouragée dans la poursuite de cette folle aventure.